STEFAN KÖNIG

Kalter Fels

ALPEN KRIMI

emons:

MIX
Papier aus verantwortungsvollen Quellen
FSC® C083411

Umschlagmotiv: Heribert Stragholz
Umschlaggestaltung: Tobias Doetsch
Druck und Bindung: CPI – Clausen & Bosse, Leck
Printed in Germany 2011
Erstausgabe 2010
ISBN 978-3-89705-764-7
Alpen Krimi
Originalausgabe

Unser Newsletter informiert Sie
regelmäßig über Neues von emons:
Kostenlos bestellen unter
www.emons-verlag.de

Stefan König, 1959 in München geboren, gilt international als Bergexperte. Er leitet das FILMFEST ST. ANTON (www.filmfeststanton.at) und hat Sachbücher und Romane zu alpinen Themen geschrieben: unter anderem die Biographie Luis Trenkers »Bera Luis«, die preisgekrönten Erzählungen »Sternstunden des Alpinismus«, den Himalaya-Thriller »Die Nanga-Notizen« und die dramatische Liebesgeschichte »Auf dem hohen Berg«. Stefan König lebt in Iffeldorf (Oberbayern) mit Blick auf die Berge. Im Emons Verlag erschien »Schattenwand«.

Eine alte Geschichte

Am Morgen des 10. Juli 1974 war der sechsundzwanzigjährige Karl Mannhardt in Mittenwald aus dem aus München kommenden Frühzug gestiegen.

Später sollte sich der Bahnhofsvorsteher an den jungen Mann erinnern, der mit schwerem Rucksack und in Bergstiefeln über den Bahnsteig gestapft war. »Werktags fällt so ein Bergsteiger ja noch auf«, sagte er aus, als die Staatsanwaltschaft der Sache nachging. Zunächst nämlich war die Identität des Opfers nicht zweifelsfrei belegbar gewesen. »Am Wochenend wär er mir net aufgefallen, da kommen ja viele, jeder Zug bringt haufenweis Leut, die wo ins Karwendel oder ins Wetterstein wollen.«

Mannhardt war Schlosser von Beruf, beschäftigt bei MAN in Karlsfeld. Er mochte seine Arbeit, auch wenn er abends immer nach Öl und Schmiere roch und noch in der Unterwäsche die feinen Eisenspäne fand. Viel mehr noch als seinen Beruf, den er profund und mit bestem Abschluss erlernt hatte, mochte er die Berge. Er war alleinstehend, ungebunden, und er ließ kaum einen freien Tag vergehen, an dem er nicht mit der Bahn nach Süden fuhr, den Bergen entgegen, die er so sehr liebte.

Es gab bevorzugte Ziele, er fuhr oft nach Garmisch-Partenkirchen, gern nach Kufstein oder Mittenwald. Bisweilen auch bis Jenbach oder Innsbruck, wo er dann aber umstieg, um noch tiefer in die Zentralalpen zu gelangen. Am liebsten war er allein unterwegs. Ganz allein. Allein mit sich und einer faszinierenden, menschenleeren Natur. Dann musste er mit niemandem reden, musste niemandem zuhören, konnte sich der Stille hingeben, wo es sie gab, oder durfte auf all das hören, was an Geräuschen und Klängen fernab der Zivilisation auf ihn wartete: das Rauschen der Wildbäche, der Wind in den Baumwipfeln, das Glockengebimmle der Bergschafe, das Poltern und Krachen der Steine in einem abgeschiedenen Kar und bis-

weilen die Rufe einer Seilschaft hoch oben in den Felswänden: »Stand!« – »Seil ein!« – »Kannst nachkommen!« – »Ich komme!«

Selbst das Echo eines Donners konnte ihn erfreuen – wenn das Gewitter nur weit genug entfernt war und sich anschickte, in sicherer Entfernung an seinem Weg vorbeizuziehen.

In Mittenwald wanderte Mannhardt zwischen den Geschäften und Gasthäusern hindurch dem südlichen Ortsrand entgegen. Immer wieder sah er hinauf zum sich linker Hand erhebenden Karwendelmassiv: schroffe Felsen, die Bergstation der Gondelbahn, ein langer Grat. Eindrucksvoller noch aber war gegenüber die Wettersteinspitze, die sich über dichtem Bergwaldgrün erhob und deren Felskanten und in engen Karen eingebettete Schneefelder schon im Licht der Sonne zu leuchten begannen.

Dort, wo eine Straße nach rechts in Richtung Leutasch abzweigte, nahm er den Rucksack von den Schultern und wartete darauf, dass ein Autofahrer anhielt und ihn mitnahm. Lange musste er sich nicht gedulden – er sah ja nicht wie ein Hippie aus, sondern wie ein Bergsteiger: Bergstiefel, Rucksack, Seil darübergehängt. Da hatte niemand Misstrauen.

So gelangte er über den kleinen Grenzübergang nach Tirol.

Dort hatte der an diesem Tag diensthabende österreichische Zollbeamte später Mühe, sich an Mannhardt zu erinnern. Wie auch? Selbst diesen kleinen, eigentlich unbedeutenden Übergang passierten täglich mehrere hundert Fahrzeuge; viele der Bewohner des weiten Leutascher Hochtals arbeiteten in Mittenwald oder Garmisch.

Der Weiler Lochlehn bestand lediglich aus ein paar Häusern. Das ganze Hochtal war durch solche winzigen Orte besiedelt. Überhaupt konnte man leicht die Meinung gewinnen, dass die Menschen, die sich vor Zeiten hier niedergelassen hatten, möglichst viel Abstand zueinander haben wollten. Die Leutascher Ortsteile sahen schon auf der Karte aus, als hätte Gott sie einfach hingeworfen wie eine Handvoll Streusand.

»Wenn Sie mich da bitte rauslassen«, sagte Mannhardt zum Fahrer, während er gleich hinter Lochlehn die Karte, die er auf den Knien hatte, zusammenfaltete. »Hier wäre es gut.«

»Wo wollen Sie denn eigentlich hin?«, fragte der Fahrer. »Zur Meilerhütte?«

Mannhardt nickte. »Zur Meilerhütte und dann weiter«, sagte er und lächelte. »Vielen Dank fürs Mitnehmen.«

Er wuchtete den Rucksack vom Rücksitz des Autos und machte sich auf den Weg, drehte sich allerdings noch einmal um und winkte dem Mann, der ihn mitgenommen hatte.

Das Berglental galt als besonders einsam. Lang und auch mühsam war der Aufstieg zur Meilerhütte. Die wenigen, die diesen Weg nutzten, waren zumeist Einheimische – daheim im Leutaschtal oder in den nahen Orten Mittenwald und Seefeld. Werktags wirkte das Berglental oft wie ausgestorben.

Karl Mannhardt stieg langsam und gleichmäßig bergauf. Der Anfang des Weges war nicht sehr steil, und er führte ihn zwischen blumenreichen Wiesen ganz allmählich aus dem von den Bauern bewirtschafteten Gelände heraus. Darüber tat sich wilde und karge Landschaft auf: ein Tal, das wenig Bäume aufwies, aber viel Fels; wenig Grün, stattdessen steile, unfruchtbare, faszinierende alpine Wüste. Als er etwa eine Dreiviertelstunde lang gegangen war, suchte er sich einen Felsblock, wo er sich setzen und anlehnen konnte, und legte eine Pause ein. Es war ihm heiß geworden vom Gehen, und er hatte Appetit bekommen auf die Brotzeit, die er im Rucksack mit sich trug. Er säbelte dünne Scheiben von einem Stück Hartwurst, schob sich trockenes Brot in den Mund, schälte ein hart gekochtes Ei, trank aus der Thermosflasche Schwarztee, dem er Zucker und einen Schuss Rum beigegeben hatte.

Er hatte den Rastplatz mit Bedacht gewählt: Er wollte nicht nur sitzen, nicht nur verschnaufen, sich nicht nur stärken. Er wollte auch die Aussicht genießen, hinab ins Tal und hinüber zu den gegenüberliegenden Bergen. Schon aus dieser Höhe sah das Tal aus wie die kindlich-künstliche Landschaft einer Modelleisenbahn. Die Häuser waren geschrumpft, die Straße war ein Strich geworden, die wenigen Autos darauf wirkten wie Spielzeug.

Im Osten begrenzten die Arnspitzen das Leutaschtal, und Mannhardt dachte sich, dass es eigentlich ein seltsamer Bergstock war. Nicht zum Karwendel gehörig, aber auch losgelöst vom Wetterstein, stand dieses dreigipfelige Massiv allein zwischen zwei riesigen Gebirgen.

Er packte auch noch seine Rittersport-Schokolade aus, Rum-Trauben-Nuss, und brach sich, gleichsam als Nachspeise, ein Stück davon ab.

Schokolade hatte er immer dabei. Egal, wie voll und wie schwer sein Rucksack auch war. Schokolade war etwas, worauf er nie verzichtete. Daheim aß er gar nicht allzu viel davon. Aber auf seinen Bergtouren hatte er geradezu einen Heißhunger darauf. Und es kam nicht selten vor, dass er am Ende eines Tages, wenn er auf einer Berghütte angekommen war, gleich als Erstes eine Tafel Schokolade kaufte und auf einen Sitz verzehrte.

So saß er nun ein gutes Stück überm Tal, zerbiss die Nussstücke und ließ die Schokolade auf der Zunge zergehen. Alles war Genuss: die Schokolade, die Landschaft, der einsame Tag. Und der hatte gerade erst angefangen für Karl Mannhardt. So viel Schönes hielt dieses Gebirge, hielt dieser Tag noch für ihn bereit.

Ein langer Aufstieg lag vor ihm. Ein Aufstieg, wie er ihn mochte: Mehrere Stunden lang allein sein können in einer Wildnis. Vier Stunden, so seine Einschätzung, würde er wohl brauchen, um hinaufzugelangen bis zur Meilerhütte. Sie lag in 2366 Metern Höhe. Der Platz, an dem sie errichtet worden war, hatte ihn vor Langem schon begeistert. Mannhardt hatte Fotos von der Hütte gesehen: wie sie in eine Scharte zwischen steilen Felsflanken hineingebaut war. Wie ein Adlerhorst war sie ihm erschienen. Und es war ihm gleich zum festen Entschluss geworden, irgendwann einmal zur Meilerhütte hinaufzusteigen. Doch es hatte lange gedauert – bis zu diesem Tag.

Der Weg war stellenweise feucht, die Steine glitschig. Es musste am Vorabend oder in der Nacht ein Gewitter gegeben haben. Davon war die Luft gereinigt, er schien sie geradezu schmecken zu können. So eine Luft wie heute, dachte er, vertreibt alle Müdigkeit aus dem Kopf und dem Körper. Herrlich ist es, einfach herrlich.

Manchmal blieb er kurz stehen, um zu schauen oder um nach einem besonders steilen Wegabschnitt wieder zu Atem zu kommen; um zu sehen, ob jemand hinter ihm des Weges kam oder ob er damit rechnen musste, dass jemand ihm im Abstieg begegnete. Nichts. Niemand war zu sehen. Er war allein mit sich. Und er genoss es.

Bisweilen hörte er ein Stück weiter oben Steine poltern. Dann legte er den Kopf in den Nacken, versuchte herauszufinden, woher diese Geräusche kamen und durch was sie verursacht worden sein konnten. Gründe für solche Steinrutsche und Steinschläge kannte er genug. Oft waren Gämsen die Auslöser. Sie stiegen in den unzugänglichsten Bergflanken umher, fanden scheinbar überall Halt – und brachten bei ihren Sprüngen immer wieder Gesteinssplitter und manchmal auch größere Brocken ins Rollen. Vor Gämsen, diesen an sich harmlosen Tieren, musste man sich genau aus diesem Grund in Acht nehmen.

Bisweilen verursachten Kletterer den Steinschlag, traten bei ihrem Aufstieg Steine los oder lösten Geröll mit dem Seil, das um Ecken und Kanten führte. Meistens freilich gab es keine anderen Gründe als die, dass sich die Berge seit ihrer Entstehung in einem fortschreitenden Verfallszustand befanden, dass der Zahn der Zeit an ihnen nagte, dass sie längst altersschwach waren. Sie zerbröckelten und zerbröselten. Eigentlich war das mit bloßen Augen zu sehen. Doch wer hätte es wahrhaben wollen …

Dieser Verfall war die Hauptursache dafür, dass einem Bergsteiger auch auf vermeintlich unschwierigen Wegen bisweilen Steine wie Geschosse um die Ohren pfiffen.

Wenn auch noch jung an Jahren, so hatte Mannhardt doch schon gelernt, die Geräusche der fallenden Steine zu unterscheiden in gefährlich und ungefährlich. Er hatte gehört, gelesen und für sich herausgefunden, wann er das Poltern gar nicht weiter zu beachten brauchte, wann es für ihn ohne Risiko war. Aber er hatte es auch schon erlebt, dass Steine schrill pfeifend aus einer Wand zu Tal schossen und gar nicht weit von ihm einschlugen. Wenn er dieses Pfeifen hörte, schaute Mannhardt nicht mehr nach oben. Dann ging er in die Hocke, machte sich klein und riss den Rucksack über Nacken und Kopf. Und dann wartete er, bis alles vorbei war, und bisher war immer alles vorbeigegangen, ohne dass er Schaden genommen hatte. Die Steine hatten ihn immer verschont.

Im Weitersteigen bemerkte Mannhardt, wie sich das Wetter veränderte, von Viertelstunde zu Viertelstunde. Der Himmel, anfangs noch von trübem Blau, zeigte sich jetzt in tiefem Azur. Dafür verloren die Felsflanken etwas von ihrer Klarheit. Hatte er bei seiner Ankunft im Leutaschtal noch geglaubt, geradezu jeden Griff, jeden Tritt im Fels der gewaltigen Wände wahrnehmen zu können, so wur-

den die Konturen jetzt etwas schwächer. Gleichwohl waren die Berge, die seinen Anstiegsweg flankierten, auch in diesem Licht eindrucksvoll und schön.

Rechter Hand reihte sich die breite Wettersteinwand an die Wettersteinspitze, dann kam der Musterstein mit seiner Südwand. Und hinterm Musterstein musste sich irgendwo die Meilerhütte befinden.

Immer wieder schaute Mannhardt hinauf zu dem langen Gratverlauf von der Wettersteinspitze zum Musterstein. Wenn das Wetter in den nächsten Tagen passen würde …

Er hatte sich vor seiner Abreise mit diesem Grat gar nicht befasst. Zwar hatte er vor Längerem im Wetterstein-Führer des geradezu legendären Helmut Pfanzelt gelesen, dass die Anforderungen zwischen dem ersten und dritten Schwierigkeitsgrad lagen, also auch für einen versierten Alleingänger beherrschbar waren. Aber der Grat war dennoch nicht sein Ziel gewesen. Das Seil hatte er dabei, weil er eigentlich vorgehabt hatte, von der Meilerhütte ins Oberreintal abzusteigen und dort an einem der Felstürme eine leichte Kletterei zu wagen. Für einen nicht allzu schwierigen Aufstieg hätte es nicht unbedingt des Seiles bedurft – aber fürs Abseilen, um wieder herunterzukommen von einem solchen Berg.

Er beschloss, am Nachmittag auf der Hütte den »Pfanzelt« zu studieren und sich eingehend vertraut zu machen mit dem langen Gratweg, der geradezu einladend im Licht des Vormittags leuchtete. Mit jedem Meter, den er aufstieg, wurde dieser Grat mehr zur Herausforderung für ihn.

Das Seil kann ich da auch gut gebrauchen, dachte er. Gewiss gibt es Stellen, die man besser abseilt als abklettert.

Zur Linken hin wurde das Berglental – welch niedlicher Name für diese hochalpine Wildnis, dachte er – von schattigen Nordflanken begrenzt. Vor allem der fast zweieinhalbtausend Meter hohe Öfelekopf entsandte Kanten und Kare ins Berglental, ein Gewirr von Fels und Geröll. Durchaus nicht uninteressant – aber nichts im Vergleich zu Mannhardts Grat.

Mein Grat, dachte er. Das wird mein Grat. Ich gehe nicht weiter hinein ins Gebirge, sondern nehme von der Meilerhütte aus den Grat in Angriff.

Morgen noch nicht. Morgen ausschlafen, dann auf die Partenkir-

chener Dreitorspitze und wieder zurück zur Hütte. Am späten Nachmittag dann noch die erste Dreiviertelstunde vom Gratweg erkunden. Denn er würde am darauffolgenden Morgen früh aufbrechen müssen, das war ihm klar beim Blick hinauf zu den Gipfeln. Ganz früh. Wahrscheinlich noch in der Dunkelheit.

Er träumte. Träumte bei jedem Schritt. Sah sich bereits am Grat. Sah das weiße Kalkgestein hell leuchten. Sah sich gehen ohne eigentlichen Weg. Stundenlang in großer Höhe und mit unverstellter Aussicht. Er sah sich irgendwo Rast machen, schauen: nach Osten zum Karwendelgebirge, nach Westen zum Alpspitz-Zugspitzmassiv und nach Norden zu den vorgelagerten Gebirgsgruppen, die kleiner waren, unspektakulärer und doch schön: die Ammergauer Alpen, das Estergebirge, die Bayerischen Voralpen mit der Benediktenwand. Nur der Blick nach Süden war verstellt. Schade, dachte er. Denn dort, im Süden, wusste er die gletschergekrönten Gipfel der Stubaier und der Zillertaler Alpen.

Er träumte.

Mit offenen Augen träumte er.

Sonst hätte er vielleicht bemerkt, dass irgendetwas nicht stimmte.

Der Steig war schmal, das Gelände abschüssig. Linker Hand setzte eine Steilflanke an, über die vor Urzeiten ein Bergsturz herabgegangen sein musste. Da war weit oben ein großes Stück vom Berg abgebrochen und herabgestürzt. Zahllose, weit verstreute Felsbrocken, oft mannshoch und noch höher, zeugten von diesem gewaltigen Naturereignis.

Er hörte den schrillen Schrei einer Bergdohle.

Das war alles. Und er dachte, morgen am Grat würde er auf die Bergdohlen treffen, und sie würden ihn mit ihren Flugkunststücken beeindrucken, sie würden ihn um etwas zu fressen anbetteln, und bestimmt wäre mindestens eine dabei, die ihm ein Brotstückchen direkt aus der Hand picken würde.

Er ging auf eine Engstelle des Weges zu, schaute dabei in den Himmel, suchte die Dohle und schaute zum Grat. Die Engstelle wurde aus einem riesigen Block linker Hand und einem etwas kleineren rechts gebildet. Wenn ihm hier jemand begegnet wäre, hätten sie es wohl nur gerade so geschafft, aneinander vorbeizukommen. Aber er war ja allein.

Er war allein und er träumte.

Er stand vor dem Felsentor.

Einen Moment lang zögerte er: ob es sich lohnte, den Fotoapparat auszupacken? Das Licht war nicht ideal. Er ließ es sein.

Er ging weiter. Staunte. Machte einen Schritt und noch einen.

Er ging durchs Tor hindurch.

Ein fürchterlicher Schlag traf ihn seitlich am Kopf. Es war ihm, als würde er seinen Schädel aufplatzen hören. Schreien wollte er, aber es kam kein Laut aus ihm heraus. Stehen bleiben wollte er, versuchte noch einen Ausfallschritt, aber die Knie gaben nach, er spürte sich niedersinken, alle Kraft war binnen einer Sekunde aus seinem Körper geströmt.

Der Gedanke, den er in diesem Augenblick zu fassen vermochte (war es noch ein Gedanke? Oder war es nur mehr ein Reflex seines Gehirns?), war: Steinschlag!

Ein Stein musste aus größerer Höhe frei gefallen sein, ohne zuvor noch aufzuschlagen, sonst nämlich hätte er etwas gehört und wäre gewarnt gewesen.

Steinschlag!

Jetzt hat es mich also erwischt … hat es mich also doch erwischt … so ein Stein … hier hat es mich erwischt …

Im Niedersinken sah er neben sich etwas Dunkles, Schattenartiges.

Er schlug mit den Knien auf dem steinigen Weg auf, mit den Armen und dem Oberkörper fiel er auf den Wegrand. Er spürte keinen Schmerz, nicht den geringsten. Gar nichts spürte er mehr. Ihm schwanden die Sinne. Was er hörte, war ein Rauschen in seinem Kopf, als würde ein tobender, zerstörerischer Wildbach hindurchfließen. Was er sah, war kein Bild mehr – nur mehr Schwarz und Grau. Lediglich unterbrochen vom Aufflackern eines hellen Schimmers.

Was er spürte? Nichts, nichts, nichts mehr.

Sein Körper war eine nutzlos gewordene Schale, hohl, leer.

Und dann spürte er doch etwas. Es war mehr eine Ahnung als ein Spüren. Es war ein Phantomgefühl: Er, der keine Gefühle mehr hatte, dem sie von einer auf die andere Sekunde abhandengekommen waren, fühlte doch noch etwas. Wie er so dalag, war er sich ganz si-

cher, dass jemand direkt neben ihm stand. Er glaubte, Fußspitzen an seinem Rumpf zu spüren, glaubte, die Wärme zu fühlen, die von diesem Menschen ausging, und glaubte, nicht allein zu sein.

Und dann spürte er tatsächlich, dass dieser Mensch, den er nicht sehen konnte, weil sein Augenlicht fast völlig gebrochen war und weil ihm wahrscheinlich zudem noch das Blut in Strömen übers zur Seite gedrehte Gesicht lief, dass dieser Mensch sich bückte, zu ihm herunterbückte, um ihm zu helfen.

Er fragte sich nicht, woher dieser Mensch plötzlich gekommen sein konnte. Hätte er noch einen Hauch Erinnerungsvermögen besessen, er hätte sich das gefragt. Aber so ...

»Aahnch ...«

Mannhardt versuchte, etwas zu sagen. Diesem Menschen neben ihm zu sagen, was ihm geschehen war, warum er da lag, warum er seine Hilfe brauchte. Doch es gelang ihm nicht. Zumindest er hörte nicht den geringsten Ton von sich selbst.

Aber er hörte etwas anderes: Stein. Es hörte sich an, als würde der Mensch neben ihm einen Steinbrocken vom Boden heben. Stein schabte über Stein. Und es war ihm, als wäre ein Atmen nahe bei ihm.

Wieder versuchte er, etwas zu sagen. Aber es quoll nur irgendetwas Feuchtes, Schleimiges aus seinem Mund.

»Nuhmmh ... norrch ...«

Dann kam ein Augenblick großer Klarheit: Die Apathie wich für den winzigen Moment. Er sah das Blau des Himmels noch einmal aufblitzen. Zugleich spürte er seine Unfähigkeit zu sprechen, er schmeckte das Blut in seinem Mund – und er wurde gewahr, dass er sterben würde, in dieser Minute oder in einer halben Stunde.

Erstaunlich war für ihn nur, dass ihn diese Gewissheit weder in Angst noch in Traurigkeit versetzte. Dass er nichts empfand, als er an seinen Tod dachte.

Dann sah er wieder diesen Schatten. Nur eine Bewegung, etwas, das durch seinen brechenden Blick wischte. Ob das der Tod war?

Es war der Tod!

Ein weiterer ungeheurer Schlag traf ihn am Kopf. Er hörte das Knacken seines Wangenknochens, das Bersten seines Kiefers, und es war ihm, als würde ihm das ganze Gesicht weggerissen.

Er schrie. Schrie, schrie, schrie.

Und jetzt hörte er sich! Er konnte sich hören!

Dann verlor er den letzten Rest Bewusstsein, den er noch in sich gehabt hatte. Es war eine Erlösung. Er hatte das Leben losgelassen, hatte das Tor in eine andere Welt durchschritten. Die andere Welt war schwarz wie eine sternlose Nacht. Und sie war ein Trugbild.

Die andere Welt nahm ihn nicht auf. Noch nicht. Sie ließ ihn kurz hineinschauen – und dann spuckte sie ihn wieder aus. Seine letzte Stunde hatte eben erst begonnen …

Er wurde an den Beinen über den harten, rauen, grausamen Felsboden gezogen, über Schotter und Kies. Er war nicht in der Lage, sich dagegenzustemmen. Nicht einmal die Finger gehorchten ihm noch. Brutal wurde er vom Weg geschleift, wie von einem großen, wilden Tier. Wie von einem Alaskabären oder einem ausgewachsenen Löwen. Und dann …

Plötzlich war alles nur noch Bewegung. Schmerz und Bewegung. Rasender Schmerz und rasende Bewegung.

Nach der Rückkehr aus der anderen nachtschwarzen Welt war noch einmal Gefühl in ihm: Schmerz!

Mannhardt stürzte. Nicht im freien Fall, sondern eine steile Flanke hinunter. Über Geröll und Schrofen, sich wieder und wieder überschlagend. Er schlug auf, wurde hochgewirbelt, schlug wieder auf.

Es war, als wäre er inmitten eines reißenden Flusses in einen mörderischen Strudel geraten. Er fühlte sich hinuntergezerrt, hinuntergezogen, fühlte alle Gliedmaßen verdreht. Sein Kopf war schon gebrochen. Nun brachen die Schultern, die Oberschenkel, die Kniescheiben und auch das Rückgrat.

Als er zum Liegen kam, nicht mehr fortgerissen wurde, da hätte er eigentlich tot sein müssen. Aber er war wieder nur einen Schritt über die Schwelle gegangen. Seine letzte Stunde war noch nicht vorüber. Noch lange nicht! Er hatte noch fast vierzig Minuten vor sich. Die längsten Minuten seines Lebens. Aber es war ja schon kein Leben mehr. Doch er war auch noch nicht tot. Der Tod spielte noch mit ihm wie eine Katze mit einer halb zerbissenen, noch zuckenden Maus.

Die Bergrettungsleute, die ihn später bergen mussten, berichteten, dass sie schon viele schlimm zugerichtete Unfallopfer gesehen hätten. Dass aber selten einer so furchtbar ausgesehen habe wie dieser Karl Mannhardt.

Er lag. Der Sturz war vorüber. Er sah nichts. Sah auch keine Schatten mehr. Alles war verschwunden: Schatten, Schmerzen, sein Körper. Er schien nicht mehr da zu sein, schien sich aufgelöst zu haben. Nein, nicht aufgelöst … anders … es war anders … es war, als wäre sein Körper ein Stück Fleisch in einer fast durchsichtigen Sülze, ausgeschlossen von der Welt – und zugleich fürsorglich umhüllt, ummantelt, nicht mehr erreichbar.

Doch das Herz, das schlug. Inmitten der Gelatinemasse schlug sein Herz. Es schlug laut. Nicht dass er das hätte hören können, aber er spürte es. Die Schallwellen versetzten die Sülze in Schwingung, und inmitten dieser Schwingung lag er, ein Brocken Fleisch.

Und das Herz schlug.

Ungleichmäßig schlug es. Wie aus dem Rhythmus geraten. Ja, so schlug es: aus dem Rhythmus. Vor Minuten oder vor einer Viertelstunde oder einer halben Stunde, da hatte es im Rhythmus geschlagen, seinem Rhythmus. Alles hatte zueinandergepasst: die Schritte, die Atemzüge und, ohne dass er sich das bewusst gemacht hatte, die Herzschläge.

Der Herzschlag, in Gelatine eingelegt. Dazu das Rauschen in ihm. War es das Rauschen seiner Seele, das sich anhörte wie Wind, der als Vorbote eines großen Unwetters durch bergigen Mischwald streicht?

So lag er, ohne zu wissen, wie lange. Er wusste ja nicht einmal mehr, wer er war, wie er hieß, woher er kam. Deshalb wohl gingen ihm in der letzten halben Stunde seines kurzen Lebens auch keine Bilder mehr durch den Kopf, keine Erinnerungen. Wo es doch so oft hieß, dass einem Sterbenden das Leben noch einmal wie ein Film ablaufe.

Irgendwann klarte sich die Gelatine auf, die Trübnis ihrer Beschaffenheit wich. Mit einem Auge konnte er aus seinem weichen Gefängnis hinaussehen, konnte noch einmal einen Blick tun auf das, was noch übrig war von seinem Leben. Was er sah, war rätselhaft. Er sah eines seiner Beine nur zwei Handbreit von seinem Kopf ent-

fernt. Er sah den Fuß, der in sonderbarem Winkel von diesem Bein abstand. Und er sah, dass dieses Bein zuckte.

Nein, es war keine Täuschung.

Es war sein Bein, das zuckte. Dieses Zucken und sein unrhythmischer Herzschlag waren alles, was ihm noch geblieben war.

Das Bein zuckte.

Sein Herz schlug, schlug, schlug …

Es setzte aus … und schlug wieder … und setzte wieder aus. Sein Bein zuckte. Zuckte direkt vor seinem Gesicht. Er konnte es sehen.

Ihn würgte. Gallenbittere Flüssigkeit füllte seine Mundhöhle und lief heraus und breitete sich rund um Mund und Nase auf dem steinigen Boden aus.

Das Bein gehörte nicht mehr zu ihm. War nicht umhüllt von Gelatine. Lag draußen. Und es zuckte. In langen, unregelmäßigen Abständen.

Es bereitete ihm Übelkeit. Er versuchte, das Auge zu schließen, aber er sah das Zucken durch das Lid hindurch. Es war in ihm.

Wieder würgte sein geschundener Körper Galle hoch. Dabei verrutschte sein Kopf um ein paar Zentimeter. Davon merkte er nichts. Er merkte nur, dass sein Bein aus dem Blickfeld verschwand. Nicht ganz, aber immerhin. Aus dem Augenwinkel nahm er das Zucken weiterhin wahr.

Doch konnte er jetzt auch Himmel sehen und Berge. Gipfel, die weiß leuchteten. Verbunden durch einen langen Grat aus hellem Fels. Und darüber das Blau, ein tiefes und schönes Blau.

Sein Bein zuckte. Sein Herz schlug und setzte aus. Er sah die Berge und den Himmel.

Dann setzte das Herz erneut aus. Und es begann nicht mehr zu schlagen. Nur das Bein zuckte noch drei- oder viermal.

Aber da war Karl Mannhardt bereits endgültig durchs Tor gegangen.

1

»Ich bin ja gespannt, ob die alte Kiste das aushält«, sagte Pablo. »Es sind immerhin neunhundert Kilometer. Einfach! Und wie viel sind wir schon gefahren?«

»Vierzig«, sagte Marielle. »Ungefähr.«

Sie waren auf der Alten Brennerstraße von Innsbruck zum Pass hinaufgefahren und kurvten nun hinunter nach Sterzing. Es war der zweite Weihnachtsfeiertag. Auf der Landstraße war nicht allzu viel los, und das Wetter war grau und regnerisch.

»Machst du dir Sorgen?«, fragte sie. »Das Auto hat doch schon manches Abenteuer mitgemacht. Warum nicht auch dieses?«

Pablo, der am Steuer saß, schaute kurz zu ihr hinüber. Schön sah sie aus. Er war froh, sie zur Freundin zu haben.

»Wahrscheinlich hast du ja recht. Die Kiste ist nicht totzukriegen. Wird schon gut gehen ...«

Bei Sterzing fuhren sie auf die Autobahn, lösten die Mautkarte und hielten sich fortan vorschriftsgemäß an die Höchstgeschwindigkeit von hundertzehn Stundenkilometern – was kein Problem war, denn viel schneller wäre der vollgepackte Astra, den Pablo vor zwei Jahren für elfhundert Euro und drei Kasten Fohrenburger einem Mitstudenten abgekauft hatte, ohnehin nicht mehr gefahren.

Zwischen Franzensfeste und Brixen, dort, wo das Eisacktal breiter und offener wurde, erhaschten sie einen kurzen Blick auf die Spitzen der Geislergruppe.

»Schau!«, sagte Pablo. »Die Dolomiten.« Selbst im grauen Licht des ausklingenden Wintertages sahen die schneeverkrusteten Felsgipfel eindrucksvoll aus. Für Bergsteiger und Kletterer wie Pablo und Marielle ein geradezu berauschender Anblick. Eine Verheißung großer alpiner Abenteuer und im besten Fall auch rauschhaften Klettergenusses. Normalerweise.

Pablo aber spürte, dass Marielle noch nicht so weit war. Dass ihre früher so innige Beziehung zur Natur noch immer gestört war. Dass sie die Liebe zu den Bergen noch nicht wiedergefunden hatte. Dass sie gar nicht hinsehen wollte. Und er fragte sich, wie es ihr und ihm in den Calanques ergehen würde.

Sie fuhren fast die ganze Nacht durch, abwechselnd am Steuer sitzend und auf dem Beifahrersitz dösend. Im Winter beginnen die Nächte früh, und so sahen sie schon ab Trient nichts mehr von der Landschaft. Erahnten das Gebirge nur an den Lichtern hochgelegener Dörfer, Weiler oder einsamer Bauernhöfe.

Bei Verona traten die Alpen zurück, sie kamen in die Po-Ebene und waren nun gezwungen, noch langsamer zu fahren: Wie so oft um diese Jahreszeit herrschte dichter Nebel.

Als sie morgens um zwei die Riviera erreichten, verließen sie die Autobahn und tuckerten hinunter zu einem der jetzt ausgestorben wirkenden Küstenorte. Sie parkten dort, wo der Strand anfing, holten im Schein ihrer Stirnlampen Isomatten und Schlafsäcke aus dem Kofferraum und legten sich, keine fünfzehn Meter vom Meeressaum entfernt, in den Sand.

Wie mild es hier ist, dachte Marielle. Sie spürte Pablos Gutenachtkuss auf der Wange, sie hörte das Meer ganz unaufgeregt atmen, sie sah die Sterne, doch die wollte sie nicht sehen. Ganz schnell schloss sie die Augen. Nein, Sterne wollte sie nicht sehen. Wollte nicht erinnert werden an jene Nächte an der Schattenwand, wo sie vor über einem Jahr um ihr Leben gekämpft hatte. Nur nicht daran denken. Nur schlafen. Alles wegschlafen.

Es war Pablos Idee gewesen: Jetzt, zur Weihnachtszeit, irgendwohin zu fahren, wo man klettern konnte. Ganz entspannt, ohne Winterklamotten, ohne Thermozeug und ohne dicke Fäustlinge. Ohne Eisausrüstung und ohne Erfrierungserscheinungen.

Es hätte auf dem Weg nach Süden gleich mehrere Klettergebiete gegeben, die in Frage gekommen wären. Finale Ligure zum Beispiel oder die Felsgebiete bei Nizza. Oder auch in der Provence: Beaux, die Verdonschlucht, Les Alpilles. Kumpels aus der Kletterhalle hatten Pablo zur Verdon geraten, da wäre die Kletterei viel schöner als sonst wo in Europa. Doch er hatte sich nicht abbringen lassen von seiner Idee, in den fjordartigen Calanques zwischen Marseille und Cassis genussvoll über dem Meer zu klettern. Das, da war er sich gewiss, wäre für Marielle jetzt das Richtige. Großartige Natur, schöne, nicht allzu schwierige Kletterei und ganz besondere Stimmungen. Vielleicht würde ihr das ja helfen, über ihr Trauma hinwegzukommen. Wieder Freude zu finden am Klettern und vielleicht auch an den Bergen. Vielleicht, vielleicht, vielleicht ...

Sie fuhren an der Küstenstraße entlang, um sich die Autobahngebühren zu sparen. Das bedeutete zwar, dass sie viel langsamer vorankamen. Aber sie hatten ja Zeit – und außerdem war es wunderschön.

Der Himmel war leuchtend blau, wolkenlos. Das Meer war blau mit einem bleiernen Schimmer, und weit draußen tanzte die Gischt auf den Wellen. Die Sonne kam so warm durch die Scheibe, dass sie die Heizung ganz herunterschalten mussten. Und es gab Palmen! In Vallauris hielten sie vor einem Straßencafé und gönnten sich ihren ersten original französischen Café au Lait und die besten Croissants, die sie je bekommen hatten. Und wenn auch die Leute winterlich gekleidet waren – in Pelzjacken die Damen, in dicke Mäntel die Herren –, so herrschte doch für Marielle und Pablo Frühling, geradezu hemdsärmeliger Frühling. Und jetzt war sie froh, dass sie sich zu dieser Reise hatte überreden lassen. Die Sonnenstrahlen wärmten ihre Wangen, ihre Nase, die Ohren, den Hals und auch ihre Hände. Und sie glaubte und hoffte, so den Winter vergessen zu können.

Ihr Quartier war eine Jugendherberge inmitten grandios karger Landschaft. Die Calanques waren ein gefährdetes Waldbrandgebiet – es gab nichts als Steine, Rosmarin, Steine, wieder Rosmarin und dazu, zwischen Steinen und Rosmarin, ein paar Pinien, die beim letzten Brand davongekommen waren. Und doch ging von dieser Mischung aus Kargheit und Größe ein Zauber aus, etwas Beruhigendes, ja Meditatives.

In der Jugendherberge »La Fontasse« waren Männer und Frauen in getrennten Schlafräumen untergebracht, was die Freude bei Marielle und Pablo ziemlich stark einschränkte. Aber auf die einsamen Nächte folgten Morgen auf der Terrasse: Frühstück im Freien, im Sonnenschein und mit Blick aufs Meer, das sich etwa hundert Meter tiefer bis zum fernen Horizont erstreckte. Und auf diese Morgen vor dem Haus folgten Tage besonderer Erlebnisse: Wanderungen zu den nahen Buchten, verbummelte Stunden im kleinen Hafen von Cassis, eine Durchquerung der gesamten Calanques von »La Fontasse« bis an den Stadtrand von Marseille und, nach Zaudern und Zögern bei Marielle, schließlich das Klettern in der Bucht En Vau.

Diese wundervolle, einzigartige, geradezu unglaublich beeindruckende Bucht! Von »La Fontasse« führte ein guter Weg hinunter; er senkte sich allmählich hinab in ein Tal, wo das Meer nicht mehr zu sehen, ja nicht einmal mehr zu ahnen war. Nur Steine und Geröll (und natürlich Rosmarin) zur Rechten wie zur Linken. Doch dieses Tal wurde zum Canyon; zwischen dem lockeren Gestein zogen Felsrippen nach oben; für Kletterer vielleicht noch nicht allzu verlockend, aber doch schon ein Gelände, wo man vorsichtshalber das Seil würde benützen müssen. Und dann, nach der nächsten Talwindung, mutierte es endgültig zur Schlucht: steile Felswände ragten aus kleinsplittrigem Gesteinsschutt in den wolkenlosen Himmel; darunter, dem Wegrand nahe, reckten sich zwanzig bis vierzig Meter hohe Felsnadeln empor – beliebtes Ziel all jener Kletterer, denen die Höhe und die Länge einer Tour nicht wichtig waren, die sich begnügten mit diesen »kleinen« sportlichen Zielen.

Bevor sie das Meer sahen, hörten sie es: die Mischung aus dem Geraune, wenn das Wasser über die Kiesel schwappte und sich gleich wieder zurückzog, und der verspielten Fröhlichkeit der Menschen, wie man sie überall an Stränden antrifft. Lautes Lachen, enthusiastisches Geplappere und Rufe, die zwischen den Felsen lauter hallten als anderswo. Und dann standen Marielle und Pablo in der Bucht, an der wie mit dem Lineal gezogenen Linie zwischen Land und Wasser. Blau und grün und vollkommen klar war das Meer. Und ein Stück draußen in dem schmalen Fjord lag ein Segelboot vor Anker.

Als sie zum ersten Mal hierherkamen, warfen sie ihre Rucksäcke auf den Strand, setzten sich darauf und inspizierten die kolossalen Felsen, die das Wasser zu beiden Seiten rahmten. Linker Hand ragte der »Doigt de Dieu« in die Höhe – »der Finger Gottes«, sagte Marielle. Das rechte Ufer bestand aus einer kompakten Wand, in der es laut ihrem Führer unzählige Routen gab. Allein die Namen klangen verlockend – und durchaus ehrfurchtgebietend: »Éperon des Américains«, »Voie Super Calanque«, »Voie Hyper Calanque«, »Spécial Boucherie«, »Voie Hara-Kiri« und »Traversée Gary Hemming«.

Sie entschieden sich für die leichtere »Voie Calanque« – ein Kletteranstieg im fünften Schwierigkeitsgrad, vier nicht allzu lange Seillängen, und um es Marielle noch leichter zu machen, würde Pablo alles vorsteigen. So hatte sie immer ein straffes Seil von oben, musste keine Angst haben, konnte sich ganz auf sich und das Klettern konzentrieren und dabei versuchen, wieder einen Rhythmus zu finden. Und wieder sich selbst zu finden.

Auf einem Band von etwa einem Meter Breite querten sie von der Bucht aus ansteigend hinein in die Wand. Zwanzig Meter über dem Wasserspiegel begann ihre »Voie Calanque« am Stamm eines uralten, zähen, an den Fels geschmiegten Baumes. Das war der Standplatz. Von da ging es in einer kaminartigen Verschneidung geradlinig empor; nicht schwierig, für gute Kletterer eigentlich nur genussvoll.

Aber der wahre Genuss setzte erst weiter oben ein. Da wurde der Fels kompakter, glatter und steiler. Es gab nicht mehr so viele Griffe und Tritte – die wenigen aber waren perfekt.

»Wie eine Himmelsleiter!«, schrie Pablo zu Marielle herunter. »Einfach traumhaft!«

Und was für eine Himmelsleiter! Als Marielle nachkletterte, fühlte sie das Vertrauen, das sie zum Fels hatte, immer gehabt hatte, sie spürte die harten Griffe in ihren Händen, sie begann, das Klettern wieder zu genießen – und wenn sie den Kopf leicht zur Seite neigte oder zwischen ihren gespreizten Beinen nach unten sah, dann schaute sie direkt ins smaragdgrüne Wasser und bis hinab auf den felsdurchsetzten Grund.

Marielle spürte, dass sich in diesen Momenten etwas in ihr löste, das sich etwas zu befreien schien. In ihrer Seele wurde Platz für das Schöne. Und sie nahm die Eindrücke jetzt geradezu euphorisch auf. Was sie sah, machte sie glücklich: weißer Kalkfels, darüber der blaue Himmel und darunter das Meer, grün und rein und schön.

Die »Voie Calanque« endete auf einer weitläufigen, einsamen, karstigen Hochfläche, dem Plateau de Castelvieil. Es sah hier aus wie überall in den Calanques: Steine, Rosmarin, Pinien, Steine. Dazwischen verkohlte Baumleichen. Und überall ein großartiger Blick auf das Mittelmeer.

»Es müsste toll sein, hier eine Nacht zu verbringen«, schwärmte Pablo.

Und Marielle stimmte ihm zu. »Vielleicht zum Abschluss unseres Kletterurlaubs?«

»Warum erst am Schluss?«, sagte er. »Es wäre doch super, Silvester hier zu feiern!«

***

Paul Schwarzenbacher rollte durch die Innsbrucker Altstadt. Der Schnee, der in den letzten Tagen gefallen war, lag zu graubraunen Haufen zusammengeschoben an Straßenrändern und Hausecken. Die Stadt war ruhig, ruhiger als sonst. An Silvester würden die Touristenscharen wieder hereinbrechen, würden die Fußgängerzone rund ums Goldene Dachl belagern und ihre Freude haben am Feuerwerk, das noch die Berge jenseits des Inns erhellte. Jetzt, zwischen den Feiertagen, waren es vor allem die Einheimischen, die unterwegs waren. Missglückte Weihnachtsgeschenke wurden umgetauscht, und wer nicht beim Skifahren war oder, alternativ, sich nicht in sonnigere Gefilde geflüchtet hatte, traf sich in den Cafés, Beisln, Restaurants. Der Stress der Vorweihnachtszeit war vorüber, das emotional grenzwertige Fest auch – jetzt kam für viele die eigentliche »staade Zeit«. Und dann gab es natürlich noch die Schnäppchenjäger, Leute wie Schwarzenbacher, die genau wussten, dass viele Dinge gleich nach den Weihnachtsfeiertagen erheblich günstiger zu bekommen waren als davor.

Schwarzenbacher lenkte seinen Rollstuhl in die Maria-Theresien-Straße und fuhr zur Tyrolia-Buchhandlung. Die Neuerscheinungen interessierten ihn nicht. Auch das hatte ihn seine

Erkrankung gelehrt: Es macht keinen Sinn, der Erste sein zu wollen. Er stöberte bei Romanen, deren Erscheinungsjahr schon ein wenig zurücklag. Fand einen Vargas Llosa für sechs Euro neunzig zum Beispiel. Hardcover, der Umschlag minimal eingerissen. Entschied sich dann aber für David Gutersons »Schnee, der auf Zedern fällt« – als preisreduziertes Taschenbuch für drei fünfzig.

»Das nehm ich mit«, sagte er an der Kasse und reichte der Verkäuferin das Buch hinauf. »Könnten Sie es mir auch einpacken?«

»Gern«, sagte die junge Frau. »Soll es noch weihnachtlich sein oder neutral?«

»Das ist egal«, sagte Schwarzenbacher. »Einfach irgendwie einpacken.«

Als er gezahlt hatte, fiel ihm noch etwas ein. Ein Buch, das er sich besorgen wollte, von dem er aber nichts weiter wusste als das Grundthema, um das es darin ging.

»Ich seh im Computer nach«, sagte die Verkäuferin. »Den Namen des Autors wissen Sie auch nicht?«

»Nein. Nur dass es um Gerichtsmedizin geht. Muss das Begleitbuch zu einer Ausstellung sein, die in Berlin gezeigt worden ist. Aber ich könnte natürlich erst mal selbst im Internet suchen ...«

»Nein, nein«, sagte die Frau. »Dazu sind wir ja da. Das werden wir schon finden.«

Sie fand es aber nicht. Fand andere Titel, die sie Schwarzenbacher empfehlen wollte. »Also«, sagte sie, »da hätte ich ›Dem Tod auf der Spur‹. Untertitel: ›Zwölf spektakuläre Fälle aus der Rechtsmedizin‹. Von einem Michael Tso...«

»Nein, nein, nein«, wehrte Schwarzenbacher ab. »Das kenn ich. Das ist nur ein Lesebuch. Das andere, das ich meine, muss viele Abbildungen haben. Sehr detaillierte Abbildungen.«

Er sah zur Buchhändlerin hinauf. Irgendetwas in ihrem scheuen Blick provozierte ihn, sodass er hinzufügte: »Es sind diese Abbildungen, die mich interessieren ...«

***

Am Nachmittag des 31. Dezember wünschten Marielle und Pablo dem schnurrbärtigen Herbergsvater Jean-Pierre einen guten Rutsch ins neue Jahr, sagten ihm, dass sie die Nacht draußen verbringen würden, er solle sich keine Sorgen machen, und dass sie spätestens am nächsten Nachmittag wieder zurück wären. Dann schulterten sie die vollgepackten Rucksäcke und machten sich auf den Weg: hinab ins En Vau und dann auf einem Steig hinauf zu ihrem Plateau.

Es war eine Plage, denn die Rucksäcke waren schwer, und die Isomatten ragten darüber hinaus. Damit enge Kaminrinnen hinaufzukommen war alles andere als einfach.

Aber dann waren sie oben, fanden weit vorn an der ins Meer geschobenen Landzunge einen ebenen Platz, und hier packten sie alles aus: die Matten, die Schlafsäcke, eine Flasche Champagner, eine Flasche 7 Up und eine Flasche Mineralwasser. Eine große Stange Baguette hatte Pablo an den Skihalterungen außen am Rucksack befestigt gehabt. Das restliche »Festmahl« war in Tupperboxen verstaut: Sie hatten im Supermarkt in Cassis zwei Packungen tiefgekühlter Krabben gekauft, Mayonnaise in der Tube, ein Stück Bistrosalami und an der Käsetheke verschiedene Sorten aus Schafs- und Ziegenmilch. Dazu noch weiße Weintrauben, ziemlich teuer. Aber das durfte für eine so besondere Nacht keine Rolle spielen. Zu guter Letzt waren sie in einer Pâtisserie in der Avenue Victor Hugo zwanzig Minuten lang in der Schlange gestanden, um sich Pralinen in eine kleine Geschenkbox samt Schleifchen und Tragegriff einpacken zu lassen – das war hier so üblich, ob man dies nun brauchte oder nicht.

»Überraschung!«, sagte Marielle spitzbübisch grinsend.

Und dann holte sie, so wie ein Zauberer das Kaninchen aus dem Zylinder, den Gaskocher aus ihrem Rucksack, danach einen kleinen Topf und, abgefüllt in zwei Frischhaltetüten, Nescafé und Milchpulver.

»Du bist verrückt!« Pablo strahlte sie an. »Schleppst auch das ganze Zeug noch hier rauf. Aber eines hast du übersehen. Es gibt kein Wasser hier. In den ganzen Calanques gibt es kaum irgendwo Wasser. Zumindest kein Trinkwasser. Nur Salzwasser. Davon allerdings genug.«

Sie grinste übers ganze Gesicht, dann gab sie der Mineralwasserflasche mit dem Fuß einen Stoß.

»Dummkopf«, sagte sie.

***

Rechtsanwalt Dr. Helmut M. Reuss schaute zu, wie Schwarzenbacher sich die Stufen zum Eingang seiner Kanzlei in der Bienerstraße hinaufquälte. Er war an das schmiedeeiserne Geländer herangefahren, hatte sich eingeklammert und so aus dem Rollstuhl gezogen. Nun arbeitete er sich Stufe für Stufe hoch, während Reuss wie teilnahmslos am oberen Treppenabsatz stand und Schwarzenbacher in seinen enormen Anstrengungen beobachtete.

»Als dieses Haus gebaut worden ist«, sagte er, »gab es entweder noch keine behinderten Menschen, pardon: ich meine Menschen mit Handicap, oder es war allen einfach egal. Du musst also schon entschuldigen, dass dich kein barrierefreier Zugang erwartet ...«

»Geh scheißen ...«, schnaubte Schwarzenbacher halblaut zwischen den zusammengebissenen Zähnen hindurch.

»Du bist doch selber schuld«, sagte Reuss. »Du hättest mich anrufen können. Wir hätten uns auf einen Kaffee in der Stadt getroffen. Wie sonst auch. Aber du ...«

»Mein Leben ist auch so langweilig genug«, sagte Schwarzenbacher schwer schnaufend, als er die Stufen überwunden hatte, »da muss ich nicht noch mit Fleiß immer das Gleiche tun.«

»Sturer Kerl«, sagte Reuss und grinste. »Brauchst du deinen Rollstuhl hier heroben?«

Schwarzenbacher schüttelte den Kopf. »Bis zu einem Stuhl und einer Tasse Kaffee werd ich es schon noch schaffen – mit Gottes und mit deiner Hilfe. Aber du könntest runtergehen und was holen. In der Tüte, die dranhängt, ist etwas für dich. In Geschenkpapier! Ein verspätetes Weihnachtsgeschenk. Aber bitte keine falschen Sentimentalitäten. War ein Sonderangebot.«

Ein paar Minuten später saßen sie in Reuss' hellem Besprechungsraum. Die Wände in einem zarten Ocker, gekrönt von leuchtend weißem Stuck. Ein ovaler Glastisch, sechs braune Lederstühle mit hohen Rückenlehnen. An der einzigen Wand, die nicht von einer Tür oder von Fenstern durchbrochen war, hing ein riesiges Gemälde: wild, vielfarbig, ungerahmt.

Während Reuss an der Espressomaschine hantierte, die auf der Anrichte stand, versuchte Schwarzenbacher in dem Gemälde zu lesen, es zu entschlüsseln. Er hatte es eigentlich immer lieber, wenn moderne Künstler irgendwas hineinschrieben in ihre Bilder. Oder wenn im Museum auf kleinen Metallschildern die Titel dabeistanden. Aber auch ohne Titel: Es gefiel ihm. Die Farbakzente, das Nebeneinander von geradezu im Widerspruch stehenden Farben, die harten schwarzen Pinselstriche, die das Gewoge und das Über- und Untereinander wie willkürlich zu brechen schienen – all das erinnerte ihn an Musik, an Jazz, an ... Er versuchte herauszufinden, an welches Stück von Larry Coryell ihn das Bild erinnerte, welche Musik sich paaren lassen würde mit dieser Malerei. Er kam nicht drauf. Aber er beschloss, zu Hause die alte Doppel-LP »The Essential Larry Coryell« herauszukramen und, die Stimmung dieses Bildes im Gedächtnis, wieder mal anzuhören.

»Du hast Glück, dass ich da bin«, sagte Reuss, als er zwei Cappuccini auf den Glastisch stellte. »Wir haben die Kanzlei zwischen Weihnachten und Neujahr zugemacht. Das ganze Haus ist leer. Die Kollegen machen Urlaub, das Personal ist in den Urlaub geschickt, niemand ist hier. Ich mag das. Da kann ich in aller Ruhe mal Dinge in Ordnung bringen, die lange liegen geblieben sind. Kein Zeitdruck, keine Termine, keine Mitarbeiter, die irgendwas von einem wollen. Aber ...«, Reuss nippte am schaumigen Cappuccino, »aber sag mal: Wie geht es dir? Und was verschafft mir die Ehre?«

Er packte das Präsent aus dem Geschenkpapier, begutachtete den Titel des Buches und dankte mit einem Nicken und einem Lächeln.

»Ich hatte nicht viel zu tun«, sagte Schwarzenbacher. »War nur so unterwegs. Und da dachte ich mir ...« Er leckte sich den Milchschaum von der Oberlippe. »Also, da dachte ich mir: Schau doch mal vorbei beim Herrn Staranwalt. Wahrscheinlich ist er nicht da. Aber vielleicht ja doch. Und siehe da ...«

Reuss lächelte und sah Schwarzenbacher erwartungsvoll an.

»Nun gut. Ich will nicht lange drum herumreden: Mir ist wieder mal die Decke auf den Kopf gefallen. Weihnachten. Kling, Glöckchen, klingeling. Du verstehst? Mir ist langweilig, verdammt langweilig. Und da habe ich mir gedacht, wir könnten uns endlich mal mit der einen oder andern Geschichte befassen. Du weißt, was ich meine.«

Helmut Reuss wusste genau, worauf sein Gegenüber hinauswollte. Die beiden, den früheren Kriminalbeamten und den Staranwalt, verband mehr als gegenseitige Sympathie. Sie hatten die gleiche, etwas eigenartige Obsession – sie waren fasziniert von nie aufgeklärten Kriminalfällen in den Bergen.

»Wenn einer seine Frau verschwinden lassen möchte«, hatte Schwarzenbacher einmal gesagt, »dann muss er mit ihr nur auf eine Bergtour gehen. Im Karwendelgebirge zum Beispiel. Wenn sie am schmalen Steig stolpert und in den Abgrund stürzt – wie sollte man es dem Ehemann beweisen, dass er nachgeholfen hat? Das Gebirge ist ideal für den perfekten Mord.«

»Den fast perfekten Mord«, hatte Reuss damals angefügt. »Den fast perfekten Mord. Irgendetwas verrät doch immer, was wirklich geschehen ist, oder?«

Jeder von ihnen hatte seine eigene kleine, bizarre Sammlung von Zeitungsberichten, ältere und neuere, über solche unaufgeklärten Fälle. Jeder von ihnen hatte seine eigenen Vermutungen und Verdächtigungen dazu. Wenn sich diese Vermutungen zu überschneiden begannen, dann wähnten sie sich auf einer vielversprechenden Fährte.

Alte Fälle. Die bei den Behörden längst in den Aktenkellern schlummerten. Verbrechen, die kaum noch jemanden interessierten außer den Hinterbliebenen der Opfer. Und wahrscheinlich den Tätern, die sich nie ganz sicher sein konnten, nicht doch noch überführt zu werden.

***

Sie sahen die Sonne im Meer untergehen. Der letzte Sonnenuntergang in diesem Jahr. Der Himmel spielte in allen Farbtönen zwischen Goldgelb und Orange, zwischen Azur und hellem Violett.

Das Meer lag glatt, beinahe wellenlos, es ging fast kein Wind, und so konnten sie sich freuen auf eine ruhige Nacht – ruhig, was das Wetter anging.

Sie hatten gegessen und getrunken, jetzt genossen sie die besondere Stimmung des Augenblicks. Still saßen sie nebeneinander, beide mit angewinkelten Knien; Marielle hatte die Arme auf die Knie und das Kinn auf die Arme gelegt, Pablo hatte sie um die Schulter gefasst. So saßen sie im Licht der untergehenden Sonne, in der Stunde des ausklingenden Silvestertages.

Irgendwann brach sie das Schweigen: »Wenn wir nachher einschlafen … ich meine, um acht oder um neun … ich weiß nicht, ob ich dann zu Mitternacht noch mal wach zu kriegen bin.«

»Ich stell den Handywecker«, sagte Pablo. »Wär doch schad, wenn wir diesen Jahreswechsel verschlafen würden.«

Marielle drückte sich fest an ihn. Sie sah ihn nicht an, sondern schaute unverwandt aufs Meer. »Was spräche dagegen, einfach von diesem Jahr ins nächste hinüberzuschlafen? Soweit ich weiß, machen die Franzosen kein Feuerwerk. Da wird in Marseille und Cassis nicht viel los sein. Und hier, wo die Waldbrandgefahr so hoch ist, eh nicht. Kein bunter Feuerzauber am Himmel. Wir versäumen also nichts.«

»Hey«, maulte Pablo, »du Stimmungsmuffel. Was ist mit dem Champagner? Was ist mit den guten Vorsätzen? Was ist mit dem langen Kuss?«

Jetzt sah sie ihn an. Ihr Lächeln war im Dämmerlicht fast unsichtbar. »Dummkopf«, sagte sie. »Der Sekt wäre jetzt besser als in ein paar Stunden – noch nicht ganz so warm. Die Vorsätze … das kriegt man ja doch nicht geregelt. Und was spricht dagegen, sich jetzt zu küssen?«

»Nur küssen?«, sagte Pablo und fasste ihr in die Kniekehle. »Wirklich nur küssen?« Seine Hand wanderte langsam an der Unterseite ihres Oberschenkels entlang, kehrte scheinheilig noch einmal zurück zum Ausgangspunkt, um dann umso schneller dorthin zu eilen, wo er sie am liebsten hatte. Und Marielle auch.

***

»Ich habe viel nachgedacht«, sagte Schwarzenbacher. »Hab dazu ja reichlich Gelegenheit. Der Fall des Toten unterm Marterl fängt an, mich zu packen ...«

»Du meinst die Geschichte im Kaisergebirge? Ja, die hat was. Ich grüble auch schon länger«, sagte Reuss. »Aber mir wäre lieber, wir würden uns mit einer anderen Sache befassen. Auch eine alte Geschichte. Erinnert sich kaum noch wer dran ... Entschuldige mich einen Augenblick.«

Reuss stand auf und verließ das Besprechungszimmer. Es dauerte kaum eine Minute, ehe er mit einer Klarsichtfolie zurückkam.

»Schau dir das mal an«, sagte er und gab Schwarzenbacher die Unterlagen. Die Hülle enthielt einige angegilbte Zeitungsausschnitte.

»Es mag dir vielleicht wenig erscheinen, was ich habe. Aber keine Sorge: Es ist nicht alles. Es gibt eine Schwester, die nie an einen Unglücksfall geglaubt hat und die es gerne sehen würde, dass wir uns der Sache annehmen.«

»Langsam, langsam«, sagte Schwarzenbacher. »Lass mich doch erst einmal lesen, um was es da überhaupt geht.«

Doch während Schwarzenbacher las – die Schlagzeilen, die Bildunterschriften und dann die Berichte –, sprach Reuss weiter auf ihn ein. Schwarzenbacher las und hörte zu, hörte zu und las. Er hätte gern in Ruhe gelesen, aber er merkte, dass er dazu jetzt keine Chance haben würde.

»Ein Bergunfall«, sagte er. »Wie lange her?« Er fand einen Zeitungsausschnitt, bei dem oben am Rand ein Datum handschriftlich notiert war. »1974 ... Das ist fünfunddreißig Jahre her ... Und was willst du an der alten Geschichte rekonstruieren?«

»Stimmt: Es ist fünfunddreißig Jahre her. Aber Mord verjährt bekanntlich nicht ...«

»Mord? Wie kommst du drauf? Hier steht, dass ein junger Mann durch Steinschlag zu Tode kam. Tragischer Unglückfall. So was passiert eben. Das weiß sogar ich, der ich nie ein Bergsteiger gewesen bin. Also, wo sind die Indizien, die für einen Mord sprechen?«

Reuss, der sich nicht wieder gesetzt hatte, zeigte ein kleines, spöttisches Lächeln. Ein Lächeln, das im Gerichtssaal jeden Staatsanwalt aus der Fassung bringen konnte. Und auch Schwarzenbacher fühlte sich alles andere als wohl unter diesem Blick und dem leicht gespitzten Mund des Anwalts.

»Es gibt, glaube ich, einiges, was nicht in den Zeitungen gestanden hat. Natürlich sind das erst einmal nur meine Vermutungen. Es wird an dir liegen, diese Verdachtsmomente zu erhärten.«

»Ziemlich unkonkret«, maulte Schwarzenbacher.

»Gemach, gemach, mein Lieber. Die Schwester dieses 1974 ums Leben gekommenen Mannes ist jedenfalls der festen Überzeugung, dass ihr Bruder getötet worden ist. Weißt du ...«, Reuss sah Schwarzenbacher nachdenklich an, »es gibt Klienten, denen merkt man an, dass sie einem nicht die ganze Wahrheit sagen. Das ist einfach so. Sie halten Fakten zurück, weil sie nicht einmal ihrem Anwalt vertrauen. Und dann gibt es das genaue Gegenteil. Es kommt jemand, der keine oder nur ganz dürftige Fakten hat. Doch als Anwalt spürt man, dass alles stimmt, dass jede Vermutung sehr wohl begründet ist. Und so ist es mir mit der Schwester des Verunglückten – oder sollte man sagen: des Mordopfers? – ergangen. Sie hat nie an den Unfalltod geglaubt. Ist von Pontius zu Pilatus gerannt, aber hat nirgendwo Gehör gefunden. Und die Zeit lief natürlich auch gegen sie. Irgendwann war es nur mehr eine alte Geschichte. Und sie eine Spinnerin, die nie Ruhe geben würde. So ist sie schließlich bei mir gelandet. Nach fünfunddreißig Jahren.«

»Hast du sie persönlich kennengelernt?«, fragte Schwarzenbacher.

»Bis jetzt nicht. Wir haben telefoniert. Und sie hat mir diese Zeitungsausschnitte geschickt.«

»Was weißt du?« Schwarzenbachers Stimme klang hart, ungeduldig, beinahe wie die eines Jägers, der in einer Mischung aus Ungeduld und Angst nicht mehr länger warten wollte, auf die Jagd nach gefährlichem Wild zu gehen.

»Sie glaubt, dass ihr Bruder ermordet worden ist. Und sie glaubt es so fest, so aus ihrem tiefsten Inneren heraus, dass ich meine, es ist wirklich was dran. Und dann ist da noch was: Sie ist der Meinung, dass nach 1974 mindestens noch ein Bergsteiger auf dieselbe schreckliche Art ums Leben gekommen ist wie ihr Bruder. Mit Steinen erschlagen. Wenn das stimmen würde ...«

Schwarzenbacher wartete die Schlussfolgerung des Anwalts nicht ab.

»Lebt sie in Innsbruck?«

»Sie ist Deutsche. Soweit ich das verstanden habe, hat sie längere Zeit in Spanien gelebt, mit ihrem ersten Mann. Dann geschieden oder verwitwet, darauf habe ich noch nicht so genau geachtet. Jedenfalls ist sie wieder verheiratet und lebt in einer Kleinstadt irgendwo in der Nähe von Augsburg. Das ist fünfzig oder sechzig Kilometer westlich von München …«

»Ich weiß, wo Augsburg liegt«, warf Schwarzenbacher ein.

»Mag sein, dass sie fanatisch ist in ihrer Überzeugung, ihr Bruder und vielleicht noch andere Bergsteiger seien ermordet worden. Mag sein, dass sich das bei ihr zur Manie gesteigert hat. Vielleicht sind doch alles nur Hirngespinste. Aber du weißt ja selbst: Nur mit Vernunft würden keine Fälle gelöst. Und mein Bauchgefühl sagt mir, dass sie mit ihren Überlegungen ziemlich genau ins Schwarze trifft.«

»1974 ein Mord«, konstatierte Schwarzenbacher. »Und sie vermutet weitere, ähnlich geartete … Wir sollten sie treffen. Wir müssen ausführlich mit ihr reden.«

Reuss nickte zustimmend. »Wenn sie recht hat, könnten wir es mit einem Serientäter zu tun haben, der vielleicht über Jahrzehnte hinweg sein Unwesen getrieben hat. Dann ginge es um mehrere Morde und nicht um tragische Unglücksfälle. Nicht um Tode aufgrund ›objektiver Gefahren‹, wie die Bergrettung dazu sagt. Morde von fürchterlicher Brutalität. Und Motiv ist keines zu erkennen.«

Schwarzenbacher schob die Zeitungsausschnitte von sich weg. Er sog die Unterlippe ein und kaute darauf herum. »Ich vermute, du willst, dass wir etwas unternehmen.«

Das Lächeln von Reuss war längst verflogen. »Ja«, sagte er. »Wir sollten was unternehmen. In der Angelegenheit Mannhardt. Und auch sonst sollten wir die Fühler ein bisschen ausstrecken.«

Der frühere Kriminaler Paul Schwarzenbacher, dessen Ermittlungserfolge und Instinkte ehedem berühmt und berüchtigt gewesen waren, hätte sich am liebsten sofort in die Arbeit gestürzt. Er wollte mehr wissen, mehr erfahren, mit Reuss die konkrete Vorgehensweise besprechen. Aber Reuss musste ihn vertrösten.

»Ich hab mich gefreut, dass du vorbeigeschaut hast, aber jetzt ... Ich bedaure es ja, aber es sind Ferien ... Die Familie, die Kinder, du verstehst. Wir sollten ein Treffen vereinbaren, wenn wir wirklich Zeit haben ...«

Ich hab immer Zeit, dachte Schwarzenbacher, der den Wink mit dem Zaunpfahl sehr wohl verstand und sich mit ganzer Armkraft auf dem Tisch aufstützte und den Oberkörper hochschob. Er hatte viel Kraft in den Armen und im Oberkörper. Aber er wusste auch, dass Multiple Sklerose in Schüben kam – und dass er sich eines Tages nicht mehr so würde aufstützen können, dass es nur mehr eine Frage der Zeit war, bis seine Arme so schwach wären wie seine Beine.

Als er seinen Körper die Außentreppe wieder hinunterbugsierte, diesmal allerdings gestützt von Reuss, sagte der noch: »Auf jeden Fall ist das eine Geschichte, bei der wir mit ziemlicher Sicherheit unsere Marielle brauchen können. Und auch ihren Freund, Pedro.«

»Er heißt nicht Pedro«, sagte Schwarzenbacher. »Er heißt Pablo, solltest du dir merken.« Dann ließ er sich in den Rollstuhl fallen, rückte seine schwachen Beine auf der Fußstütze zurecht, ruckte an den Hosenbeinen, legte den Kopf ein wenig in den Nacken.

»Also«, sagte er. »Ich erwarte deinen Anruf. Und zwar bald. Oder glaubst du, du kannst mir die Zähne lang machen und dann die Zeit sinnlos verstreichen lassen? Ich warte!«

Reuss nickte lächelnd und hob die Hand, um ihm nachzuwinken. Aber das sah Schwarzenbacher schon nicht mehr. Mit kräftigen Armbewegungen rollte er davon.

***

Marielle empfand es als kleines Wunder, dass hier am Meer, nicht einmal tausend Kilometer von zu Hause entfernt, der Winter so erträglich war. An den vergangenen Tagen waren sie im T-Shirt geklettert, waren in der Sonne gesessen – »und daheim frieren sie sich den Arsch ab«, hatte Pablo gesagt.

Jetzt, lange nach Einbruch der Dunkelheit, war es noch immer mild. Sie hatten die Schlafsäcke an den Reißverschlüssen zusammengehängt und lagen nackt und eng aneinander. Die Nacht war nun, um kurz nach halb zehn, so warm, dass sie den Reißverschluss nicht bis obenhin zuzuziehen brauchten. Oder sind es nur unsere Körper?, fragte sich Marielle. Sie spürte die Hitze auf Pablos Haut, spürte sein schlaffes, zufriedenes Glied feucht an ihrem Oberschenkel, und sie glaubte, selbst zu dampfen. Ihren Kopf hatte sie in Pablos Schulterkuhle gelegt. Er atmete ruhig und gleichmäßig.

»Schläfst du?«, fragte Marielle.

»Mhmh«, verneinte Pablo. »Ich genieße nur … Und du? Bist du müde?«

»Irgendwie ja und irgendwie nein«, sagte sie. »Ich würde diese Stunde gern festhalten. Die Zeit anhalten. Alles in mir abspeichern, unlöschbar, für immer … Den Duft der Landschaft, und wie das Meer rauscht. Deinen Körper, dich, die Nacht. Und den Sternenhimmel.«

Sie löste sich ein klein wenig von ihm.

»Weißt du«, fuhr sie fort, »es ist heute das erste Mal seit Langem, dass ich die Sterne ertrage. Und ich ertrage sie nicht nur, ich hab heute wirklich Freude daran.«

»Das ist schön«, sagte Pablo. »Das ist wunderbar. Ich freu mich für dich. Ich freu mich sooo für dich.«

Eine Zeit lang blieben sie stumm und schauten in den Himmel.

»In gut zwei Stunden ist das Jahr vorüber«, sagte Marielle in die Stille hinein. »Ich bin gespannt, was es uns bringt. Wirklich gespannt.«

»Viel Gutes«, sagte Pablo. »Da bin ich mir ganz sicher, dass es uns viel Gutes bringt. Geht doch gar nicht anders. Wo es doch hier schon so gut anfängt, oder? Und überhaupt: Seit dem Herbst studierst du wieder, du bist wieder ganz anders drauf, du kannst wieder in den Himmel schauen, und außerdem …«

Er richtete sich ein wenig auf, stützte sich auf den Ellenbogen und küsste sie flüchtig auf den Hals.

»Was, außerdem?«

»Außerdem machst du einen ziemlich vitalen Eindruck, wenn du auf mir sitzt …«

Sie gab ihm einen Rempler mit dem Ellenbogen, dass er aufstöhnte. Allerdings tat er das so übertrieben wie ein Fußballspieler, der sich im Strafraum fallen lässt und den bös Gefoulten mimt.

»Miststück«, sagte er und kniff sie in die Hüften und die Schenkel, und sie balgten und kicherten wie Schulkinder.

***

Reuss stand mit seiner Frau und den beiden Kindern – Ralf war vierzehn, Sabine zwölf – um Mitternacht auf der Dachterrasse seiner Wohnung unweit des gläsernen Rathausturmes. Als um Punkt zwölf die Glocken in der ganzen Stadt zu schlagen begannen, stießen alle mit Champagner an. Reuss küsste seine Frau auf die Wangen, die sie ihm nacheinander kurz hinhielt. Er umarmte seine Kinder, und während alle miteinander in den funkensprühenden, bunten, qualmenden Nachthimmel schauten, fragte er sich mit gewisser Bangnis, was ihm das Jahr bringen würde.

In der Stadt war die Silvesternacht kühl. Und diese Kühle kroch durch seine Kleidung und durch die Haut und bis in die Knochen.

***

Paul Schwarzenbach war allein an diesem Silvesterabend. Nach der Nachrichtensendung »Zeit im Bild« um acht hatte er sich eine Tiefkühlpizza zubereitet, eine Flasche Barbera d'Asti getrunken und in einer Stimmungslage zwischen Wut und Verzweiflung nebenbei Fernsehen geschaut.

Um elf hatte er das Gerät ausgeschaltet, weil er den stupiden Frohsinn der Silvestersendungen nicht mehr ertragen konnte. Stattdessen hatte er sich »Yessongs« aus dem CD-Regal geholt – es bedurfte inmitten von sechshundert CDs keines Suchens; er wusste genau, wo jedes seiner Sammlerstücke zu finden war. Die meisten Details zu seinen CDs kannte er, ohne das Booklet lesen zu müssen – *Yessongs, Live-Aufnahmen von 1972, als opulente 3er-LP herausgekommen 1973; an der Gitarre Steve Howe, am*

Bass Chris Squire, an den Keyboards Rick Wakeman. Schlagzeug: Alan White und Gesang: Jon Anderson. Nicht zu vergessen die der Musik gemäße, höchst kunstvolle Covergestaltung von Roger Dean. Schade nur, dass auch diese Kunstwerke fürs Cover und fürs Booklet der Doppel-CD eingedampft werden mussten aufs Miniaturformat.

Gut, dass ich das alte Album aufgehoben habe, dachte Schwarzenbacher.

Er drehte die Anlage auf, bis er die Nacht nicht mehr hörte – nicht das Glockenläuten, nicht die Kanonenschläge, nicht die Böllerschüsse, nicht das Feuerwerksgeheule. Stattdessen Bombast-Rock der Post-Hippie-Ära mit Anleihen bei Klassik und Jazz. Stattdessen diese zu Tränen rührend romantische und dabei so atemberaubend komplexe Musik der britischen Band.

Mit Jon Andersons extrem hoher und reiner Stimme glitt Paul Schwarzenbacher vom einen Jahr ins nächste. »I've seen all good people«.

Und er war froh, dass es überstanden war.

***

»Vorsätze?«, fragte Pablo. »Hast du welche?«

»Klar«, sagte Marielle. Mehr nicht.

»Sagst du mir sie?«, fragte Pablo nach einer kleinen Weile.

»Warum nicht.«

Sie nahm einen Schluck vom lauwarm und lack gewordenen Champagner aus der Flasche, dann küsste sie Pablo auf den Mund.

»Mein erster guter Vorsatz ist«, sagte sie mit geschäftsmäßiger Stimme, »dich auch im nächsten Jahr für mich haben zu wollen. Wahrscheinlich will ich dich ja immer haben, aber da muss ich erst noch schauen, wie du dich so entwickelst – und natürlich was mir sonst noch so über den Weg läuft.«

Jetzt gab er ihr einen kleinen Stoß in die Rippen, aber nur ganz, ganz leicht.

»Mein zweiter guter Vorsatz ist, wieder in die Berge zu gehen. Mein dritter guter Vorsatz ist, mit meiner Bergführerausbildung weiterzumachen. Mein vierter guter Vorsatz ist, nächstes Jahr um die gleiche Zeit an selber Stelle wieder mit dir von einem Jahr ins nächste hinüberzu*schlafen*. Und mein fünfter guter Vorsatz …«

»So viele?«, fragte Pablo.

»Unterbrich mich nicht«, maulte sie. »Also: Mein fünfter guter Vorsatz ist, heuer auch mal einen Job zu übernehmen, wenn Reuss es anbietet. Ich habe meine Angst überwunden. Wirklich: Ich habe keine Angst mehr … zumindest nicht mehr viel.«

2

März in Tirol – das konnte vieles bedeuten: Hochwinter mit viel Schnee bis in die Täler war die Regel. Bisweilen gab es aber auch einen ganz frühen Frühling; gleichsam vom Föhn gedüngt sprossen Krokusse selbst auf den Wiesen der hoch gelegenen Bergbauernhöfe aus dem Boden, und drunten, nahe dem Innufer, gaukelten die Kiefern und die Trockenwiesen im Licht der tief stehenden Sonne eine geradezu mediterrane Atmosphäre vor. Und beides, der weiße Winter wie der provencefarbene Frühling, war von besonderem Reiz.

»Scheißwetter«, fluchte Marielle leise vor sich hin. Sie hatte den Astra unerlaubterweise auf dem Parkplatz des Restaurants »Löwenhaus« gegenüber vom Landesstudio des ORF abgestellt und war bei recht milden Temperaturen losgejoggt: über die Innbrücke und dann auf den steilen Serpentinen hinauf Richtung Hungerburg. Nach wenigen Minuten aber war die Sonne verschwunden, der Himmel über dem Inntal hatte sich grau verfärbt, und binnen kürzester Zeit hatte Nieselregen eingesetzt. Das wäre ja erträglich gewesen, doch dann kam auch noch Wind dazu. Ein Wind, der ihr den Regen waagrecht ins Gesicht peitschte.

Dieser März war keiner von den reizvollen. Er war sozusagen die dritte Variante, die Tirol zu bieten hatte: wenig Schnee im Hochwinter, ständig Föhn, häufig Niederschläge in Form von leichtem Regen. Die Bergflanken sahen dann aus wie das Fell einer scheckigen Kuh oder eines Zebras – zwischen weißen Flecken und Streifen schaute dunkelbraun die Erde heraus. Das Weiß wirkte fahl, das Dunkle deprimierend, und wenn sich dazu noch der Himmel einen grauen Schleier überzog, war die Tristesse perfekt.

»Scheißwetter«, maulte Marielle noch einmal. Sie tat es lautlos, denn reden wäre ihr bei diesem steilen Berglauf zu anstrengend gewesen. Sie rannte hinauf bis zur Station Hungerburg, da lag ein bisschen Schneematsch, in dem Skifahrer und Snowboarder herumtapsten, schön war es heute auch hier nicht. An der Brüstung bei der Bahnstation blieb sie einen Moment stehen, dehnte die Beinmuskulatur und schaute hinunter zur Stadt, die in dreckigen Braun- und Grautönen dalag.

Öde, dachte sie. Wie öde heute wieder mal alles ist.

Dabei war sie doch froh, sich aufgerafft zu haben. Es war ja eigentlich so ein Tag, an dem sie zu nichts, zu rein gar nichts Lust hatte. Wo sie am Morgen, nach dem Aufwachen und ersten Pinkeln, nur einen Wunsch verspürt hatte: sich im Bett verkriechen zu können, ganz allein, nur mit sich, ohne Pablos steife Gier, ohne den Wecker, ohne Verpflichtungen, nur mit dem Schlaf und dem Halbschlaf, nur mit ihren Träumen und ihren Tagträumen. Doch sie hatte es geschafft, wie meist, ihren inneren Schweinehund zu überwinden. Und wenn sie dann erst einmal draußen war, draußen in der Natur, an der frischen Luft, dann gelang es ihr auch, ihre Deprimiertheit zu verdrängen.

Als sie wieder bergab lief – dieselbe Strecke, die sie gekommen war –, nahm sie den Geruch des Zoos stärker wahr als zuvor. Der Weg führte direkt am Innsbrucker Alpenzoo vorbei, und als wäre ihre Nase im Laufen ganz frei geworden, roch sie jetzt den scharfen Urin der Tiere, sie roch den Mist, und alles erinnerte sie an Zirkusbesuche in ihrer Kindheit. Da hatte ihre Mutter noch gelebt. Marielle hatte sich, ganz klein noch, ein wenig gefürchtet in der fremden Welt der Akrobaten, der Zauberer, der Messerwerfer und, davor am meisten, der Raubtierdompteure.

Über die Clowns musste sie lachen, wie jedes Kind. Die Jongleure fand sie langweilig. Auch die Pferdenummern. Sie fand überhaupt keinen Gefallen daran, wenn weiße Hengste in Formation durch die Manege trabten. Aber wenn dann der große runde Käfig aufgestellt wurde, von lauter feschen Männern in weinroten Livreen mit goldenen Knöpfen und goldenen Litzen, dann begann ihr Herz schneller zu schlagen: Sie meinte, das Fauchen der riesigen Raubkatzen durch die schwungvolle Zirkusmusik hindurch hören zu können – und sie roch die Tiere, noch ehe sie durch den vergitterten Laufgang in die Manege hineinschlichen. Da mischten sich dann bei ihr Angst und Faszination. Und während der Dompteur die gefährlichen Tiere durch Reifen springen ließ, versteckte sie sich in der Achselhöhle ihrer Mutter und lurte nur mit einem Auge aus ihrem Versteck.

Der Geruch des Zoos ließ sie lächeln. Zugleich war die Erinnerung schmerzlich. Marielle blieb stehen, stützte sich auf die Knie, atmete weiße Wölkchen in den kalten Nachmittag und spürte, dass ihr die Tränen kamen.

Wenn ich mal Kinder habe, dachte sie, dann gehe ich nicht mit ihnen in den Zirkus. Das muss Pablo machen. Und dann dachte sie, dass es ja alles andere als sicher war, dass er zum Vater ihrer Kinder werden würde. Sie waren beide noch so jung. Und der Gedanke an Pablo ließ sie wieder ein wenig lächeln.

Sonderbar gestimmt trabte sie den Serpentinenweg hinunter. Ihre Oberschenkel schmerzten vom ständigen Abbremsen. Sie wusste, dass es nicht besonders gut war, bergab zu laufen: Die Gelenke und die Bänder wurden dabei arg strapaziert. Aber sie vertraute auf ihre gute Konstitution und tat es, um noch stärker und noch ausdauernder zu werden.

Als sie den Inn wieder überquert hatte und bei ihrem Auto ankam, steckte ein Zettel hinter dem Scheibenwischer am Heck: »Falls Ihnen entgangen sein sollte, dass dies hier kein öffentlicher Parkplatz ist: Im Wiederholungsfall sehen wir uns gezwungen, das Fahrzeug kostenpflichtig abschleppen zu lassen.«

»Arschlöcher«, schimpfte Marielle, knüllte den Wisch zusammen und schmiss ihn weg. Dann aber überlegte sie es sich anders, klaubte das Papierknäuel wieder auf und warf es im Auto auf den Boden der Beifahrerseite.

Zähneklappernd fuhr sie durch die Stadt. Die Heizung der alten Karre taugte nicht mehr viel. Dass zudem so ziemlich jede Ampel genau in dem Moment gelb zu blinken begann, als sie in die Nähe kam, sie also überall zwei, drei Minuten im feuchtkalten Wagen ausharren musste, machte sie zusätzlich frösteln.

Als sie bei Pablo in der Pacherstraße ankam, zitterte sie am ganzen Körper.

»Verrücktes Huhn«, sagte er. »Bei dem Wetter hättest du dir dein Konditionsprogramm wirklich sparen können. Noch dazu, wo du weißt, dass wir heute noch etwas vorhaben.«

Er ließ ihr die Badewanne vollaufen und gab vorsichtshalber

einen Schuss Erkältungsbad dazu. Und während sie dann in der Wanne saß, holte er ihre Reisetasche mit den guten Sachen aus dem Auto. »Hab ich total vergessen ...«, sagte sie.

Sie hatte immer noch ihre kleine Wohnung im Stadtteil Lohbach im Westen von Innsbruck, auch wenn sie die meiste gemeinsame Zeit bei Pablo in der Pacherstraße verbrachten. Da ließ es sich dann nicht ganz vermeiden, ab und an wie eine Besucherin mit der Reisetasche von hier nach da unterwegs zu sein.

Während sie sich im nach Eukalyptus duftenden Bad aufwärmte und streckte, erzählte ihr Pablo, was er zu dem bevorstehenden Treffen in Erfahrung gebracht hatte.

»Ich habe vorhin noch mal mit Schwarzenbacher telefoniert.«

Marielle schaute ihn fragend an.

»Also: Es geht um einen Mord, der sich vor fast vierzig Jahren ereignet haben soll. Irgendwo im Wetterstein. Die Polizei ging damals davon aus, dass es ein Unfall war. Schwarzenbacher aber sagt, dass es um einen Mord geht. Heute Abend treffen sich er und Reuss mit der Schwester des Opfers. Und da sollen wir dazukommen.«

»Stellt sich die Frage«, sagte Marielle, während sie ihr Becken ein wenig in die Höhe drückte und sich mit der Seife im Schritt schrubbte, »wie diese Frau auf Reuss gekommen ist. Woher weiß sie, dass er sich mit so alten Fällen befasst? Und dass er Schwarzenbacher als Kompagnon hat?«

Sie bemerkte, dass Pablo gar nicht richtig zuhörte.

Er schien sich geradezu zu wünschen, das Stück Seife zu sein.

Marielle musste lächeln. Und in diesem Moment dachte sie, dass eine große Liebe dort beginnt, wo man keine Geheimnisse mehr haben muss vor dem anderen.

»Wie ist sie auf Reuss gestoßen?«, fragte sie noch einmal.

Pablo zuckte nur mit den Schultern. »Keine Ahnung. Aber vielleicht werden wir das ja heute Abend erfahren.«

Als sie im Restaurant Sailer ankamen, einer sehr bekannten, sehr gediegenen Lokalität im Zentrum der Stadt, lächelten ihnen Schwarzenbacher und Reuss entgegen. Nur dass jedes Lächeln eine andere Bedeutung hatte. Das von Schwarzenbacher war spitzbübisch. Er sah, dass die jungen Leute sich herausgeputzt hatten für dieses Treffen – und er erkannte auf den ersten Blick, dass Marielle aus ihrem Kleid herausgewachsen war, dass es ihre Formen mehr betonte, als ihr eigentlich recht sein konnte. Genauso wenig entging ihm, dass Pablo in einem dunklen Anzug eine etwas eigenwillige Figur machte.

Das Lächeln von Reuss bestand aus einem Spitzen der Lippen, einem Hochziehen der Brauen, einem leicht resignativen Gesichtsausdruck – knapp daneben ist auch vorbei, schien er zu denken.

»Ihr seid spät«, sagte er etwas mürrisch, stand auf und stellte die Anwesenden einander vor: »Frau Gehrig-Mannhardt, meine Mandantin. Herr Gehrig. Sie wird uns Wichtiges zu sagen haben. Paul Schwarzenbacher kennt ihr ja bereits.« Und an die Mandantin gewandt: »Marielle und Pablo. Sie machen in meiner Kanzlei …«

Er zögerte einen Moment. »Sie gehören zu unserem Team. Was dabei vielleicht das Wichtigste ist: Sie kennen die Berge wie ihre Westentasche.«

An die beiden gewandt sagte er: »Ich bin sehr froh, dass Frau Gehrig-Mannhardt zu uns gekommen ist. Es gehört viel Mut und viel Kraft dazu, eine solche Sache noch einmal aufzurollen und dabei noch einmal durchleben zu müssen, was damals geschehen ist.«

Kaum dass sich Marielle und Pablo an den in zarten Gelbtönen gedeckten Tisch gesetzt hatten, kam auch schon ein Ober und reichte ihnen die Speisekarten.

»Frau Gehrig-Mannhardt ist nach Innsbruck gekommen«, referierte Reuss, während er beinahe desinteressiert die Speisekarte aufklappte, »um uns ihre Zweifel an der natürlichen Todesursache ihres Herrn Bruders darzulegen. Ich habe sie hierhergebeten, weil ich der Meinung bin, dass wir nur dann etwas unternehmen können, wenn ihr alle ihre Geschichte kennt, ihr Fragen stellen könnt, euch ein eigenes Bild macht. Deshalb würde ich bitten, dass Sie, werte Frau Gehrig-Mannhardt, uns gleich berichten, wie es dazu gekommen ist, dass Sie sich jetzt, nach Jahrzehnten, an uns gewandt haben.«

Marielle hatte sich die Frau irgendwie anders vorgestellt. Alpiner. Eine Frau, die selbst in die Berge ging, die eine Verbindung zum Gebirge hatte. Aber so wirkte sie nicht.

Diese Frau Gehrig-Mannhardt hatte in ihrer Ausstrahlung etwas ganz und gar Unsportliches. Ein Vorurteil, ganz klar, dachte Marielle. Sie konnte von der Frau ja nur die obere Hälfte wahrnehmen. Aber schon die Haltung ihrer Schultern, der leidende Ausdruck um Augen und Mund und eine gewisse Farb- und Kraftlosigkeit in ihrem Blick passten nicht zu dem Bild, das sie sich in ihrer Phantasie gemacht hatte.

Sie leidet nicht nur wegen ihrem Bruder, dachte Marielle. Dafür ist sein Tod zu lange her. Ob sie krank ist?

Frau Gehrig-Mannhardt sah von der Speisekarte hoch, schien sich von Marielle beobachtet zu fühlen, doch ihre Reaktion war erstaunlich. Über ihr verhärmtes Gesicht huschte ein freundliches Lächeln.

»Mich interessiert«, fuhr Schwarzenbacher fort, »was der Auslöser dafür war, sich jetzt, nach so langer Zeit, an uns zu wenden. Gibt es neue Fakten? Neue Verdachtsmomente? Oder ist sonst etwas passiert, dass Sie genau jetzt aktiv geworden sind?« Er legte die Speisekarte zur Seite, und Frau Gehrig-Mannhardt tat es ihm gleich.

»Ich habe am Anfang auch geglaubt«, sagte sie sehr leise, sehr langsam, dabei jedes Wort ein wenig dehnend, »dass Karl verunglückt ist. Ich habe es geglaubt, weil es logisch war. Weil es vorstellbar war ... Weil alles dafür sprach, dass er einem schlimmen Unglücksfall zum Opfer gefallen ist. Aber nach ein paar Tagen haben sich Zweifel bei mir eingestellt. Ich kann nicht sagen, woher diese Zweifel kamen. Sie waren da und sind immer stärker geworden ... Und dann kam der Augenblick, wo es keine Zweifel mehr waren. Da war es meine feste Überzeugung, dass mein Bruder getötet worden ist ... Ich habe immer wieder darüber nachgedacht, oft nachts, wenn ich nicht schlafen hab können, wer das meinem Bruder angetan haben könnte. Wer und warum ... Irgendein Verrückter? Aber wer tut so was? Einfach einen Bergsteiger erschlagen, mitten in der Natur? Ich hab nachgedacht, bis der Kopf mir wehgetan hat davon. Aber ich bin nie auf etwas gestoßen, das irgendwie Sinn gemacht hätte. Kein Resultat ... Verstehen Sie?«

Sie schaute von Schwarzenbacher zu Reuss und wieder zu Schwarzenbacher.

»Kein Resultat.«

Sie lehnte sich ein wenig im Stuhl zurück, richtete den Kopf etwas mehr auf, legte die Hände in den Schoß und spielte nervös mit den Fingern.

»Aber das ändert nichts. Auch wenn ich mir keinen Reim auf all das machen kann, bin ich überzeugt, dass Karl erschlagen worden ist. Dass es nicht ein Stein war, der sich hoch über ihm aus der Wand gelöst hat. Sondern dass jemand ihm einen Stein auf den Kopf geschlagen hat. Und dann muss der Karl abgestürzt sein ...«

»Waren Sie jemals an der Unglücksstelle?«, fragte Schwarzenbacher.

Sie sah ihn an, als würde sie nicht verstehen, was seine Frage zu bedeuten hatte.

»Ich meine, haben Sie sich die Unglücksstelle jemals selbst angesehen?«, sagte Schwarzenbacher. »Damals, als man Ihren Herrn Bruder gefunden hat, oder irgendwann später.«

Sie verengte die Augen, wie man es tut, wenn man besonders wachsam ist, wenn man nicht will, dass einem irgendetwas entgeht. Sie schaute Schwarzenbacher an, schien ihn zu prüfen, schien sich zu fragen, wie viel dieser Mann im Rollstuhl noch wert war, was sie von ihm erwarten konnte oder auch, was sie von ihm befürchten musste.

Dann entspannte sich ihr Gesicht wieder, ihre Augen wurden offener.

»Das Gebirge war mir schon fremd, bevor das mit Karl passiert ist. Wir waren uns ja in vielem sehr ähnlich. Ich bin drei Jahre älter als er. Aber das mit den Bergen ... da habe ich ihn nie verstehen können. Habe nicht verstanden, was er daran findet, sich die Berge hinaufzuschinden, sich Gefahren auszusetzen, immer unterwegs zu sein, anstatt es sich daheim gut gehen zu lassen. Nein«, sagte sie, »ich habe ihn nie verstanden. Als es dann geschah, war ich zuerst der Meinung, dass es ja eines Tages so hatte kommen müssen. Wer sich immer in Gefahr begibt, kommt schließlich darin um. Ich glaube, die Berge sind grausam. Sie haben bestimmt auch Schönes, aber vor allem, glaube ich, sind sie gefährlich und grausam. Der Tod meines Bruders hat mich schwer getroffen.«

Sie machte eine kurze Pause, in der niemand etwas zu sagen wagte.

Der Ober sah, dass alle die Speisekarten geschlossen hatten. Er war aber wohl feinfühlig genug, nicht in diesen Augenblick hineinzuplatzen. Den Tisch, an dem sie saßen, umgab Stille, Angespanntheit, die Aura eines ganz und gar bedeutsamen Moments.

»Auch wenn man immer in Angst um ihn gelebt hat«, sagte Frau Gehrig-Mannhardt, »so kam sein Tod doch völlig überraschend. Als ich davon erfuhr, war es so, als hätte ich mich nie gesorgt um ihn, als hätte es nie Grund für meine Angst gegeben, als wäre er noch nie in die Berge gegangen. Es war völlig überraschend. Und ich konnte es nicht fassen: Karl tot. In den Bergen verunglückt. Unwiderruflich tot, fort, weg aus meinem Leben. Spätestens da habe ich die Berge gehasst. Ich kann Ihnen gar nicht sagen, wie sehr ich seither die Berge hasse.«

Marielle erschauderte innerlich. Auch sie hatte Schlimmes im Gebirge erlebt und durchlitten, auch sie hatte monatelang keinen Fuß mehr in die Berge gesetzt, nicht einmal hochschauen zu den Bergen hatte sie wollen, wenn sie durch die Stadt gegangen war. Aber gehasst? Gehasst hatte sie die Berge nie. Im Gegenteil. Ihr erschienen sie auch nicht als übermäßig gefährlich und schon gar nicht als grausam. Die Berge waren einfach da, und sie waren schön, und sie boten so viele Möglichkeiten, etwas Besonderes zu erleben und dabei sich selbst ganz intensiv zu spüren.

Marielle konnte die Frau verstehen, konnte verstehen, dass sie solche Gefühle hatte. Aber teilen konnte sie diese Gefühle nicht. Sie erschrak nur über so viel Hass.

»Sie werden verstehen, dass ich nicht dorthin gegangen bin, wo mein Bruder gestorben ist. Für nichts auf der Welt wäre ich dorthin gegangen. Nicht etwa, weil ich Angst gehabt hätte, dass mir dort auch etwas passieren könnte. Sondern weil ich keinen Berg und keinen Felsen sehen wollte und konnte.«

Damit war zumindest eine von Schwarzenbachers Fragen beantwortet, und Frau Gehrig-Mannhardt schien jetzt fast ein bisschen in sich zusammenzusinken.

»Danke«, sagte Schwarzenbacher. »Wenn Sie mir jetzt noch erzählen könnten, wodurch Ihre Zweifel geweckt worden sind. Es wäre wirklich wichtig.«

Die Stimme von Frau Gehrig-Mannhardt klang müde. »Aber das habe ich doch Herrn Dr. Reuss alles schon gesagt ...«

Reuss nickte. »Gewiss. Aber mein geschätzter Kollege Schwarzenbacher hat sicherlich seine Gründe, alles noch einmal aus Ihrem Mund, Frau Gehrig-Mannhardt, hören zu wollen. Polizisten sind so«, fügte er mit einem Lächeln hinzu. »Daran sollten Sie sich nicht stoßen.«

Sie schien zu überlegen. Schaute nachdenklich von einem zum anderen.

»Haben Sie Geschwister?«, fragte sie dann ganz unvermittelt und sah Schwarzenbacher dabei an. »Ich nehme an, Sie haben keine. Sonst könnten Sie vielleicht verstehen.«

Schwarzenbacher verstand offenbar nicht, worauf sie hinauswollte. Nach einer kurzen Pause sprach sie weiter:

»Mein Bruder und ich, wir waren sehr vertraut. Wir haben uns immer gemocht. Wir haben miteinander gespielt, haben lange dasselbe Zimmer gehabt, und abends, wenn wir in den Betten lagen, haben wir uns erzählt, was wir erlebt haben, was uns bewegt hat. Wir hatten nie Geheimnisse voreinander ...«

Sie spielte nervös mit ihren Fingern.

»Es gab bei uns etwas«, fuhr sie fort. »Ich weiß nicht, wie ich es beschreiben soll ... Es war so eine Art innerer Verbindung, ein Verstehen ohne Worte. Ich erinnere mich an eine Geschichte ...«

Marielle versuchte, an den Gesichtern von Reuss und Schwarzenbacher abzulesen, was sie von diesen Ausführungen hielten. Doch Reuss verzog keine Miene. Und Schwarzenbacher? Er kniff die Augen ein wenig zusammen, so als könnte er sich damit besser konzentrieren oder geradewegs durch die Dinge hindurchsehen.

»Karl war noch klein. Zehn Jahre vielleicht. Er hätte um halb fünf zu Hause sein sollen. Aber er kam nicht. Er war sonst immer zuverlässig. Es wurde fünf, und meine Mutter machte sich Sorgen. Sie telefonierte andere Mütter an, die Mütter von Spielkameraden Karls. Aber niemand wusste etwas. Meine Mutter war den Tränen nahe. Ich versuchte sie zu beruhigen. Dann ging ich in unser Zimmer.«

Sie schaute etwas irritiert, schien die Erinnerungen bündeln zu wollen, fasste sich aber gleich wieder.

»Sie werden gewiss lachen. Sie werden mich nicht verstehen können. Aber sei's drum.«

Marielle wusste nicht, was sie von der Frau halten sollte. Sie war gleichermaßen beeindruckt wie irritiert.

»Ich hab mich auf sein Bett gelegt. Um ihm in diesem Augenblick so nahe zu sein wie nur irgendwie möglich. Ich hab die Augen geschlossen. Eine Minute lang vielleicht, vielleicht auch weniger. Und dann hab ich mit den Handballen auf die Augäpfel gedrückt, bis sie zu schmerzen begannen. Dann sah ich ihn.«

Marielle biss sich auf die Unterlippe. So ein Scheiß, dachte sie. Reuss' Gesicht blieb unbewegt. Aber bei Schwarzenbacher bemerkte Marielle den Hauch eines Lächelns. Wie der Schatten einer kleinen Wolke: plötzlich da und gleich wieder weg.

»Ich sah ihn«, sagte Frau Gehrig-Mannhardt. »Ich sah ihn natürlich nicht wirklich. Es war mehr eine Ahnung, wo er sein konnte. Und doch scheint es mir bis heute so, als wäre es mehr gewesen als eine Ahnung: so eine Art siebter Sinn.«

Sie brach abrupt ab, wirkte einige Augenblicke lang verwirrt. Sagte dann, dass es so ausführlich ja wohl doch nicht sein müsse und dass sie die Herren ja nicht langweilen wolle. Sie hatte nur Reuss und Schwarzenbacher im Blick. Marielle und Pablo nahm sie überhaupt nicht wahr.

»Was war mit Ihrem Bruder?«, fragte Reuss ganz ruhig, sachlich.

»Ich holte meine Mutter«, sagte Frau Gehrig-Mannhardt. »Ich sagte ihr, wo wir meinem Gefühl nach suchen mussten. Raus aus der Wohnung, über die Straße hinüber, den Ariboweg entlang, rechts dann den Pfad durch ein brachliegendes Wiesenstück … In der Sackgasse hinter der Wiese fanden wir ihn. Er kauerte in einer großen Holzkiste, in der noch ein wenig Streusand vom letzten Winter war. Da hatten ihn andere Kinder eingesperrt, hatten ein Stöckchen durch den Sperrriegel geschoben, sodass er nicht mehr herauskonnte, und waren dann nach Hause gegangen. Stellen Sie sich das mal vor. Karl zitterte vor Angst. Vielleicht hätte er ersticken können in diesem Verschlag. Jedenfalls …«

Sie nahm einen Schluck vom Mineralwasser, das schon fast alle Kohlensäure verloren hatte, schal geworden war im Glas.

»Jedenfalls zeigt das doch, dass ich eine besondere innere Verbundenheit zu meinem Bruder hatte. Wir waren uns immer sehr nah. Bis auf seine Bergsteigerei, die ich nicht nachvollziehen konnte. Aber das habe ich ja schon gesagt. Als die Meldung kam von seinem Unfalltod, ahnte und spürte ich bald, dass etwas daran nicht stimmte. Und es wäre vielleicht immer nur ein Ahnen geblieben, wenn nicht Jahre später wieder ein Mensch unter ganz ähnlichen Umständen ums Leben gekommen wäre. Ich hab es in der Zeitung gelesen, ganz zufällig. Und dann noch ein ›Unglück‹. Da wusste ich es. Da wusste ich es ganz definitiv.«

Es traten Sekunden völliger Stille ein.

Marielle kam es vor, als würden auch alle anderen Gespräche im Lokal ersterben, als würde das Klirren der Bestecke und das Klingen der Gläser verstummen, nur um diese Augenblicke gebührend zu würdigen.

Und dann sagte Reuss:

»Sie haben recht, Frau Gehrig-Mannhardt. Bestimmt haben Sie recht.«

Schwarzenbacher warf ihm einen kurzen, fragenden, ja staunenden Blick zu, und Marielle versuchte, mit hochgezogenen Augenbrauen auf Pablo schauend, dessen Meinung zu dieser Geschichte zu erraten.

Doch dann stand auch schon der Ober da und fragte, ob er jetzt ihre Bestellungen aufnehmen dürfte.

»'s Hirschgulasch könnt ich sehr empfehlen, wenn die Herrschaften vielleicht ein Wild möchten …«

3

Karl Mannhardts Geschichte hatte sich tief in Marielles Gedächtnis gegraben, und es bereitete ihr Mühe, die in ihr entstandenen Bilder immer wieder zu verdrängen. Alles, was sie wusste, stammte aus den Zeitungsberichten, die ihr Reuss gegeben hatte, und aus den Gesprächen mit ihm und Schwarzenbacher. Angesichts der täglichen Flut an grausigen Zeitungs- und TV-Bildern hätte die Vorstellung vom durch Steinschlag und Absturz zu Tode gekommenen Mannhardt gar nicht mehr so schlimm sein dürfen für sie. Und doch war sie es. Sie fragte sich, warum.

»Das ist eigentlich logisch«, sagte Pablo. »Wenn die im Fernsehen berichten, dass bei einem Erdrutsch in Ostchina dreihundert Leute elendig verreckt sind, und sogar wenn sie dann Bilder zeigen, wie die schlammverkrusteten Leichen geborgen werden, dann sind uns diese Leute doch vollkommen fremd, sind nur eine Ziffer in der großen Zahl dreihundert. Wenn aber …«

»Ich weiß schon, was du sagen willst«, fuhr ihm Marielle ins Wort. »Wenn aber ein Einzelschicksal herausgegriffen wird, dann berührt uns das, dann bekommen wir Mitleid, dann kommen uns die Tränen …«

»Hmm«, brummte Pablo zustimmend. »Genauso ist es doch.«

»Ist es nicht«, sagte Marielle, die nicht ihren besten Tag hatte. Es gab so Tage, wo ihr nichts gelang, wo nichts sie glücklich stimmen konnte, wo nichts ihr Freude bereitete – und diese Tage hatten sich in letzter Zeit gehäuft. Marielle mochte es überhaupt nicht, dass sie solchen Stimmungen ausgesetzt war. Sie verabscheute sich dann sogar ein bisschen dafür – und das machte alles nur noch schlimmer. Sie gestand es sich selbst nicht ein, aber tief in ihr gab es eine Ahnung, wo das herrührte. Seit dieser fürchterlichen Geschichte in der Schattenwand … Der Gedanke kam, doch sie verdrängte ihn, wollte nichts davon wissen, wollte weiter in dem Glauben leben, alles, wirklich alles überstanden zu haben.

»Ist es überhaupt nicht«, sagte sie. »Ich kenne diesen Mannhardt nicht, habe ihn nie gekannt. Kenne nur seine sonderbare Schwester. Dazu kommt, dass sein Tod ewig her ist …«

»Hmm«, machte Pablo. Und er machte es so, dass Marielle nicht entscheiden konnte, ob es eine Zustimmung oder doch ein eher mürrischer Widerspruch war. Aber es war ihr ohnehin egal.

»Ich möchte diese Geschichte am liebsten loswerden. Aus dem Kopf bekommen. Nicht mehr darüber grübeln, ob es ein Unfall war oder ob ihn jemand erschlagen hat. Und wenn, warum. Ich möchte …«

»Das geht nicht«, sagte Pablo ganz entschieden. »Ob wir wollen oder nicht: Es ist mittlerweile zu unserer Geschichte geworden. Ein bisschen zumindest. Und wenn ich dich erinnern darf: Als wir an Silvester in den Calanques waren und du mir deine guten Vorsätze aufgezählt hast, war einer davon, heuer für das Reuss-Team zu arbeiten, alpine Kriminalfälle lösen. Erinnerst du dich?«

Marielle sagte nichts.

»Ich nehme an, wir werden noch viel intensiver mit Mannhardt und dem Steinschlag zu tun bekommen.«

Marielle wandte sich ab. Es war einfach nicht ihr Tag.

***

Schwarzenbacher war unermüdlich. Er hatte sich von Reuss die Zeitungsausschnitte geben lassen und sie wieder und wieder gelesen. Dann hatte er sich auf den Weg gemacht. Erstes Ziel: der Sitz des Tiroler Alpenvereins, Olympiastraße 37, gegenüber vom Eisstadion. Er fuhr mit dem Aufzug in den dritten Stock und wandte sich dort an den Nächstbesten, der ihm begegnete.

»Ich nehme an, der Alpenverein führt so etwas wie eine Unfallstatistik«, sagte er zu dem jungen Mann. Der sah ihn, den Rollstuhlfahrer, etwas skeptisch an und fragte: »Sind Sie Mitglied?«

Es war etwas im Gesicht des jungen Mannes, was Schwarzenbacher auch schon ohne diese saublöde Frage auf die Palme brachte. Er mochte diese strahlend blauen Augen nicht, nicht das goldblonde Haar, das, scheinbar nur mit den Fingern flüchtig in Form gebracht, sein Gesicht rahmte, er mochte das Lächeln nicht und nicht die glänzenden Zähne, die dabei zum Vorschein kamen.

Schwarzenbacher rollte ganz dicht an ihn heran und sagte wütend:

»Sie holen mir jetzt augenblicklich einen, der dafür zuständig ist. Denn sonst reiß ich Ihnen ganz gehörig den Arsch auf ...«

Ob es die Autorität des früheren Polizisten war, die den jungen Mann so verschreckte, oder ob er einfach nicht wusste, wie mit dem jähzornigen Rollstuhlfahrer am besten umzugehen sei – jedenfalls machte der Schönling auf dem Absatz kehrt und verschwand in den Gängen des Gebäudes.

Schwarzenbacher war gespannt, was geschehen würde. Er rollte zu einem Ständer mit Infomaterial, nahm ein paar Broschüren heraus, steckte sie aber gleich wieder zurück.

Er wusste, dass er gemein gewesen war. Der Kerl kann ja nichts dafür, dass er jung ist, dachte er. Dass er jung ist und gut aussieht, dass er Beine hat, mit denen er laufen kann, und dass er abends fesche Mädchen aufreißt, die sich wahrscheinlich gern von ihm vögeln lassen.

Neidisch bin ich auf ihn, dachte Schwarzenbacher. Nichts als neidisch. Reiß dich zusammen, alter Sack.

Der junge Mann blieb verschwunden. Zumindest zunächst. Stattdessen kam ein anderer, ebenfalls ziemlich gut aussehender, wenn auch schon deutlich älterer. Enge Jeans, Pullover mit aufgenähtem ÖAV-Abzeichen, nigelnagelneue Turnschuhe.

»Walser«, stellte er sich vor. »Konrad Walser. Sie brauchen Rat in Sachen Bergunfällen?«

Schwarzenbacher nickte und stellte sich seinerseits vor. Er hatte sich beruhigt. Außerdem hatte dieser Walser nichts, was ihn auf Anhieb hätte wütend machen können – außer Beinen.

Er schilderte ihm kurz sein Anliegen, woraufhin Walser ihn mit in sein Büro nahm. Dass er ihm dabei behilflich sein wollte, den Rollstuhl durch die Glastüren zu manövrieren, lehnte Schwarzenbacher ab. Er ließ sich nicht gern helfen.

»Kaffee?«, fragte Walser in seinem Büro. »Oder lieber ein Pago-Saftl?«

Auf dem riesigen Schreibtisch Walsers lagen nicht nur Papiere; verstreut über die ganze Arbeitsfläche lagen da auch rostige Felshaken, gebrochene Steigeisen, die Rissteile eines Kletterseiles, ein geborstener Helm. Der Helm lag mit der Schale nach oben – am Innenpolster war in Farbtönen zwischen Rost und fast Schwarz fleckig das Blut des Verunglückten zu sehen.

»Es geht um diese Geschichte«, sagte Schwarzenbacher und reichte Walser Kopien der Zeitungsausschnitte von 1974. Er erklärte dem Alpenvereinsmann, was es damit auf sich hatte und warum er sich der Sache annahm.

»Wenn ich Sie recht verstehe, möchten Sie Informationen über alle Bergunfälle, die sich so ähnlich zugetragen haben. Da können wir Ihnen wohl ein Stück weit helfen. Allerdings: Wir haben hier nur jene Bergunfälle erfasst und dokumentiert, von denen ÖAV-Mitglieder betroffen waren.«

»Ich nehme an, dass mir das schon weiterhelfen würde«, sagte Schwarzenbacher.

»Und für welchen Zeitraum brauchen Sie das alles?«

»Von 1974 bis heute.«

»Da ist eine Menge durchzusehen. Und es wird ein wenig dauern, bis wir das für Sie zusammengesucht haben.«

»Nicht nötig«, sagte Schwarzenbacher. »Wie Sie unschwer erkennen können, mangelt es mir an einigem, aber nicht an Zeit. Sie könnten mir, wenn das genehm ist, einfach Ihre Unterlagen geben. Ich muss sie ja gar nicht mit nach Hause nehmen, ich könnte alles hier bei Ihnen im Alpenverein sichten. Irgendwo werden Sie ja vielleicht einen verwaisten Schreibtisch für mich haben, oder?«

Walser schaute ihn unentschlossen an. Irgendwie war ihm Schwarzenbacher wohl suspekt. Andererseits, was würde es schon ausmachen, wenn dieser Kriminalerkrüppel ein paar Stunden hier wäre und Einsicht nähme in die Unfalldokumentation?

»Das müsste gehen«, sagte er nach kurzer Bedenkzeit. »Wann möchten Sie anfangen?«

»Am liebsten gleich«, sagte Schwarzenbacher mit einem Lächeln. »Es ist schon zu viel Zeit vergangen, seit der Unfall oder der Mord 1974 geschehen ist. Mehr Zeit sollte nicht mehr ungenutzt verstreichen.«

»Gleich geht nicht«, sagte Walser entschieden. »Aber wenn Sie morgen wieder kämen. Wir machen um neun Uhr auf«, sagte er, und es klang, als wollte er noch ein weiteres Aber nachschieben.

Doch Schwarzenbacher fiel ihm ins Wort und sagte ganz kategorisch: »Dann bin ich um neun Uhr da.«

Er war am nächsten Tag um neun Uhr da. Und am Tag danach wieder. Und am übernächsten auch. Er wühlte sich hinein in die Unterlagen des Alpenvereins, durchforstete Statistiken, las Unfallberichte und studierte die damit verknüpfte Ursachenforschung. Er, der auch vor dem Ausbruch der Multiplen Sklerose kein Interesse an den Bergen und dem Bergsteigen gehabt hatte, wurde binnen weniger Tage fast so etwas wie ein Fachmann für Bergunfälle. Die Akten, die ihm Walser nach und nach brachte, konfrontierten ihn mit gerissenen Seilen, mit Höhenkrankheit und Lungenödemen, mit Stürzen in versteckte Gletscherspalten. Es ging darin um Steinschlag, Eisschlag, Blitzschlag. Um Erschöpfung, Unterkühlung, Erfrierung. Er musste sich jede Menge scheußlicher Bilder ansehen, was er immerhin von seinem früheren Beruf her gewohnt war. Bilder von Toten, die nach Abstürzen über mehrere hundert Meter völlig verdreht und entstellt waren.

Die müssen immer wieder auf den Felsen aufgeschlagen sein, dachte Schwarzenbacher. Es war selbst ihm, dem ziemlich hartgesottenen Expolizisten, eine sehr unangenehme Vorstellung, so zu sterben: stürzend ... stürzend, aufschlagend, weiterstürzend, aufschlagend ... aufschlagend und weiter bis zum Ende, bis zum erlösenden Ende.

Er sah amateurhafte Farbfotografien, die dennoch alles zeigten: ausgebleichte Haut toter Menschen, die längere Zeit im Gletscher gelegen hatten, ausgetretene Gedärme nach Verletzungen mit einem Eispickel, Köpfe, die nach Sturz oder Steinschlag aufgeplatzt waren wie Kokosnüsse.

Am meisten bewegten ihn aber nicht jene Nahaufnahmen des alpinen Todes. Am meisten berührte ihn die wie beiläufig gemachte Aufnahme von einem verunglückten Menschen, der im Schnee lag, als wäre es nur Spaß. Das Tödliche des Augenblicks ging gar nicht so sehr von diesem Mann aus, sondern vielmehr von einem Begleiter oder einem, der zu Hilfe gekommen war: Der kniete neben dem im Schnee liegenden Mann, berührte ihn aber nicht, kauerte nur so da, sah hinab zu dem Toten, und er schien zutiefst erschüttert. Seinem trauernden Blick folgend, wurde Schwarzenbacher der ganzen Tragödie erst gewahr. Der Mann im Schnee war hochalpin gekleidet: Berganorak, Kletterhose, Bergstiefel mit Steigeisen dran – und ein Helm. Nur dass dieser Helm nicht mehr normal auf dem Kopf saß, sondern ihm über die Augen und bis zur Nasenwurzel ins Gesicht gedrückt worden war. Es sah aus, als hätte der Mann nur mehr einen halben Kopf. Dem zugehörigen Bericht konnte Schwarzenbacher den Unfallhergang entnehmen: Zwei Kletterer wollten in den Westalpen eine überaus schwierige Felstour machen. Doch sie kamen gar nicht bis zum Fels. Der Zustieg war lang und mühsam. Zuletzt mussten sie eine steile Eisrinne queren. Diese Rinne war berüchtigt. Nicht wegen ihrer Steilheit – damit konnten erfahrene Bergsteiger umgehen. Sie war gefährlich, weil immer wieder Steine und Eisbrocken durch das Couloir herabschossen. Die beiden Kletterer waren gewarnt.

»Sie haben nichts falsch gemacht«, sagte Walser zu Schwarzenbacher. »Ihr einziger Fehler, wenn man so will, war der, dass sie sich überhaupt für diese Tour entschieden hatten. Das Couloir ist Lotto – nur mit umgekehrten Vorzeichen: Die Chance, dass es dich trifft, ist riesengroß ...«

Um schnell zu sein, die Gefahrenstelle in möglichst kurzer Zeit zu überwinden, waren sie seilfrei ins Couloir gequert. Als der Erste etwa in der Mitte der knapp sechzig Meter breiten, eisgefüllten Rinne angelangt war, polterte von oben ein Steinbrocken herunter. Er sprang immer wieder auf dem Eis auf, beschleunigte, schoss zwischen den Felsbegrenzungen hin und her – nur ein einzelner Brocken, nicht größer wohl als eine Faust – und traf dann den Kletterer an der Schulter. Er hatte keine Chance. Er verlor den Halt, fiel nach hinten aus der steilen Rinne und stürzte, halb gleitend, halb frei fallend, etwa zweihundertfünfzig Meter tief ab. Unten, wo die Rinne in flacherem Gelände seicht auslief, schlug er mit dem Kopf voraus auf; den Helm drückte es ihm tief ins Gesicht; der Schädel war mehrfach gebrochen und das Gehirn zerquetscht. Als die Retter eintrafen, war noch immer Leben in dem Mann. Aber der Rettungsarzt wusste gleich, dass es kein Zurück ins richtige Leben mehr gab.

»Die mussten sich vor allem um den anderen Bergsteiger kümmern. Der kauerte noch am Rand der Rinne und brauchte die Hilfe der Bergretter, um an den Wandfuß zu gelangen«, sagte Walser. »Heftige Sache.«

Schwarzenbacher fiel das Buch über Rechtsmedizin ein, das er sich hatte besorgen wollen. Das habe ich schon wieder ganz vergessen, dachte er. Bei Gelegenheit …

Andererseits, dachte er dann, ist mein Bedarf an grausigen Bildern vorerst gedeckt. Eine Fleischkäs-Semmel möchte ich jetzt lieber nicht …

Die Bilder halfen ihm freilich nicht viel weiter. Es war nur so, dass sie den Blick einfingen, dass sie eine geradezu magnetische Anziehungskraft hatten und dafür sorgten, dass Schwarzenbachers Gedanken den Halt verloren. Er musste sich immer wieder zwingen, zu den nackten Fakten zurückzukehren, zu den Unfallzahlen, den Orten, den Daten, den Berichten der Augenzeugen, den Bemerkungen der Experten. Jahr für Jahr, Jahrzehnt für Jahrzehnt ackerte er durch – es dauerte lange, bis er sich fündig wähnte.

Schwarzenbacher rief beim Hauptsitz des Deutschen Alpenvereins in München an. Dasselbe Anliegen, dieselbe Vorgehensweise. Er könne jederzeit kommen und Einsicht nehmen in die Unterlagen.

»Mach ich«, sagte er. »Ich komme nächsten Mittwoch. Früher Nachmittag?«

Und zu Pablo sagte er: »Du hast ein Auto. Du könntest mich fahren. Ist für mich kommoder als mit der Bahn. Vormittags nach München, abends retour.«

»Ich denke«, sagte Pablo, der nicht gleich begeistert war, »du hast Tage gebraucht im ÖAV-Archiv. Wie wollen wir das jetzt an einem Nachmittag schaffen?«

Schwarzenbacher grinste. »Ich weiß jetzt besser, wie und was ich suchen muss. Und außerdem: Diesmal kannst du mir ja dabei helfen.«

***

Beim Alpenverein in München brauchten sie nicht mehr als zwei Stunden. Schwarzenbacher wusste wirklich, wonach er suchte. »Alle Steinschlagunfälle, zu denen es keine Zeugen gegeben hat. Wo die Verunglückten erst nach einer Weile, nach Stunden oder Tagen, von Fremden gefunden worden sind«, sagte er zu Pablo.

Pablo hatte nicht nachgefragt, weil er intuitiv sicher war, keine Antwort von Schwarzenbacher zu bekommen. Zumindest nicht gleich. Er hatte jede der in Frage kommenden Seiten der verschiedenen Unfallstatistiken fotokopiert und mit gelbem Leuchtstift die Unfälle markiert, die ins Suchschema passten.

Schwarzenbacher strahlte übers ganze Gesicht, als er die Kopien von Pablo überflog.

»Wir kommen weiter, Junge«, sagte er. »Wir sind einen kleinen Schritt in die richtige Richtung gegangen.«

»Ich würde gern wissen, worin dieser kleine Schritt besteht.«

»Nur langsam, Pablo. Erst mal muss ich das in meinem Kopf alles ein bisschen hin und her jonglieren. Der Kopf« – Schwarzenbacher tippte sich seitlich über dem Ohr an – »ist immer noch das, was am besten an mir funktioniert. Während ich nachdenke, könntest du mich noch ein wenig durch die Stadt chauffieren. Ich kenn mich halbwegs aus.«

Pablo wäre lieber zurückgefahren, statt noch in der ihm verkehrstechnisch ziemlichen fremden Stadt herumzufahren. Noch dazu im Hauptverkehr.

»Fahr dort vorn auf den Ring. Ich sag dir, wenn du wieder runtermusst.«

Es war für Pablo erstaunlich, wie Schwarzenbacher scheinbar mit dem einen Auge den Verkehr verfolgte und mit dem anderen die Auszüge aus den Bergunfallstatistiken studierte. Er bekam eine Ahnung davon, wie exzellent dieser Schwarzenbacher als Polizist gewesen sein musste. Ein schlauer Fuchs. Durchtrieben. Und wahrscheinlich nicht abzuschütteln, wenn er erst mal eine Fährte gewittert hatte.

»Fahr da vorn aus dem Tunnel raus, und wenn du oben an die Ampel kommst, halt dich rechts«, sagte Schwarzenbacher.

»Wo fahren wir eigentlich hin?«, fragte Pablo.

»Zum Zweitausendeins. Platten- und Bücherladen. Gibt's in

Österreich nicht. Gut, vielleicht gibt es mittlerweile auch in Wien einen, weiß ich nicht. In Innsbruck jedenfalls gibt es keinen.«

»Und was ist daran so besonders?« In Pablos Stimme lag ein vorwurfsvoller Unterton. Er konnte es schlichtweg nicht fassen, dass er wegen eines Platten- und Bücherladens eine Dreiviertelstunde durch München kurven, ewig nach einem Parkplatz suchen, schließlich den Rollstuhl aus dem Kofferraum hieven und dann zehn Minuten neben Schwarzenbacher herlaufen musste, bis sie endlich vor dem winzigen Laden standen.

»Das Problem ist«, sagte Schwarzenbacher, »dass ich da nicht reinkomm. Ist nicht auf Rollstühle ausgelegt. Lass uns einen Katalog mitnehmen und da vorn in einem Beisl was trinken. Dabei kann ich schauen, was ich brauch. Und du holst es dann. Einverstanden? Und dir und Marielle spendier ich auch eine CD. Fürs Rumkutschieren.«

Als sie München verließen, war der Verkehr dicht, und es war alles andere als angenehm für Pablo, sich in Richtung Salzburger Autobahn durchzustauen. Und doch war seine Unzufriedenheit gewichen. Er hatte in dem Laden sieben CDs für Schwarzenbacher besorgt, die meisten davon Jazzalben, die er nicht kannte. Alles spottbillig. Und er hatte für sich und vielleicht auch Marielle – er war sich nicht sicher, ob es auch ihr Geschmack wäre – gleich noch was ausgesucht. Ein Zufallsfund. Das Zweitausendeins verfügte ohnehin nur über ein begrenztes Sortiment. Preisreduzierte Bücher, einige Exklusivtitel, außerdem eine insgesamt überschaubare Auswahl an CDs der Sparten Pop, Jazz und Klassik. Pablo war auf »Deep Purple: Concerto for Group and Orchestra« gestoßen. Eine uralte Einspielung. Sein Vater hatte oft geschwärmt davon. Jetzt fand er das »Concerto« hier, als Doppel-CD mit einigen Bonustracks – und das alles für nicht mal zehn Euro.

Er war gespannt darauf, wie sich die Mixtur aus harten Gitarrenriffs und Streichern und Bläsern anhören würde.

»Weißt du, was idiotisch ist?«, sagte Schwarzenbacher, als sie auf der Salzburger Autobahn die Ausfahrt Holzkirchen passiert hatten. »Dass du keinen CD-Player im Auto hast. Ich hab da die tollsten Scheiben – und wir können sie nicht hören.«

Pablo zuckte nur mit den Schultern. Er stellte das Radio an, aber Schwarzenbacher sagte: »Das ist doch scheiße.«

Pablo schaltete wieder ab. Lange fuhren sie schweigend dahin. Jeder hing seinen Gedanken nach. Erst als sie auf die Inntal-Autobahn abgebogen waren, kam das Gespräch wieder in Gang.

Der Abend dämmerte. Die nicht allzu hohen Berge, die das Tal zu beiden Seiten säumten, waren nur noch als Schattenrisse wahrzunehmen. Pablo kannte diese Berge nicht, war immer nur zwischen ihnen durchgefahren, wenn er mal nach Salzburg oder nach Wien gemusst hatte.

Es wäre wohl ganz nett, dachte er, gelegentlich da irgendwo hinaufzuwandern. Man musste einen tollen Blick auf den Wilden Kaiser haben. Bestimmt auch auf die Loferer Berge und wahrscheinlich auch auf die Zentralalpen dahinter. Irgendwann, dachte er, mache ich das.

»Hat dich das nie gereizt?«, sagte er zu Schwarzenbacher. »Ich meine, früher ... als du noch ... du weißt schon ...«

»Als ich noch laufen konnte. Ich weiß, was du meinst. Aber damals hatte ich nie Interesse an den Bergen. Eigentlich komisch. Heute befasse ich mich mit einer gewissen Obsession mit alpinen Kriminalfällen – und kenne das Gebirge eigentlich gar nicht. Zumindest nicht mehr als jeder deutsche Halbschuhtourist, der mit der Nordkettenbahn von Innsbruck aus rauffährt oder meinetwegen von St. Anton aus auf die Valluga, um dann blöd in die Gegend zu glotzen. Ich habe mich schon manches Mal gefragt, woher diese komische Begeisterung kommt. Eine schlüssige Antwort habe ich nicht. Mehr eine Vermutung: dass es eine Trotzreaktion ist auf mein Nichtmehrlaufenkönnen. Verstehst du, was ich meine? Jetzt, wo ich keinen Berg mehr hinaufkomme, hätte ich große Lust dazu.«

Sie passierten den ehemaligen Grenzübergang bei Kiefersfelden, fuhren an Kufstein vorbei, hatten nur mehr eine knappe Stunde bis nach Innsbruck.

»Auf einen Verlängerten hätte ich noch Lust«, sagte Schwarzenbacher. »Es muss bald eine Raststätte kommen. Möchtest du? Ich lad dich ein.«

»Eigentlich würde ich lieber weiterfahren«, sagte Pablo. Und dann grinste er Schwarzenbacher spitzbübisch an. »Aber ich könnte schon auch Lust bekommen auf einen Kaffee. Unter einer Bedingung …«

»Bedingung? Was für eine Bedingung?«

»Du spendierst mir eine Melange und einen Apfelstrudel mit Schlag!«

»Einverstanden«, sagte Schwarzenbacher.

»Das ist noch nicht alles«, sagte Pablo.

»Was denn noch? Du hast von einer Bedingung gesprochen, nicht von zwei.«

»Du erzählst mir, was du herausgefunden hast.«

»Mmh.«

Es war für Pablo nicht zweifelsfrei herauszuhören, ob dieses »Mmh« Zustimmung oder Ablehnung bedeutete. Aber er fragte nicht nach. Als die Ausfahrt zur nächsten Raststation in Sicht kam, setzte er den Blinker.

Schwarzenbacher wischte sich den Mund mit einer Papierserviette ab. Er hatte sich zum Verlängerten eine Schinken-Käse-Semmel gekauft und mit Appetit gegessen. Pablo stocherte noch immer im Apfelstrudel herum. Nicht dass er ihm nicht geschmeckt hätte. Aber er wartete immer noch darauf, dass er endlich dargelegt bekam, welche wichtigen Entdeckungen Schwarzenbacher in München gemacht hatte.

Der aber genoss Pablos Ungeduld sichtlich. Leckte sich die Lippen, schob den Unterkiefer hin und her, um Schinkenreste aus den Zahnzwischenräumen zu lösen – und grinste Pablo an.

»Ich verrate dir was«, sagte er dann, und Pablo machte große Augen. »Die größte Tugend, die ein Bulle braucht, ist nicht Verstand und ist nicht Kombinationsgabe. Die größte Tugend ist Geduld. Und wenn du wahrscheinlich auch nie ein Bulle wirst – glaub mir, Geduld kann auch dir nicht schaden.«

Pablo schaute stumm auf seinen Teller.

»Geduld«, fuhr Schwarzenbacher fort, »ist die Zeit, die es braucht, damit dein Hirn die Gedanken so lange ziellos kreisen lassen kann, bis was Vernünftiges dabei rauskommt. Und solange dein Hirn jongliert, solltest du tunlichst den Mund halten. Verstehst du, was ich meine?«

Pablo nickte.

»Dass ich dir nicht gleich erzählt habe, auf was ich da gestoßen bin, liegt an diesem Jonglieren. Zu meinem Beruf hat gehört, nicht nur Spuren zu suchen und zu finden, sondern ihnen immer auch zu misstrauen. Misstraue der Spur, und wenn sie noch so klar und deutlich ist. Vielleicht hat wer eine falsche Fährte gelegt. Oder dein Verstand spielt dir einen gottverdammten Streich.«

Pablo erwartete nicht, jetzt noch eingeweiht zu werden in Schwarzenbachers Rechercheergebnisse. Aber da täuschte er sich. Schwarzenbacher holte aus der Seitentasche seines Rollstuhls eine dünne Kladde aus hellem Karton, schob das Geschirr auf dem Tisch zur Seite und klappte sie auf.

»Du musst dich zu mir rübersetzen«, sagte er. Pablo rückte seinen Stuhl an Schwarzenbachers Seite und beugte sich zu den Papieren: Fotokopien und handschriftliche Notizen. Jede Menge Zahlen, kalendarische Daten, viele davon durchgestrichen, einige aber doppelt und dreifach unterstrichen.

»Ich hab mir unzählige Bergunfälle in Tirol und Bayern angesehen …«

»Warum nur Tirol und Bayern?«, fragte Pablo. »Warum nicht auch Südtirol, Vorarlberg, Salzburger Land?«

»Berechtigte Frage. Und zwei Antworten. Die erste lautet: weil bislang gar nicht mehr Zeit gewesen ist. Und die zweite: weil ich es im Urin gespürt habe, dass wir da, genau da suchen müssen. Was allerdings nicht ausschließt, dass wir unsere Recherchen nicht doch noch ausdehnen müssen. Aber eins nach dem andern.«

Schwarzenbacher blätterte in seinen Unterlagen, sortierte irgendwas davon nach vorn und dann doch wieder zurück.

»Ausgangspunkt war das vermeintlich einzige Faktum, das wir hatten: Todesursache Steinschlag. Aber es ist nicht das einzige Faktum. Wir wissen mehr.«

Pablo machte ein fragendes Gesicht.

»Es gibt weitere, unverrückbare Fakten«, fuhr Schwarzenbacher fort. »Das Opfer war männlich – was bei einem naturgegebenen Steinschlag keine Rolle spielen würde. Da ist es Zufall, wen es trifft. Bei einem Mord ist es vielleicht kein Zufall. Und dann haben wir noch den Unglückstag. Das Datum könnte eine Rolle spielen. Vielleicht gibt es ja im zeitlichen Umfeld ähnlich geartete ›Unglücksfälle‹, also in den Wochen davor oder danach. Oder es gibt alle Jahre am gleichen Tag einen Mord. Ich erinnere mich eines Serientäters, der immer am Todestag seines Vaters …«

Er wischte sich das Haar aus dem Gesicht.

»Vergiss es«, sagte er dann. »Es würde zu weit führen. Jedenfalls habe ich auch nach diesem Datum Ausschau gehalten: 10. Juli. Ein Serientäter? Ich hab diese Idee verlockend gefunden, zugegeben. Und ich habe einige Zeit darauf verwendet, meine Kopfgeburten mit Fakten zu füttern. Doch irgendwann musste ich diese Fährte als Sackgasse betrachten. Es gab nicht das Geringste, was als Beleg für meine vagen Vermutungen hätte herhalten können. Und außerdem …«

Er schaute Pablo mit einem süffisanten Grinsen an.

»Und außerdem gibt's so was meistens eh nur in billigen Krimis oder im Fernseh-Tatort …«

Pablo hatte sich mehr erhofft als den Bericht über eine falsche Fährte.

»Schau nicht so belämmert«, sagte Schwarzenbacher. »Es ist ja noch nicht alles. Kripoarbeit hat normalerweise nichts mit Sherlock Holmes und irgendwelchen genialen Geistesblitzen zu tun. Die Hauptarbeit ist, zunächst all das auszuschließen, was noch den Blick versperrt. Du musst oft in die falsche Richtung denken, bis du erkennst, wo die Wahrheit liegt.«

Er sah der asiatisch anmutenden Küchenhelferin nach, die das leere Geschirr von ihrem Tisch nahm und wegbrachte.

»Ich hab komischerweise lange gebraucht, bis ich es kapiert habe, wahrscheinlich liegt es daran, dass mir diese verdammte Bergsteigerei so völlig fremd ist. Doch dann ist es mir wie Schuppen von den Augen gefallen: Mannhardt war nachweislich alleine aufgebrochen. Wäre er in Begleitung eines anderen Bergsteigers gewesen, hätte der ja gewusst, was passiert ist. Und hätte wohl auch die Bergung eingeleitet. Außer …«

»Außer was?«, fragte Pablo.

»Außer dieser Begleiter wäre der Täter gewesen. Was mir allerdings unwahrscheinlich erscheint. Denn in der Regel wird doch jemand wissen, wenn sein Mann, sein Sohn, sein Kumpel in die Berge geht, wen er da dabeihat. Und da würde es doch sehr verwundern, wenn dieser Begleiter wohlbehalten heimkehren würde, während der Angehörige erst Tage später gefunden wird. Nein, es muss sich um Alleingänger gehandelt haben. Ganz allein unterwegs. Und dann wahrscheinlich zufällig dem Mörder begegnet.«

Er schob Pablo, der staunend neben ihm saß, die Fotokopien zu.

»Und das ist das Ergebnis. Vier weitere Fälle, die so ähnlich erscheinen wie der Tod von Mannhardt. Vier Bergunfälle, die unter Umständen Morde gewesen sind. Einen davon kennen wir bereits aus dem Gespräch mit dieser Gehrig-Mannhardt. Die Chancen, dass es sich tatsächlich um Morde handelt, stehen fünfzig zu fünfzig.«

»Nicht besser?«, sagte Pablo.

»Mathematisch steht es fünfzig-fünfzig. Meine Intuition sagt: achtzig-zwanzig. Ich befürchte, dass Mannhardt und auch die vier anderen Männer erschlagen worden sind.«

»Und warum?«

»Warum ich das vermute? Ich kann es dir nicht genau sagen. Vielleicht ist es ja ein Irrweg. Aber wir sollten uns die Mühe machen, diesen Irrweg gegebenenfalls auszuschließen.«

»Ich meine«, sagte Pablo, »warum die Männer erschlagen worden sind.«

Schwarzenbacher rümpfte die Nase. Er schien durch die Fassade der Raststätte hindurchzuschauen, irgendwohin, zu einem undefinierbaren Punkt jenseits der Inntal-Autobahn.

»Keine Ahnung«, sagte er dann. »Ich glaube, sie haben einfach Pech gehabt.«

4

Die Einsamkeit war nicht das Problem. Ferdinand Senkhofer war immer einsam gewesen, solange er sich erinnern konnte, und es war ihm nie zum Problem geworden. Er konnte gut allein sein. Wochenlang, monatelang. Andere Menschen hatte er schon früher gemieden, hatte nicht gerne mit ihnen gesprochen. Er brauchte niemanden, mit dem er sprach. In den vielen Wintern völliger Weltabgeschiedenheit hatte er sich des letzten Restes Gesprächsbedarfs mit anderen vollkommen entwöhnt. Wenn er sprach, dann mit den Dohlen. Oder mit sich selbst. Meistens aber schwieg er.

Das Problem war der Schnee, war das Weiß um ihn herum, das das Grün aufgefressen und jeden Laut abgetötet hatte. Ferdinand mochte den Frühling, den Sommer. Auch noch den Herbst, wenngleich ihn da schon immer die Furcht vor dem Winter überkam. Im Sommer, da lebte er weltabgeschieden. Im Winter war die Alm wie ein Grab und er wie tot.

Er konnte das nicht mehr aushalten. Konnte einfach nicht mehr.

Ruhelos ging er in der Stube auf und ab. Groß war sie nicht, nur ein paar Schritte breit und ein paar Schritte lang. Er stapfte in löchrigen Wollstrümpfen von der Tür bis zur gegenüberliegenden Wand, wo eine steile Stiege zu einer winzigen Schlafkammer hinaufführte.

In der Almhütte stand der Qualm, der vom unablässig geheizten Herd aufstieg. Ferdinand war das egal. Es machte ihm schon lange nichts mehr aus. Die Holzbalken waren in über hundert Jahren geräuchert und verrußt worden. In all der Zeit, die Ferdinand hier nun schon hauste, war es ihm wie dem Holz ergangen: Im Sommer war seine Haut vom Wetter gegerbt worden, sein Gesicht war zerfurcht und zerfressen wie das Holz an der Außenseite der abgelegenen Alm. Im Winter, wenn er die Hütte kaum verließ und sich selten wusch, setzten sich in den Rufen und Falten seines Gesichts und seiner Hände der Ruß und der Dreck ab, zumindest dort, wo nicht alles von einem filzigen Bartwuchs überdeckt wurde.

»Dann geh ich hinunter ins Tal«, raunte Ferdinand im Auf-und-ab-Gehen. Immer wieder. »Geh ich runter ins Tal.«

Irgendwann, die alte Kuckucksuhr, der ihr Kuckuck längst abhandengekommen war, die sonst aber immer noch funktionierte, zeigte zwanzig nach zehn, hörte Ferdinand mit seiner nervösen Herumlauferei auf und setzte sich an den Tisch.

Hedwig hat gesagt, ich darf nicht weggehen, dachte er. Wegen der Lawinen. Und weil überhaupt. Hedwig hat immer gesagt, nie weggehen. Nie aus der Hütte. Am Tag schon gar nicht. Und in der Nacht auch nur ganz nah bleiben.

Immer hatte er sich daran gehalten. War an den Wintertagen in der Hütte geblieben, war nie aus dem Haus herausgegangen. Zwar hätte es kein Mensch in der Lawinenzeit zwischen Dezember und April oder Mai zu Fuß zu ihm heraufschaffen können, aber Hedwig hatte schon recht: Konnte ja ein Flieger über die Alm hinwegfliegen, ein Hubschrauber oder neuerdings so Dinger, die wie Fallschirme aussahen, aber nicht einfach nur herunterfielen, sondern in verschiedene Richtungen flogen.

»Wenn dich da einer sieht!«, hatte Hedwig, seine zwei Jahre ältere Schwester, lamentiert. »Niemand darf dich sehen, niemand. Niemals.«

Anfangs hatte er das nicht verstehen können – im Sommer war er ja auch draußen. Da kamen sogar Leute vorbei. Manche redeten mit Hedwig, füllten ihre Flaschen am Brunnen und verschwanden dann wieder. Es hatte ihm erst allmählich gedämmert, was es mit dieser Anordnung auf sich hatte: Im Winter konnte kein Mensch hier leben, durfte kein Mensch hier leben, lebte kein Mensch hier. Hätte jemand gemerkt, dass er im Winter da oben lebte, in einer völlig abgeschiedenen Almhütte, fernab jeglicher Zivilisation, dann hätte das Aufsehen erregt. Dann hätte irgendwann jemand herausfinden wollen, wer er eigentlich war und warum er sich dort oben versteckte.

Im Sommer dagegen …

Ferdinand saß am Tisch, wippte mit dem Oberkörper vor und zurück, vor und zurück, und er sehnte sich nach dem Sommer, vor und zurück, vor und zurück. Wenn der Schnee geschmolzen wäre, das Grün wieder durchkäme, die Sonne ihn wärmen würde und Hedwig wieder da wäre, wieder da bis in den späten Herbst. Er sehnte sich nach dem Geruch der Erde und dem Geruch der Wiesen, und er freute sich darauf, wieder draußen schlafen zu können, unter dem Himmel mit seinen unzähligen Löchern drin.

Ferdinand lächelte stumm: Sind keine Löcher, dachte er. Sind Sterne.

Doch er hörte gleich wieder zu lächeln auf. Es war noch lange hin, bis der Winter sich ganz zurückgezogen haben würde aus den Bergen.

Und wie viele Winter hatte er nun schon so verbracht, allein, gefangen im Schnee, die Almhütte wie eine Zelle, bewacht von den ungeheuren Schneemassen, die sich jederzeit lösen konnten. Den sicheren Platz, wo die Hütte stand, durfte man nicht verlassen. Ja, wie viele Winter war er nun schon hier?

Ich habe immer alles gemacht, was Hedwig gesagt hat, dachte er. Immer. Sie weiß, was richtig ist. Sie ist bestimmt die Einzige, die weiß, was richtig ist.

Bestimmt hat sie auch recht damit, dass ich in diesem Winter hier heroben bleiben muss. Alleine. Dass ich warten muss, bis es nicht mehr schneit, bis die Sonne kommt, wärmer wird, den Schnee frisst und bis die Hedwig wieder heraufkommen kann.

Sie hatte recht.

Aber ganz einverstanden war er trotzdem nie gewesen. Wer passte auf Hedwig auf? Wer beschützte sie? Wer würde verhindern können, dass wieder so etwas geschah, so etwas wie damals?

Immer wenn sie Abschied nahm im Herbst und wenn sie ihm ansah, dass er sich sorgte, tröstete sie ihn und sagte, sie sei schon alt. Niemand wolle ihr noch was tun …

»Aber …«, sagte er dann immer, »aber wenn doch …«

»Dummer Bua, dummer«, sagte sie dann nur und lachte und ging davon, sich noch oft umschauend nach ihm und der Alm, die bald vom Schnee verschlungen werden würde.

Er stand wieder auf, ging in der Stube hin und her, das Kerzenlicht flackerte bei seinen Bewegungen. Hin und her ging er, hin und her, bestimmt mehr als eine Viertelstunde lang. Schwierige Entscheidungen standen an, und das plagte ihn, plagte ihn umso mehr, als er seit mehr als drei mal zehn Jahren kaum mehr gefordert gewesen war, selbst Entscheidungen zu treffen. Seine Schwester, die drunten in Scharnitz wohnte, dachte und handelte für ihn. Und Ferdinand liebte sie abgöttisch. Er hätte alles für sie getan. Er hätte wieder alles für sie getan.

***

In der Fachbuchhandlung Freytag & Berndt in der Wilhelm-Greil-Straße besorgten sich Marielle und Pablo alle möglichen Wanderkarten: Karwendel, Stubai, Rofan, Wilder Kaiser, Wettersteingebirge. In den Bergen meldete sich der Frühling. Auf sechzehnhundert Metern Höhe lag kaum mehr Schnee, nur in schattseitigen Mulden hatte er sich noch halten können. Es würde gar nicht mehr lange dauern und sie konnten sich daranmachen, die Unfallorte, die Schwarzenbacher recherchiert hatte, einer gründlichen Ortsbesichtigung zu unterziehen.

»Kaiserkarte hätte ich selbst eine«, sagte Pablo.

»Die ist aber schon so zerfleddert, dass sie sich bald in ihre Bestandteile auflöst«, gab Marielle zurück. »Pfeif drauf.«

Sie nahmen alle.

Zu Hause bei Pablo räumten sie die herumliegenden Klamotten vom Boden, saugten die Auslegeware – »Ist ja wirklich mal wieder fällig«, meinte Marielle – und breiteten die Karten so auf dem Boden aus, dass die gezeichneten Gebirgsgruppen auf dem Teppich zueinander lagen wie die Gebirge in der Realität.

»Die Ellmauer Halt und der Kopftörlgrat.« Marielle deutete auf die Karte des Kaisergebirges und erinnerte damit an eine gemeinsame Genusstour in diesem wild zerklüfteten Gebirge ganz im Osten Tirols. »Das war ein wunderschöner Tag«, sagte sie.

Pablo sah sie von der Seite her an, beobachtete, mit welcher Intensität sie die Karten studierte. Es war nicht nur Intensität – es war echte Begeisterung. Er kannte wenige Frauen, die mit einer Landkarte souverän umgehen konnten. Bei Marielle war das anders. Sie musste das freilich auch beherrschen, wenn sie Bergführerin werden wollte. Aber bei ihr war es eben noch mehr: Sie konnte sich begeistern an den Karten, in ihrem Kopf schien sich die gezeichnete Geographie in wahre Landschaft zu verwandeln. Und wie ihm selbst machte ihr das Kartenstudium jedes Mal Lust aufzubrechen: in die Berge oder auf eine Reise. Es war ihr ein geradezu sinnliches Vergnügen, über den Realitäten einer exakt vermessenen Karte die unexakten Realitäten der Natur heraufzubeschwören.

Wir sollten unbedingt mal in die Ausstellung in der Hofburg gehen, dachte er. Der Österreichische Alpenverein hatte sich dort einquartiert, und die Ausstellung »Berge, eine unverständliche Leidenschaft« galt allgemein als großartig inszeniert. Er hatte nur Gutes darüber gehört und gelesen. Aber dorthin geschafft hatten sie es immer noch nicht.

»Wenn es am Sonntag regnet, schauen wir uns die Alpenvereinsausstellung an. Was meinst?«, sagte Pablo.

»Können wir machen«, antwortete Marielle. »Aber lieber wär mir, es würde nicht regnen und wir könnten irgendwo raus. Eine Skitour im Frühjahrsfirn. Oder nach Zirl zum Klettern in die Klamm.«

»In Ordnung«, sagte Pablo. »So oder so.«

Dann konzentrierten sie sich wieder auf die Karten, schwelgten in ihren bergsteigerischen Erinnerungen – und lokalisierten die Unglücksorte, die vielleicht sogar kriminalistische Tatorte waren, so gut es ging.

Pablo markierte die Stellen mit einem leuchtend roten Selbstklebepunkt in der Größe eines Eincentstückes. Fünf Plätze, verstreut in den Gebirgen Tirols. Einer im Berglental oberhalb der Leutasch. Das war sozusagen der Ausgangspunkt der Ermittlungen von Schwarzenbacher und Dr. Reuss.

Ein Punkt im Sellrain, knapp neben dem schmalen Grat, der zum Gipfel des Pirchkogels führte. Ein weiterer im Rofangebirge, das sich östlich des Achensees erhob: am Ampmoosboden unter den einsamen und schwierigen Kletterwänden von Hochiss-, Seekarl- und Rofanspitze.

Der vierte Punkt klebte im Kaisergebirge. Dort war ein Toter im Griesner Kar gefunden worden. Es war im Spätwinter bei Tourenskifahrern beliebt, im Sommer aber nicht sehr stark frequentiert – ganz anders als die anderen Schluchten und Gipfel dieses Gebirges. Da waren die Hütten immer übervoll, und beim Klettern musste man sich oft am Einstieg einer Tour in eine Warteschlange einreihen.

Blieb noch Punkt Nummer fünf: Er war in der Südflanke der Lamsenspitze platziert. Ein langer, einsamer Aufstieg – im Juli oder August eine Tortur, weil die Sonne den ganzen Tag in diese karge Bergflanke hineinbrannte und nirgends auch nur der Hauch von Schatten zu finden war.

Fünf Tote, fünf Orte, fünf verschiedene Gebirgsgruppen.

»Welche Fälle haben was mit den Vermutungen von Frau Gehrig-Mannhardt zu tun?«, fragte Marielle.

»Irgendwie alle und keiner. Schwarzenbacher sieht ihre Vermutungen bisweilen bestätigt, dann aber scheinen sie sich wieder in Luft aufzulösen. Aber wenn du mich fragst, ich war bei der Frau von Anfang an skeptisch …«

»Das bin ich auch. Und doch glaube ich, dass etwas dran ist an ihrem Verdacht.« Marielle schob eine Kartenhülle zur Seite. »Weiter, lass uns weiterdenken. Gibt es irgendetwas, das diese Toten miteinander in Verbindung bringen könnte? Ich meine, abgesehen davon, dass sie alle durch Steinschlag getötet worden sind.«

»Nicht so schnell«, sagte Pablo. »Zuerst sollten wir uns vor Augen halten, was wir eigentlich suchen. Im Moment wissen wir nicht, ob es sich um Morde oder um Unglücksfälle gehandelt hat. Wenn es Unglücksfälle waren, gibt es wohl kaum einen inneren Zusammenhang. Dann waren es Zufälle, Schicksalsschläge für die jeweils Betroffenen, Bergtragödien. So was hätte jedem passieren können – und zwar nicht nur da, sondern auch überall sonst in den Bergen …«

»Davon gehen wir aber nicht aus«, unterbrach ihn Marielle. »Wir denken …«

»… dass es sich um unaufgeklärte Gewaltverbrechen handelt. Vielleicht haben wir und Schwarzenbacher und Reuss ja unrecht. Aber wir müssen von dieser Hypothese ausgehen: Fünf Orte – fünf Tatorte. Fünf Ermordete – ein Täter oder mehrere. Das ist für mich der Ansatz«, erwiderte Pablo.

Marielle nickte. Sie nagte auf ihrer Unterlippe herum, dachte angestrengt nach. Was zeigten die Landkarten? In welcher Beziehung standen die Orte zueinander? Hatten sie irgendetwas miteinander zu tun?

»Weißt du, was wir machen sollten?« Es war keine Frage. Oder es war eine Frage, aber sie gab die Antwort darauf gleich selbst: »Wenn wir alle Punkte miteinander verbinden würden, mit dem Lineal oder mit Bindfaden, sodass dann jeder Punkt mit jedem anderen verbunden ist ... du weißt, was ich meine ... Kann es sein, dass sich dann irgendein markanter Kreuzungspunkt ergibt? Ich weiß schon, es wäre ja eigentlich viel zu simpel, wenn das dann der Ort wäre, wo unser Tatverdächtiger lebt.«

Pablo kniete vor den Karten und beugte sich weit nach vorn. Er schien ihre These überdenken zu wollen. Gab es jedoch schnell auf.

»Es gibt keinen markanten Kreuzungspunkt«, sagte er. »Ich war zwar nie besonders gut in Mathematik, aber da bin ich mir ziemlich sicher: Eine Kreuzung ergibt das nicht. Aber ich glaube ...«

Er stand nachdenklich auf und holte sich einen Schmierzettel und einen Filzschreiber. Er setzte fünf Punkte drauf – in etwa so verteilt wie auf den Karten, nur in wesentlich kleinerem Format – und begann damit, alle Punkte durch Linien miteinander zu verbinden. Das Ergebnis war, zumindest auf den ersten Blick, nicht sehr aussagekräftig.

»Es gibt keine Kreuzung«, unterstrich Pablo seine Vermutung von vorhin. »Siehst du«, sagte er zu Marielle, die ihm über die Schulter schaute, »es gibt ein Gewirr von Linien und dadurch eine ganze Menge Kreuzungspunkte. Aber es gibt keine dominierende Kreuzung, keinen Punkt, in dem alles zusammenläuft.«

»Gib mal her«, sagte Marielle. »Den Stift auch.«

Sie begann, einige der Linien nachzuziehen.

»Schau dir das mal an«, sagte sie nach einer Weile. »Wenn wir immer die äußeren Verbindungslinien ignorieren, dann bekommen wir so eine Art Weihnachtsstern. So einen, wie er elektrisch beleuchtet in der Weihnachtszeit in vielen Fenstern hängt. Viel gedrungener, zugegeben. Aber immerhin so eine Art Stern.«

»Was aber immer noch keine Kreuzung ergibt«, sagte Pablo.

»Das nicht. Aber im Zentrum des Sterns gibt es so eine Art krummes Rechteck. Ich weiß nicht mehr, wie man diese Form in der Geometrie nennt. Ich glaube, es heißt Drachenrechteck oder so ähnlich.«

Pablo fuhr sein MacBook hoch und gab bei Google »Drachenrechteck« ein. Binnen Sekunden lieferte die Suchmaschine eine so verwirrend große Anzahl von Seiten, die sich mit mathematischen Drachen, konvexen Drachen, Deltoiden befassten, mit Innenkreisen und halbierten Diagonalen, dass Pablo Marielle nur mehr fragend ansehen konnte.

»Kennst du dich mit so was aus?«

Sie schüttelte den Kopf. »Ist aber auch nicht so wichtig, wie dieses Viereck heißt. Im Gegenteil, es ist eigentlich ziemlich egal, oder?«

»Für die Toten ist es egal«, sagte Pablo. »Und für unsere Nachforschungen vermutlich auch. Aber jetzt, wo du das aufgebracht hast, möchte ich es genau wissen.«

Ihm fiel ein, dass er im Durcheinander seines Bücherregals auch noch ein mathematisches Nachschlagewerk haben musste. Und in der Tat. Der »Schüler-Rechen-Duden« hatte schon seinem Vater gehört, war an ihn weitergegeben worden, ohne viel benutzt zu werden oder gar zu merklichen Verbesserungen in Pablos Kenntnissen zu führen.

»Manche Dinge sind wie Efeu«, sagte er grinsend, als er das waldgrüne Buch aus dem Fach zog. »Die halten sich beharrlich, egal was rundherum passiert.«

Und in diesem »Schüler-Rechen-Duden«, der schon über vierzig Jahre auf dem Buchrücken hatte, fanden sie dann auch, was es an Wesentlichem zu Marielles sonderbarem Viereck zu sagen gab:

»Die ungleichwinkligen Drachenvierecke sind schiefsymmetrisch zu einer ihrer Diagonalen (Abb. 245 b).«

»Ist ja toll.« Marielle rümpfte die Nase. »Das würde mich nicht schlauer machen als zuvor. Aber wenigstens zeigt die Abbildung, dass unser geometrisches Konstrukt ein ›ungleichwinkliges Drachenviereck‹ ist. Jetzt müssten wir nur noch genau anlegen, wo sich das auf den Karten befindet. Denn von dort aus hätte es ein möglicher Täter zu allen Tatorten ungefähr gleich weit.«

»Schöne Theorie«, sagte Pablo. »Aber im dicht besiedelten Tirol leben in deinem Drachenviereck viele tausend Menschen. Wenn wir Pech haben, zigtausende oder sogar über hunderttausend. Also das bringt uns nicht wirklich weiter. Und überhaupt …«

Marielle sah ihn skeptisch an.

»Und überhaupt: Genauso gut könnte ein möglicher Täter jedes Mal angereist sein. Aus München zum Beispiel. Oder aus Salzburg. Auch aus Bozen oder Verona. Dabei setzen wir voraus, dass es sich immer um ein und dieselbe Person handelt. Was, wenn es verschiedene waren?«

Marielle schüttelte den Kopf, fasste sich dann an die Schläfen, versuchte, ihre Gedanken durch einen Filter zu pressen. Aber das Einzige, was sie nach einer Minute höchst angestrengten Nachdenkens sagen konnte, war: »Verdammter Mist. Ich bin kein Bulle. Ich kapier so was nicht. Und du doch auch nicht, oder?«

***

Die Nacht war verstrichen. Ferdinand war nicht nach draußen gegangen. Er hatte sich im Dunkel der Hütte aufgehalten, nur zwischen den Herdringen war ein kaum wahrnehmbarer Lichtschimmer, hervorgerufen durch die niedrig gehaltene Flamme im Holzofen, in die Finsternis gedrungen. Ferdinand trug einen schweren Kampf mit sich aus: Sollte er die Hütte verlassen, den Abstieg wagen, sein Leben riskieren – und zudem noch Hedwigs Anordnung zuwiderhandeln? Sollte er das tun?

Oder sollte er hierbleiben? So wie sie es ihm angeschafft hätte? So wie all die vielen Jahre, all die vielen Winter, deren genaue Zahl er gar nicht wusste.

Jetzt war der Morgen da, es würde ein schöner Tag werden; und so fiel das kraftvolle Licht durch die verrußten Scheiben in seine spartanische, unsaubere, stinkende Behausung.

Es war für Ferdinand an der Zeit, sich hinzulegen. Er brauchte den Schlaf, damit seine Nerven sich beruhigen und seine verflochtenen Gedanken sich entwirren konnten. Doch auch ohne diese besondere Situation war er seit Langem daran gewöhnt, im Winter tagsüber zu schlafen und nachts wach zu sein. Wo er doch nicht hinausgehen sollte vor die Hütte, nicht bei Tag, wo ihn jemand hätte sehen können.

Nachts ging er manchmal raus. Am Tag blieb er in der Alm. Es war nicht so schwer, diese Tage zu verschlafen – es wurde erst spät hell und früh wieder dunkel.

Manchmal wünschte er sich, lesen zu können.

Er legte sich auf sein Lager: ein ranzig riechendes Kopfkissen, ein gelbfleckiges Laken, darüber ein schweres Federbettzeug, das nach der Ausdünstung eines Mannes stank, der sich oft zwei Wochen lang nicht wusch und die Kleider nicht wechselte.

Er legte sich hin, fand aber lange keinen Schlaf. Seine Gedanken kamen nicht zur Ruhe. Und in die Überlegungen, die sein Hirn nur so herumrührten, mischten sich Bilder, die ihn noch zusätzlich quälten: rote Steine, blutige Steine, das Rot wie auf den Markierungen der Wanderwege, ja, genau so und doch anders. Momentaufnahmen, wie sie ihn heimsuchten, wenn er sich in großer innerer Erregung befand.

Sein Gehör war dann ganz empfindlich: hörte das Rascheln von Mäusen in der Hütte, hörte, dass Dohlen auf dem Dach herumhüpften, hörte das leiseste Knarzen im Gebälk. Es hörte eine Fliege, die irgendwie den Winter überlebte, hörte den Wind, der ganz sanft über die tiefverschneiten Bergflanken strich, hörte den Pulsschlag im Kopf. Wäre jemand zu ihm heraufgekommen – was doch unmöglich war, das wusste er –, er hätte die Schritte schon eine halbe Stunde eher gehört, als dieser Mensch an der Hüttentür gewesen wäre.

Er drehte sich zur Seite, fasste nach dem Stein, den er immer da liegen hatte, fühlte ihn einen Moment lang kalt und schwer in der Hand, und das gab ihm Sicherheit und beruhigte ihn so weit, dass er in einen unruhigen Schlaf fallen konnte.

Selbst im Schlaf würde er noch alles hören, was er hören musste. Alles!

***

Es war ein Traum, der immer wiederkam. Ein fürchterlicher, quälender und furchterregender Traum. Und er kam nicht nur immer wieder, er beherrschte auch immer häufiger seinen Schlaf.

Dann sah er sich auf dem Deich spazieren gehen, linker Hand das Wasser, das bei stürmischer Flut nah an den Weg herangetrieben wurde. Der Wind peitschte ihm das Wasser wie aus einer fein eingestellten Duschdüse ins Gesicht – nur dass es nicht warm war und nicht zart daherkam, sondern sich spitz wie Nadeln anfühlte. Immer stärker blies der Sturm, und die Wolken draußen über der See kündeten ein schweres Unwetter an.

Er musste weg von hier. Binnen Minuten konnte ein Inferno losbrechen, und dann würde auf dem Deich Lebensgefahr herrschen.

Weg, nur weg!

Er beschleunigte die Schritte, stieg zur Deichkrone, vorbei an einer Herde angstvoll blökender Schafe, die sich in einem Kreis dicht an dicht drängten. Er hatte das Gefühl, vom steigenden Meeresspiegel verfolgt zu werden, begann zu rennen, doch er kam nur langsam von der Stelle: als müsste er bei jedem Schritt den Fuß von Magneten lösen. Schwer atmend kam er oben an, verspürte einen Moment lang das Gefühl von Rettung.

Doch dann ...

Wenn er Glück hatte, wachte er auf, bevor er der völligen Ausweglosigkeit gewahr wurde. Wenn er kein Glück hatte, sah er jenseits des Deiches ein zweites Meer herantosen. Wasser hinter ihm und Wasser vor ihm, so weit sein Blick reichte. Und in kurzer Zeit würden die Meere seinen Deich überspülen und sich vereinigen und ihn und die Schafe – die Schafe ließ sein Traum nie aus – verschlingen.

»Verdammt! Verdammt! Verdammt!«, schrie Olaf Klar in sein nass geschwitztes Kissen hinein. »Ich halte das nicht mehr aus! Ich kann nicht mehr!«

Der Traum hatte nicht vorzeitig geendet. Erst als er die völlige Ausweglosigkeit gezeigt hatte, entließ er Klar in die Realität.

Aber was bedeutete schon Realität? Klar wusste, dass der Traum Bestandteil seiner Realität, seines verpfuschten Lebens war. Und er war sich sicher, dass der Traum ihn quälen und verfolgen würde bis ans Ende seiner Tage.

Er weinte ins Kissen hinein, schluchzte laut, sein ganzer Oberkörper wurde geschüttelt von Verzweiflung.

Als er endlich in der Lage war, sich im Bett aufzusetzen, stellte er sich wie schon oft die Frage, was ihn so erschütterte an diesem Traum. Es war nicht die Angst vor dem Tod. Er fürchtete den Tod nicht mehr allzu sehr. Im Gegenteil, er wünschte ihn sich oft herbei.

Was ihn noch stets hatte zögern lassen, den letzten Schritt zu tun, war seine innere Stimme – die Aufforderung, seine Schuld, seine große, abzuladen.

Ich muss reinen Tisch machen, dachte er.

Doch das Einzige, was er zustande brachte, war, in der Firma anzurufen und sich wieder einmal krankzumelden.

***

Sie trafen Paul Schwarzenbacher mittags in der Mensa der SOWI, der Hochschule für Sozial- und Wirtschaftswissenschaften. Die Mensa war berühmt für ihre Riesenportionen Wiener Schnitzel mit Pommes oder Kartoffelsalat zu einem wirklich sozialen Preis. Und das Schnitzel war nicht nur preiswert, sondern meistens auch richtig gut.

»War eine gute Idee, sich hier zu treffen«, sagte Schwarzenbacher, als sich Marielle und Pablo zu ihm gesellten. »Eine wirklich gute Idee. Es ist alles eben hier, keine blöden Stufen eingebaut. Außerdem bin ich eh ganz gerne hier.«

»Was sollen wir dir holen, Paul?«, fragte Pablo.

»Nichts«, sagte Schwarzenbacher. »Das kann ich schon selbst.« Er nahm einen Schluck aus seinem Colaglas.

»Aber es wäre besser, du würdest hierbleiben und derweil den Tisch frei halten«, sagte Marielle.

»Ich nehm ein Schnitzel«, meinte Pablo.

»Ist mir zu viel«, sagte Marielle. »Ich nehm mir nur einen Salat.«

»Dann nehm ich halt auch ein Schnitzel«, sagte Paul. Er streckte Pablo über den Tisch hinweg einen Zwanziger hin. »Geht auf mich.«

Aber Pablo meinte nur, das käme gar nicht in Frage.

Wenig später saßen sie an einem der Plastiktische beisammen und unterhielten sich kauend über die bisher noch unbefriedigenden Fortschritte bei ihren Überlegungen zu den Steinschlagfällen.

Marielle erzählte, wie sie sich mit den Landkarten beschäftigt und im Resultat getäuscht hatten – es ergab gar kein richtiges Drachenviereck als Mittelpunkt, auch ergab es keinen Stern, wenn man die Tatorte miteinander verband. Auf einer simplen Übersichtskarte »Tirol« war offenkundig geworden, dass die Gebirgsgruppen anders zueinander lagen als zunächst gedacht. Die Linien zwischen den Tatorten bildeten ein komisches krummes Dreieck, das weitere Dreiecke barg. Ein wirkliches Zentrum war nicht zu ermitteln gewesen.

Sie holte eine Schwarz-Weiß-Kopie aus ihrer Laptoptasche. Mit rotem Markerstift hatte sie darin die Einzeichnungen vorgenommen.

»Das, was ich schraffiert habe, ist für mich irgendwie das Zentrum des Gebildes«, sagte sie und schaute Schwarzenbacher an. »Doch dieses Zentrum umfasst in der Realität eine Gegend, wo nur wenige Menschen leben: den Ahornboden und die Eng im Karwendel, rüber bis zum Achensee und nach Steinberg am Guffert. Wenn an unseren Überlegungen etwas dran wäre, bräuchte man nur diese Gegend abzuklappern und fände dann irgendwann den, der für alles verantwortlich ist. Theoretisch. Denn natürlich kann so jemand auch längst weggezogen sein. Oder selbst gestorben.«

Schwarzenbacher ließ sich die Kartenkopie geben und studierte sie genau. Es dauerte fast zwei Minuten, bis er etwas sagte.

»Mathematisch. Ein mathematischer Ansatz. Aber«, er schaute von Marielle zu Pablo und wieder zu Marielle, »aber durchaus interessant. Ihr geht also davon aus, dass ein Täter, der in eurem magischen Viereck lebt, zu den Tatorten in etwa gleich lange Anreisewege hätte?«

Pablo nickte. Marielle nickte.

»Nun schaut euch aber die Karte noch mal genau an. Denkt sie euch nach Norden weiter. Denkt euch München und zieht in Gedanken Linien zu den Orten. Ihr werdet sehen: Von München aus ergäben die Linien einen durchaus interessanten Fächer ...«

»Dann sind wir also nicht weiter als bisher«, sagte Pablo und schob sich, wie zum Trotz, eine Gabel voll Kartoffelsalat in den Mund.

»Das würde ich nicht sagen«, meinte Schwarzenbacher. »Ich denke vielmehr, dass wir eure geographische Analyse irgendwann vielleicht noch gut gebrauchen können.«

Alle drei widmeten sich wieder ihren Mahlzeiten. Schweigend aßen Schwarzenbacher und Pablo ihre riesigen Wiener Schnitzel, Marielle stocherte nachdenklich in ihrem gemischten Salat herum. Die Unterhaltung von mindestens hundert Studenten, die an den Tischen ringsum beim Essen saßen, war eine Art ignorierter Dauerbeschallung – wie ein Meeresrauschen, bei dem sich die Wellen nicht zurückzogen, sondern immer nur anlandeten.

Irgendwann brach Marielle das Schweigen. »Ich nehme an, dass du in eine andere Richtung gedacht hast. Wo können wir ansetzen?«

»Das Schnitzel ist hervorragend. Wie immer«, sagte Schwarzenbacher. Was zwar keine Antwort auf Marielles Frage war, aber zweifellos stimmte. »Ich komme alle vierzehn Tage zum Essen her. Wenn ich öfter käme, würde ich dick und fett werden. Mein Problem ist, dass ich ja immer nur herumhocken kann. Insofern bin ich froh um die geistige Bewegung, die mir diese Geschichte verschafft. Besser als gar keine Bewegung.«

Pablo schob seinen Teller, auf dem nichts weiter übrig war als eine Zitronenscheibe, ein bisschen Petersilie und ein roter Ketchuprest, zur Seite. »Und wohin führt dich die Bewegung?«

Schwarzenbacher grinste. »Zwei Dinge müssen getan werden: Ich muss mit den Beamten und Staatsanwälten reden, die sich seinerzeit der jeweiligen ›Unglücksfälle‹ angenommen haben. Kein leichtes Spiel. Von denen will sicher keiner, dass jetzt wieder in etwas lange Vergangenem herumgeschnüffelt wird. Und vor allem will keiner, dass sich dann etwas als Mord erweisen könnte, was sie damals vielleicht vorschnell als Unglücksfall abgetan haben.«

»Okay«, sagte Pablo. »Wird dann überhaupt etwas herauszubekommen sein?«

»Oh«, sagte Schwarzenbacher, »da bin ich mir ganz sicher. Irgendetwas erfährt man immer – auch wenn Leute nichts sagen wollen. Und euer Part wird sein, die Tatorte einer gründlichen Inspektion zu unterziehen. Vom Alpenverein hier in Innsbruck und in München haben wir ja einiges an Material bekommen. Genaue Beschreibungen der angeblichen Unfallorte. Zum Teil sogar mit Fotos.«

Er trank die Cola aus, setzte das Glas ab und sagte: »Nehmt ihr auch noch einen Espresso oder einen Braunen?«

Aber weder Marielle noch Pablo wollten jetzt eine Unterbrechung des Gesprächs. Sie wollten mehr hören und weiterkommen in der Sache.

»Erzähl erst zu Ende«, sagte Marielle. »Danach hol ich dir einen Kaffee.«

Schwarzenbacher lächelte. Er mochte das Mädchen, seit er es zum ersten Mal persönlich gesehen hatte. Das war in der Innsbrucker Uniklinik gewesen, wo sie sich mühsam von den Nachwirkungen der Tragödie an der Schattenwand erholt hatte.

Er erinnerte sich gut.

Bei Filmarbeiten mit einem Strafgefangenen war die Situation außer Kontrolle geraten. Der junge Mann, Konrad Krupp hieß er, hatte Marielle auf einer Berghütte als Geisel genommen. In einem fürchterlichen Wettersturz hätte sie ihn ins nächste Tal führen sollen. Es war für beide zum Kampf auf Leben und Tod geworden.

Danach war Marielle wochenlang im Krankenhaus gelegen. Die psychischen Verletzungen waren deutlich schwerer gewesen als die körperlichen Blessuren. Monatelang war sie nicht mehr in die Berge gegangen. Lange hatte sie geglaubt, nie wieder bergsteigen oder klettern zu wollen. Aber sie hatte nach und nach wieder zu sich gefunden.

Schwarzenbacher, der vor ein paar Jahren wegen seiner MS-Erkrankung aus dem Polizeidienst hatte ausscheiden müssen, hatte die tragischen Ereignisse am Fernseher und in den Zeitungen verfolgt. Und er hatte einen gewaltigen Respekt vor der jungen Frau gewonnen.

Aber in den Respekt hatten sich Zweifel gemischt, die bis heute nicht ausgeräumt waren. Schwarzenbacher trug die Frage mit sich herum, wie Marielle sich hatte befreien können. Dabei ging es ihm weniger um die Antwort, weniger darum, die ganze Wahrheit zu erfahren. Eigentlich wollte er nur, dass sie sich selbst bewusst machte, was geschehen war. Und dass sie damit klarkam, damals und dann ihr weiteres Leben lang.

Er war ja kein Bulle mehr.

Er mochte sie. Ihre burschikose Erscheinung, die nicht immer, aber oft warmherzigen Augen, ihre Neugier, ihre Tatkraft und Energie, die ihr das Überleben gesichert hatten.

Wenn ich fünfundzwanzig Jahre alt und wenn ich kein Krüppel im Rollstuhl wäre, hatte er schon einige Male gedacht, würde ich dieses Mädchen haben wollen. Mit Haut und Haar.

Doch er war Manns genug, solche Anflüge von romantisierender Gymnasiastenerotik aus seinem Kopf und seinem Herzen zu verscheuchen – und Marielle als das zu akzeptieren, was sie war: eine sympathische junge Frau, nicht seine Altersklasse, nicht seine Liga, aber auf dem besten Weg, ihm eine Freundin und Vertraute zu werden.

»Ich möchte, dass ihr euch die Tatorte anschaut«, sagte er. »Macht euch ein Bild von der Gesamtsituation. Wie ist der jeweilige Ort beschaffen? Wie die Gegend ringsherum? Wie logisch ist es, dass da jemand durch Steinschlag ums Leben kommt?«

»Das wurde auch damals schon überprüft«, warf Pablo ein.

»Richtig«, sagte Schwarzenbacher. »Wurde es. Nur mit dem Unterschied, dass ihr davon ausgeht, dass dort Morde passiert sind. Die Bergrettung aber ist von Unfällen ausgegangen. Und ich bin mir ziemlich sicher, dass sich Gendarmerie und Staatsanwaltschaft schnell dieser Meinung angeschlossen haben. Es ist einfach naheliegend. Ihr seht das jetzt mit anderen Augen. Ich wäre gern dabei, würde mir am liebsten selbst einen Eindruck verschaffen von den jeweiligen Örtlichkeiten. Geht nicht. Also müsst ihr das tun. Macht Fotos. Filmt alles. Reuss kann euch eine Digicam mitgeben. Macht Notizen. Und vor allem: Macht euch Gedanken. Und bringt mir einen Espresso. Bitte.«

Pablo sah Marielle an und dann wieder Schwarzenbacher.

»Es gibt da ein Problem«, sagte er dann. »So wie ich das sehe, sind im Moment noch alle Tatorte unzugänglich. Schnee, Lawinengefahr …«

»Und wie lange wird das noch dauern?«, fragte Schwarzenbacher.

Marielle gab die Antwort: »Wie die Schneelage in den Tiroler

Bergen zurzeit ist, würde ich sagen: Da geht nichts vor Ende Mai. Frühestens.«

»Scheiße«, sagte Schwarzenbacher. »Das ist wirklich scheiße.«

***

Abends um sechs standen Sterne am Himmel. Der Tag war kalt gewesen. Die Nacht war eisig und klar.

Ferdinand trat nackt vor die Hütte und rieb sich von oben bis unten mit Schnee ab. Er stank danach kaum weniger, aber es weckte seine Lebensgeister.

Sein Schlaf war unruhig gewesen. Und doch war ihm, als hätten sich im Hin-und-her-Wälzen auf seinem muffigen Lager die wirren Gedanken geklärt, als wäre Licht in den Nebel seines Denkens gekommen. Als er um vier am Nachmittag erwacht war, hatte er den Entschluss gefasst. Er würde absteigen ins Tal. In dieser Nacht würde er sich auf den beschwerlichen Weg machen.

In der Hütte zog er sich warm an: die lange Unterhose mit den vielen Löchern, ein Unterhemd, das auch viele Löcher hatte. Zwei Pullover, eine dicke Arbeitshose. Dazu einen Anorak, der ihm trotz der beiden Pullover noch immer zu groß war. Als Kopfbedeckung nahm er eine Russenmütze mit fellgefütterten Ohrenlappen. Stiefel hatte er. Das Problem waren die Strümpfe. Sie waren ihm in den langen Wintermonaten zerrissen und zum Teil geradezu von den Füßen gefault. Doch das wusste er: Ohne Strümpfe würden seine Füße erfrieren, sobald er länger als eine Stunde draußen wäre. Er überlegte lange, fand keine Lösung. Schon befiel ihn wieder eine kribbelnde Unruhe, schon begann er, auf den Resten seiner letzten Strümpfe in der Hütte auf und ab zu gehen.

Da fiel ihm ein, was er tun konnte. Mit einem Messer schnitt er breite Streifen von seinem Bettlaken ab. Diese Streifen band er sich um die Füße und die Knöchel bis zur Hälfte der Waden hinauf. Jetzt hatte er Strümpfe. Jetzt konnte er in die Stiefel steigen. Die Stiefel waren alt und schwer, aber auch dick und warm. Gamaschen wären gut gewesen, aber es gab hier keine. Ski wären gut gewesen, denn der Schnee lag hoch. Aber er hätte ohnehin nicht fahren können. Er hatte es nie gelernt.

Es musste so gehen, ohne Gamaschen, ohne Ski.

Eine der langen Holzstangen, die am Plafond der Hütte befestigt waren und schon für alles Mögliche gedient hatten, zum Viehtreiben zum Beispiel, nahm er sich und prüfte sie. Fest war sie, stabil, fast so hoch wie er. Und sie lag gut in der Hand.

In den braunen, birnenförmigen Jägerrucksack packte er etwas von den schier unendlichen Vorräten an Schüttelbrot, die Hedwig in Blechdosen auf der Hütte deponiert hatte. Außerdem einen Ranken Speck, trocken und schon kaum mehr zu beißen, aber nahrhaft genug für den Abstieg. Zuletzt holte er sich eine Zitrone aus dem eiskalten Vorratsraum, zu dem eine Klappe im Boden führte. Hier, in der Kälte, hatten sie sich über Monate gehalten, waren braun geworden, hatten sich zusammengezogen, waren hässlich und wirkten verdorben – doch wenn Ferdinand das Messer durch die harte Schale führte, dann kam immer noch üppig saurer Saft heraus.

Alle paar Tage eine halbe Zitrone zu essen, das hatte ihm Hedwig aufgetragen. Und er hatte diese Regel befolgt, auch wenn ihm der Saft eigentlich zu sauer war. So sauer, dass es ihm das Gesicht verzog.

Für den Abstieg nahm er eine ganze Zitrone mit. Weil sie Kraft machte. Hedwig hatte das gesagt. Und Kraft würde er brauchen.

Er trank einen Becher heißes Wasser aus dem Ofengrandl, dann kippte er kalte Asche auf die Glut im Herd. Zu trinken nahm er sich nichts mit; unterwegs würde er im Mund Schnee schmelzen – davon gab es mehr als genug.

Die Fensterläden schloss er und legte die schweren Riegel vor. Es war zwar nicht anzunehmen, dass irgendwer zur Hütte käme, aber es war eine Gewohnheit, beim Verlassen der Alm für länger alles dichtzumachen. Er verriegelte die Tür, steckte den Schlüssel in die linke Hosentasche, von der er wusste, dass sie kein Loch hatte, und dann begann er mit dem Abstieg.

Es war ein langer, langer Weg. Im Sommer brauchte man als guter Geher dreieinhalb bis vier Stunden hinunter nach Scharnitz. Jetzt aber, im Winter, weglos im tiefen Schnee, würde es wahrscheinlich die dreifache Zeit dauern. Oder er würde verrecken – im Schnee ersticken oder erschöpft einschlafen und nie mehr aufwachen.

Doch sein Entschluss stand fest, und er würde sich durch nichts davon abbringen lassen.

Beim ersten Schritt, den er jenseits der unmittelbaren Umgebung der Hütte tat, versank er fast bis an die Hüften im Schnee.

Schon da ahnte Ferdinand, dass es ein Kampf auf Leben und Tod werden würde.

5

»Du kannst es mir glauben oder nicht«, sagte Schwarzenbacher zu Jakob Hosp, dem er in dessen Büro bei der Bundespolizei, Kaiserstraße, Innsbruck, gegenübersaß. »Es geht nicht darum, irgendjemandem ans Bein zu pissen. Weder den Kollegen noch der Staatsanwaltschaft.«

Hosp rieb sich das Kinn. Er wusste, welch fähiger Beamter Schwarzenbacher gewesen war. Ein Überflieger, der es aufgrund besonderer Talente binnen weniger Jahre zum Top-Mann der Kripo in Tirol gebracht hatte. Seinen Namen hatte man auch im fernen Wien gekannt. Paul Schwarzenbacher!

Und dann: alles vorbei. Krank. Ohne jede Aussicht auf Besserung oder gar Heilung. Hosp hatte ihn nach seinem Ausscheiden aus dem Dienst noch ein paarmal auf einen Kaffee getroffen, sie hatten über ihre Plattensammlungen gesprochen und sich dann doch bald aus den Augen verloren. Nein, so ganz stimmte das nicht: Hosp hatte Schwarzenbacher ab und zu von Weitem gesehen, wenn er im Rollstuhl durch die Stadt fuhr. Aber er hatte sich dann nicht gezeigt, hatte schnell eine andere Richtung eingeschlagen, hatte nicht gewusst, was er mit ihm reden sollte.

Und jetzt saß er da, ihm gegenüber. Er konnte es nicht lassen. Hielt seine Spürnase in einen längst ausgeschöpften Topf und wollte aus den Überresten irgendetwas anderes herauslesen als das, was damals ermittelt worden war. Und Hosp musste sich eingestehen, dass Schwarzenbacher mit seinen Vermutungen nicht allzu oft danebengelegen war.

»Du willst also«, sagte er nachdenklich, »dass ich dir zu diesen Vorfällen die damals ermittelnden Beamten und Staatsanwälte nenne. Was soll dabei herauskommen? Sie werden sich wahrscheinlich auf den Schlips getreten fühlen, werden dir gar nichts erzählen und dich fortschicken. Glaub mir, Paul, du kannst da nicht viel gewinnen. Aber du kannst dich ziemlich lächerlich machen.«

»Das soll nicht deine Sorge sein«, sagte Schwarzenbacher. »Und was das Gewinnen angeht – denkst du, einer wie ich hat überhaupt noch viel zu gewinnen? Oder glaubst du nicht auch, dass es mir ziemlich egal sein kann, ob ich gewinne oder verliere? Und ob ich mich lächerlich mache? Ich komme mir in diesem Rollstuhl und in diesem Leben seit geraumer Zeit lächerlich vor.«

Hosp empfand die Situation als überaus unangenehm. Da war dieser Schwarzenbacher, den er als früheren Kollegen wertschätzte, mit dem ihn ein gemeinsames Interesse an Jazz verbunden hatte – Hosp tendierte mehr zum Oldtime-Jazz eines Coleman Hawkins, eines frühen Miles Davis; von Schwarzenbacher hingegen wusste er, dass er den Jazzrock der siebziger und achtziger Jahre bevorzugte, Weather Report, Hancock, den späteren Miles Davis –, und jetzt saß der Mann ihm im Rollstuhl gegenüber, und das machte Hosp Schwierigkeiten. Mit Behinderten hatte er immer schon Schwierigkeiten gehabt, hatte nie gewusst, ob er ihnen Hilfe anbieten durfte, beim Überqueren einer Straße zum Beispiel, oder ob sie dieses Angebot nicht gerade deshalb brüskiert ablehnen würden, weil sie sich dadurch diskriminiert fühlten.

Sollte er Schwarzenbacher jetzt helfen? Gegen einige Regeln verstoßen? Konnte er Nein sagen? Was musste der frühere Kollege auch wieder mit diesen alten Geschichten anfangen …

»Du weißt, dass ich dir die Namen nicht geben darf.« Hosp wusste in dem Moment, da er den Satz sprach, dass er damit bei dem alten Fuchs Schwarzenbacher nicht durchkommen würde.

»Du kannst nicht? Verstehe. Es ist ja nur so, dass es mir die Sache ein klein wenig erleichtern würde. Es ist für mich nicht ganz so einfach, die Zeitungsredaktionen abzuklappern, um die uralten Berichte herauszukramen oder die Journalisten zu befragen, die damals berichtet haben. Aber du kannst dir denken, ich würde auch das tun. Und ich würde auch ohne deine Hilfe in Erfahrung bringen, wer ermittelt hat.«

Hosp hatte den Blick auf seinen Schreibtisch gesenkt, wo unter anderem ein Blatt Papier lag, auf dem Schwarzenbacher die verschiedenen Begebenheiten zusammengeschrieben hatte, die er noch einmal der Nachforschung unterziehen wollte.

»Glaub mir, ich schaffe das auch ohne dich. Aber wenn du mir ein paar Namen sagen könntest …«

Schwarzenbacher wechselte mitten im Satz das Thema: »Sagt dir Milton Buckner etwas?«

»Buckner? Wie sollte mir Buckner nichts sagen. Der war doch eine Klasse für sich. Aber lenk jetzt nicht ab – was hat der Großmeister der Hammondorgel mit dieser Sache hier zu tun?«

»Ich mache dir einen Vorschlag«, fuhr Schwarzenbacher fort. »Du besuchst mich in den nächsten Tagen mal. Ich denke, du weißt, wo ich wohne. Ich habe eine Scheibe von 1960 – Buckner live in Chicago. Die könnten wir uns mal anhören, ein Glas Bier dazu trinken. Was meinst du?«

Hosp wusste einen Augenblick lang nicht so recht, woran er war. Doch Schwarzenbacher lieferte die Aufklärung breit grinsend hinterher.

»Mir ist die Platte nicht so wichtig. Ist eine unter vielen in meiner Sammlung. Aber wenn sie dir gefällt ... ich meine, von mir aus kannst du sie haben ...«

***

Der Atem gefror ihm im Bart. Die Luft war eisig, aber Ferdinand war vor Anstrengung am ganzen Körper schweißnass. Er quälte sich zu Tal.

Die Hütte, auf der er die Wintermonate in völliger Abgeschiedenheit und Einsamkeit zubrachte, lag viele Kilometer tief im Gebirge. Im Sommer führte ein Forstweg an einem der Karwendelbäche entlang – stundenlang wanderten die Bergsteiger auf diesem Weg talein, und die Mountainbiker plagten sich im Anstieg und genossen zurück die ungebremste Fahrt. Weit im Inneren des Karwendelgebirges zweigte nach links ein kaum wahrnehmbarer Steig ab. Der führte in Serpentinen durch immer lichter werdenden Wald. Irgendwann gab es nur noch vereinzelte, besonders zähe Bäume: Kiefern, die von Wind und Wetter in ihren Stämmen verdreht und verbogen waren. Nach Osten gebeugt standen die Bäume, knorrig, uralten Menschen in Haltung und Kerbung nicht unähnlich.

Den Steig hinauf zur Alm, die oberhalb der Baumgrenze in einer verborgenen Geländesenke lag, kannten nur wenige. Selten, dass jemand hinaufstieg zur Hütte, umgeben von so karger Gebirgslandschaft, dass nur mehr Schafe und Ziegen hier ihr Auskommen finden konnten. Die Bergspitzen oberhalb der Alm waren keine bekannten oder bergsteigerisch besonders lohnenden Ziele – außer es war jemand ein Einsamkeitsfanatiker und wollte sich zurückziehen in ein fast völliges Alleinsein.

Ferdinand war ans völlige Alleinsein gewöhnt. Doch hatte er sich lange nicht mehr so allein, ja, verloren gefühlt wie in dieser nächtlichen Schneelandschaft. Er war seit vier Stunden unterwegs, und es war noch nicht lange her, dass er das Gebirgstal erreicht hatte, wo im Sommer der Bach plätscherte und sich die Mountainbiker, die Wanderer, die Bergsteiger den Forstweg teilten.

Jetzt war nichts mehr da: kein Weg, kein Bach, nur tiefer Schnee, der alles verhüllte. Es war mitten in der Nacht, und doch konnte Ferdinand weit sehen. Hier, wo der Wald entlang dem Talboden ausgedünnt war, reichte das Licht der Sterne völlig. Der Schnee reflektierte es, so entstand ein Schimmer, der es leicht machte, sich zu orientieren.

Wie war dieses Licht in der Nacht schön! Schön und geheimnisvoll und zugleich befremdlich. Und es verstärkte bei Ferdinand das Gefühl der Todesgefahr, die auf seinem verschneiten Weg auf ihn lauerte.

Die Hosenbeine waren nass, schneeverklebt, stellenweise schon wieder hart gefroren. Aber ihm war nicht kalt. In den Stiefeln schmolz der oben einfallende Schnee zu Eiswasser. Aber er wusste, dass er das aushalten konnte, solange er sich nur bewegte. Doch wie lange würden seine Kräfte reichen?

Jeder Meter war ein Kampf. Ferdinand versank im Schnee, wühlte sich wieder heraus, die Ärmel nass, die Hände eisig, die Muskeln in den Beinen schmerzten, und vor lauter Anstrengung begann es in seinem Kopf zu rauschen. Wieder sank er ein und wieder, immer wieder kämpfte er sich aus dem Schnee.

Es gab nichts Schöneres, als über einen Lawinenkegel steigen zu können: Dort, wo aus den Bergflanken Lawinen zu Tal gedonnert waren, gestern oder vor ein paar Tagen, war der Schnee von der Wucht der Massen hart gepresst. Dann musste Ferdinand zwar hinaufklettern auf so einen Wall aus Schnee und mitgerissenen

Bäumen und Fels und Dreck, aber dort oben war es fest, er konnte aufrecht gehen, sank die nächsten fünfzig oder hundert Meter nicht mehr ein. Das gab ihm ein Gefühl von Glückseligkeit. Er marschierte über den Lawinenschnee, konnte durchatmen, konnte einen Fuß vor den anderen setzen, ohne zu versinken – und war voll Hoffnung, dass es von jetzt an so weiterginge.

Dass sich in dieser Nacht Lawinen lösen könnten, hoch über ihm, binnen Sekunden ins Tal rasen und ihn verschütten würden, davor hatte Ferdinand keine Angst. Er verschwendete keinen Gedanken darauf. Seit er sich zum Verlassen seines Verstecks durchgerungen hatte, war ihm die Angst abhandengekommen: Er spürte die Kälte, den Schmerz in Händen und Füßen, und er wusste, dass die Chance, bei diesem Abstieg zu sterben, groß war. Aber Angst? Er hatte keine.

Es mochten sechs oder acht Stunden vergangen sein, seit er aufgebrochen war, und seine Kräfte drohten zu Ende zu gehen. Er wusste, dass er eine Rast brauchte. Und dass er etwas zu sich nehmen musste. Doch wusste er auch, dass eine Rast in seinen nassen, halb gefrorenen Sachen fürchterliche Folgen haben könnte. Er brauchte einen Unterschlupf.

Er wand sich aus den Ledergurten des alten Rucksacks, kramte die Zitrone heraus und biss einfach in sie hinein. Gierig saugte er den Saft aus der Frucht, hungrig und durstig aß er das Fruchtfleisch, nein, er fraß es so, wie ein halb verhungerter Fuchs über ein totes Tier hergefallen wäre, und zuletzt zerbiss, zerkaute und schluckte er die Schale.

Nie zuvor in seinem Leben hatte ihm eine Zitrone so gut geschmeckt wie in diesem Augenblick.

Er dachte auch an den Speck und das Brot. Aber davon hätte er jetzt keinen Bissen hinuntergebracht. Er wollte nur etwas Saftiges, Saures, das ihm wie von selbst in den Mund und Magen glitt.

Ich bin ein dummer Mensch, dachte er. Ein dummer Mensch! Warum nur *eine* Zitrone? Warum habe ich nur *eine* Zitrone mitgenommen? Zwei oder drei oder vier hätt ich mitnehmen müssen. Gibt Kraft.

Ferdinand glaubte sich zu erinnern, im vorderen Drittel des Tales ein paar Stadel gesehen zu haben – vor einigen Jahren, als er zum bislang letzten Mal dort gegangen war. Dorthin müsste er gehen. Wenn es sie noch gab, wenn sie nicht längst in sich zusammengefallen waren, dann konnten sie ihm Unterschlupf gewähren, ihn ein bisschen vor der Kälte schützen. Dort, da war er sich jetzt sicher, würde er diese Nacht überleben können.

Er quälte sich weiter, Meter für Meter, Schritt für Schritt. Oft blieb er stehen, um wieder zu Atem zu kommen. Bisweilen legte er den Kopf in den Nacken und sog die kalte Luft ein bis tief in die Lungenspitzen. Dabei sah er in den Sternenhimmel.

So viele Sterne, dachte er. So viele goldene Punkte. So klein …

Einmal, als er wieder den Kopf zum Himmel hob, sah er, dass der Himmel nicht mehr schwarz war. Er rieb sich die Augen, glaubte nicht, was er sah. Aber es stimmte: Es hatte sich ein Grauton hinzugeschlichen, der Morgen kam, die Sterne wurden weniger.

Der Morgen!

Niemand darf mich sehen, dachte er. Solange ich lebe. Niemand.

Die Angst, entdeckt zu werden – auch wenn weit und breit niemand war und eigentlich auch niemand sein konnte –, setzte letzte Kraftreserven frei.

Er wühlte sich durch den Schnee, der nun zum Glück nicht mehr ganz so tief war, ihm aber immer noch bis zu den Knien reichte. Er war jedoch bereits so erschöpft, dass er alle zehn Schritte stehen bleiben musste, um auf die Knie gebückt zu verschnaufen.

Es verging bestimmt noch eine Dreiviertelstunde, während der das Grau am Himmel immer heller und dominierender wurde, während der die Sterne verschwanden, nur noch einer wie ein winziges goldenes Stecknadelköpfchen herunterleuchtete, ehe er auf die Hütten stieß.

Ein Stück abseits des Talbodens, von kahlen Lärchen kaum verborgen, sah er sie als dunkle Rechtecke mit dicken weißen Schneedächern im Morgengrauen stehen.

Bis hierher hatte er es geschafft. Aber noch war nicht sicher, dass er auch Schutz würde finden können. Vielleicht waren die

Hütten verrammelt und verriegelt, und er würde nirgends eine Möglichkeit haben, hineinzukommen. Er mochte nicht daran denken. Er war mit seinen Kräften am Ende. Und auch wenn er sich gewiss war, dass es jetzt wohl nur mehr zwei Stunden waren bis hinab und hinaus zu Hedwig, so glaubte er doch, diese zwei Stunden nicht mehr schaffen zu können.

Und außerdem: Er konnte nicht einfach so daherkommen, bei Tageslicht. Er würde gesehen werden, vielleicht erkannt werden, und dann war das lange gehütete Geheimnis gefährdet. Er musste abwarten, bis es wieder Nacht sein würde.

Er bahnte sich einen Weg zu den Hütten. Es waren drei: eine größere mit verriegelten Fensterläden, eine etwas kleinere, ein Schuppen nur, auch der versperrt, und ein wenig abseits die dritte, die sich bei genauerem Hinsehen als ein nach einer Seite offener Stall erwies.

Ferdinand unterzog die Bauten einer gründlichen Inspektion. Die große Hütte war mit eisernen Klammern an Tür und Fensterläden gesichert – ohne Werkzeug kam er da nicht hinein. Und selbst mit hätte es lange gedauert und hätte auch seine Kräfte überstiegen. Der Stall war besser als nichts, aber er war offen, die Holzwände hatten Ritzen, viel Schutz bot dieser Verschlag nicht. Blieb der Stadel. Auch an ihm war die Tür mit einem Eisenriegel gesichert. Aber Ferdinands Instinkte sagten ihm, dass diese Holzhütte eine Schwachstelle hatte, haben musste. Er würde nur lange genug suchen müssen: Irgendwo gab es eine Möglichkeit, hineinzukommen. Und das würde bedeuten, dass er ausruhen und den nächsten Abend abwarten konnte.

Er umrundete den Stadel, zog dabei eine tiefe Spur im Schnee einmal um das Gebäude – und fand nichts. Er ging zum zweiten und zum dritten Mal um die Hütte, ohne eine Schwachstelle entdecken zu können.

Jetzt kam Angst in ihm auf, eine Erregung, die ihm nicht vertraut war, an die er sich zwar vage erinnern konnte, mit der umzugehen er aber nicht gelernt hatte, nicht hatte lernen müssen: Angst hatte in seinem Leben nie eine besondere Rolle gespielt … Jetzt aber zitterten seine Hände, und daran war nicht allein die Kälte schuld: Ferdinand fürchtete, hier bei den Häusern zu krepieren.

Lachhaft, dachte er. So was von lachhaft. Alles überstanden, keine Lawinen, nicht im Schnee erfroren, und dann sterben, weil die Hütten dicht sind. Lachhaft, lachhaft, lachhaft. Und er lachte wirklich, ein abgehacktes, aus dem Bauch gepresstes Lachen, das eher wie das Röcheln eines Schwerstkranken auf der Intensivstation klang.

Er umrundete die Hütte noch einmal, langsamer noch als all die Male zuvor. Schritt für Schritt im jetzt schon gepressten Schnee. Und dann spürte er, dass er auf etwas Hartes trat. Auf einen Stein vielleicht? Ein Stein konnte ein Werkzeug sein.

Er warf sich auf die Knie und begann, mit bloßen Händen den Schnee wegzugraben. Was er fand, überstieg seine kühnsten Hoffnungen: Nach ein paar Minuten hatte er eine schwere Hacke ausgegraben. Sie hatte eine breite Haue, eine lange Spitze, nur dass der Stiel abgebrochen und nicht mehr viel länger als ein halber Meter war, enttäuschte ihn ein bisschen.

Doch zugleich versetzte ihn dieser Fund in Euphorie. Mit dieser Spitzhacke würde er sich Zugang verschaffen können. Er stapfte hinüber zum Haupthaus, bekam dort aber Zweifel, ob das die richtige Entscheidung war. Die Wände waren aus massiven Holzbalken, die Tür wirkte schwer und stabil, und der Riegel davor machte auch nicht den Eindruck, als ließe er sich leicht aus den Verankerungen reißen. Er schaute hinüber zum Stadel, wo er die Hacke gefunden hatte. Warum war er nicht gleich darauf gekommen! Bestimmt gab es genug Gerümpel darin, dass er sich ein halbwegs wärmendes Nest daraus bauen konnte. Und vor allem: Die Wände waren nicht massiv, sondern bestanden aus grob gehobelten Brettern – da müsste ein Eindringen leicht möglich sein.

Auf der dem Tal abgewandten Seite des Stadels setzte Ferdinand in einer Fuge zwischen den Brettern die Spitzhacke an. Das Holz gab gleich ein wenig nach, doch er musste seine ganze noch verbliebene Kraft aufwenden, um das Brett so weit nach draußen zu biegen, bis es zerbarst. Nun hatte er eine schmale Öffnung. Die beiden Bretter links und rechts davon riss er mit den Händen heraus, zog sich dabei in der rechten so massive Spreißel ein, dass ihm das Blut aus dem Handballen tropfte. Doch seine Hand war so taub von der Kälte, dass es ihm nichts ausmachte. Außerdem war er so froh darüber, diesen Unterschlupf gefunden zu haben, dass ihm ein bisschen Schmerz nichts ausgemacht hätte.

Er hatte riesiges Glück gehabt.

Und das Glück meinte es sogar noch besser mit ihm.

Durch den Spalt in der Hüttenwand drang viel zu wenig Licht ein, als dass Ferdinand hätte sehen können, was sich hier herinnen befand. Er tastete sich durch den kalten Raum, stieß mit den Füßen gegen irgendwelches Zeug, das am Boden lag, haute sich das Schienbein an, war auf der Suche nach einem Platz, wo er sich hinlegen konnte, hoffte auf Heu in einem Winkel des Stadels oder, besser noch, auf eine alte Matratze.

Er fand weder das eine noch das andere, aber er erfühlte einen Tisch oder eine Werkbank oder so etwas Ähnliches – und darauf ertastete er einen kalten, aus vielen Einzelstücken bestehenden Schlüsselbund.

Er kroch damit wieder hinaus ins Freie, stapfte hinüber zum Haupthaus und probierte, ob einer der Schlüssel in das Vorhängeschloss passte, das den schweren Eisenriegel sicherte. Er musste nicht lange suchen, schon der dritte Schlüssel drang in den gezackten Spalt, ließ sich drehen und das Schloss aufklicken.

Ferdinand entfernte den Riegel und klappte die Tür auf. Doch die war nur eine Vortür, so etwas wie die Läden vor den Fenstern. Dahinter kam eine weitere Tür zum Vorschein. Sie hatte ein Sicherheitsschloss, doch der Schlüssel dazu hing ebenfalls am Bund. Ferdinand war im Haus.

Durch die offenen Türen fiel Licht ein. Schwach noch, aber immerhin.

Jäger, dachte er. Jagdhütte.

An der Wand im Eingangsbereich hingen jede Menge Geweihe und Hörndl von Rehböcken und Gämsen. Aber das interessierte ihn nicht. Was er brauchte, war eine Schlafstatt.

Er ging noch einmal hinaus, sperrte die Eisenriegel vor den Fenstern auf, klappte die Läden zur Seite. Jetzt drang genug Licht in die Hütte, sodass er sich zurechtfinden konnte.

Groß war die Hütte nicht. Da stand ein Holzherd im Eck, gegenüber ein Tisch mit Eckbank und zwei Stühlen; am anderen Ende des Raumes war ein Stockbett angebracht, daneben stand ein

Schlafsofa aufgeklappt. Ferdinand schloss die Tür, entledigte sich seiner gesamten Kleidung und hüllte sich in eine kratzige graue Decke, die er vom oberen Stockbett nahm. Eingewickelt in die Decke inspizierte er den Raum. Er hätte gerne etwas Warmes zu essen oder zu trinken gehabt, doch der Herd war kalt. Natürlich war er kalt. Wahrscheinlich war seit Wochen oder Monaten niemand mehr hier gewesen. Auf dem Herd lagen nur ein paar große Steine, wie sie die Bergbauern gern nutzten, um vor dem Schlafengehen ihre Betten damit anzuwärmen. In einem kleinen Kästchen über der Eckbank fand er eine Flasche voll mit klarem Schnaps. Davon trank er zwei kräftige Schlucke. Er spürte, wie sich der Schnaps seine Speiseröhre in den Magen hinunterbrannte. Und als dieses Brennen nachließ, breitete sich wohlige Wärme in seinem ganzen Körper aus. So wohlig, dass er lachen musste, laut lachen, und jetzt klang es nicht mehr ganz so wie das Röcheln eines Sterbenden.

Er nahm das Brot und den Speck aus seinem Rucksack, aß von beidem ein wenig, aber richtigen Hunger hatte er noch immer nicht. Eine Zitrone, ja die hätte er mit Gier verschlungen, am liebsten gleich samt Schale …

Ferdinand trug alle Decken, die er auf den drei Betten fand, auf dem Schlafsofa zusammen. Dann zog er die Fensterläden von innen her zu, schloss die Fenster und die Tür, ließ den Schlüssel im Schloss stecken.

Er tapste im Dunkeln zu seiner Schlafstelle, setzte sich hin, wollte sich schon unter die Decken legen, da fiel ihm noch etwas ein.

Wenn jemand kommt, dachte er, sieht er, dass eingebrochen worden ist. Draußen hängen die Riegel herunter, die äußere Tür steht auf, der Schuppen hat ein Loch.

Gut, dachte er, ich habe zugesperrt. Der Schlüssel steckt. Da kommt keiner so leicht rein.

Wenn aber doch? Wenn doch wer reinkommt, und ich schlaf wie tot und merk nix?

Er stand noch einmal auf, tastete sich im Dunkeln zurück zum Herd und suchte sich nur mit dem Gefühl seiner Hände einen der Steine aus. Einen, der gut in der Hand lag. Den nahm er mit in sein

Bett. Mit unter die Decken. Am Anfang fühlte sich der Stein eisig an, aber das wurde rasch besser. Und vor allem: Er hatte jetzt ein gutes Gefühl.

Wenn doch wer reinkommt, dachte er, wenn irgendwer reinkommt und mich überrascht im Schlaf …

Er war schon fast zu müde, um seine Gedanken noch zu Ende zu bringen. Doch diesen Gedanken schaffte er noch, bevor er am beginnenden Tag in tiefe Nacht verfiel:

Wenn doch einer kommt, dann kann ich ihn mit dem Stein erschlagen. Einfach mit dem Stein erschlagen. Auf den Kopf hauen … mit dem Stein … mit dem Stein …

***

Es waren dies die Tage und Nächte, in denen der eigentlich längst vorübergegangene Winter die meisten Opfer forderte. Selbst in Hochlagen hatte es schon seit Wochen nicht mehr geschneit. Die Temperaturen waren ständig gestiegen, der Frühling hatte Einzug gehalten, überall schmolz der Schnee dahin. Doch weit oben gab es noch griffigen Firn, der die Skitourengeher lockte. Allerdings war es ein Trugschluss, dass um diese Jahreszeit nicht mehr allzu viel passieren konnte.

Zwar gab es keine Staublawinen mehr, wie sie entstanden, wenn sich eine hohe Pulverschneeschicht an einem Hang löste und tosend zu Tal rauschte. Dieser Art von Lawinen ging immer eine gewaltige Druckwelle voraus, die selbst Bäume wie Zahnstocher knicken konnte.

Dafür gab es jetzt, im alpinen Frühjahr, die verheerenden Grundlawinen. Bedingt durch die Sonneneinstrahlung und die erhöhte Erwärmung löste sich der völlig gesetzte Schnee als riesige Platte direkt am felsigen und waldigen Untergrund. Wer solch einer Grundlawine in die Bahn geriet, hätte sich genauso gut gegen einen Dreißigtonner stemmen können, der mit hundertzehn Stundenkilometern auf ihn zugerast kam.

In der österreichischen Silvrettagruppe wurden Skibergsteiger des Alpenvereins von einer Grundlawine erfasst und über einen Steilabbruch vierhundert Höhenmeter hinabgerissen. In den Bayerischen Voralpen, wo die Berge nicht hoch waren und einen ziemlich ungefährlichen Eindruck machten, erdrückte ein Schneebrett einen Vater, der mit seinem fünfjährigen Sohn nur auf einer Forststraße zu Tal hatte rodeln wollen. In der Ortlergruppe wurden Eiskletterer aus der schwierigen Wand gerissen. Bei Chamonix, Ischgl, Cortina wurden Snowboardfahrer Opfer der Lawinen, und in den südlichen Zillertaler Alpen schob eine gewaltige Grundlawine sogar ein hoch gelegenes Berghaus in sich zusammen – der Hüttenwirt und seine Frau, die eben damit begonnen hatten, die Hütte zur Öffnung für die neue Bergsaison vorzubereiten, wurden zwischen Schutt und hart gepresstem Schnee erdrückt.

Im Land vor den Bergen nahte bereits ein sommerlicher Vorbote; die Thermometer kletterten auf beinahe zwanzig Grad. Doch das war trügerisch. Im Hochgebirge schien sich der Winter mit Gewalt gegen sein Ende zu wehren. Und die Alpenvereine in der Schweiz, in Frankreich, Österreich, in Deutschland und in Südtirol gaben immer noch Lawinenwarnungen heraus. Täler, in denen gewaltige Bergflanken fußten, waren besonders gefährdet. Täler, wie es sie im Wettersteingebirge gab – und natürlich im Karwendel.

Noch war der Winter nicht vorbei.

***

Hedwig Senkhofer erschrak zum ersten Mal, als es abends gegen elf an das Fenster ihrer Küche klopfte. Sie war noch auf, saß am Küchentisch und las in einem Buch, das sie in der Bibliothek der Pfarrei geliehen hatte.

Sie fragte sich besorgt, wer das um diese Zeit noch sein konnte. Sie lebte sehr zurückgezogen, bekam fast nie Besuch, um diese späte Stunde schon gar nicht.

Zum zweiten Mal, und diesmal noch viel heftiger, erschrak sie, als sie die Tür öffnete und ihr Bruder draußen stand, abgerissen, heruntergekommen, nass, zitternd, in eine Decke gehüllt wie ein Schiffbrüchiger.

Doch ihr Erschrecken lähmte sie nicht eine Sekunde lang. Sie zog Ferdinand ins Haus, schob ihn in den Flur, trat selbst vor die

Tür, spähte nach allen Seiten, um herauszufinden, ob ihn jemand beobachtet haben könnte, ging dann hinein, schloss die Tür und sagte mit erstickter Stimme: »Allmächtiger! Was machst du hier? Wie kommst du hierher?«

Sie wartete die Antwort nicht ab, sondern zog die Vorhänge zu. Auch wenn das Haus allein und etwas abseits vom Ort lag, wollte sie doch auf Nummer sicher gehen.

Niemand durfte ihn sehen.

Ihr Bruder Ferdinand Senkhofer war vor fünfunddreißig Jahren zu einer Cousine nach Australien gereist – und hatte sich entschieden, nicht mehr zurückzukommen. Es hatte einige Zeit lang Gerede gegeben damals, aber das hatte sich bald gelegt. Wirklich abgegangen war er ja niemandem. Wirklich brauchen hatte ihn ja nie jemand können. Die Leute hatten ihn schnell vergessen.

Er war in Australien. Nicht hier. Hier durfte er nicht sein.

»Hat dich jemand gesehen?«, fragte sie ihn, und ihre Stimme klang fast hysterisch.

Ferdinand schüttelte den Kopf. Er sah seine Schwester mit großen Augen an. Seit Monaten hatte er sie nicht mehr gesehen. Ihr Haar war grauer als im Herbst.

»Wirklich nicht? Bist du dir sicher, dass dich niemand gesehen hat?«

»Niemand.« Jetzt sagte er etwas. »Niemand. Hab gewartet, bis es dunkel war. Bin dann erst aus die Berg raus. Alles war finster. Niemand auf der Straße. Niemand, der mich gesehen hat.«

Hedwig war zumindest ein wenig beruhigt.

Erst jetzt fand sie die Zeit, ihren Bruder zu mustern. Was sie sah, konnte sie nicht erschüttern, auch wenn es schlimmer noch war als sonst, wenn sie im späten Frühjahr erstmals wieder zur Almhütte hinaufgestiegen kam. Sein Haar war lang, verfettet und verfilzt, ebenso sein Bart. Seine Kleidung war nass, die Hosen schneeverklebt, alles stank, der ganze Mann stank, und dort, wo er stand, bildeten sich Pfützen auf dem Boden.

Er bot einen jämmerlichen Anblick, und Hedwig wusste nicht, womit sie nun anfangen sollte: ihm etwas Wärmendes umhängen, ihm einen heißen Tee machen oder ihn als Erstes in ein dampfendes Bad stecken.

Sie entschied sich dafür, mit dem Bad zu beginnen.

»Zieh dich aus«, sagte sie. »Hier auf der Stelle. Alles runter und einfach liegen lassen. Ich kümmer mich drum.«

Sie holte ihm eine Decke und hielt sie ihm hin. »Häng dir das derweil um, ich lass dir eine Badewanne einlaufen.«

Das Badezimmer war einfach ausgestattet. Alte graue Fliesen an der Wand, ein Waschbecken, ein Spiegel, die Toilette, daneben eine Waschmaschine, die schon viele Jahre auf dem Buckel hatte, und die Wanne, die nicht mehr sauber zu kriegen war. Sie wirkte grindig – aber so wirkte Ferdinand ja auch.

Aus dem Chromwasserhahn, der jeglichen Glanz verloren hatte, kam das Wasser in einem breiten Strahl. Nach einigen Minuten, während der sie sich den Kopf darüber zerbrach, was nun aus Ferdinand werden sollte, rief sie ihn:

»Komm, Ferdl. Du kannst kommen. Das Wasser ist eingelaufen.«

Ferdinand kam nackt, ohne die Decke und ohne sich seiner Nacktheit auch nur im Geringsten zu schämen. Auch schien er seine üble Ausdünstung nicht wahrzunehmen – im Gegensatz zu seiner Schwester, der gleich klar war, dass sie heute die Wanne mindestens zweimal würde füllen müssen: Vorwäsche und Hauptwaschgang.

Ferdinand stieg in die Wanne, mit dem rechten Fuß voraus, zog ihn aber gleich wieder zurück.

»Heiß!«, schrie er und sog pfeifend die Luft durch die Lippen. »Heiß!«

»Schrei nicht so«, schimpfte Hedwig. »Man muss es ja nicht bis ins Dorf hören, dass du da bist, oder?«

Sie fasste mit den Fingern ins Wasser und sagte: »Außerdem ist es gar nicht heiß. Stell dich nicht so an.«

Es dauerte geraume Zeit, bis Ferdinand in der Wanne war, erst sitzend, dann ganz langsam mit seinem ganzen stinkenden Körper eintauchend in das warme Wasser. Allerdings konnte er sich nicht ganz ausstrecken; dafür war er zu groß oder die Wanne zu kurz. So lag er mit angewinkelten Knien im Wasser.

Während er seinen Körper einweichte, setzte Hedwig Wasser für eine Kanne Tee auf. Bald konnte sie ihm einen Becher voll Pfefferminztee, den sie mit Honig gesüßt hatte, an die Wanne bringen.

»Trink das. Das wird dir guttun. Ich nehm an, dass du einiges hinter dir hast. Trink das, damit du nicht krank wirst.«

Sie ließ ihn eine weitere Viertelstunde im Wasser liegen, während der sie sich in der Küche zu schaffen machte.

Dann hieß sie ihn, das dreckig braune Wasser abzulassen und die Wanne mit der Brause grob zu reinigen. Danach konnte er sich wieder hinsetzen und frisches Wasser einlaufen lassen.

»Ich bin gleich bei dir. Dann bürsteln wir mal den ganzen Dreck runter von dir. Es wird höchste Zeit.«

***

Marielle hatte ihre Tage. Wenn sie ihre Tage hatte, bekam sie jedes Mal einen kleinen kugeligen Blähbauch und konnte sich schon dafür selbst nicht ausstehen. Sie hatte spät noch geduscht, stand jetzt im engen Bad vor dem Spiegel, während Pablo auf dem Bett lag und irgendetwas für die Uni büffelte. Sie fand sich wieder mal hässlich und wunderte sich, dass Pablo ihrem Körper etwas abgewinnen konnte. Wenn sie in solcher Stimmungslage war, fand sie ihre Frisur zu langweilig, ihr Gesicht zu blass, ihre Brüste zu klein, ihr Becken zu breit, ihre Knie zu knubbelig – und das wäre ihr an diesem Tag genauso ergangen wie schon oftmals zuvor.

Aber an diesem Abend drängte sich ein Gedanke immer wieder nach vorn, ließ ihr keinen Spielraum für selbstquälerisches Gegrüble. Der Gedanke und die Frage, wer einen Bergsteiger mit einem Stein erschlagen würde. Wer – und warum?

Immer wieder kreisten ihre Gedanken um den Fall Mannhardt. Wenn es sich bei Mannhardts Tod nicht um einen Unfall, sondern um einen Mord gehandelt hatte, dann musste der Täter diesen Mannhardt unheimlich gehasst haben. Nach allem, was sie zu der Sache erfahren hatte, war der Leichnam übelst zugerichtet gewesen – ein grauenvoller Anblick auch für die Leute von der Bergrettung, die Mannhardts sterbliche Überreste in einem schwarzen Kunststoffsack verstauen mussten.

Angenommen, es war ein Mord, dachte Marielle, dann musste

der Täter den Mann mit einem Stein niedergeschlagen haben. Aber den zahlreichen Verletzungen nach war das Opfer ja nicht in sich zusammengesunken und liegen geblieben, es musste auch noch abgestürzt sein und sich dabei so ziemlich jeden Knochen im Leib gebrochen haben.

Zwei Möglichkeiten, dachte sie. Der Mörder hat zugeschlagen, Mannhardt ist dann abgestürzt und zig Meter tiefer liegen geblieben – worauf sich der Täter aus dem Staub gemacht hat.

Dann hat er aber nicht sicher sein können, dass sein Opfer wirklich tot ist.

Die andere Möglichkeit: Mannhardt war getroffen worden, war gestürzt, der Täter stieg hinab zu ihm und überzeugte sich vom Tod seines Opfers oder gab ihm den Rest. Was musste das dann für ein Mensch sein, der solch schockierende Bilder aushielt?

Sie erinnerte sich, dass Schwarzenbacher erzählt hatte, die Beine des Mannes seien abstrus verdreht vom Körper abgestanden.

»Wer macht so was?«, rief sie ins Zimmer hinaus, wo Pablo auf dem Bett lag und gegen seine Müdigkeit ankämpfte. »Sag mir: Was ist das für ein Mensch?«

Es dauerte, bis von Pablo eine Antwort kam:

»Es ist entweder einer, der diesen Mann gehasst hat, oder es ist ein Verrückter. Ich kann dir nicht sagen, woher dieser Glaube bei mir kommt, aber irgendwie bin ich der Meinung, dass Letzteres zutrifft. Ein Verrückter. Und aus dieser Verrücktheit heraus hat er dann im Stubai und im Rofan und im Karwendel – und wo noch?, ach ja, im Kaiser weitere Menschen umgebracht. Zufallsopfer. Die hatten einfach das Pech, zur falschen Zeit am falschen Ort zu sein. Das ist meine Meinung.«

»Es ist aber viel Zeit vergangen zwischen dem Mord an Mannhardt und den weiteren Fällen. Insgesamt Jahrzehnte. Da kann ich mir keinen Reim darauf machen.«

Ohne noch daran zu denken, wie wenig sie heute mit sich selbst zufrieden war, kam sie ins Zimmer. Sie war nackt und bloß bis auf die Ohrstecker aus Silber und kleinen Opalen und das Fädchen des Tampons, der fast unsichtbar zwischen ihren Beinen baumelte.

Sie sah Pablos Blick und die kleine Enttäuschung darin. Wenn sie ihre Tage hatte, schlief sie nie mit ihm. Sie würde zwar gleich zu ihm ins Bett hüpfen und sich an ihn kuscheln – aber nur, um dann noch eine Stunde lang mit ihm über verrückte oder nicht verrückte Mörder zu reden.

***

Der dritten Wannenfüllung mischte Hedwig ein Schaumbad bei. Es roch nach Melisse.

Ferdinand lag glücklich wie ein Kind im schäumenden und duftenden Bad. Hedwig wusch ihm die Haare mit Unmengen Shampoo. Zuerst hatte sie gedacht, dass es gut wäre, ihm den Pelz vom Kopf zu schneiden und den Schädel zu rasieren. Damit wäre der ganze verlotterte Kopfputz beseitigt. Dann aber wurde ihr bewusst, dass er mit kurzen oder gar keinen Haaren leichter wiederzuerkennen wäre als mit langer Mähne und einem Bart, der das Gesicht weitgehend verhüllte.

Sie hatte ihn noch nicht gefragt, warum er die Almhütte verlassen hatte. Was ihn dazu getrieben hatte, sein Leben in diesem lawinenträchtigen Abstieg zu riskieren. Und ob er überhaupt eine Vorstellung hatte, wie es jetzt weitergehen sollte. Zurück konnte er nicht. Nicht jetzt. Frühestens in einigen Wochen.

Sie nahm einen Waschlappen und rieb ihn voll Seifenschaum. Im zweiten Waschgang hatte sie ihren Bruder mit der Bürste abgeschrubbt, anders wäre dem Schmutz von Wochen gar nicht beizukommen gewesen. Nun kam die Schlussrunde, ein »menschlicheres« Waschen, das sogar noch einen angenehmen Duft auf der Haut hinterlassen würde.

Sie wusch ihm die Stirn und den Hals, die Ohren und hinter den Ohren. Sie massierte ihm mit dem seifigen Waschlappen den Rücken und die Arme.

Sie kauerte sich ans andere Ende der Wanne und wusch ihm die Füße, die Beine, und es freute sie, wie ihr Bruder dabei entspannte und genoss.

Er war für sie da gewesen, sie war für ihn da.

Sie wusch ihn zwischen den Beinen und sah mit einem kurzen Lächeln, wie sich sein Glied aufstellte. Sie griff es mit dem Waschlappen und rieb es vorsichtig und dabei zupackend, langsam und dabei allmählich immer schneller werdend.

Seit damals hatte sie kein sexuelles Bedürfnis mehr, keine Wünsche, keinen Traum. Seit damals hatte sie keinen Mann mehr gewollt und keinen mehr berührt – ihren Bruder ausgenommen. Und das war doch das Mindeste, was sie für ihn tun konnte, alle paar Wochen mal in all den Jahren.

Als alles vorüber war, gab sie ihm den Waschlappen.

»Wasch ihn aus«, sagte sie, und ihre Stimme klang dabei weder freundlich noch unfreundlich. Hätte sie gesagt: »Hol Kartoffeln aus dem Keller« oder: »Zieh dir Hausschuhe an«, es hätte wohl ganz ähnlich geklungen.

Sie trat ans Waschbecken, wusch sich die Hände und sagte dann: »Trockne dich gut ab. Ich mach dir was zu essen. Bratkartoffeln und eine Scheibe Fleischkas hab ich noch da. In einer Viertelstunde musst fertig sein.«

Sie ging in die Küche.

An der Badtür drehte sie sich noch einmal um. Ferdinand schaute nirgendwohin. Er schien einfach nur glücklich zu sein. Bei ihr im Haus. Hier in der Badewanne. Einfach glücklich.

Sie war es nicht.

6

Die Ski schnitten kaum einen Millimeter in den gefrorenen Firn. Bei jedem Schritt bergauf kratzten die scharfen Kanten, und die Aufstiegsfelle zischelten ganz ähnlich dem besonderen Klang, wenn eine Frau im kleinen Schwarzen und mit Nylons ihre Beine betont langsam übereinanderschlägt.

Es war erst nach halb sieben, der Morgen kam zaghaft, aber kalt. Jeder Atemzug stand Marielle und Pablo als kleines vergängliches Wölkchen vor dem Gesicht und drohte ständig damit, die Sonnenbrillen zu beschlagen.

Sie waren nicht die einzigen Skibergsteiger, die jetzt, im späten April, an diesem Tiroler Paradeberg unterwegs waren. Mindestens fünfzig weitere Alpinisten befanden sich über oder unter ihnen im Aufstieg. Alle nutzten das gut prognostizierte Wetter, alle waren unterwegs zum 2.828 Meter hohen Pirchkogel, der an einem Tag wie diesem eine wirklich unvergleichliche Aussicht und dazu wahre Abfahrtsfreuden versprach.

Pablo kannte den Aufstieg, kannte ihn vom Sommer her, da war er ihn vor vielen Jahren einmal mit seinen Eltern gegangen, und er kannte ihn als Skitour. »Dreimal hab ich die schon gemacht«, hatte er Marielle vorgeschwärmt. »Es braucht das richtige Wetter – wegen der Aussicht. Dann braucht es den richtigen Schnee – weil die Tour sonst im oberen Bereich lawinengefährlich ist. Sonst braucht es nichts.«

Der Pirchkogel war für die beiden aber nicht nur wegen seiner schönen Aussicht und der Abfahrt über fast tausend Höhenmeter von Interesse. Dass sie ihn als Tourenziel gewählt hatten, hing damit zusammen, dass hier einer der tragischen Schauplätze war, die sie recherchieren wollten. Der Unglücksfall hatte sich im Sommer 1997 ereignet. Im Winter sah alles anders aus, und die Rückschlüsse, die sie ziehen konnten, würden nicht eindeutig sein. Aber sie hatten die Geduld verloren, hatten es aufgegeben, auf den Sommer zu warten, waren nun aufgebrochen, um endlich mit den Nachforschungen zu beginnen. Ein gewisser Hermann Holzer war hier ums Leben gekommen. Siebenundzwanzig Jahre alt, ein guter Bergsteiger, der mit Freunden und auch allein schon große Touren unternommen hatte. In den Westalpen, in den Dolomiten, in den Hohen Tauern, den Zillertalern und auch hier, in den Stubaiern. Der Pirchkogel war für diesen erfahrenen Skitourengeher nicht mehr als eine genüssliche Halbtagestour von Kühtai aus gewesen. Ein alpiner Spaziergang.

Schwarzenbacher hatte einen Nachruf der Österreichischen Alpenvereinszeitung ausgegraben. Da war zu lesen, dass Hermann Holzer bei einer vermeintlich unschwierigen Bergtour »aufgrund eines tragischen Schicksals ums Leben gekommen ist«. Von seiner großen bergsteigerischen Erfahrung war die Rede, davon, dass er stets sehr bedächtig agiert habe bei den schwierigeren Unternehmungen und dass er, der in Bozen geborene und nach Schwaz im Inntal übergesiedelte junge Mann, »eine große Lücke im Kreis der Tiroler Bergfreunde« hinterlassen werde.

Als sie das weitläufige Kühtaier Skigebiet unter sich ließen, sahen sie an den Parkplätzen immer mehr Autos ankommen: alles Pistenfahrer, die sich hier, bei einer Höhenlage der Talstation von zweitausend Metern, einen schneesicheren und sonnenreichen Tag machen wollten.

Auf dem Schwarzmoos, wo im Sommer zwei kleine Hochgebirgsseen wie blaugraue Augen aus dem Hochmoor lugten, jetzt aber nicht zu sehen waren, querten sie nordwestwärts zum Gipfelaufbau des Pirchkogels hinüber. Ein gutes Stück links von ihnen verlief im Sommer der Normalweg zum Gipfel, ein an manchen Stellen etwas ausgesetzter Steig. Pablo zeigte hinüber zu dem Bereich, wo sich damals die Tragödie ereignet haben musste.

»Wollen wir rübergehen?«, fragte Marielle. »Ich denke, es wäre gut, näher hinzukommen und ein Gefühl für die landschaftlichen Gegebenheiten zu bekommen.«

Pablo gab ihr recht, schlug aber vor, erst direkt zum Gipfel aufzusteigen und dann, bei der Abfahrt, hinüberzuqueren zu den Felsen, die sich über dem Sommersteig aufbauten.

Die Gipfelrast war phantastisch. Für Marielle wie für Pablo war es ein wunderschönes Gefühl, auf dieser Bergspitze wie auf einem Thron zu sitzen und bei wolkenlosem Himmel das Dreihundertsechzig-Grad-Panorama zu genießen.

Jenseits des Inntals waren die Mieminger Berge und das gesamte Wetterstein in winterliches Weiß gehüllt. Bei genauerem Hinschauen war der Zugspitzgipfel zu erkennen – besser gesagt: das obendrauf gesetzte architektonische Durcheinander aus Wetterstation, Bergstation der Seilbahn, Münchner Haus und Aussichtsterrasse. Rechts davon die Arnspitzen, noch weiter rechts das lang hingestreckte Karwendelgebirge.

Wo diese großen, gewaltigen Gebirgsgruppen durch tiefe Einschnitte voneinander getrennt waren, konnten Marielle und Pablo am Horizont sogar noch die kleineren Berge der Bayerischen Voralpen erkennen. Vor allem der rundliche Elefantenrücken der Benediktenwand, Gipfelhöhe tausendachthundert Meter, war auch auf die große Distanz gut von den umliegenden Bergen zu unterscheiden.

Es war angenehm mild auf dem fast dreitausend Meter hohen Pirchkogel. Sie konnten auf die Daunenanoraks verzichten, waren nur in die leichten Softshell-Jacken geschlüpft und hatten sich auf ihren aufblasbaren Thermokissen in den Schnee gesetzt.

»Du musst dir das Gesicht eincremen«, sagte Pablo und hielt ihr die Tube mit Sonnenschutzcreme hin. »Die Sonne ist heute total intensiv.«

Im Osten erhob sich markant der Acherkogel. Dieser gletscherfreie Dreitausender stand schon lange auf Marielles und Pablos To-do-Liste: Es gab da eine Kante, alpine Kletterei, vierter Schwierigkeitsgrad – vielleicht in diesem Sommer.

Im Westen standen die felsigen Kalkkögel wie ein Raubtiergebiss. Die Konturen zeichneten sich schwarz vor dem gleißend hellen Himmel ab. Am eindrucksvollsten freilich war der Ausblick nach Süden: Die hohen Gletscherberge wirkten jetzt, da vor lauter Schnee kein Fels und kein Wald mehr zu erkennen war, wie die Bergriesen im Himalaya. Der Schrankogel war fast dreitausendfünfhundert Meter hoch, das Zuckerhütl sogar noch höher. Und auch deren Trabanten waren kaum nennenswert niedriger. Doch all diese Stubaier Berge wirkten jetzt, in ihrem winterlichen Kostüm, wie Fünftausender oder Sechstausender, ja, vielleicht sogar Siebentausender. Einfach gigantisch! Und von atemberaubender Schönheit.

Sie tranken Tee aus ihren Thermosflaschen und aßen ihre mitgebrachten Wurst- und Käsebrote. Fast eineinhalb Stunden verbrachten sie auf dem Pirchkogel. Dann wurde es höchste Zeit, sich an die Abfahrt zu machen. Es war nicht ungefährlich, zu lange oben zu bleiben. Unter der Sonneneinstrahlung erwärmten sich die Bergflanken, die Lawinengefahr nahm zu. Außerdem: Sie hatten ja auch noch etwas zu tun.

Die wenigen anderen Skibergsteiger, die ähnlich lange am Gipfel geblieben waren, schauten Pablo und Marielle fassungslos nach, als sie sich an den im Winter ziemlich schwierigen Abstieg entlang des kurzen Grates machten. Anstatt die Ski anzuschnallen und in den Hang hineinzuschwingen, hatten sie sie zusammengeclipt und über die Schultern genommen.

»Wir müssen aufpassen«, sagte Pablo.

Aber das wusste Marielle auch so.

»Was macht's denn ihr da?«, rief ihnen einer nach. »Da geht's owi!« Er zeigte auf die Zopfmuster der Abfahrtsspuren. »Da drüm seid's foisch!«

»Ist schon in Ordnung«, rief Pablo zurück. »Wir sind von der Tiroler Lawinenkommission. Wir kennen uns aus hier.«

»Ja dann«, rief der Skitourengeher und machte sich für seine Abfahrt fertig.

Marielle und Pablo balancierten über den schmalen Grat. Im Sommer eine ausgesetzte und nicht ganz ungefährliche Wegpassage. Jetzt aber überaus heikel. Sie versanken bis zu den Knien im Schnee, der Grat war nicht einmal einen Meter breit; mit den Skistöcken in einer Hand versuchten sie, die Balance besser zu halten. Unter dem Schnee waren vereiste Felsen. Die machten ihnen zusätzlich zu schaffen. Doch nach einigen Minuten waren sie erst einmal in Sicherheit. Dort, wo sich der Grat deutlich verbreiterte, konnten sie die Ski in den Schnee stecken, durchschnaufen, die unvermeidlich aufgekommene Angst aus den Gliedern schütteln.

»Weißt du, was mir die ganze Zeit durch den Kopf gegangen ist, während ich da vor dir hergeturnt bin?«, fragte Pablo. »Ich habe mir gedacht, was passieren würde, wenn du mir auch nur einen kleinen Schubs geben würdest. Zum Beispiel dann, wenn ich grad nur auf einem Bein stehe …«

Marielle schaute nach beiden Seiten hinab. Es war nicht so, dass jemand, der hier das Gleichgewicht verlor, in freiem Fall abstürzen würde. Das Gelände war nur steil, nicht senkrecht. Aber natürlich würde ein solchermaßen Stürzender mehrmals aufschlagen, sich mindestens schwer verletzen, und die Chance, dabei zu Tode zu kommen, war nicht gering.

»Was aber nicht erklärt, wie die Untersuchungen dann auf Steinschlag kommen«, wandte Marielle ein. »Hier oben am Grat kann dich kein Stein treffen.«

»Ich glaube, dass es sich überwiegend um Vermutungen handelt. Bei Mannhardt im Wetterstein scheint man davon ausgegangen zu sein, dass der Wegabschnitt zu unschwierig gewesen sei, als dass er ohne Einwirkung von oben abgestürzt wäre. Die schlimmen Kopfverletzungen hätte er sich genauso beim Sturz zuziehen können – aber wie gesagt, davon konnte man nicht ausgehen. Und hier? Da hast du schon recht, hier kann dich kein Stein treffen. Aber wenn wir ein Stück weitergehen, dann schon.«

Er erklärte Marielle anhand der genauen Karte, dass der Weg, der jetzt unter tiefem Schnee verborgen lag, gleich einen scharfen Knick nach links machen und unter steilschrofiges Gelände hineinziehen würde. Dort war der Hang geneigter, weniger steil, dafür aber war der Steig bedroht von morschem Gestein, das darüberlagerte – wie lose aufgeschichtet zu einem ziemlich steilen Wandl. In diesem Bereich war Steinschlag mehr als plausibel.

»Angenommen, es war ein Mord, dann erscheint es mir naheliegend, dass Holzer hier hinabgestoßen worden ist.« Marielle dachte laut nach. »Zeig doch mal die Skizze, wo die Fundstelle des Toten eingezeichnet ist.«

Sie verglichen die Skizze mit der Wirklichkeit und sahen ihre Vermutungen bestätigt: Von da, wo sie jetzt waren, konnte Holzer abgestürzt sein – vom Grat gedrängt oder gestoßen. Es war möglich, doch beiden kam es irgendwie vor, als wäre da ein Fehler, als führte sie dieser Gedanke in die falsche Richtung.

Der Grat, auf dem sie sich befanden, und die brüchige Flanke bildeten zueinander beinahe einen rechten Winkel. Egal, wo Holzer gestürzt war, er wäre wohl im annähernd selben Bereich gefunden worden. Nur mit dem Unterschied, dass man beim Sturz drüben in der Flanke Steinschlag vermuten konnte, beim Sturz vom Grat aber nicht.

»Stell dir mal vor, du wärst die Mörderin«, sagte Pablo. »Weit und breit kein Mensch, du hast also die Wahl, wann und wie du zuschlägst …«

Ihre Antwort kam wie aus der Pistole geschossen: »Ich würde dich am Grat runterstoßen. Wie du schon gesagt hast: Ehe du merken würdest, wie dir geschieht, wärst du schon tot. Oder zumindest halb tot.«

Pablo grinste gequält. »Und weiter«, forderte er sie auf.

Marielle dachte einen Moment lang nach. Dann sagte sie: »Also, wenn ich dich ermorden wollen würde, müsste ich auf Nummer sicher gehen. Nach deinem Sturz liegst du reglos da unten, fünfzig Meter tiefer. Aber es heißt nicht, dass du auch wirklich tot bist. Ich würde also auf dem Steig weitergehen bis hinein in die brüchige Flanke und dann im Schottergelände zu dir hinuntersteigen. Der Rest ist klar …«

»So klar auch wieder nicht …«

»Gut, wenn du es so genau wissen willst: Dann nehm ich einen Stein und hau dir damit so auf den Kopf, dass kein Zweifel mehr bestehen kann an deinem Ende.«

»Wie plastisch du das schildern kannst«, sagte Pablo. »Ich fürchte fast, du hast längst einen Plan, mich aus der Welt zu schaffen …«

»Idiot«, sagte Marielle. »Ich brauch dich doch. Zumindest vorläufig brauch ich dich noch. Und wenn nicht mehr … Na ja, da werden einem dann schon Ideen kommen!«

Sie grinste ihn spitzbübisch an. Dann sagte sie:

»Ich glaube, es hat sich gelohnt, dass wir heute hier herauf sind. Wir haben eine Vorstellung bekommen, eine Vorstellung, wie es gewesen sein könnte.«

Pablo nickte. »Wir werden mit Paul drüber sprechen. Aber dazu müssen wir erst mal runter ins Tal.«

Sie stiegen in die Bindungen ihrer Ski. Die Steigfelle hatten sie schon am Gipfel abgemacht und aneinandergeklebt. Sie checkten noch einmal, ob ihre Verschütteten-Suchgeräte angeschaltet waren, dann fuhren sie leicht schräg in den hier steilen und von Felsbrocken durchzogenen Hang ein. Pablo, der vorausfuhr, achtete darauf, nicht allzu viel Geschwindigkeit aufzunehmen. Das Gelände hier war heikel – sowohl in der Unberechenbarkeit der Schneedecke als auch wegen der Felsbrocken, die mehr oder weniger weit herausragten. Vorsichtig setzte er einen kleinen Schwung nach rechts, hängte einen Gegenschwung an und glitt dann mäßig abfahrend hinüber unter den Pirchkogelgipfel. Hier erreichten sie die eigentliche Skiroute – der weiße Hang war durchzogen von einem bizarren Geflecht geschwungener Skispuren. Steil war der Hang, aber für gute Fahrer, wie Marielle und Pablo es waren, genau das Richtige. Rhythmisch pflügten sie durch den stäubenden Schnee. Es war berauschend, die Geschwindigkeit mit der Kraft des Körpers und der Eleganz der Bewegungen zu verbinden.

Marielle wünschte sich, dass dieser Tiefschneehang kein Ende nähme. Und Pablo erging es gewiss nicht anders.

Abgesehen von dem kurzen Stopp, als Pablo einmal verkantete und im Schnee landete, hängten sie bis hinab ins Pistengelände Bogen an Bogen, Schwung an Schwung, ohne auch nur einmal verschnaufen zu wollen. Erst als sie die Pisten beinahe erreicht hatten, hielten sie an, gönnten sich eine kurze Atempause, tranken den letzten Rest aus ihren Thermosflaschen. Und danach jagten sie zwischen tausend Pistenfahrern hinab nach Kühtai, wissend, dass sie einen besonderen Bergtag erlebt hatten. Unvergesslich – und mit keinem der anderen Tage zu vergleichen, die sie allein oder gemeinsam in den Bergen verbracht hatten.

Und sie wussten: Die Jagd hatte erst begonnen. Noch waren die Spuren verwischt oder zeigten sich nur in einem rätselvollen Durcheinander. Aber genau wie der frühere Polizist Schwarzenbacher hatten sie nun Witterung aufgenommen.

Für Marielle war das ein ganz und gar sonderbares Gefühl. Irgendwie erregend. Und zugleich ließ es sie über sich selbst erschrecken.

***

Schwarzenbacher war seine alte Jazzplatte losgeworden. Hosp hatte angerufen und sich für einen kurzen Besuch angemeldet. Gleich nach Dienstschluss war er gekommen. Sie hatten Mineralwasser getrunken – »Nein, Paul, keinen Kaffee, vielen Dank. Kaffee habe ich im Büro eh schon immer viel zu viel« – und ein bisschen in seiner umfangreichen Plattensammlung gestöbert. Irgendwann hatte Schwarzenbacher die Doppel-LP »Blue Note live at the Roxy« herausgesucht, dazu die Scheibe von Milton Buckner, und Hosp beide in die Hand gedrückt.

»Die eine habe ich dir ja versprochen. Die andere ... Nun, da solltest du mal reinhören. Vielleicht nicht immer dein Geschmack, aber Donald Byrd oder Carmen McRae müssten dir schon gefallen. Aber die will ich wieder. Eilt nicht. Über kurz oder lang ...«

Hosp hatte gelächelt. »Wie du weißt, bin ich ein verdammt altmodischer Hund. Was mir gefällt, überspiel ich mir immer noch auf Kassette. Computer und Digitalisierung, das ist mir einfach alles zu kompliziert. Ich nehm mir die Scheibe auf, und in ein paar Tagen kannst du sie wiederhaben.«

Nachdem Schwarzenbacher den früheren Kollegen zur Tür begleitet hatte, entdeckte er auf dem Tisch im Wohnraum einen sauber gefalteten DIN-A5-Zettel.

Ein Name. Und die dazugehörige Adresse samt Telefonnummer.

Und darunter stand: »Ich will auf dem Laufenden gehalten werden. H.«

Alles in einer schablonenhaft wirkenden Handschrift.

Schwarzenbacher hatte gegrinst. So viel Schneid hätte er Hosp gar nicht zugetraut. Jetzt hatte die Jagd wirklich begonnen.

***

Beate Kröninger, die Frau des Staatsanwalts i. R. Dr. Magnus Kröninger, schenkte Tee ein. Die Tassen waren dünnwandig, wirkten fast durchscheinend und waren gewiss teuer gewesen.

Auf dem Tisch stand eine Schale mit Gebäck.

»Das müssen Sie mir schon noch einmal genauer darstellen«, sagte Kröninger, der im Vergleich zu seiner Gemahlin alt und vom Leben ein wenig gebeugt erschien.

»Ich lass euch dann mal allein«, sagte sie höflich und mit einem kalten Lächeln. »Von diesen polizeilichen Angelegenheiten versteh ich ohnehin nichts.«

Kröninger quittierte das lediglich mit einem Nicken und fuhr, an Schwarzenbacher gerichtet, fort: »Ich habe im tragischen Unglücksfall Mannhardt ermittelt. Das stimmt. Zehn Jahre später fiel ein ähnlich gelagerter Unfall – es war im Karwendel – in mein Ressort. Das trifft alles zu. Doch es erstaunt mich, wie Sie zu dem Schluss kommen, dass damals so einschneidende Fehler gemacht worden sein sollen. Bitte verstehen Sie mich richtig: Wären Sie irgendjemand, der mit solchen Behauptungen zu mir käme, ich würde ihm die Tür weisen. Aber Sie, Herr Schwarzenbacher, waren einmal einer der fähigsten Beamten. Ihr Name hatte Klang. Wenn Sie solche Vermutungen anstellen, dann muss ich das ernst nehmen, ob ich mag oder nicht ...«

Schwarzenbacher merkte, dass der frühere Staatsanwalt nun irgendetwas von ihm erwartete, eine Stellungnahme, eine Erklärung, eine Abmilderung des Verdachts oder auch nur ein paar entschuldigende und dabei nichtssagende Sätze, seine Aufdringlichkeit betreffend.

Doch er wusste von früher nur zu gut, dass nichts einen Menschen so aus der Fassung bringen konnte wie das Schweigen seines Gegenübers. Irgendwann, dessen war sich Schwarzenbacher sicher, würde Kröninger ganz von selbst weiterreden. Und zwar weniger gefasst, weniger geplant als bisher.

Lange warten musste er nicht, nach einer knappen Minute der Stille, die nur durch das leise Klirren des Löffels in Kröningers Tasse gestört wurde, sagte der Staatsanwalt:

»Ich finde es schon ganz schön dreist, mir mit solchen Behauptungen zu kommen. Was haben Sie denn in der Hand? Auf welche Indizien gründet sich Ihr Verdacht? Glauben Sie wirklich, Polizei und Justiz hätten ihre Arbeit damals so schlecht gemacht? Wenn es Anzeichen für Gewalteinwirkung gegeben hätte, dann wären wir ihnen doch wohl auch nachgegangen, meinen Sie nicht? Ich finde es jedenfalls geradezu unverschämt ...«

Dass ihn Schwarzenbacher nicht unterbrach, nur dahockte in seinem Rollstuhl und ihn reglos ansah, brachte Kröninger immer mehr aus der Fassung.

»… unverschämt und anmaßend, um das in aller Deutlichkeit zu sagen. Wir haben damals unsere Arbeit gründlich gemacht. Mord stand nicht zur Debatte. In den Bergen passieren nun mal Unfälle, und dieser Mannhardt ist weiß Gott nicht der Einzige, der abgestürzt, erfroren, in eine Gletscherspalte gefallen oder von Steinen getroffen worden ist. Das ist eben auch das Risiko, wenn man in die Berge geht. Und wenn Sie mir jetzt erklären, was uns damals zu einem Mordverdacht hätte führen sollen, dann … dann …«

Er wusste offenbar nicht recht, wie er den Satz zu Ende bringen sollte. Und Schwarzenbacher dachte gar nicht daran, ihm zu helfen.

»… dann … ich möchte einfach wissen, worauf sich Ihre Überlegungen begründen. Ich jedenfalls halte das alles für ziemlich abstrus.«

Schwarzenbacher lächelte und ließ weitere Sekunden des Schweigens verstreichen, die unangenehm im Raum zu ticken schienen. Dann sagte er:

»Mit Verlaub, Herr Staatsanwalt, Sie nehmen meine Überlegungen zu persönlich. Glauben Sie, ich würde Ihnen eine Schuld zuschieben wollen. Aber wenn Sie es genau wissen wollen: Mir ist es scheißegal, ob Sie damals einen Fehler oder alles richtig gemacht haben …«

»Was erlauben Sie sich eigentlich?«, prustete Kröninger los.

Das Lächeln in Schwarzenbachers Gesicht blieb unverändert. »Was ich mir erlaube? Sagen wir mal so: Es hat seine Vorteile, nicht mehr im Polizeidienst zu sein, nicht mehr einem Apparat anzugehören, der gegen missliebige Mitarbeiter oder unerwünschte Untersuchungen seine ganze Macht in Gang setzt. Und es hat bisweilen seine Vorteile, als Rollstuhlfahrer diese ganze Gesellschaft ein wenig von ihrem Rand her zu beobachten. Und das alles kann ich mir erlauben. Ist Ihre Frage damit beantwortet?«

Jetzt ließ Schwarzenbacher das Lächeln aus seinem Gesicht verschwinden. »Vielleicht sollten Sie das auch mal versuchen: die Angelegenheiten aus einer gewissen Distanz zu betrachten. Sie sind schon seit einiger Zeit kein Staatsanwalt mehr. Der Staat, um es ganz salopp zu sagen, kommt auch ohne Ihre Dienste ganz gut aus. Mir wäre verdammt noch mal viel geholfen, wenn Sie Ihre symbolische Robe ablegen würden und mir einfach so, von Mann zu Mann, sagen würden, ob es sich damals bei den genannten Fällen auch um Morde hätte handeln können. Von mir aus kann unser Gespräch vertraulich bleiben. Wenn Sie irgendwelche Hinweise hätten, und wären sie noch so klein, dann finden wir die Fährte. Und ich garantiere Ihnen: Auf Ihre saubere Weste gerät nicht der kleinste Fleck.«

Der Staatsanwalt i.R. war zunächst sprachlos. Er sah Schwarzenbacher lange und durchdringend an. Er schien abzuwägen, ob und in welchem Maß er dem Rollstuhlfahrer trauen konnte. Es verging beinahe eine Minute, bis er sich zu einer Entscheidung durchgerungen hatte. Kröninger trank mit leicht zittriger Hand – was genauso vom Alter herrühren konnte wie von seiner Nervosität – einen Schluck Tee, setzte die Tasse vorsichtig ab, sah an die Decke, als könne er dort versteckte Botschaften finden, und begann zu reden.

»Todesfälle wie diese gehören zu den leidigen Aufgaben der Staatsanwälte. Wenn es einen Autounfall mit einem Toten gibt – Sie werden das wissen –, bleibt die Straße so lange gesperrt, bis ein Staatsanwalt sich vor Ort ein Bild über die Situation verschaffen konnte. Oft ist alles ganz klar. Man bespricht sich mit den Leuten von Polizei, Feuerwehr, Notärzten, bekommt einen ersten Eindruck, der dann durch deren schriftliche Berichte in aller Regel bestärkt wird. So weit, so gut – oder so schlecht, wie Sie wollen. Bei Bergunfällen, wie sie leider auch viel zu häufig vorkommen, liegt die Sache kaum anders. Mit dem Unterschied, dass man schwieriger zum Unfallort kommt. Und dass oft manches noch schwerer zu erfassen ist als auf der Straße. Beim Straßenverkehr glaubt man ja immer, mitreden zu können. Da durchschaut man Ursachen und Wirkungen eher schnell. Beim Bergsteigen ist das nicht ganz so einfach.«

Er nippte wieder am Tee, gönnte sich danach eine kurze Bedenkzeit, fuhr dann fort: »Nicht dass Sie meinen, die Berge wären mir fremd. Ich bin in Pettneu am Arlberg geboren, da kommt man ja schon mit Skiern an den Füßen auf die Welt. Und dann habe ich den Großteil meines Lebens hier in Tirol verbracht – da geht man natürlich in die Berge. Ich bin zwar nie geklettert, aber ich bin doch auch auf ein paar unserer höheren Berge gestiegen – Wildspitze, Similaun, Großer Möseler –, und ich bin oft gewandert. Die Berge und die Bergsteigerei, die gemäßigte, waren mir vertraut. Und dennoch, man muss sich vor Ort immer auch auf die Aussagen der Fachkräfte verlassen. In beiden Fällen, mit denen ich zu tun hatte, waren es der jeweilige Einsatzleiter der Bergrettung und der Arzt, der aus dem nächstgelegenen Ort zum Unfallopfer aufgestiegen ist.«

Er schwieg einen Moment lang, sah Schwarzenbacher an, und in seinen Augen lag jetzt etwas Trauriges.

»Es gab nichts, wirklich nichts, was auf Fremdeinwirkung hingedeutet hätte. Vielleicht war es ein Fehler, diese Eindeutigkeit nicht in Zweifel gezogen zu haben. Bei Mannhardt lag die Sache klar: Allein aufgebrochen – irgendeine Verwandte hatte das bestätigt, auch die Nachforschungen der Gendarmerie ergaben das –, unglücklicherweise von einem Steinschlag überrascht und dann in die Tiefe gerissen worden. Und bei Nemecz im Karwendel sah die Situation kaum anders aus: Einzelgänger, Steinschlag, Tod.«

Fast übergangslos fragte er: »Kennen Sie sich aus im Gebirge? Ich meine, waren Sie früher in den Bergen?«

»Wenig«, sagte Schwarzenbacher. »Die Berge haben mir nie viel gegeben.«

»Dann ist es umso bemerkenswerter, dass Sie jetzt eine solche Begeisterung dafür zu entwickeln scheinen.« Er sagte das leicht von oben herab, von Staatsanwalt zu Polizeibeamtem. »Sie müssen wissen, jedes Gebirge ist anders. Das Karwendel ist wunderschön, aber die Felsen sind brüchig. Das Wetterstein und das Kaisergebirge bestehen aus härterem Kalk, was dennoch nicht ausschließt, dass ganze Bergstürze vorkommen. In den Zentralalpen hat man Urgestein: Meist brockig, brüchig, aber die ganzen Schutthaufen werden in höheren Lagen vom Eis zusammengehalten.«

»Was wollen Sie mir damit sagen?«

»Ich will Ihnen klarmachen, dass man als Beamter auf die intime Ortskenntnis Einheimischer angewiesen ist. Bergführer, Bergrettungsleute, Hüttenwirte – die wissen, wo Steinschlag des Öfteren vorkommt, wo es plausibel ist, dass einer so ums Leben kommt wie dieser Mannhardt oder der Nemecz. Wenn Sie mit solchen Leuten an einem Unfallort sind, und keiner von denen meldet Zweifel am natürlichen Unfalltod an, dann schwinden auch bei einem erfahrenen Staatsanwalt alle kleinen Zweifel schnell. Verstehen Sie, was ich meine?«

Schwarzenbacher nickte. Er befragte den Staatsanwalt i.R. nach den Parallelen und Übereinstimmungen und erfuhr so, dass es sich um alles in allem fast identische Unfallgeschehen gehandelt haben musste. Das würde passen zur Vermutung, dass ein Täter auf ganz ähnliche Weise und über einen großen Zeitraum hinweg mehrere Menschen brutalst getötet hatte.

Der Zeitraum war es, der ihm Kopfzerbrechen bereitete.

»Sie sind so still, Herr Kommissar.«

»Bin kein Kommissar mehr«, antwortete Schwarzenbacher, der durch Kröningers Worte in der Tat aus seiner kleinen Grübelei gerissen wurde.

»Oh, ich glaube, da irren Sie ein wenig. Sie sind noch immer genauso ein Kommissar wie ich ein Staatsanwalt. Auch wenn man, wie Sie so schön gesagt haben, meine Dienste und wohl auch die Ihren nicht mehr benötigt. Aber sagen Sie mir doch jetzt, was Sie so nachdenklich macht.«

Schwarzenbacher überlegte kurz, wie weit er Kröninger einweihen wollte. Der Mann war ihm nicht sonderlich sympathisch. Es wäre allerdings auch der erste Staatsanwalt gewesen, der ihm sympathisch war. Andererseits konnte er Kröningers anfänglich sehr abweisende Art nachvollziehen; wenn heute jemand zu ihm gekommen wäre, um ihm eine frühere Schwäche vorzuhalten, er hätte sicher auch nicht besonders charmant reagiert. Was sollte schon schiefgehen, wenn er ihm ehrlich sagte, was ihm Probleme machte. Genau genommen konnte er doch nur gewinnen. Denn: Vielleicht hatte Kröninger ja noch eine gute Idee zu dieser verworrenen Geschichte.

»Ich habe keine wirklichen Anhaltspunkte dafür, dass es keine Unfälle waren. Ich drehe das Ganze nur um: Wäre ich davon ausgegangen, dass es sich um Morde handelt, hätte ich auch keine überzeugenden Anhaltspunkte für Unfälle gefunden. Daraus folgt: Ich will die verschiedenen Fälle noch einmal aufdröseln und aus anderer Perspektive betrachten. Was mir wirklich Kopfzerbrechen bereitet, ist der große Zeitrahmen. Da war 1974 der Fall Mannhardt, zehn Jahre später der Tote im Karwendel, Nemecz. Allein schon, dass der Abstand zwischen beiden Todesfällen zehn Jahre beträgt, verunsichert mich – ein langer zeitlicher Abstand für jemanden, den man als Serientäter verdächtigen möchte.«

Kröninger nickte zustimmend.

»Dann sind weitere dreizehn Jahre vergangen. 1997 passt das Schema wieder. Diesmal im Stubai. Gar nicht weit von hier. Und noch einmal fünf Jahre bis zu einem möglichen Mord im Rofangebirge, irgendwo in der Nähe des Achensees. Das war also 2002. Und noch ein Fall: 2003 im Kaisergebirge. Ich finde kein zeitliches Verhältnis. Nur ein geographisches: Alles ist in Tirol passiert. So, als hätte ein verrückter Mörder eine Tournee durch die verschiedenen Gebirgsgruppen gemacht. Nur dass er sich dabei viel, sehr viel Zeit gelassen hat.«

Kröninger entspannte sich zusehends. Das Gespräch, das ihn am Anfang so belastet hatte, begann ihn offenbar doch zu interessieren.

»Da gebe ich Ihnen recht«, sagte er. »Den Daten fehlt ein innerer Zusammenhang. Sie haben sich ja schon länger damit beschäftigt, für mich ist das alles ganz neu. Was aber auch einen Vorteil haben kann. Und mit der Naivität dieses Blicks sage ich Ihnen: Ihre fünf Fälle haben keinen allen gemeinsamen Täter. Wenn es Morde waren, gibt es mindestens zwei Täter ... meine Meinung ... nur ein Gefühl ... Sie wissen ja selbst, in unseren Berufen zählen nur Fakten, aber bei der Erbringung der Fakten müssen wir uns oft vom Gefühl leiten lassen ... wo war ich stehen geblieben? ... Ach ja, mindestens zwei ... aber ich bin mir nicht sicher, ob nicht auch wirklich Unfälle darunter sind, wo alles ohne bösen Übeltäter passiert ist.«

»Es wird mühsam werden, da noch mal auf Grund zu kommen«, räumte Schwarzenbacher ein. »Ich werde mit einer ganzen Reihe von Leuten reden müssen, die damals ermittelt haben. Aber auch mit den Einsatzleitern der Bergrettung oder den damals Zuständigen in den jeweils örtlichen Gendarmerien.«

Kröninger erhob sich und machte damit klar, dass er das Gespräch beenden wollte. Schwarzenbacher rollte nach hinten vom Tisch weg. Er verstand.

»Ich könnte, wenn Sie nichts dagegen haben, mich einmal umhören und eventuell mit Leuten in Verbindung setzen, die mit diesen Fällen zu tun hatten«, sagte Kröninger. »Wobei ich anders vorgehen würde als Sie. Der am wenigsten lang zurückliegende Fall – Sie sagten, im Kaisergebirge wäre der Mann ums Leben gekommen – erscheint mir aufgrund der zeitlichen Nähe noch am vielversprechendsten. Sie haben sicher eine Karte, damit ich weiß, wie ich Sie erreichen kann ...«

Schwarzenbacher rollte durch Igls zurück zur Umkehrschleife der Trambahn, mit der er auch heraufgekommen war. Es war ein grauer Spätnachmittag; die Bergisel-Schanze leuchtete neonsilbern von innen heraus, und Schwarzenbachers Stimmung war so trüb wie der ausklingende Tag.

Die Steinschlag-Morde hatten ihm, auch wenn er das als überaus bizarr empfand, so eine Art neues Leben eingehaucht. Er fühlte sich ... ja, wie fühlte er sich? Gefordert, ja, das war das richtige Wort: Er fühlte sich gefordert. Seine Tage begannen, wieder mehr Sinn zu bekommen. Sogar das alte Jagdfieber war wieder erwacht.

Jetzt aber kehrte die Depression zurück. Er fühlte sich hier, im noblen Igls, das hoch über Innsbruck lag, plötzlich vollkommen allein. Die Verzweiflung war wieder da. Er wollte fort von hier, aber er wollte auch nicht hinunter in die Stadt.

Ich möchte unsichtbar sein, dachte er. Und ihm fielen die Melodie und ein paar Zeilen eines André-Heller-Liedes ein: »I mechat unsichtbar sein und wia a Amsel hinter dir fliagn ...«

Das Lied erinnerte ihn so tieftraurig an die Zeit, als er noch gesund gewesen war, als es Helene noch in seinem Leben gegeben hatte. Ein Stück die Straße runter sah er das leuchtende Schild einer Biermarke. Dorthin lenkte er seinen Rollstuhl. Minuten später bestellte er ein Bier und einen »Willi« – einen eisgekühlten Williamsbirn-Schnaps. Und dann noch ein Bier und noch einen »Willi«. Und dann ...

***

Es war bereits einundzwanzig Uhr vorbei, im ORF lief eine Universum-Sendung über Gletscher, da spielte das Handy von Dr. Reuss die Doktor-Schiwago-Melodie. Er schaltete den Fernseher ab und nahm das Gespräch an.

»Ja! Reuss?«

Es vergingen wohl zwei, drei Sekunden, ehe sich jemand meldete.

»Sie müssen scho entschuldigen«, sagte eine männliche Stimme. »Wir haben hier einen Gast ... wie soll ich sagen ... er ist in ziemlich mitleidigem Zustand. Auf gut Deutsch: Wir wissen eigentlich net, was mir mit ihm machen sollen – er is ziemlich besoffen, sagt uns seinen Namen net, hat uns aber, stellen S' Ihnen vor, Ihnerne Handynummer auswendig hersagen können. Ist doch unglaublich.«

Reuss reagierte unwirsch.

»Sagen Sie dem Mann, er kann mich morgen in der Kanzlei anrufen, wenn er mich sprechen will, aber nicht abends zu Hause, auf dem Handy ...«

Da erst wurde ihm klar, wie sonderbar es war, dass dieser Mann seine Handynummer überhaupt wusste.

»Wie heißt der Mann?«

»I weiß net.«

»Ja, dann fragen Sie ihn ...«

Er hörte, wie sich die Stimme am anderen Ende der Leitung vom Hörer entfernte, er hörte Stimmengewirr und Musikfetzen aus dem Hintergrund und dann wieder die Stimme des Anrufers:

»Wie S' heißen, möchte Ihnerner Herr Reuss wissen ... des is aber net etwa der berühmte Herr Anwalt, oder? ... Wie heißen S'? Paul? Paul und wie noch? Paul genügt? Na gut, i werd's ihm sagen ...«

Dann war er wieder da, der Anrufer, und sagte: »Paul heißt der Mann. Er sagt, Sie wüssten schon und dass er Sie treffen möcht. Ob Sie net heraufkommen möchten nach Igls, sagt er. Weil er ja net leicht mehr runterkommt mit seinem Rollstuhl.«

Reuss erkundigte sich nach der genauen Lage des Lokals. Ein paar Minuten später saß er in seinem Wagen, einem nachtschwarzen Audi A6 mit beigen Ledersitzen, und fuhr hinaus aus der Stadt.

Schwarzenbacher, dachte er. Paul Schwarzenbacher. War mal der fähigste Kopf der Polizei in Tirol, vielleicht in ganz Österreich.

Aber was ist ein Kopf ohne Körper, was sind Gedanken, wenn sie keine Beine bekommen können.

7

In den höheren Lagen kam der Frühling früh und übergangslos. War der April noch vorwiegend grau gewesen und nasskalt an vielen Tagen, so stieg im Mai das Thermometer auch auf fünfzehnhundert Metern Höhe schnell auf zwanzig Grad. In Innsbruck wurden bis zu achtundzwanzig Grad gemessen, manche Leute stöhnten unter der Hitze, maulten, dass es viel zu warm sei für die Jahreszeit, andere lamentierten über den Klimawandel und zu welchen Katastrophen es kommen würde in nicht allzu ferner Zukunft – den meisten freilich war die Wärme angenehm; sie genossen es, Klimawandel hin oder her, draußen vor den Cafés sitzen und sich die Sonne ins Gesicht scheinen lassen zu können.

In den Bergen schwand der Schnee, und wer sich in Innsbruck vors Landestheater stellte, den Kopf ein wenig in den Nacken legte und mit der Hand das blendende Sonnenlicht abschirmte, der konnte sehen, wie die Wärme und vor allem der Föhn den Schnee wegfraßen bis auf den braungrauen, noch unschönen Untergrund.

Die alten Berggeher wussten, dass es der Föhn war. »Der Föhn schleckt den Schnee von den Bergflanken«, konnte man von Leuten hören, die schon in die Berge gegangen waren, als man noch Bundhosen und Wadlstrümpfe trug, als ein rot kariertes Hemd und ein vom Wetter verfilzter Lodenhut zur Standardausrüstung gehörten – also lange vor Fleece, Gore-Tex und Ultraleichtrucksäcken. Die Alten hatten sich noch ohne GPS zurechtfinden müssen, waren ausgekommen ohne Wetterbericht via iPod touch und ohne die Lebensversicherung durch ein stets sendebereites Handy. So hatten sie Instinkte entwickelt und tiefe Kenntnisse der Natur. Sie wussten vom Wetter fast so viel wie die seltenen Bergadler, die bisweilen über den Tälern kreisten, und sie spürten den Föhn schon Tage im Voraus.

Im Föhn rückten die Berge näher heran, in der klaren Luft des sich erwärmenden Fallwindes, der über den Alpenhauptkamm herüberkam, zeigten die Gipfel ihre scharf geschnittenen Konturen, und als Bergsteiger konnte man aus großer Distanz die Details einer Wand erkennen, durch die eine Route führte. Meist bedeutete diese Wetterlage, dass es jenseits des Brenners, in Südtirol, regnete oder schneite, diesseits aber traumhafte Bedingungen herrschten – wenn man nicht von den Nebenwirkungen des Föhns betroffen war, zu denen man in der Tat am besten einen Arzt oder Apotheker befragte.

Die weitest verbreiteten Nebenwirkungen waren Niedergeschlagenheit, Gereiztheit, Nervosität und bei denen, die es besonders schlimm erwischte, Kopfschmerzen bis hin zur Migräne.

Für den jungen Haushalt Marielle/Pablo kam es ziemlich schlimm. Pablo war schon am Morgen mit einem dumpfen Kopf erwacht; im Lauf des Vormittags waren aus diesem undefinierbaren Gefühl Schmerzen geworden, und die hatten sich von Stunde zu Stunde gesteigert. Mittags hatte er sich bereits so elend gefühlt, dass er weitere Vorlesungen ausfallen ließ und nach Hause geradelt war. Er hatte zwei Ibuprofen mit viel Wasser eingenommen und sich ins Bett gelegt. Er war zwar bald eingeschlafen, aber dieser Schlaf war unruhig gewesen, und es plagten ihn qualvolle Träume, die so chaotisch waren, dass er sie später nicht mehr hätte erzählen können. Immerhin war er froh, dass ihn die Steinschlag-Morde, mit denen er sich in den letzten Wochen gedanklich intensiv beschäftigt hatte, nicht auch noch in den Träumen heimsuchten.

Marielle war da schon besser dran. Zwar hatte sich der heftige Föhn auf ihre Laune geschlagen, aber wenigstens hatte sie keine Kopfschmerzen. Sie war einfach gereizt vom Morgen an, war mit dem sprichwörtlich falschen Fuß aufgestanden. Widerwillig ging sie in die erste Vorlesung über Organisieren als sozialen Prozess, unwirsch reagierte sie auf ihre Kommilitonen, das Mittagessen in der Mensa schmeckte ihr nicht, und sie wünschte sich nichts mehr, als dass dieser Tag endlich zu Ende ginge. Wer auch nur über ein bisschen Fingerspitzengefühl verfügte, ging ihr heute geflissentlich aus dem Weg.

Am Nachmittag aber schlich sich ein anderes Gefühl in ihre Stimmungslage. Sie saß gelangweilt im Hörsaal, schenkte dem Dozenten nur geringe Aufmerksamkeit, das ganze Thema konnte sie heute nicht interessieren, und träumte sich zurück zum Jahresbeginn, wo sie die Nacht mit Pablo in den Calanques verbracht hatte. Was für eine Nacht das doch gewesen war, nackt im Schlafsack, der leichte milde Wind, das ferne Rauschen des Meeres, der Sternenhimmel. Als Pablo auf ihr lag und sie sanft und begierig zugleich liebte, hatte sie abwechselnd in seine in der Dunkelheit schwach leuchtenden Augen und in den glitzernden Sternenhimmel geschaut. Und als sie gekommen war ... sie erinnerte sich an den Orion, eines der wenigen Sternbilder, die ihr so vertraut waren, dass sie sie überall auf den ersten Blick erkannte ... und jetzt, hier im Hörsaal, befiel sie urplötzlich ungeheure Lust auf Sex. Es musste nicht im Schlafsack und auch nicht unter freiem Himmel sein, Orion war als Zutat nicht dringend erforderlich, nur Pablo brauchte sie jetzt.

Sie packte mitten in den Ausführungen des Dozenten ihre Sachen zusammen und mühte sich durch die engen Reihen. Auf dem Flur holte sie das Handy aus ihrer Umhängetasche und schaltete es ein. Sie wählte Pablo an, bekam aber nur die Maschinen-Antwort, dass der Teilnehmer »zurzeit leider nicht erreichbar« war.

Sie ging in die Mensa, trank einen Cappuccino, fühlte sich noch immer genauso gierig wie zuvor und beschloss, nach Hause zu gehen, ein Bad zu nehmen und dann nackt und »gut vorgeglüht«, wie Pablo das nannte, unter der Bettdecke auf ihn zu warten.

Lass dir nur nicht zu lange Zeit, dachte sie, sonst mach ich's mir selber, bis du kommst.

Ihre schlechte Laune verflüchtigte sich, sie fühlte sich jetzt vom warmen Föhn nach Hause getragen wie auf einem fliegenden Teppich, es war lange her, dass sie ein derart intensives sexuelles Begehren verspürt hatte.

Doch als sie zu Hause ankam, sackte ihre Stimmung fast so schnell in den Keller wie ein abstürzender Fahrstuhl. Pablo lag mit Kopfschmerzen flach und wollte nur seine Ruhe.

Marielle brachte nicht einmal einen Hauch von Mitleid für ihn auf. Eine Stimme in ihrem Kopf sagte ihr, dass er nichts, aber schon überhaupt gar nichts dafürkonnte. Aber da gab es eine zweite Stimme, die saß irgendwo tief im Bauch, wahrscheinlich sogar noch tiefer, und diese zweite Stimme fluchte und sagte ihr, sie solle jetzt hier nicht die Krankenschwester spielen, sondern rausgehen, sich einen guten Tag machen, es gebe ja noch andere Männer und gewiss einige, die man nicht anbetteln müsste.

Sie ging zum Bahnhof, ohne zu wissen, warum. Sie hatte eigentlich kein Ziel. In der Bahnhofsbuchhandlung durchstöberte sie die Taschenbuch-Restposten zum halben Preis. Aber sie fand nichts, was sie wirklich interessiert hätte. Sie überquerte den viel befahrenen Südtiroler Platz und ging durch die Passage, die zur Zentrale der Tiroler Raiffeisenbanken führte. Ein paar Minuten später stand sie am Bozener Platz, ihr Gemüt hatte sich merklich abgekühlt, und sie war noch immer ohne Ziel.

Für die Touristen war das Goldene Dachl der Mittelpunkt von Innsbruck, für viele Einheimische dagegen war das eigentliche Zentrum das Café Central an der Ecke Erler/Gilmstraße. Marielle zog ihre Geldbörse aus der Tasche und sah nach, wie viel Geld sie dabeihatte. Elf Euro zehn, das war nicht viel, aber sie bekam sicher ein Glas Orangensaft und ein Stück Kuchen dafür.

Das Central war, wie eigentlich immer, gut besucht. An zahlreichen kleinen und noch kleineren Tischen saßen die Leute beieinander, manche kannte Marielle vom Sehen, einen Schauspieler vom Landestheater zum Beispiel; ganz hinten rechts im Eck saß eine Mitstudentin mit einem deutlich älteren Mann, vielleicht ihr Vater, es konnte aber genauso gut ein ziemlich alter Lover sein. Egal, Marielle war nicht in der Stimmung, sie um einen alten Sack zu beneiden.

Sie fand einen freien Zweiertisch, stellte ihre Tasche ab und holte sich die »Tiroler Tageszeitung«, die im hölzernen Halter am exquisiten Zeitungs- und Zeitschriftenständer hing. Ein Ober mit schwarzer Weste und roter Krawatte nahm ihre Bestellung auf – »Mögst du eine Aschebecher?«, fragte er mit böhmischem Akzent; dann las sie Zeitung und trank in kleinen Schlucken und aß in kleinen Bissen ganz nebenbei.

Sie suchte Ablenkung, wollte ein wenig durch die Kultur blättern, durchs geraffte Weltgeschehen und, mit ein klein wenig Voyeurismus, durchs Lokale: die großen und kleinen Tragödien ringsherum in Tirol.

Einen Moment lang dachte sie, dass sie von außen gesehen komisch wirken müsse: sie, allein an ihrem Tisch, die schlechte Laune hinter der großen Zeitung verborgen. Rundherum das Getuschle und Gelächter der Leute, dazwischen die livrierten Ober und über allem der hohe Saal mit seinen dunklen Marmorsäulen, mit den gewaltigen Kronleuchtern und der üppigen Stuckverzierung – ein Café aus einer anderen Zeit, einer anderen Welt.

Marielle konzentrierte sich wieder auf ihre Zeitung – und blieb an einer nicht allzu großen Meldung hängen. »Berghütte im Karwendel aufgebrochen« lautete die Überschrift. So etwas kam immer wieder mal vor und hätte ihre Aufmerksamkeit nicht weiter erregt, wäre das nicht ausgerechnet im Karwendel geschehen. Einem der Gebirge, mit denen sie sich zu befassen hatte bei den Recherchen zu den Steinschlag-Fällen.

Sie las den Artikel, betrachtete das Bild, das eine Alm- oder Jagdhütte zeigte, las den Artikel ein zweites Mal und hatte plötzlich das tiefe Gefühl, auf etwas gestoßen zu sein. Sie fragte sich, wo dieses Empfinden herrührte. Dann wurde es ihr bewusst. Es war ihr, als stünde da ein Satz besonders fett gedruckt oder dreifach unterstrichen.

Sie holte das Handy heraus und rief Schwarzenbacher an.

»Hast du die TT heute gelesen?«, fragte sie.

Er verneinte. »Ich les schon lang nicht mehr jeden Tag Zeitung. Und wenn, dann nicht immer die gleiche. Standard, Presse, auch mal die Krone, wenn mir danach ist. Warum? Gibt es etwas Besonderes?«

»Ich würde schon sagen. Hast du eine halbe Stunde Zeit? Ich würde dich gern treffen.«

»Wie du eigentlich wissen solltest, habe ich meistens Zeit. Was hältst du davon, um vier im ›Pavillon‹ beim Theater?«

»Einverstanden«, sagte Marielle. »Einverstanden.«

»Warte«, sagte Schwarzenbacher. »Vielleicht wäre es besser, sich gleich bei Reuss zu treffen.«

»Auch recht«, sagte Marielle.

Sie aß ihren Kuchen auf, bezahlte bei einem der ältlichen Ober, die wirklich aus einer fernen Zeit zu kommen schienen, verließ das Café Central und kaufte sich in der nächsten Trafik eine »Tiroler Tageszeitung«.

Alles bis auf den Teil mit den Tiroler Lokalnachrichten warf sie in einen Papierkorb.

***

»Du musst fort«, sagte Hedwig und stellte schwer atmend ihre Einkaufstaschen in der Küche ab. »Es geht nicht mehr länger. So schnell wie möglich musst du fort.«

Ferdinand schaute sie entgeistert an. Er hatte alle ihre Anweisungen befolgt, hatte das Haus tagsüber nie verlassen und auch nachts nur, um hin und wieder im Schatten des Vordaches ein paar Atemzüge frische Luft abzubekommen. Was konnte geschehen sein?

Hedwig ließ sich, noch im Mantel, auf den Stuhl fallen. Die Schuhe hatte sie anbehalten, was im Haus sehr ungewöhnlich war. »Es geht wirklich nicht mehr«, sagte sie. Ihre Stimme war kraftlos.

Ferdinand wusste nicht, was er sagen sollte. Irgendetwas geriet aus dem Gleichgewicht. So wie jetzt hatte er Hedwig nicht mehr erlebt seit damals, als das Ganze passiert war und sie davon erfahren hatte. Er setzte sich nicht zu ihr an den Tisch, sondern blieb stehen, lehnte sich mit hinter den Rücken gelegten Armen an die Wand. Seine Finger spielten unruhig miteinander. Er wartete. Hedwig würde ihm alles erklären. Sie würde wie immer wissen, was zu tun war.

Sie sah zu ihm auf. Sah ihn nur an und schüttelte den Kopf. Aber sie sagte noch immer nichts. So war sie auch damals dagesessen, im selben Haus, vielleicht sogar auf demselben Stuhl, nur dass sie damals auch noch geweint hatte, bitterlich, und wenn sie nicht geweint hatte, dann hatte sie ihn angeschrien.

Ferdinand fürchtete sich vor dem, was als Nächstes kommen würde. Er hatte Angst, dass sie wieder zu weinen anfangen würde. Und zu schreien.

Aber Hedwig schien auf einmal gar keine Kraft mehr zu haben. Wie sie so am Tisch saß, wirkte sie alt und verbraucht, erschöpft von den Jahrzehnten des Versteckens, nicht mehr in der Lage, das alles noch weiter durchzustehen.

Als sie dann endlich sprach, wirkte ihre Stimme ermattet, müde, unendlich müde. Und zugleich lag Angst in ihrem Klang.

»Du musst fort«, sagte sie. »Du musst fort ... es geht so nicht mehr ... bestimmt haben die Leut in den Läden längst bemerkt, dass ich seit Wochen doppelt so viel einkauf, wie ich eigentlich brauch. Und dass ich alle Tricks anwende, damit nur ja niemand etwas auffällt ... aber die sind ja nicht ganz blöd ... und jetzt kommt alles zusammen; heut steht in der Zeitung, dass die Huchenhütte aufgebrochen worden ist. Das allein wär aber nicht schlimm, kein Mensch könnte das mit meinem Bruder in Verbindung bringen, der seit ewigen Zeiten in Australien lebt ... das wär nicht das Schlimmste ...«

Sie holte ein zerknülltes Papiertaschentuch aus der Manteltasche und schnäuzte sich.

»Das Schlimmste ist«, fuhr sie dann fort, »dass mich die Grasberger angesprochen hat.«

»Wer ist das? Die Grasberger?«

»Die wohnt schon ewig hier. Hinter der Tankstelle. Du müsstest dich eigentlich an sie erinnern können. Früher war sie mit dem Kurti zusammen, der die Post austragen hat. Aber der ist ihr natürlich irgendwann davon ...«

»Und was ist mit derer Grasberger? Was tut sie uns?«, fragte Ferdinand. »Ich weiß eh nicht mehr, wer die ist.«

»Ob du es weißt, ist auch scheißegal!« Hedwigs Verzweiflung schlug in Wut um. Wut darüber, dass ihr Bruder ihr Leben zerstört hatte. Dass die Geschichte von damals nicht aufhörte, nie, nie, nie! Und dass sie immer wieder vor neue Prüfungen gestellt wurde. Prüfungen, die kein Mensch aushalten konnte. Nur sie musste das aushalten.

»Was hab ich nur verbrochen«, sagte sie laut, »dass ich dich am Hals haben muss! Kann mir das ein Mensch sagen? Kann mir ein Mensch sagen, warum ausgerechnet ich so ein Leben führe? Ein Leben wie im Gefängnis?«

»Ich hab alles getan, was du gesagt hast«, versuchte Ferdinand ihre Wut zu dämpfen.

»Wenn du alles getan hättest, dann hätte mich die Grasberger heute nicht angesprochen. Weiß du, was sie gesagt hat? Sie hat mich gefragt, ob mein Bruder wieder da sei. Und dass du doch so lange weg gewesen wärst.«

»Ich hab alles gemacht …«, stammelte er.

»Ja, ja, ja!«, schrie sie. »Du kannst natürlich nichts dafür! Wie immer kannst du nichts dafür! Immer sind die anderen schuld. Oder es sind die Umstände … nur du nicht! Weißt du, wann dich die Grasberger gesehen hat? Sie hat dich gesehen, als du draußen vor dem Haus gestanden bist, nachts. Du gehst oft nachts raus, ich weiß es …«

»Wegen der Luft, atmen.«

»Red doch keinen Scheißdreck. Rauchen tust draußen. Weil du herinnen nicht rauchen darfst. Und ich Idiot hab dir die Zigaretten auch noch besorgt. Bin bis nach Mittenwald, wo mich kaum wer kennt, und hab eine ganze Stange Marlboro gekauft. Wenn ich das hier gemacht hätt … ja, mei, da hätten sich die Leut das Maul zerrissen, hätten gesagt, jetzt fangt die Senkhoferin noch zu rauchen an und grad wie: kauft die Tschicks gleich stangenweis. Oder sie hätten gesagt, dass ich einen Heimlichen hab, einen, der wo nur in der Nacht zu mir reinkommt … Für den kauft sie die Zigaretten, hätten sie gesagt, für jedes Mal, wo er's ihr macht, darf er ein Zigaretterl rauchen. Ja, so hätten sie geredet, da kannst dich drauf verlassen. Aber es ist ja mein depperter Bruder, der rauchen muss, und wenn er an der Zigarette zieht, dann fangt die Glut zum Leuchten an, und man kann sein Gesicht auf hundert Meter erkennen. Und so hat dich die alte Grasberger gesehen. Und hat mich dann gefragt, ob du wieder da bist.«

»Und?«, sagte Ferdinand. »Was hast du gsagt?«

»Was glaubst? Hätt ich sagen sollen, du bist auf Urlaub da? Nach fünfunddreißig Jahren bist schnell mal rübergefahren aus Australien, und jetzt bist da und bleibst noch eine Zeit lang. Hätt ich das sagen sollen? Nein, natürlich nicht. Ich hab gesagt, dass sie sich getäuscht haben muss. Ich hätt schon lange nichts mehr gehört von dir, dein letzter Brief sei auch schon mindestens zwei Monat her.«

»Sie hat's nicht geglaubt?«

»Nein, sie hat's nicht geglaubt. Sie hat so getan, als ob sie es glauben würde. Aber ich hab es ihr an den Augen angesehen, dass sie überzeugt war, dich gesehen und erkannt zu haben.«

Sie wischte mit dem Mantelärmel über die Tischplatte, auch wenn es da nichts zu wischen gab und der Mantel zudem ziemlich ungeeignet war als Küchenlappen. Sie war so in Gedanken vertieft, dass sie gar nicht merkte, was sie da Unsinniges tat.

»Was soll jetzt geschehen?«, fragte sie. »Sag's mir ... wie soll es weitergehen?«

Sie holte die zusammengefaltete Zeitung aus einer der Einkaufstaschen und legte sie auf den Tisch. Das Ticken der Uhr über dem Küchenbuffet kam Ferdinand aufdringlich laut vor. Er hätte sich gern die Ohren zugehalten, um es nicht hören zu müssen.

Am liebsten wäre er jetzt wieder auf der Alm gewesen, tief drinnen und weit oben im Karwendelgebirge. Vor der Welt verborgen, für niemanden existent. Nur für seine Schwester. Warum war er bloß ins Tal gegangen?

»Es ist fünfunddreißig Jahr her, dass das passiert ist«, sagte Hedwig mit erstickter Stimme. »Fünfunddreißig Jahre! Wir haben es so lange geschafft, dich zu verstecken. Nichts ist herausgekommen. Alle denken, es war ein Unfall. Alle haben die Sache lange vergessen. Und jetzt, plötzlich, ist alles in Gefahr. Ich weiß nicht, wohin mit dir. Wenn dich irgendwer sieht und erkennt ...«

»Auf die Hütte«, sagte Ferdinand. »Ich geh zur Hütte zurück.«

Sie schaute ihn lange an.

»Das geht nicht«, sagte sie. »Es ist ein Wunder, dass du es heruntergeschafft hast. Hinauf hast du doch keine Überlebenschance. Jetzt im Frühjahr kommen die nassen Grundlawinen herunter, die erdrücken alles. Da langt oft die Spur einer Gams, um sie auszulösen. Du kannst nicht auf die Hütte. Und du kannst nicht hierbleiben.«

Ferdinand begann in der Küche auf und ab zu gehen. Immer schneller wurden seine Schritte, fünf nach der einen Richtung, fünf zurück. Und alle Kehren sahen eckig aus, wie Hakenschlagen.

Hedwig schaute ihrem Bruder zu. Sie stützte einen Ellenbogen auf die Tischplatte und legte ihre Schläfe in die flache, warme Hand. Sie wusste nur zu gut, wie es war, wenn ihr Bruder die Fassung verlor. Sie erlebte das in jedem Sommer einige Male, droben auf der Almhütte, wo sie ihre Ziegenherde hielt und von

Mitte Juni bis Anfang oder Mitte Oktober mit ihm auf engem Raum lebte.

Früher hatte sie ihn angeschrien. Weil sie sein Hin-und-her-Gerenne einfach nicht aushalten konnte. Früher war sie wütend und laut geworden, später dann verzweifelt und apathisch. Mittlerweile war sie abgestumpft. Sie ließ ihn gewähren. Schließlich wusste sie, dass er irgendwann von selbst aufhörte. Aber er ging und ging, auf und ab, fahrig, zackig, staksig. Und er murmelte dazu etwas, ohne Unterlass, so, als würde er halblaut ein Gebet sprechen.

»Hör auf«, sagte sie so leise, dass sie damit kaum das Ticken der Uhr übertönen konnte. »Hör auf! Bitte hör auf!«

Ferdinand blieb abrupt stehen, er hörte auch sofort mit dem Gemurmle auf. Er sah seine Schwester an, als würde er eben erst ihre Anwesenheit bemerken.

»Hör auf!«, sagte sie noch einmal, um einem neuerlichen Gehanfall entgegenzuwirken. Und Ferdinand machte nur noch zwei Schritte, zu ihr an den Tisch, er setzte sich auf einen freien Stuhl und schob sein Gesicht ganz nah an ihres.

»Das Beste ist«, flüsterte er, »das Beste ist, wenn ich sie totmache. Was meinst du?«

»Nein!« Hedwig schrie auf. Es lag wahres Entsetzen im Klang ihrer Stimme. »Nein! Nein! Nein!«

Sie begann zu weinen. Das Gesicht in die Hände gelegt wie eine inbrünstige Büßerin schluchzte sie laut: »Nicht noch ein Mord. Nicht noch einer …«

Aber in der Tiefe ihrer Seele wusste sie auch keinen besseren Rat.

Ihr Gefühl sagte ihr, dass er recht hatte. Und ihr Verstand sagte, dass die Frau sterben musste.

Es gab gar keinen anderen Ausweg.

***

Sie trafen sich in der Bienerstraße, in der Kanzlei »Reuss, Kranebitter & Meier«. Eine junge Frau in engem Rock öffnete ihr die Tür und führte sie zum Besprechungszimmer. Schwarzenbacher war schon da. Das hatte Marielle freilich schon bemerkt; sein Rollstuhl stand am Fuß der Treppe, die zum Eingang hinaufführte.

»Hi, Mädchen«, sagte er und meinte Marielle damit. Die Anwaltsgehilfin fühlte sich auch gar nicht angesprochen. Sie wartete diskret im Hintergrund, bis die Begrüßung der beiden beendet war, und fragte dann, ob auch Marielle einen Kaffee wolle. Die schüttelte den Kopf und bat um ein Glas Mineralwasser.

»Sofort«, sagte die Frau. »Herr Dr. Reuss wird auch gleich hier sein.« Und damit verschwand sie.

Als sie draußen war, sagte Schwarzenbacher: »Nun bin ich aber gespannt, was der Grund ist für dieses so schnelle Treffen. Irgendwas muss dich ja enorm durcheinandergebracht haben, wenn es gar so eilig ist.«

Marielle holte die zusammengerollte Zeitung aus der Jackentasche und legte sie vor Schwarzenbacher auf den Tisch. »Schau dir mal den Tirolteil an ...«

Doch in diesem Moment betrat Reuss das Besprechungszimmer, in Anzughose, mit weißem Hemd, Fliege in königsblauem und silbernem Karomuster und einer dunkelgrauen Weste. Er ging mit großen Schritten auf Marielle zu, drückte sie kurz, bat sie, Platz zu behalten, und nickte Schwarzenbacher zu.

»Wenn Paul schon guten Willens ist«, fing er an, »sich nun öfter mal hierherzubequemen, dann schlage ich vor, dass wir die Kanzlei gleich zu unserem Hauptquartier machen. Einverstanden?«

Marielle und Paul sahen sich kurz an, nickten dann beide. Es sprach in der Tat nichts dagegen.

»Und jetzt klärt mich auf, meine Zeit ist leider knapp: Was führt uns heute zusammen?«

Marielle deutete auf die Zeitung, Schwarzenbacher begann zu blättern, Reuss stand noch immer, nun mit auf eine Stuhllehne gestützten Armen. Als Marielle bemerkte, dass Schwarzenbacher den Artikel überblättert hatte, nahm sie ihm die Zeitung weg. Sie suchte einen Moment lang, deutete mit dem Finger darauf, sagte: »Hier«, und begann auch sofort, den ganzen Text vorzulesen.

»Hört zu: ›Berghütte im Karwendel aufgebrochen‹ – das ist

die Überschrift. Darunter steht ›Nichts entwendet – Vermutlich hat Obdachloser Unterschlupf gesucht‹. Und dann kommt der Bericht.«

»Da bin ich ja mal gespannt«, sagte Reuss.

»Hört zu«, sagte Marielle noch einmal. »›Scharnitz – Wie Waldarbeiter dieser Tage erst entdeckten, ist die Huchenhütte bei Scharnitz im Verlauf des ausklingenden Winters aufgebrochen und als Quartier von unbekannt genutzt worden. Der oder die Eindringlinge hatten sich zunächst Zugang zu einem Geräteschuppen verschafft. Dort sind sie auf die Schlüssel für das Haupthaus gestoßen, die leichtsinnigerweise hier deponiert waren. Mit diesen Schlüsseln konnte die Huchenhütte – das bekannte Jagdhaus im vorderen Drittel des Gleirschtales (Karwendel) – ohne Gewaltanwendung geöffnet werden. Gendarmerie und Jagdpächter vermuten, dass sich ein Obdachloser hier kurzzeitig eingenistet hatte. Bodo R., der Pächter der Jagd, zeigte sich entrüstet über den Einbruch, musste aber auch einräumen, dass offenbar nichts entwendet worden ist. Lediglich eines der Betten sei benutzt worden, mehrere Decken seien wohl verwendet worden, aber anscheinend war nicht einmal der Ofen angemacht worden. R. hat Anzeige gegen unbekannt erstattet. Im Gespräch mit der TT sagte er: ›Ich gehe allerdings nicht davon aus, dass der oder die Eindringlinge gefasst werden. Aber es gibt einem schon zu denken, dass heutzutag auch vor einer Jagdhütte nicht zurückgeschreckt wird. Früher hat man gedacht, dass in den Bergen die Welt noch in Ordnung sei. Aber jetzt laufen auch hier lauter Verbrecher herum.‹

Auf die Frage, ob ihm irgendetwas Besonderes aufgefallen sei, gab R. zur Antwort, dass ihm nichts absonderlich vorkomme, bis auf …«

Marielle machte eine kleine Pause, sah zu Schwarzenbacher und zu Reuss, sagte: »Und jetzt passt auf«, und fuhr dann fort: »… ›bis auf das, dass der Kerl – denn ich vermute, es war ein Kerl – einen großen Stein in das Bett gelegt hat. Aber sonst ist nichts beschädigt oder zerstört worden, sieht man einmal ab vom Einbruch in den Schuppen.‹«

Marielle ließ die Zeitung sinken. Es war still im Besprechungsraum der Kanzlei. Die beiden Männer schienen damit beschäftigt zu sein, die Sätze, die Marielle vorgelesen hatte, nachwirken zu lassen. Der Zeitungsbericht war wie ein loser Faden, der unter Umständen mit den anderen losen Fäden, die sie bisher in Händen hielten, verknüpft sein konnte.

»Ich weiß, worauf du abzielst.« Schwarzenbacher sagte als Erster etwas. »Du denkst, unser Mörder tötet mit Steinen. Was ja bei genannten Fällen naheliegt. Und die Geschichte mit dem Stein im Bett …«

»Ist doch nicht so abwegig, oder?« Marielle fühlte sich von Schwarzenbachers Skepsis angegriffen. Versteht er denn nicht?, dachte sie. Oder will er nicht verstehen? »Sagst du nicht immer, dass man bei Ermittlungen auch auf seinen Bauch hören muss?«

»Natürlich«, sagte Schwarzenbacher. »Das Bauchgefühl ist ganz wichtig. Aber bei mir hat der Bauch jetzt nicht gleich zu rumoren angefangen.«

Reuss richtete sich auf. »Ich sehe das ein bisschen anders. Mir geht die ganze Zeit durch den Kopf, wer auf diese Art mordet. Wenn einer im Schützenverein ist, hervorragend schießt und auch noch eine großkalibrige Waffe zu Hause hat, dann tötet er aller Wahrscheinlichkeit nach mit dem Gewehr oder mit der Pistole. Ein Boxer bräuchte vielleicht nichts als seine Fäuste, seine Kraft. Und eine Apothekerin – ihr kennt sicher den Film mit der Riemann – würde wohl auf ihre Kenntnis tödlicher Gifte vertrauen. Ich will damit sagen, zu der Waffe, mit der man tötet, muss man, Vorsatz vorausgesetzt, so etwas wie ein besonderes Verhältnis, wenn nicht gar Vertrauen haben. Die Frage also: Was ist das für ein Mensch, der darauf vertraut, mit einem Stein so gut umgehen zu können, dass er genau den als Mordwerkzeug nimmt? Ein Stein ist eine sehr archaische Waffe. Damit hat man sich schon in der Steinzeit die Köpfe eingeschlagen. Allerdings«, er lächelte ein wenig verschmitzt, »allerdings ist er in den letzten paar hundert Jahren ziemlich aus der Mode gekommen.«

Schwarzenbacher kniff die Augen zusammen. Mit seinen mittlerweile zwar kürzeren, aber immer noch bis zum Kragen reichenden Haaren sah er jetzt fast ein bisschen aus wie ein Indianer, der Rauchzeichen in weiter Ferne zu erspähen versuchte. Oder wie eine Katze, dachte Marielle, die irgendwo eine klitzekleine Bewegung gesehen hatte und darin ihre Beute schon ahnte.

Innerlich war sie glücklich, zumindest bei Reuss mit ihrer Geschichte Gehör gefunden zu haben. Schwarzenbacher schien weiterhin zögerlich. Reuss sah auf seine Armbanduhr, setzte sich dann auf einen der Sessel, sagte: »Fünf Minuten, mehr kann ich jetzt wirklich nicht entbehren.«

Endlich brachte die Anwaltsgehilfin das Mineralwasser. »Für Sie auch noch was, Herr Dr. Reuss?« Er verneinte kopfschüttelnd. »Ich finde es super«, sagte er, »dass Marielle diese Sache entdeckt hat ...«

»Es war ein Zufall«, sagte sie. »Sonst nichts.«

»Egal. Wie leicht hätten wir das übersehen können. Eine kleine Nachricht in der Zeitung. Ein Vorfall, über den schon morgen niemand mehr spricht. Und die Anzeige gegen unbekannt – lächerlich. Da kommt nichts dabei heraus. Zusammengefasst: Der Einbruch in der Hütte ist schnell vergessen. Und da können wir von Glück sagen, dass Marielle da genau hingeschaut hat. Und noch ein Glück haben wir: dass der Stein erwähnt worden ist. Für mich dreht sich alles um den Stein, der im Bett liegt ...«

Schwarzenbacher grinste über die Vorstellung vom Stein im Bett. Auch Marielle musste lächeln. Dann sagte der frühere Kripomann: »Auch wenn ich dir ungern recht gebe ... es ist schon was dran an deinen Ausführungen. Vielleicht haben wir bisher einen kleinen, aber schwerwiegenden Denkfehler begangen – nämlich dass der Mörder mit einem Stein zugeschlagen hat, um seine Tat wie einen Bergunfall aussehen zu lassen. Vielleicht liegt der Wahl der Waffe aber gar kein Plan zugrunde – sondern einfach nur Instinkt. Dann könnte es sein, dass die ›Bergunfälle‹ auch nicht als Täuschungsmanöver gedacht sind. Aber wir hätten uns doch täuschen lassen ...« Er zog die Stirn in Falten. »Vielleicht entspringen Tatort und Mordwaffe einer gewissen Zufälligkeit.«

»Ich versuche mich mal in die Lage des Mannes zu versetzen, der die Hütte aufgebrochen hat ...«

Marielle unterbrach Reuss: »Kann es nicht auch eine Frau gewesen sein?«

»Kann schon. Kann-Fragen beantworte ich grundsätzlich mit Ja ...« Er grinste. »Aber Spaß beiseite: Der Stein passt nicht. Und gehen wir mal davon aus, nur so in spielerischer Annahme, derselbe Mensch hätte vor fünfunddreißig Jahren den Karl Mannhardt mit einem Stein erschlagen – die unheimliche körperliche Gewalt, die dabei vonnöten ist, passt nicht so recht in meine Vorstellungswelt.«

Marielle nickte.

»Also, da bricht dieser Mann in den Stadel ein, findet Schlüssel, sperrt sich die Hütte auf und verbringt dort eine oder mehrere Nächte. Er macht nichts kaputt, stiehlt nichts, nicht einmal den Herd heizt er an. Aber er hat Angst, im Schlaf von den Eigentümern überrascht zu werden.«

Reuss' Gesicht strahlte eine gewisse Zuversicht aus.

»Er sucht sich eine Waffe. Ich hätte vielleicht ein großes Fleischmesser genommen oder eine Flasche, falls so was dort zu finden war. Dieser Mann hat zum Messer und zur Flasche nicht das gleiche Verhältnis wie zum Stein. Der Stein ist ihm vertraut. Jetzt fühlt er sich sicherer. Was meinst du, Paul?«

»Ich kann mich mit deinen Vermutungen durchaus anfreunden. Einen Fehler allerdings haben sie noch.«

»Und der wäre?«

Reuss und Marielle schauten gespannt auf Schwarzenbacher.

»Wenn dieser Stein als Waffe hätte dienen sollen«, sagte er langsam und nachdenklich, »dann hatte er nicht Angst vor den Eigentümern der Hütte. Ich meine, er hatte nicht Angst, dass er des Einbruchs überführt würde. Dieser Einbruch war kein besonders schweres Verbrechen. Eher schon eine Lappalie. Wer würde deshalb jemanden mit einem Stein erschlagen?«

Er schaute zum Fenster hinaus, wo die Bäume ihr erstes helles Grün zu tragen begannen, schaute hinaus, als wenn es da etwas sehr Interessantes zu sehen gäbe, wandte sich dann wieder an die anderen und sagte das, was für ihn das Wichtigste im Moment war:

»Wenn er sich mit diesem Stein schützen wollte, dann hatte er Angst, entdeckt zu werden. Er hatte Angst, dass etwas viel Schwerwiegenderes aufkäme als sein Einbruch in die Hütte. Ich glaube, Marielle, du bist ein Glückskind …«

***

Sooft es ging, verließ Olaf Klar die Stadt und fuhr hinaus ans Meer. Er wunderte sich selbst darüber, dass er in der Natur wenigstens etwas Ruhe und die Kraft zum Nachdenken fand.

Das Meer war ihm dabei egal. Er ging nicht hinauf zu den Deichen, parkte nur irgendwo unweit der künstlichen Wälle, die das Bauernland vor den Fluten schützen sollten, und blieb eine oder zwei Stunden im Auto sitzen.

Nicht einmal das Radio schaltete er an. Saß nur da und starrte auf den Deich, auf die schräge Wiesenfläche, hinter der sich das Meer verbarg. Oder die Wattlandschaft, wenn Ebbe herrschte.

Seine Gedanken kreisten um schreckliche Geschehnisse, die Jahre zurücklagen. Und sie suchten nach Wegen, mit seiner Schuld fertig zu werden. Er war nie fromm gewesen, hatte aber irgendwann damit begonnen, das Vaterunser zu beten. Anfangs nur am Ende seiner Ausflugsfahrten, bald schon an jedem Tag morgens und abends. Mittlerweile betete er es zehnmal am Tag und öfter, lautlos, aber inbrünstig, hingebungsvoll und doch in der fernen Gewissheit, dass ihm das seine Schuld nicht nehmen konnte.

Ich muss jemandem die ganze Geschichte erzählen, dachte er. Sooft er es dachte, sooft verwarf er den Gedanken wieder: Seine Beichte würde auch Steffen Gensner verraten, damals genauso jung wie er, so dumm, so verrückt – und nun so voller Schuld wie er selbst.

Klar überlegte sich, wie es wäre, sich vor einen Zug zu werfen oder Tabletten zu nehmen. Ohne vorher ein Geständnis abgelegt zu haben. Damit würde er den Kumpan von einst schützen und sich seiner Träume entledigen. Der Gedanke war verlockend.

Und doch kam sich Klar vor, als würde er damit ein weiteres Mal schuldig werden. Und das wollte er unter keinen Umständen.

Er saß im Wagen, starrte auf den sattgrünen Deich und den gewitterblauen Himmel darüber, und er begann, sein soundsovieltes Vaterunser zu beten an diesem Tag.

»Vater unser im Himmel …«

Tränen liefen ihm über die Wangen.

»… wie im Himmel, so auf Erden.«

Er wischte sich die Tränen mit einem Papiertaschentuch ab.

»Und vergib uns unsere Schuld …«

Vergib mir meine Schuld, dachte er. Bitte vergib mir meine Schuld.

Und dann erst betete er zu Ende.

***

Marianne Grasberger ging morgens und abends mit ihrem Hund hinaus. Früher hatte Sepperl das sehr gern gehabt, jetzt war er alt, der Bauch schleifte fast am Boden, da musste sie ihn schon mit sanfter Gewalt dazu zwingen, das warme Haus zu verlassen.

Sie lebte allein, allein mit ihrem Hund, der von undefinierbarer Rasse war. Sie bezog eine kleine Rente, die für ein bescheidenes Dasein reichte, und beim Metzger kaufte sie oft das beste Fleisch für den Sepperl und für sich nur einen Aufschnitt oder eine Scheibe Fleischkäs. Das Haus, in dem sie lebte, wurde von mehreren Parteien bewohnt. Sie hatte die Parterrewohnung links, rechts wohnte eine junge Frau, die im »Goldenen Adler« bediente, und im ersten Stock wohnte eine Familie mit zwei Kindern, fünf und sieben, die ihr gehörig auf die Nerven gingen.

Marianne Grasberger ging zweimal am Tag in den nahen Ortskern, wo sich die paar Geschäfte befanden, die Scharnitz zu bieten hatte. Der ehemalige Grenzort, eingepfercht zwischen steil aufragenden, dunkel bewaldeten Bergflanken, war sicher nicht Tirols erste Adresse. Der Tourismus hielt sich in Grenzen, die Abwanderung der Jungen war hoch, das Leben hier ziemlich eintönig. Sie ratschte gern mit den Leuten, immer auf der Suche nach irgendwelchen Neuigkeiten, die ein wenig Unterhaltung in die Monotonie ihrer Tage zu bringen vermochten.

Meistens schaute sie fern. Am Nachmittag und am frühen Abend Soaps wie »Julia – Wege zum Glück«, »Sturm der Liebe« oder »Verbotene Liebe«. Nach »Zeit im Bild«, den Abendnachrichten um halb acht, schaltete sie so lange herum, bis sie etwas fand, was kein Fußball und keine Talksendung war. Sie mochte Krimiserien, wenn sie nicht zu brutal waren. Was sie verabscheute, waren die CSI-Serien, wo wissenschaftliche Ermittlungen durchgeführt wurden – mit allen Methoden der modernsten Technik. Aber diese Sendungen zeigten eben auch grauslige Bilder, von denen sie dann nicht träumen wollte. So etwas wie »Ein Fall für zwei« oder auch »Polizeiruf 110« – das war ganz in Ordnung.

Da konnte sie danach noch mit Sepperl spazieren gehen, ohne sich zu fürchten. Aber sie fürchtete sich ja ohnehin nicht allzu leicht. Oft ging sie noch um zehn Uhr abends oder noch später mit dem Hund hinaus. So spät ging sie dann allerdings nicht mehr bis hinter zur Husky-Zucht, sondern nur noch bis zum Fußballplatz und wieder zurück.

Sie ließ Sepperl von der Leine, damit er irgendwo auf den Wiesen sein nächtliches Geschäft machen konnte, und genoss selbst die kühle Abendluft.

Oft wunderte sie sich darüber, wie verschlafen dieses Dorf doch war: Schon um zehn brannten kaum mehr Lichter in den Häusern, ganz Scharnitz schlief unter den dunkel drohenden Bergflanken.

Doch ohne es wissen zu können, war sie seit einiger Zeit nicht mehr allein. In gehörigem Abstand, sodass der Hund nichts merkte (aber er merkte eh nicht mehr viel, und was er bemerkte, war ihm meist völlig egal), ging jemand hinter ihr durch die Nacht. Manchmal war dieser Jemand auch auf einem Weg parallel zu dem ihren unterwegs. Ganz gleich, wie dunkel es war, dieser Jemand konnte sie sehen: Er hatte gute Augen, war besser an die Nacht gewöhnt als andere Menschen. Aber er blieb immer auf Abstand, schien nur jede ihrer Bewegungen zu studieren, schien ihre Wege auswendig lernen zu wollen, schien dabei auf etwas zu warten, auf irgendetwas, von dem er wohl selbst nicht wusste, was es war.

Seit fünf Abenden ging das nun so. Und Marianne Grasberger hatte nicht die Spur einer Ahnung davon.

8

Als um halb elf am Vormittag die Türglocke schellte, glaubte Marianne Grasberger, dass es ein Hausierer wäre. Einer, der Zeitschriftenabos verkaufen wollte oder Staubsaugerbeutel oder auch Gemüse aus dem kleinen Lieferwagen.

Sie drückte den Türöffner für den Eingang ins Haus und riss die Wohnungstür auf, bereit, einem jedweden Anbieter mit geharnischten Worten klarzumachen, dass sie nichts brauche, nichts kaufe an der Tür, und wenn sie eine Zeitschrift wolle, sie dann eh beim Spar kaufe, wo sie alles besorge, was sie benötige.

Sie staunte nicht schlecht, als es sich nicht um einen Hausierer handelte, der da vor ihrer Tür stand, den einen Fuß schon am Fußabstreifer, in der Hand eine Plastiktüte, und sie aus verlegenen Augen ansah.

»Dann bist du's also doch!«, entfuhr es Marianne Grasberger. »Ich hab geglaubt, dich abends einmal bei euch vorm Haus stehen gesehen zu haben. Ich hab mir gedacht, das muss er sein. Aber dann hab ich mir wieder gedacht, das kann er gar nicht sein, der ist doch in Australien. Und jetzt bist du es doch.«

Sie rückte ihren Rock in den Hüften zurecht, ohne sich dessen bewusst zu sein, und starrte Ferdinand an. So viele Jahre, eine endlos lange Zeit, hatte sie ihn nicht mehr gesehen. Und er starrte zurück.

Sie starrte ihn an, und es kamen Erinnerungen in ihr auf, Erinnerungen an eine Kindheit und eine Jugend, die sich verflüchtigt hatten, die verloren gegangen waren, die übergegangen waren in ein Leben voller Eintönigkeit und Illusionslosigkeit. Sie erinnerte sich an den Buben, der er einmal gewesen war, im Kopf nicht ganz in Ordnung, aber lieb und lustig.

Er hat sogar über sich selbst lachen können, dachte sie. Über sich und seine vielen Fehler, die er immer gemacht hat.

Dann erschrak sie über ihre Unhöflichkeit. Sie standen ja noch immer im Stiegenhaus. Sie hatte es bisher versäumt, ihn hereinzubitten.

»Musst entschuldigen, Ferdl«, sagte sie. »Bittschön, komm herein. Du hast mich jetzt so durcheinandergebracht, dass ich ganz darauf vergessen hab, dich hereinzulassen. Komm! Komm herein. Nur zu …«

Ferdinand folgte ihr in den engen Flur und weiter in die überheizte Wohnküche. Es waren viele Eindrücke auf einmal für ihn, aber er schaute sich im Flur die gerahmten Fotos an und begutachtete auch alles, was die Küche zu bieten hatte: die alte Einrichtung, Schränke und Anrichten – billige Furnierware. In der Mitte ein Tisch mit Resopalplatte, drei Stühle außen herum, an zweien der weiße Lack stellenweise schon abgesprungen. Er sah eine Puppe mit Häkelgewand, ein paar Blumentöpfe am Fenster, eine Kaffeemaschine, allerlei Ramsch, der herumstand. Und in einer Ecke hatte der hängebäuchige Hund, den er an den vergangenen Abenden beobachtet hatte, sein Körbchen. Da lag er drin, hob bei Ferdinands Eintreten kurz den Kopf, döste aber desinteressiert gleich wieder weiter.

»Sepperl!«, sagte Marianne vorwurfsvoll. »Magst denn unseren Gast net wenigstens begrüßen? Du bist mir so einer …«

Zu Ferdinand gewandt sagte sie: »Er ist halt schon alt.«

Ferdinand ließ sich auf einen Stuhl sinken. Seine Plastiktüte stellte er neben sich auf den Boden, behielt den Griff aber weiterhin fest in der Hand.

»Ach, Ferdl«, sagte Marianne, »leg doch wenigstens die dicke Jacke ab. Oder bist etwa in Eile? Ich hab mir grad einen Kaffee aufsetzen wollen. Magst eine Tasse mittrinken?«

Auf den Vorschlag, seine Jacke, einen alten, einstmals waldgrünen Parka, abzulegen, ging Ferdinand nicht ein. Aber den angebotenen Kaffee lehnte er nicht ab. Den Griff der Tüte hielt er fest.

Marianne legte eine Filtertüte in die Kaffeemaschine ein und löffelte das Kaffeepulver aus einer runden Blechdose hinein. Der Ferdinand, dachte sie. Jetzt ist er wieder da. Zurück aus Australien.

Er sagte nichts.

Aber das kannte sie, so war er früher schon gewesen. Hatte von sich aus nie viel geredet, da hatte der Anstoß schon immer von außen kommen müssen.

»Bleibst für länger?«, fragte sie.

»Was?«

»Ich mein, wie lang bleibst du denn jetzt in Scharnitz? Wann musst wieder zurück?«

Er dachte an seine Hütte im Gebirge und rätselte, woher sie davon wissen konnte.

»Nicht lang«, sagte er dann, weil er der Meinung war, dass diese Aussage nichts preisgeben würde.

»Was machst dann eigentlich immer so?«, fragte sie weiter.

Ferdinand dachte an die Sommer mit Hedwig und den Ziegen, an die einsamen Winter, an die verschlafenen Tage und die durchwachten Nächte, an seine wenigen Schritte um die Hütte herum, an seine Angst, irgendwann entdeckt zu werden, und an Hedwigs Angst, die vielleicht noch größer war als die seine.

Und er dachte, dass Hedwig ganz recht hatte: Marianne wusste alles, hatte alles durchschaut. Er konnte also gar nicht anders, als irgendetwas zu tun.

»Wie lange warst du jetzt nicht mehr da?«, fragte Marianne weiter. Der Kaffee lief gurgelnd und zischend durch die Maschine.

Weil Ferdinand kein Gefühl für Zeit besaß, sagte er einfach nur: »Lang.«

»Ja, lang. Lang warst du weg. Und ich bin alt worden derweil. Schau mich an: eine alte Frau.«

Es kam ihm komisch vor, dass sie dabei lächelte.

»Es ist ungerecht, dass wir Frauen alt werden und ihr Männer euch noch immer gut haltet. Derweil sind wir doch gleich alt, ungefähr. Vierundfünfzig.«

Ferdinand schaute sich Marianne genau an. So alt kam sie ihm auch wieder nicht vor. Alt schon, das ja. Aber immer noch irgendwie eine Frau. Er hatte sie nur als Mädchen gekannt, als sie ganz jung gewesen waren, Kinder, Jugendliche. Da war sie natürlich ganz anders gewesen. Lustig. Mit Zöpfen, als sie noch klein war. Und später mit einem Rock, der nicht einmal über die Knie reichte.

Er erinnerte sich daran, dass sie, außer seiner Schwester, das erste und einzige Mädchen gewesen war, das er jemals an dem flauschigen Ding zwischen den Beinen angefasst hatte. Hedwig hatte das nie mögen. Marianne schon.

Sie stellte Geschirr auf den Tisch und füllte Kekse in eine Schale.

»Zieh doch den Anorak aus«, sagte sie. »Bis der Kaffee durch ist, kann ich dir meine Wohnung zeigen. Wenn du willst.«

Ferdinand war es egal. Also folgte er ihr durch die Räume. Sie zeigte ihm ihr Wohnzimmer, das mit düsteren Möbeln bestückt war. Die Couch war durchgesessen, das sah man gleich. Aber auch das war Ferdinand egal. Er hatte nur Augen für den Fernseher. Ein großes Teil mit flachem Bildschirm.

»Hmmm«, machte er. »Fernsehen!«

»Hab ich mir geleistet. Was habe ich sonst schon noch vom Leben. Seit mein Mann gestorben ist, ist fernsehen die einzige Unterhaltung. Und der Sepperl halt.«

Sie maß Ferdinand mit ihren Blicken und erinnerte sich für Augenblicke der Kindertage. Nur Momentaufnahmen, für Bruchteile von Sekunden: ein Stadel voll Heu, eine ganze Bande von Kindern, zehn, elf. Sie hatte sich mit Ferdl versteckt, in einer Höhle im Heu, und ihn gefragt: »Solln mir uns nackig machen?« Er hatte nichts getan, aber sie hatte sich das Höschen ausgezogen und ihn gefragt: »Magst mal hinlangen?«

»Soll ich den Fernseher einschalten? Magst etwas anschauen? Wenn du willst, können wir unsern Kaffee ja auch hier im Wohnzimmer trinken und dabei Fernsehen schauen.«

»Weiß nicht«, sagte Ferdinand.

Und Marianne dachte bei sich, dass er noch genauso war wie damals, vor über vierzig Jahren. Als sie ihm ihre Muschi hingestreckt hatte, waren das auch seine Worte gewesen: »Weiß nicht.« Aber immerhin, er hatte dann hingelangt, zaghaft und vorsichtig. Erst nur außen, aber dann hatte er seinen Zeigefinger ein kleines Stück weit in sie hineingesteckt. Sie hatte es aufregend gefunden, aber nicht sonderlich schön.

»Was schleppst du eigentlich in der Tragetüte mit dir herum?«, fragte sie. »Muss ja was Wertvolles drin sein, du lässt sie ja keinen Moment lang aus.«

»Nichts«, sagte Ferdinand.

Marianne lachte. »Für nichts sieht sie aber rechtschaffen schwer aus. Aber ist ja auch egal. Aus dir ist noch nie jemand richtig schlau geworden ...«

Sie führte ihn wieder zum Flur, zeigte ihm das Badezimmer. WC, Waschbecken, Badewanne. Alles in Hellgrau gefliest.

»Baden tue ich gerne«, sagte Ferdinand, als er die Wanne sah.

Sie schaute ihn an. Die langen Haare standen ihm nicht schlecht. Irgendwie sah er verwegen damit aus. Und der Bart – nun ja, so viel Verwegenheit hätte es dann auch wieder nicht gebraucht. Er hatte etwas von einem Wegelagerer oder Landstreicher an sich, sein Gesicht war gegerbt vom Wetter – muss wohl viel draußen sein, in Australien, dachte Marianne. Und jetzt steht er bei mir im Bad und täte wahrscheinlich am liebsten in die Wanne steigen. Verrückter Ferdinand.

»Ja«, sagte sie, »und dann hab ich am Ende vom Flur noch ein Schlafzimmer. Aber das muss ich dir ja jetzt nicht zeigen, oder? Da bräuchte es erst noch ein wenig Aufräumen. Und außerdem: Der Kaffee ist bestimmt durch mittlerweile. Komm!«

***

Als Hedwig aus Seefeld zurückkam – sie war einiger Erledigungen wegen mit dem Bus hin- und wieder heimgefahren –, fand sie das Haus leer vor. Ferdinand war nicht da.

Im ersten Moment dachte sie, dass er vielleicht aufgebrochen wäre, um den Aufstieg zur Hütte zu versuchen. Ihm war ja wirklich alles zuzutrauen. Sie öffnete den Kühlschrank und die Tür vom Vorratsschrank; soweit sie das auf Anhieb überblicken konnte, fehlte nichts.

Er ist zwar ein Idiot, dachte sie, aber so blöd ist er wiederum nicht, dass er sich nicht einen Proviant mitgenommen hätte, eine Hartwurst, ein Stück Käse, ein bisserl Brot und, vor allem, was zu trinken. Cola-Mix hätte er sich mitgenommen, dachte sie. Auf das war er ganz scharf, seit er sich bei ihr hier versteckt hielt. Doch die drei Eineinhalbliterflaschen standen noch da, wo sie von ihr hingestellt worden waren.

Dann wusste sie, wo er war.

Und was er vorhatte!

Am hellichten Tag!

Die Grasberger totmachen. Die Marianne, das blöde Weib, das immer überall die Nase reinhalten muss.

Er macht die Marianne tot, dachte sie.

Er macht sie tot.

Sie empfand kein Mitgefühl. Sie spürte nur die Sorge, dass die ganze Welt über ihr zusammenbrechen könnte.

Sie zog den Mantel aus, ging auf die Toilette, blieb noch lange nachdenklich auf der Schüssel sitzen, nachdem sie ihre Blase entleert hatte – und spürte dabei vor allem die Gefahr, dass jetzt alles zu Ende gehen könnte.

Sie horchte, ob Ferdinand zurückkommen würde. Sie wusste ja, dass das, was er tat, getan werden musste. Und doch – es war wie ein schrecklicher Schlusspunkt.

Sie drückte auf die Spülung, zog sich den Rock zurecht und ging in die Küche. Auf der Kommode stand das Telefon, und daneben lag das Telefonbuch. Sie holte ihre Lesebrille aus der Schublade, schlug das Telefonbuch auf, suchte »Scharnitz« und dann, in »Scharnitz«, »Grasberger«.

»Grasberger M.«, eine vierstellige Nummer, die sie sich merken konnte.

Aber sie rief nicht an.

Sie holte sich aus dem Vorratsschrank eine Flasche mit Schnaps, schenkte sich ein Wasserglas halb voll mit klarem Enzian und trank es in einem Zug leer. Bitter und scharf.

Sie sagte sich die einzelnen Ziffern von Marianne Grasbergers Telefonnummer immer wieder halblaut vor. Lernte sie auswendig. Prägte sie sich so genau ein, dass sie die Ziffernfolge noch in zehn oder zwanzig Jahren nicht vergessen haben würde. Aber sie wählte die Nummer nicht.

Sie hockte am Küchentisch, leicht benommen vom ungewohnten Alkohol, und versuchte, das Anrufen gegen das Nichtanrufen aufzuwägen.

Wenn ich sie anruf, kann ich ihr sagen, dass sie aus der Wohnung rennen soll, dachte sie. Dass sie davonrennen soll, weil mein Bruder sie sonst umbringt. Wenn ich sie anruf, und wenn sie überhaupt noch lebt, könnte ich sie retten. Aber was geschieht dann mit Ferdinand? Und was mit mir?

Und wenn ich sie nicht anruf? Wenn ich einfach nicht zum Telefon geh? Wenn ich nicht weiß, was da drüben im Haus passiert, es gar nicht wissen will?

Die Küchenuhr tickte.

Hedwig schenkte sich noch einmal vom Enzianschnaps ein, nicht mehr so viel wie beim ersten Mal, aber doch genug, um in ihrem Kopf einen Eintopf anzurühren. Die Gedanken kamen ohne Anfang – und sie gingen ohne Ende …

Ich ruf nicht an, dachte sie.

Sie stand mühsam auf, ging wacklig zur Kommode, wo neben dem Telefon ein altes Transistorradio stand, und schaltete es an:

»Chirpy Chirpy Cheep Cheep«. Ein alter Pop-Hit von einer Band namens …

Sie kam nicht darauf, wie die Band geheißen hatte. War ja aber auch egal.

So wartete sie die nächsten Minuten nur noch darauf, ob der Moderator sagen würde, wer das Lied gesungen hatte.

»Middle of the Road«.

Verdammt, dachte sie, dass ich da nicht drauf gekommen bin. Die kenn ich, natürlich kenn ich die.

Und schon lief der nächste Siebziger-Jahre-Hit – und sie war von nun an voll damit beschäftigt, die Musikstücke zu erkennen und sich an den alten Schlagern zu erfreuen. Der Rest der Welt ging sie nichts an.

***

Marianne war aus den Hausschuhen geschlüpft. Sie hatte ihren Stuhl so hingerückt, dass sie nun schräg seitlich von Ferdl saß. Sie zog die Knie an und stellte ihre dünn bestrumpften Füße auf seine Oberschenkel.

»Wenn ich lang steh, bekomm ich immer so müde Füße. Magst sie nicht ein bisserl massiern?«

Ferdinand sah Marianne fragend an.

»Mit die Händ halt die Zehen reiben und die Ballen. Das tät mir schon gut. Probier's doch einmal.«

Mit der linken Hand griff er ihren linken Fuß und begann, die Zehen zu reiben. Mit der anderen Hand hielt er den Griff seiner Tüte, die wieder am Boden stand. Der Fuß roch ein bisschen käsig, aber das störte Ferdinand nicht. An schlechte Gerüche hatte er sich seit Langem gewöhnt.

»Darfst schon fester drücken«, sagte Marianne. »Hmmmm, das tut gut.«

Sie presste ihren Rücken gegen die Stuhllehne und ließ ihren rechten Fuß von Ferdls Oberschenkel zu seinem Schritt wandern, ganz spielerisch, ganz nebenbei. Und während er mit der einen Hand ihren Fuß rieb, kitzelte sie ihm mit den Zehen das Glied hart.

»Bist ein richtig großer Mann geworden«, sagte sie und lachte Ferdl an. »Ich glaub, du musst mich öfter besuchen kommen. Wann musst überhaupt zurück nach Australien? Oder vielleicht musst ja gar net zurück nach Australien?«

Ferdinand war irritiert. Zum einen, weil er es jetzt gern gehabt hätte, zu Hedwig zu gehen und sich in ein heißes Badewasser legen zu können. Zum anderen, weil sie immer Australien sagte. Er wusste nicht, was richtig und was falsch daran war. Wusste nicht, ob es richtige oder falsche Antworten gab. Bestimmt gab es Antworten, die ganz falsch waren. Also schwieg er.

Marianne fischte sich einen Keks aus der Schale am Tisch. »Du bist mir einer«, sagte sie. »Noch genauso verstockt und undurchschaubar wie damals. Weißt du, was ich glaub? Ich glaub manchmal, dass du gar nicht in Australien warst. Dass das nur die Hedwig herumerzählt hat. Vielleicht warst ja auch nur in einem Heim …«

Ferdinand stellte die Fußmassage abrupt ein. Und Marianne zerbrach den Keks, den sie gerade zum Mund führen wollte, in der Hand; die Hälfte davon fiel zu Boden.

»Wart, Ferdl«, sagte sie. Sie zog die Füße von ihm weg und beugte sich hinunter, um alles zusammenzuklauben.

Darauf hatte Ferdinand gewartet, ohne zu wissen, worauf genau.

Aber nun begriff er es intuitiv.

Er riss die Tüte mit enormem Schwung hoch, das Gewicht des Steins machte sie zur Schleuder, und mit Wucht zog er sie, selbst noch sitzend dabei, nach vorn.

Marianne, die gerade noch die Keksbröckchen aufgenommen hatte, war im Begriff, sich wieder aufzurichten. Sie musste den Luftzug gespürt haben oder den Schatten, der über ihr angerast kam. Jedenfalls machte sie eine winzige Reflexbewegung Richtung Tischkante, und Ferdinand ging in seiner Bewegung in diese Richtung mit.

Seine Waffe traf hart und fürchterlich laut den äußersten Tischrand, die Tüte riss, und der herausschießende Stein streifte Marianne nur oberhalb des Haaransatzes.

Gleichwohl war die Wucht noch groß genug, dass sie aus der gebückten Haltung heraus zur Seite stürzte und auf den Knien und den Händen landete.

Sie schrie. Schrie mehr vor Schrecken als vor Schmerz. Und dass ihr Blut vom Kopf tropfte und ihr in die Augen und übers Gesicht lief, machte den Schrecken nicht geringer.

Ferdinand war aufgesprungen, um den Stein an sich zu bringen, der polternd über den Küchenboden kollerte. Doch in seiner panischen Hektik stolperte er über Marianne, stürzte, fiel gegen den Stuhl, auf dem sie gerade noch gesessen hatte. Die Lehne des Stuhls ging zu Bruch, aber auch in Ferdinand schien etwas zu Bruch gegangen zu sein: Er spürte einen unglaublichen Schmerz in seinem Brustkorb, der sich noch verschlimmerte, als er der Länge nach auf dem Boden aufschlug. Er sah den Stein, einen Meter oder eineinhalb entfernt, aber erst einmal war das eine unüberbrückbare Entfernung. Ferdinand bekam keine Luft, befürchtete zu ersticken, und der Schmerz war so schlimm, dass er glaubte, nicht mehr aufstehen zu können.

Und dann war da ja noch Marianne.

Er konnte sie nicht sehen. Sie war irgendwo hinter ihm. Doch er konnte sie stöhnen hören, Und dass sie über den Boden zu kriechen schien.

Ich muss auf… muss aufstehen, dachte er. Sie fällt mir in den Rücken sonst. Er wälzte sich herum, ein Stuhl fiel auf ihn, er schob ihn weg, lag jetzt auf dem Rücken, sah jetzt Marianne, sah, wie sie sich neben dem Spülbecken hochzog.

Er versuchte, auf die Füße zu kommen, aber jede größere Bewegung versetzte ihm einen stechenden Schmerz in die Brust, direkt unter seinem Herz.

Jetzt stand Marianne fast aufrecht. Sie stützte sich auf die Arbeitsplatte ihrer Küchenzeile, die Beine knickten unter ihr weg, aber sie konnte sich halten. Er sah sie Schubladen aufreißen – und er erkannte, was sie vorhatte. Er winkelte die Beine an und schob sich mit den Füßen nach hinten, es war so schwer und so schmerzhaft, aber er kam seinem Stein näher. Dem Stein, den er vor ein paar Tagen aus dem Flussbett der Isar geholt hatte. Mitten in der Nacht, damit niemand ihn sah. Ein Stein, der rund und poliert war, aber dennoch nicht die Form einer Kugel angenommen hatte, sondern eher einem kleinen Diskus glich. Schwer und gut und griffig war er ihm in der Hand gelegen. Und da hatte Ferdinand gewusst, dass dieser Stein der richtige sein würde.

Er streckte den Arm nach hinten, versuchte, an den Stein heranzukommen, aber er war noch immer eine halbe Armlänge entfernt. Und da sah er, wie Marianne sich schwerfällig umdrehte, eine Hand auf die Anrichte gestützt, in der anderen ein großes Messer, ein Fleischmesser mit langer Klinge, und die blitzte silbern, und er wusste, sie würde ihn töten, würde ihm das Messer in den Bauch oder in die Brust rammen oder ihm damit den Hals durchschneiden, wenn nicht … wenn nicht … wenn …

Mit einer schier übermenschlichen Kraftanstrengung gelang es ihm, den verbleibenden halben Meter nach hinten zu rutschen. Aber da sah er auch schon Marianne auf sich zustürzen. Sie fiel mehr, als dass sie sich gezielt auf ihn warf. Und doch hatte er keine Chance, ihrem Messer zu entgehen. Sollte sie dennoch gezielt haben, dann hatte sie es auf seinen Bauch abgesehen gehabt, auf den Bauch oder den Unterleib, aber weil er noch ein Stück Richtung Stein gekrochen war, rücklings, erwischte sie ihn nicht an diesen Stellen.

Er riss die Knie in die Höhe, als sie mit dem Messer auf ihn zukam, und allein schon diese Reflexbewegung nahm ihm die Luft, und ein Schmerz durchfuhr ihn von der Brust ausgehend bis in die Beine. Doch dieser Schmerz wurde gleich von einem viel schlimmeren übertroffen. Das Messer, mit dem Marianne auf ihn losging, traf ihn zunächst an der linken Kniescheibe, schlitzte die gespannte Haut auf, rutschte am Knochen ab und schoss seitlich weg und knapp über dem rechten Knie bis tief ins Fleisch, in den Muskel und wohl auch in die Knorpelmasse.

Ferdinand schrie auf, doch der Schmerz war nicht so groß wie die Euphorie, die ihn überkam: Er war nicht im Herzen, in der Brust, im Bauch von diesem tödlichen Messer getroffen worden. Er hatte den Stein erreicht, hatte ihn zu fassen bekommen, hatte ihn in seiner starken rechten Hand – und Mariannes blutüberronnenes Gesicht lag in Hüfthöhe neben ihm. Aus Augen, die vor Entsetzen und vor Hass fürchterlich geweitet waren, starrte sie ihn an.

»Warum?«, stöhnte sie. »Warum machst du …«

Er schlug zu.

***

Es war ein besonderer Tag. Stimmungsvoll. Das Grau des Vormittags hatte sich aufgelöst, die Sonne hatte die hohe Wolkendecke durchbrochen, immer mehr vom Himmelsblau hatte sich über die Gipfel des Wettersteins herübergeschoben. Und im Inntal blies schon der Föhn die letzten Schlechtwetterwolken vor sich her, ostwärts, hinaus aus dem Tiroler Land.

Die Berge waren wie poliert. So rein und klar erhoben sie sich über den Orten, aus denen markant die Kirchturmspitzen herausragten. Im Sonnenlicht des Nachmittags boten die Konturen der Bergmassive, die Spitzen, Grate und Kanten, einen herrlichen Anblick. Hoch oben gleißten noch die Schneefelder, aber für Bergsteiger erschienen sie jetzt schon nicht mehr als wirkliche Hindernisse, weit mehr schon als Verlockung, bald wieder über Fels und Firn hinaufsteigen zu können zu den aussichtsreichen Gipfeln.

In den vorgelagerten Bergen, die nicht allzu hoch waren, hatte die Wander- und Bergsteigersaison ja bereits begonnen. Nur in den großen Gebirgen mit ihren mächtigen Flanken und den tief eingeschnittenen Tälern herrschte noch eine Weile Einsamkeit. Vor Ende Mai, Anfang Juni konnte man es nicht riskieren, in diese von gewaltigen Lawinen bedrohten Hochtäler hineinzugehen.

Natürlich taten es trotzdem immer wieder Leute. Ahnten nichts von der Gefahr oder setzten sich über alle Warnungen hinweg. Und dabei kam es immer wieder zu Katastrophen.

»So eine Grundlawine«, sagte Peter Strolz am Telefon zu Marielle, »ist so ziemlich das Übelste, was dir in den Bergen passieren kann.«

Strolz war Berg- und Skiführer. Marielle war als Bergführerin in Ausbildung schon oft auf Führungs- und Ausbildungstouren mit ihm unterwegs gewesen. Sie schätzte ihn wegen seiner ruhigen und besonnenen Art. Er war ein Mann. Aber er war einer der wenigen, mit denen sie öfter zu tun hatte, die sie nicht irgendwann mit Blicken maßen und auszogen und vielleicht ihr Glück bei ihr versuchten. Gelegenheiten hätte es gegeben, gab es immer, wenn man viel gemeinsam unterwegs war.

Sie mochte Strolz, und dennoch hatte sie ihn im vergangenen Jahr aus den Augen verloren. Hatte zwar bisweilen an ihn gedacht, aber sie hatte sich nie dazu überwinden können, ihn anzurufen. Und er hatte sich auch nicht gemeldet, abgesehen von der Karte, die er ihr nach dem Drama an der Schattenwand ins Krankenhaus geschickt hatte.

Umso mehr freute sie sich, dass er jetzt am Telefon war, sich nach ihrem Befinden erkundigte und wissen wollte, was sie in Sachen Bergführerausbildung weiter zu tun gedenke. Er habe zwar Verständnis, dass sie für einige Zeit von den Bergen genug gehabt habe, andererseits wäre es sehr bedauerlich, wenn sie ihr Talent nicht nutzen würde.

Marielle erzählte ihm, dass sie sich wieder gefangen habe, dass dazu aber reichlich Zeit nötig gewesen sei. Sie erzählte ihm von ihrem Neujahrsvorsatz, die Ausbildung zur Bergführerin fortzusetzen, dass sie derzeit aber so viel gleichzeitig zu erledigen habe, dass sie noch nicht wisse, wann sie wieder einsteigen würde.

»Ja«, sagte sie, »es geht mir wieder gut. Und ich glaube, die Angst überwunden zu haben. Zwar sucht mich die verdammte

Geschichte noch manchmal in den Träumen heim, aber ich komme damit klar.«

»Mir geht es ähnlich«, sagte Strolz. »Ich hab dabei zwar nicht so viel durchgemacht wie du, aber es hat mir völlig gereicht. Es war das verdammt schlimmste Erlebnis, gefesselt in der Hütte zu liegen, zu wissen, ein Mensch war im Stockwerk darunter erschossen worden, und immer die Angst zu haben, dieses Arschloch könnte zurückkommen und auch mir eine Ladung Schrot in den Kopf oder den Rücken jagen ...«

»Hör auf«, sagte Marielle leise. »Hör bitte auf damit.«

»Entschuldige«, sagte Strolz. »Bitte entschuldige.«

»Schon gut. Aber du verstehst, dass ich nicht mehr allzu viel daran denken will.«

»Nur zu gut verstehe ich das. Aber erzähl: Was machst du sonst eigentlich zurzeit?«

Marielle erzählte vom Winter in den Calanques, von ein paar Skitouren, die sie unternommen hatte, vom Studium und dass sie jetzt mit Pablo zusammenwohnte, in der Pacherstraße ...

»Ja, genau, gegenüber vom Elektro Hausberger.«

Sie erzählte nichts von ihren Aktivitäten mit Reuss und Schwarzenbacher, sagte nichts von mysteriösen Steinschlagopfern und erwähnte keine der unzähligen Fragen, die sich in diesem Zusammenhang stellten. Zwar spürte sie, dass Peter Strolz vielleicht da und dort behilflich sein könnte, Antworten zu liefern – er war ein äußerst erfahrener Bergführer und in allen Gebirgsgruppen Tirols wirklich daheim –, aber zugleich wäre es ihr komisch vorgekommen, nicht erinnert werden zu wollen an die Schattenwand und dennoch in kriminalistische Ermittlungen verstrickt zu sein.

Sie fragte ihn nur um seine Meinung bezüglich Skitouren im tieferen Karwendelgebirge. Und er wies sie auf die Gefahr durch Grundlawinen hin und riet ihr ab.

»Als Skitourengebiet habe ich das innere Karwendelgebirge nie gemocht. Lawinen sind einfach unberechenbar. Egal, wie viele Kurse man besucht hat und wie viele Fachbücher man dazu gelesen hat. Wenn du was Schönes machen willst, dann steig das Dammkar rauf, von Mittenwald aus, und fahr wieder runter. Tolle Abfahrt. Bin mir aber gar nicht sicher, ob noch genug Schnee drinliegt. Musst dich halt umhören.«

Sie dankte ihm und erkundigte sich noch, ab wann es denn überhaupt ratsam sei, ins Karwendel zu gehen. Zum Beispiel zur Lamsenspitze. Weil sie da schon immer einmal raufwollte. »Ich meine gar nicht mit Ski, ruhig zu Fuß …«

»Also, ich würde sagen, nicht vor Mitte/Ende Juni. Heuer war der Winter nicht gar so hart und ergiebig. Da gehe ich davon aus, dass es ab Mitte Juni gefahrlos möglich sein müsste.«

Sie versprachen, demnächst wieder miteinander zu telefonieren und vielleicht auch mal einen Kaffee in der Stadt zu trinken.

»Bist auch manchmal im Tivoli?«, fragte Strolz. Er meinte das Tiroler Kletterzentrum beim Stadion, wo auch die Spitzenleute des Landes – und davon gab es einige – in den Wintermonaten trainierten.

»Nein«, sagte Marielle. »Da bin ich eher selten. Ich mag ja das Hallenklettern nicht so besonders. Ich brauch die Natur um mich herum. Den Wind, die Wärme, die Kälte, den Geruch von Wald, Fels oder Schnee. Wenn ich mal in die Halle gehe, dann meistens in den Pulverturm, draußen am Flughafen. Da bin ich noch am liebsten.«

»Dann treffen wir uns doch mal im Pulverturm«, sagte Strolz. »Meld dich, wenn du jemand zum Klettern brauchst. Und wenn jetzt die Tage länger werden, könnten wir ja auch mal am Spätnachmittag an der Martinswand etwas machen. Nur am Wochenende, da geht kaum was bei mir. Da bin ich schon fast das ganze Jahr als Führer verplant.«

»Okay«, sagte Marielle. »Ich melde mich.« Und sie meinte es so.

***

Damit hatte Schwarzenbacher nicht ernsthaft gerechnet: dass Kröninger, der Staatsanwalt im Ruhestand, sich melden würde. Den Besuch bei ihm hatte er, nicht zuletzt auch wegen des alkoholischen Nachspiels, in schlechter Erinnerung. Jedenfalls hatte er sich wenig Hoffnungen auf Unterstützung gemacht.

»Ich habe Ihnen ja gesagt, Herr Kollege – es ist Ihnen doch

recht, wenn ich Sie als Kollege bezeichne, beide a.D., aber beide immer noch im Dienst der Sache ... Ich darf Ihr Schweigen als Zustimmung werten ... Nun, ich habe ein wenig herumtelefoniert. Habe herausgefunden, wer damals die jeweiligen Ermittlungen geleitet hat ...«

Schwarzenbacher spürte Erregung in sich aufsteigen.

»In der Sache am Achensee und der im Kaisergebirge bin ich fündig geworden. Was heißt fündig – ich kann Ihnen Ansprechpartner geben und dabei nur hoffen, dass es die richtigen für Sie sind.«

»Was könnte falsch an ihnen sein?«, fragte Schwarzenbacher.

»Ich habe angedeutet, worum es geht. In beiden Fällen handelt es sich um Beamte, die die Ermittlungen nicht geleitet, sondern nur assistierend begleitet haben. Gleichwohl könnten sie etwas zu sagen haben. Polizeihauptmeister Riml war in die Rofan-Ermittlung involviert. Er ist mittlerweile in Pension. Ich hatte das Gefühl, er würde Ihnen freimütig etwas erzählen – nur: Er hat nicht viel zu erzählen. Aber vielleicht kommen Sie da ja weiter. Und der andere ...«

Kröninger musste zweimal heftig niesen. Schwarzenbacher nahm den Hörer vom Ohr und hielt ihn ein Stück von sich weg.

»Der andere ist ein gewisser Manfred Ipflinger. Junger Beamter noch. Verständlich, dass er in nichts hineingeraten möchte. Er war einbezogen in die Erstermittlungen in der Unfallsache Dahmann. Ein Deutscher, der im Kaisergebirge verunglückt ist. Zumindest war das die Lesart am Unfallort. Doch wie es scheint, brennt diesem Ipflinger etwas auf der Seele, etwas, das ihn mit seiner Loyalität gegenüber seiner Dienststelle in inneren Konflikt bringen könnte. Er wirkte auf mich etwas ängstlich, unsicher. Aber er ist bereit, mit Ihnen zu reden. Sie sollen ihn anrufen.«

»Ich würde ihn lieber persönlich treffen«, sagte Schwarzenbacher.

»Versuchen Sie es«, gab Kröninger zurück. Schwarzenbacher schrieb sich die Telefonnummern auf, die ihm der Staatsanwalt durchgab, und sagte: »Ich werde es versuchen. Vielen Dank. Ich melde mich wieder.«

»Halt«, sagte Kröninger. »Warten Sie noch einen Moment. Ich muss Ihnen noch etwas sagen.«

»Bitte«, sagte Schwarzenbacher. »Ich bin ganz Ohr.«

»Das klingt jetzt vielleicht so, als würde ich meine Ermittlungen von damals schönreden wollen. Aber darum geht es nicht. Vielleicht haben Sie recht mit Ihren Verdächtigungen, mit Ihren Vermutungen, dass es sich nicht um Unglücksfälle gehandelt hat. Vielleicht haben Sie aber auch nicht recht. Ich will die Richtigkeit Ihrer Vermutungen gar nicht in Abrede stellen. Aber ich will, dass Sie sich nicht auf falsche Fährten verirren. Von den Fällen, die Sie mir genannt haben, könnte es sich meines Erachtens bei einem oder zweien um Morde handeln. Schlimm, dass wir damals nicht darauf gekommen sind. Doch ich glaube nicht an eine Serie. Bitte …«

Der alt gewordene Jurist schniefte, Schwarzenbacher hielt den Hörer vorsorglich wieder weg, aber es kam kein Niesen mehr.

»Was ich sagen will: Lassen Sie bitte bei allem kriminalistischen Eifer nie die Möglichkeit außen vor, dass es sich bei einigen dieser Fälle um nichts anderes als tragische Unglücksfälle handeln könnte.«

»Ich bin mir dessen bewusst«, sagte Schwarzenbacher. »Aber genau das bereitet mir Kopfzerbrechen. Alles ist in der Schwebe, und doch sagt mir mein Gefühl, dass ich nicht völlig falschliege … Ich danke Ihnen jedenfalls, dass Sie mir geholfen haben. Ich weiß das sehr zu schätzen. Und ich werde Ihnen berichten, sobald ich mit den Beamten gesprochen habe.«

»Viel Erfolg!«, sagte Kröninger.

Diesen Ipflinger würde er als Ersten anrufen, dachte Schwarzenbacher, nachdem er aufgelegt hatte. Aber jetzt noch nicht. Jetzt brauchte er erst einmal eine Stunde Ruhe und Zeit, um nachdenken zu können. Er holte die CD »In this House, on this Morning« aus dem Regal, ein Konzept-Album von Wynton Marsalis und seinem Septett, und drehte die Anlage viel lauter auf, als seine Nachbarn das gerne hatten.

Das ist für mich wahrscheinlich so ähnlich, dachte er, wie wenn den Bergsteigern weit oben der Wind um die Ohren pfeift. Wenn alles gut geht, bläst einem das den Kopf wieder frei.

***

Ferdinand hatte viel riskiert, als er bei Tageslicht zu Marianne Grasberger gegangen war.

Jetzt, wo sie tot war, erschlagen in ihrem Blut lag, das aus einer klaffenden Schädelwunde sickerte, wollte er das Risiko, gesehen und erkannt zu werden, kein zweites Mal eingehen.

Sepperl kam herangetrottet, schaute sein totes Frauchen fragend an, sah genauso fragend zu Ferdinand. Doch da er keine wie auch immer geartete Antwort bekam, trollte er sich wieder.

Ferdinand aß die restlichen Kekse aus der Schale. Aber selbst das Schlucken bereitete ihm Schmerzen in der Brust. Immerhin war er in der Lage gewesen, sich aufzurichten, hinzusetzen, seine Gedanken zu ordnen. Er öffnete seine Hose und schob sie langsam von den Beinen. Dort, wo sie ihn mit dem Messer getroffen hatte, klaffte eine tiefe Wunde. Es erstaunte ihn sehr, dass so wenig Blut aus der Wunde kam und dass der Schmerz erträglich war – solange er saß und das Bein nicht belastete.

Ich werd aber irgendwann weggehen müssen, dachte er. Wenn die Nacht kommt, gehe ich weg.

Er trank seine Tasse leer, in der der Kaffee kalt geworden war.

Ich muss mir was ums Bein binden, dachte er. Sonst kann ich nicht laufen.

Er sah sich im Zimmer um, suchte nach etwas Geeignetem. Die Vorhänge kamen in Frage. Aber es erschien ihm mühsam, sie in passende Streifen zu reißen, mit denen er sein Bein hätte bandagieren können.

Der Blutfleck neben Mariannes Kopf war in den letzten Minuten immer noch größer geworden. Wie sie so dalag, erschien sie ihm doch alt. Ihr Po wirkte breit und dick unter dem Rock, der ihr weit hochgerutscht war. Die Bluse spannte am Rücken. Zartrosa Streifen, längs.

Er humpelte zu ihr, bückte sich unter Schmerzen in der Brust hinunter, packte die Bluse am Kragen und riss sie entzwei. Es bedurfte mehrerer Anläufe, bis Ferdinand zwei geeignete Stofffetzen herausgerissen hatte. Marianne lag jetzt mit beinahe nacktem Oberkörper auf dem Boden. Nur die Träger des BHs überzogen ihren kräftigen Rücken.

Ferdinand schaute sich die tote Marianne an, das Weiß ihrer

Haut, die fleischige Schulter- und Rückenpartie, die Beine in den Nylonstrumpfhosen, den hochgestreiften Rock.

Sie gefiel ihm nicht.

Er setzte sich nieder und verband mit den Blusenstücken sein Bein. Er zog die Knoten eng zusammen – die Wunde mit ihrem weißen Rand blutete ja kaum; was er brauchte, war ein Verband, der sein Bein, das sich schlaff anfühlte, stützte. Damit würde er sich wieder besser bewegen können. Und es ging damit tatsächlich besser. Zwar spürte er die Verletzung bei jedem Auftreten, aber es war ein Schmerz, an den er sich gewöhnen konnte. Schlimmer war der Schmerz in der Brust.

Sitzend betastete er seine Rippen. Es gab Stellen, da hätte er bei der geringsten Berührung aufschreien können.

Bestimmt ist was gebrochen, dachte er. Er überlegte, was er dagegen tun konnte, hatte aber keine Idee. Es musste so gehen.

Ich leg mich in das andere Zimmer, dachte er. Auf die Couch. Schlaf ein bisserl. Ausruhn, weil ich abends weggehen muss. Kostet Kraft.

Er schleppte sich in Mariannes Wohnzimmer, legte sich vorsichtig auf die Couch, hob die Beine an und streckte sich aus.

Er kam zur Ruhe, döste bald ein, aber die Schmerzen im Körper waren zu groß, als dass er in tieferen Schlaf hätte fallen können. Immer wieder wachte Ferdinand auf. Dann brauchte er eine ganze Weile, bis er wusste, wo er eigentlich war. Und was geschehen war.

Ich hab die Marianne totgemacht, dachte er. Und er dachte es mit einem Gefühl des Stolzes und der Befriedigung.

Hab sie totgemacht.

Aber sie war noch nicht tot.

Noch nicht ganz.

9

Zwei Tage später wurde Marianne Grasberger tot in ihrer Wohnung gefunden. Bekannte von ihr hatten sich Sorgen gemacht, weil sie zu einem regelmäßigen gemeinsamen Skatabend nicht im »Risserhof« erschienen war.

Am nächsten Vormittag hatten sie bei ihr geläutet und, als sich nichts rührte, durch ein gekipptes Fenster in die Wohnung zu luren versucht. Als Sepperl, Mariannes alter Hund, jämmerlich gejault, geradezu geheult hatte, waren sie zum Gendarmerieposten nach Seefeld gefahren und hatten die Polizei verständigt.

Zwei Beamte waren die paar Kilometer nach Scharnitz gefahren, hatten die gesamte Nachbarschaft der Marianne Grasberger herausgeläutet, bis sie jemand gefunden hatten, der im Besitz eines Schlüssels zu ihrer Wohnung war.

»Sie hat den Schlüssel bei mir deponiert, für den Fall, dass sie ihren mal verliert oder dass sie sich aussperrt.«

Die Beamten und die hinter ihnen in die Wohnung tretende Frau aus einem der Nachbarhäuser sahen als Erstes den Hund. Sepperl saß im Flur, aufgeregt, verstört, knurrend und dabei doch den Schwanz vor Angst einziehend. Die Polizisten merkten schnell, dass sie ihn nicht fürchten mussten. Sie gingen die zwei Schritte nach rechts, den einen nach links – die Küchentür war offen, die Tragödie auf Anhieb zu sehen: Da lag Marianne Grasberger; viel geronnenes Blut auf dem Boden und daneben ein Stein, rund, mit Blut daran und einem Haarbüschel, das an ihm klebte.

Einer der Beamten schob die Nachbarin zurück ins Stiegenhaus, der andere umkreiste den Fundort der Toten und machte dabei eine merkwürdige Entdeckung.

»Schau einmal«, sagte er zu seinem Kollegen. »Das schaut aus, als wär da was hineingeschrieben ins Blut.«

Die beiden Polizisten bückten sich über die Tote.

»Was könnt des heißen?«

»Der erste Buchstabe ist ein F. Da bin ich mir sicher. Der zweite ein E ...«

»Der dritte ist ein R, glaubst nicht auch? Und dann ein O oder ein D.«

»›FERD‹. Oder ›FERO‹. Eine Abkürzung vielleicht. Oder ein Kosename.«

»Entweder vom Mörder geschrieben oder von der Frau, bevor sie gestorben ist. Dann hat sie irgendeine Botschaft hinterlassen wollen. Eigentlich logisch.«

Sie traten einen Schritt zurück, jagten den Hund wieder auf den Flur hinaus.

»Es könnte ein Name sein«, sagte der eine Polizist. »Sie hat ihren Mörder gekannt und seinen Namen hingeschrieben.«

»Ferd ist doch kein Name. Oder Fero«, sagte der andere. »Kein Mensch heißt so. Höchstens ein Ausländer.«

»Es könnte ja Ferdl heißen oder Ferdinand«, sagte der eine.

»Und wo sind dann die anderen Buchstaben?«

Sie begutachteten die Blutlache noch einmal. Dann sagte der Polizist, der auf die Namen Ferdl und Ferdinand gekommen war: »Vielleicht ist sie ja gestorben, bevor sie fertig schreiben konnte. Oder der Hund hat die restlichen Buchstaben weggeschleckt ...«

»Pfui Teufel!«

Dann gingen sie zur Wohnungstür, um sie zu sichern, Neugierigen den Zutritt zu verwehren und, vor allem, über den Funk im Fahrzeug die Kripo zu informieren. Sollte die sich doch darum kümmern.

***

»Hast du Zeit, mich nach Kufstein zu fahren?«, schrieb Schwarzenbacher in einer E-Mail an Pablo. »Am liebsten schon am nächsten Wochenende. Ich müsste einen Polizeibeamten treffen, der mir vielleicht einen Hinweis geben kann in Sachen Steinschlagopfer im Kaiser. Meld dich bitte bald, damit wir das planen können. Paul«.

Pablos Antwort kam umgehend: »Wollte am WE mit Marielle irgendwo bisschen klettern gehen. Hab wenig Lust, nur in Kufstein rumzuhocken. Grüße, Pablo«.

»Wir vermuten einen Mordfall«, schrieb Schwarzenbacher zurück. »Aber selbst wenn wir falschliegen – ist es das nicht wert, ein paar Wochenenden in den Wind zu schreiben? Mir wäre am liebsten, am Samstag zu fahren.«

»Nerv nicht«, schrieb Pablo zurück. »Aber ich werde mit Marielle drüber reden. Wenn überhaupt, dann setzen wir dich in Kufstein ab, du kannst dich mit dem Bullen treffen und musst dann irgendwie die Zeit totschlagen. Das Wetter soll gut werden. Da würden Marielle und ich gern irgendwo am Ellmauer Tor zum Klettern gehen.«

»Ellmauer Tor? Was ist das?«

»Nichts, wohin wir dich mitnehmen könnten. Hast du eine Idee, was du mit dem Tag anstellen kannst, während wir beim Klettern sind?«

»Zerbrich dir über mich nicht den Kopf. Ich komme klar. Ich mache jetzt ein Treffen in Kufstein um neun Uhr dreißig aus. Okay?«

Am Nachmittag rief ihn Jakob Hosp an. Er hatte aufrüttelnde Nachrichten für Schwarzenbacher.

»Was ich dir sage, darfst du eigentlich nicht wissen.«

»Sag es mir trotzdem.«

»Es geht um die Frau, die in Scharnitz ermordet worden ist. Du wirst aus den Nachrichten davon gehört haben. Ich leite die Untersuchungen.«

Schwarzenbacher horchte auf. Sowohl im österreichischen Fernsehen wie im Radio und in den Tageszeitungen war dieser Mord ein Hauptthema gewesen. Und Paul Schwarzenbacher war immer noch Bulle genug, dass solche Meldungen nicht einfach an ihm vorbeizogen. Sie waren wie ein zu starker Kaffee, der seinen Puls zum Rasen brachte und ihm eine beinahe schlaflose Nacht bescherte. In seinen Gedanken hatte er ein vages Täterprofil erstellt, nach Anhaltspunkten gesucht, die er nutzen würde, wäre er noch der Ermittler, er hatte sogar überlegt, ob einer der Kriminellen, mit denen er in seiner Dienstzeit zu tun gehabt hatte, mittlerweile wieder auf freiem Fuß sein konnte und als Täter in Frage kam.

»Wir haben noch keine konkrete Spur. Aber immerhin ein paar

Anhaltspunkte. Was dich jedoch interessieren wird: Die Tatwaffe ist zweifelsfrei ein Stein.«

In Schwarzenbachers Gehirn begannen sich sämtliche Überlegungen zu den Steinschlagfällen zu überschlagen. Er war nicht in der Lage, etwas zu antworten oder weiterführende Fragen zu stellen. Er saß in seinem Rollstuhl, hielt den Telefonhörer ans Ohr und hörte nichts als das Rauschen in sich selbst.

»Bist du noch dran?«, drang die Stimme des Hauptkommissars schließlich zu ihm. »Paul!« Und er hätte nicht sagen können, ob dazwischen Sekunden oder gar Minuten vergangen waren.

»Ja, ja«, sagte Schwarzenbacher. »Ich war mit meinen Gedanken nur gerade woanders.«

»Das gibt mir aber zu denken«, erwiderte Hosp. »Ich mach dir eine Mitteilung, die vielleicht ganz optimal zu deinen Untersuchungen passt – und du bist mit deinen Gedanken woanders?«

»Nein«, sagte Schwarzenbacher. »Ich war bei keiner anderen Geschichte. Aber was du gesagt hast, ist ein ziemlicher Hammer. Ich bin ganz einfach sprachlos. Und mir ist etwas eingefallen, was Dr. Reuss gesagt hat: Da gibt es jemanden, der zu einem Stein als Waffe besonderes Vertrauen hat.«

»Nun werd aber nicht esoterisch«, sagte Hosp. »Der Mörder ist ein Gewalttäter, der genauso gut mit einer Axt oder einem Hammer oder einer Bratpfanne hätte zuschlagen können.«

»Hat er aber nicht«, sagte Schwarzenbacher. »Hat er nicht. Er hat seine Gründe, einen Stein zu nehmen. Kannst du mir zu dem Stein noch was sagen? Ist es ein Ziegelstein? Irgendwas von Menschenhand Bearbeitetes?«

»Nhnh.« Es sollte eine Verneinung sein.

»Also ein Stein von draußen. Aus der Natur. Aus den Bergen.«

»Nicht aus den Bergen«, sagte Hosp. »Ich muss natürlich erst die Untersuchungen noch abwarten, aber meiner Meinung nach ist es ein Flussstein. Rund gewaschen. So wie du ihn überall am Oberlauf der Isar findest.«

»Danke für die Information«, sagte Schwarzenbacher. »Ich melde mich wieder. Wahrscheinlich aber erst nächste Woche. Hab hier ziemlichen Stress. Ciao. Und nochmals: danke!« Er legte auf.

Stress, dachte Hosp, woher soll bei Paul denn der Stress kommen? Tut doch den ganzen Tag lang nichts anderes, als durch Innsbruck zu rollen oder alte Platten zu hören. Na ja, und sich ein paar Gedanken machen zu Bergunfällen, die vielleicht keine Unfälle waren.

Aber, dachte Hosp weiter, mein Problem ist das nicht.

Und in der Tat: Sein Problem war ein anderes: eine Tote, die mit zerrissener Bluse in Scharnitz in ihrem Blut lag und die, wenn seine Vermutung stimmte, wenigstens noch einen Hinweis auf den Namen des Täters hatte geben können: Ferd. Ferdinand.

***

Es war noch etwas früh für alpine Unternehmungen. Andererseits galt das Kaisergebirge seit Langem als Klettergarten mit alpinem Charakter: Lotrechte Wände, fester Fels, in den bekannten Kletterrouten gute Absicherung durch Bohrhaken. Und, was den jungen Leuten der jetzigen Klettergeneration auch ziemlich wichtig war: keine allzu langen Zustiege.

Pablo und Marielle hatten Schwarzenbacher in Kufstein abgesetzt – es war gar nicht leicht gewesen, drei Leute, den zusammengeklappten Rollstuhl und die Kletterrucksäcke mit Helmen und Seilen ins Auto zu bringen, aber irgendwie war es dann doch gegangen. Sie hatten sich nicht aufgehalten in der Grenzstadt mit ihrer berühmten Festung als Wahrzeichen. Waren gleich wieder rausgefahren, südwärts nach Going. Von dort führte ein kleines Mautsträßchen ins Gebirge hinein. Das kostete zwar ein paar Euro, aber dafür sparten sie sich einen langen Anstieg. Und es war in ihrem Fall nicht nur Bequemlichkeit – nach dem langen Winter waren sie jetzt süchtig nach Fels. Und zwar nicht nach Fels, der, wie es in Klettergärten üblich ist, nach zehn, zwanzig oder dreißig Metern sein Ende findet, sondern nach richtigen Wänden, wo man stundenlang in der Senkrechten unterwegs sein konnte.

Sie parkten an der Wochenbrunner Alm, schnürten die Wanderstiefel fest – »Nur mit Turnschuhen geht heut nichts. Weiter oben liegt sicher noch Schnee« –, schulterten die Rucksäcke, stellten die Teleskopstöcke auf die ihnen gemäßen Längen ein und machten sich in einem bemerkenswerten Tempo an den Aufstieg.

Sie gingen am Hausbach entlang, ließen die Gaudeamushütte rechter Hand liegen, stapften aufs Kübelkar zu. Zu ihrer Rechten erhoben sich die markanten Gipfel des östlichen Kaisergebirges, Maukspitze, Ackerlspitze, Regalmspitze. Zur Linken baute sich der Treffauer auf, 2.304 Meter hoch und relativ wenig von Bergsteigern besucht – im Gegensatz zum Terrain, auf das sie zuwanderten: Weit vor ihnen ragten die Felstürme auf, die miteinander einen gewaltigen u-förmigen Bogen – das Ellmauer Tor – bildeten. Ein tiefer Einschnitt im zerklüfteten Hauptkamm des Wilden Kaisers, ein idealer Übergang von West nach Ost, von der Gaudeamus- und von der Gruttenhütte durchs Tor und durch die Steinerne Rinne hinab zum berühmten Stripsenjochhaus.

Das Ellmauer Tor war ihr Ziel. Doch bis dahin war es noch eine gehörige Schneestapferei. Zwar gab es schon eine ausgetretene Spur; sie waren schließlich nicht die Einzigen, die früh im Jahr zum Bauernpredigtstuhl, zur Karlspitze, zum Christaturm oder zur Fleischbank wollten. Und doch war es mühsam, immer wieder wegzurutschen im Schnee oder einzusacken bis zu den Knöcheln.

Doch die Sucht, die Klettersucht, ließ die beiden jede Unbill in Kauf nehmen. Zwar fluchten und schimpften sie abwechselnd über die »Schnapsidee, um diese Jahreszeit in den Kaiser zu müssen«, aber die »Wiessner-Rossi«, jene nach ihren Erstbegehern benannte Route an der Fleischbank-Südostwand, war wieder einmal derart verlockend, dass sie, trotz Fluchen, immer noch beste Laune hatten.

»Ich steig die Schlüssel-Seillängen heute vor«, sagte Marielle während des Anstiegs keuchend zu Pablo. Und als würde sie Widerspruch erwarten, fügte sie hinzu: »Das haben wir so ausgemacht.«

Sie waren die Route schon zweimal geklettert. Es war eine ihrer liebsten Klettereien, steil, ausgesetzt, schwierig, aber immer gut lösbar. Dazu kam das grandiose Erlebnis der außergewöhnlich bizarren Berglandschaft rundherum.

Nach beinahe zwei Stunden erreichten sie den Sattel, das Ellmauer Tor. Nach rechts hätten sie nun gemütlich hinüberwandern können zur Hinteren Goinger Halt – und hätten von diesem unschwierig erreichbaren Aussichtsberg hineinsehen können in die imposanten Kletterwände von Christaturm, Fleischbank und Fleischbankpfeiler.

Doch sie wollten nicht nur schauen. Sie wollten erleben! Die Luft unter den Sohlen spüren. Wollten spüren, wie das Adrenalin sie beflügelte. Wollten ihrer Sucht den Stoff geben, den sie brauchte.

Am Ellmauer Tor angekommen, legten sie eine zwanzigminütige Pause ein: trockene T-Shirts anziehen, ein paar Bissen und ein paar Schlucke zur Stärkung, das Kletterzeug herrichten und nebenbei auch noch die Landschaft bewundern. Hier, im Sattel zwischen den Bergen, lag hart gepresst der Schnee, und er zog sich, gleißend im Sonnenlicht, nach beiden Seiten den Tälern zu. Hier hinunter Richtung Gaudeamushütte, dort Richtung Stripsenjoch und Griesener Alm.

Es war ein verdammt gutes Gefühl, jetzt wieder in den Bergen zu sein. Diese wunderbare Luft zu atmen, diese beeindruckenden Nah- und Fernblicke genießen zu können.

»Du gehst also die schwierigen Seillängen vor?«, fragte Pablo noch einmal. Er wollte sich nur vergewissern – nicht etwa, dass er Zweifel gehabt hätte an Marielles Kletterfähigkeiten, aber er wusste ja auch, dass sie ihre große Krise, in der sie über ein Jahr lang gefangen gewesen war, gerade erst richtig überwunden hatte. Erst um Silvester herum hatte sie wieder mit dem Klettern begonnen, und da war sie das meiste noch am sicheren Seil nachgestiegen. Vorausssteigen bedeutete, das extreme Erlebnis noch zu steigern – um den Preis größeren Risikos. Wenn der Voraussteigende stürzte, fiele er eben nicht in ein straffes Seil, sondern flöge, je nach Hakenabstand, einige Meter durch die Luft. Und da konnte man sich beim Aufprall am Fels gehörige Verletzungen zuziehen.

»Ich bin fit«, gab Marielle zur Antwort. »Und ich freu mich riesig auf die Tour.«

Sie verglichen die Anstiegsskizze, die sie aus einem Kletterführer herauskopiert hatten, noch einmal mit der realen Wand. Vor ihnen lag ein kompaktes Felsbollwerk, plattig, senkrecht, zweihundertsiebzig Meter hoch, in elf Seillängen zu bewältigen. Schwierigkeitsgrad mindestens V+; wenn man alles frei kletterte, also sich zur Fortbewegung an keinen Haken hinaufziehen und auf keine Haken steigen musste, sogar VI oder ein bisschen drüber.

Am meisten Sorgen machte ihnen aber nicht das schwierige Klettergelände – da lag längst kein Schnee mehr in der Wand, viel zu steil war hier der Fels. Aber die Zustiegsquerung war nicht ohne. Eine spannende Angelegenheit, wenn man nur die engen Kletterschuhe mit ihren absolut profillosen Gummisohlen anhatte …

Pablo band sich ein »Wimmerl« um die Hüften, verstaute zwei Dosen Isostar, zwei Müsliriegel und ein Handy für alle Fälle – vor allem Notfälle – darin, und dann ging es los.

***

Schwarzenbacher und Manfred Ipflinger hatten sich bei McDonald's nahe der Autobahnausfahrt Kufstein-Nord verabredet. Sie tranken einen Cappuccino und machten sich dabei etwas besser miteinander bekannt. Aber Ipflinger wollte nicht bleiben – was Schwarzenbacher ganz recht war.

»Ich wohne zwar mit meiner Familie in Kufstein, aber meine Frau stammt aus der Gegend von Niederndorf«, sagte der junge Polizist. Er war höchstens zwei- oder dreiunddreißig. »Es sind nur ein paar Kilometer. Sie ist heute bei meinen Schwiegereltern. Die haben eine kleine Landwirtschaft, und da hilft sie an den Wochenenden halt immer noch ein bisschen mit. Wir können da ganz ungestört reden …«

»Gern«, sagte Schwarzenbacher. »Aber: Was machen wir mit dem Rollstuhl?«

Ipflinger grinste. »Der ist kein Problem.«

Auf dem Parkplatz vor McDonald's stand ein Mazda 6 Kombi, der Platz genug bot. So fuhren sie von Kufstein nach Niederndorf und dort auf kleinen Straßen immer höher einen Berg hinauf. Es war eine beeindruckende Landschaft, selbst für Schwarzenbacher, der sich normalerweise nicht leicht von Landschaften beeindrucken ließ – schon gar nicht vom Hochgebirge, worüber alle so schnell ins Schwärmen gerieten.

Hier war es irgendwie schön, altes Kulturland mit vielen kleinen Bergbauernhöfen, unspektakulär auf den ersten Blick, aber reizvoller von Kurve zu Kurve, mit der sie an Höhe gewannen.

Dass Ipflinger während der Fahrt wenig sprach, kam Schwarzenbacher nur gelegen. So hatte er Muße, sich die Landschaft zu besehen. Und wenngleich sie mit zunehmender Höhe immer reicher in Sachen Aussicht und Fernblick wurde, so waren es doch die Details, die ihn am meisten faszinierten. Die Holzpfähle eines Weidezauns, ein paar Ahornbäume, die vor freiem Himmel am Hang standen, in Mulden hineingeduckte Bauernanwesen, das verwitterte Holz der alten Stadel, ein Marterl am Straßenrand, eine Wiese voll von leuchtend gelb blühenden Löwenzähnen, ein …

»Gleich sind wir da«, sagte Ipflinger. »Der Hof da vorne, das ist der von meinen Schwiegerleuten.«

Sie fuhren in die Einfahrt des Hofs, schwanzwedelnd kam ein Hund undefinierbarer Rasse daher. Ipflinger war Schwarzenbacher beim Aussteigen behilflich und vor allem auch dann, als er mit dem Rollstuhl über die hölzernen Schwellen des Hauses musste. In der alten holzgetäfelten Stube hatten sie ihre Ruhe. Der Blick durch die kleinen Fenster ging hinüber zum Zahmen Kaiser, jenem dem Wilden Kaiser vorgelagerten Gebirgsstock.

»Schön ist's hier«, sagte Schwarzenbacher. Und er meinte alles damit: die stille Stube, die von Jahrhunderten kündete, den Fernblick zu den Bergen und auch die Aussicht auf den Obstgarten, wo die Bäume weiß blühten. »Wirklich schön hier.«

Ipflinger nickte.

»Schöner als in Kufstein.« Schwarzenbacher lächelte.

Und Ipflinger nickte wieder. »Ja«, sagte er. »Karin und ich sind gern da heroben. Auch wenn es meistens mit Arbeit verbunden ist. Vor allem für sie. Sie werden sie nachher schon noch kennenlernen. Bestimmt richtet sie uns eine gute Marende. Aber zuvor …«

Er sah Schwarzenbacher zögernd an, bevor er sich durchrang, seinen Satz zu Ende zu bringen: »… zuvor sollten Sie mir vielleicht erzählen, an was Sie da genau dran sind.«

Nun war es an Schwarzenbacher zu zögern. Er zog die Stirn ein wenig in Falten, überlegte einige Sekunden lang, ob und inwieweit er den jungen Beamten in seine Aktivitäten einweihen sollte. Ein bisschen etwas wusste er gewiss ohnehin schon – Staatsanwalt Dr. Kröninger hatte ihn kontaktiert und bestimmt die Eckdaten anklingen lassen. Wenn er es recht bedachte, hatte Schwarzenbacher nicht viel zu verlieren. Aber unter Umständen konnte er einiges gewinnen. Dennoch kam er nicht umhin, wenigstens noch ein bisschen vom Spiel zu spielen.

»Da verstehen Sie mich aber gründlich falsch«, sagte er. »Ich bin gekommen, um Ihnen ein paar Fragen zu stellen. Dass Sie das jetzt umkehren wollen, war nicht ausgemacht.«

Ipflinger verlor seine kleine Unsicherheit schnell. »Das stimmt schon. Aber wenn Sie mir erzählen, wonach genau Sie suchen, würde ich mich leichtertun, noch einmal alles zu vergegenwärtigen, was ich damals erlebt und gesehen habe. Sie können mir wirklich vertrauen. Ich muss Ihnen auch vertrauen. Vor allem muss ich mich darauf verlassen, dass Sie mich nicht als Ihren Informanten preisgeben.«

Schwarzenbacher erzählte ihm alles. Fast alles. Er schilderte, wie tief verstört die Schwester jenes Karl Mannhardt heute noch war, wie wenig sie an einen Unfall glaubte. Er legte seine anfängliche Vermutung offen, es mit einem psychisch gestörten Serientäter zu tun zu haben. Aber auch seine Zweifel, was den zeitlichen Ablauf anging: »Mir sind die Abstände zwischen den Fällen zu inhomogen. Irgendwie passt das nicht zusammen.«

Und er hielt auch mit anderen Zweifeln nicht hinter dem Berg. Vor allem mit dem nicht, dass es sich bei einigen oder sogar allen Morden letztlich doch nur um Unfälle handeln konnte.

»Sie sehen, ich habe nicht viel in der Hand. Das meiste wird durch kaum mehr als meine Intuition gestützt. Keine gute Voraussetzung. Wir Polizisten sollten uns an nichts als die Fakten halten. Auch außer Dienst. Und ich? Ich greife nach Strohhalmen. Kröninger hat mir gesagt, Sie hätten so einen für mich …«

Genau in diesem Augenblick betrat Ipflingers Frau die Stube. Schwarzenbacher sah sie – und er verliebte sich auf den ersten Blick in sie. In ihre Natürlichkeit, ihre Art, zu gehen, sich auf den Tisch zuzubewegen, ihre Haare, ihre lächelnden Augen.

»Ihr müsst's entschuldigen«, sagte sie, »dass ich euch einfach so hab sitzen lassen. Aber jetzt im Frühjahr gibt's so viel zu tun, und die Mama hat so Probleme mit ihre Beine. Da muss ich halt mit hinlangen. Aber jetzt richt ich euch was.«

»Machen Sie sich keine Umstände«, sagte Schwarzenbacher. Er stellte sich vor, merkte aber gleich, dass es völlig unnötig war: Karin Ipflinger, die da in einem karierten Hemd, schmuddeligen Arbeitsjeans und in dicken Wollsocken vor ihm stand, war durch ihren Mann schon genauestens informiert.

»Macht keine Umstände«, sagte sie. »Gibt nur Kleinigkeiten, aber davon was Gutes. Mögt ihr ein Bier oder lieber einen Kaffee oder Tee?«

Schwarzenbacher und Ipflinger entschieden sich für Bier. Sie brachte Gläser, zwei Flaschen, auf denen der Tau perlte, dazu zwei Brettchen und Besteck.

»Ich richt euch eine Marende. Bissl Speck, Käse, Wurst und Brot. Und dann lass ich euch in Ruhe über eure Verbrechen reden. Da stör ich nur. Und außerdem kann ich dann wieder nicht schlafen. Mich regt das zu sehr auf.«

Sie verschwand und kam zehn Minuten später mit der appetitlich hergerichteten Marende zurück, wünschte »einen Guaten« und verschwand wieder. Schwarzenbacher hätte es lieber gehabt, wenn sie sich bei diesem Imbiss dazugesetzt und sich mit ihnen unterhalten hätte. Es ging etwas von ihr aus, das ihn an etwas Vergangenes und Vergessenes erinnerte und das bei ihrem ersten Eintreten in den Raum wieder in ihm wach geworden war.

Aber ich bin nicht hier, um meinem früheren Gefühlsleben nachzuspüren, dachte er. Und selbst wenn ich jetzt dazu Zeit hätte – was würde es bringen? Das ist Vergangenheit. Das ist vorbei und kommt nicht wieder.

»Bitte, greifen Sie zu«, sagte Ipflinger, nahm sich selbst eine Scheibe Brot, ein Stück von der Bauernbutter und ein Paar Räder Wurst. »Wir sind unterbrochen worden«, sagte er. »Sie haben mir viel erzählt, und da bin ich froh drüber. Ob ich nun einen Strohhalm für Sie habe – nun ja, vielleicht ist es einer.«

Er kaute und schaute dabei zu einer Stelle an der holzgetäfelten Wand, als würde da ein Bild hängen. Aber da war nichts.

Nach einiger Zeit sah er zu Schwarzenbacher und sagte etwas, das der im Moment überhaupt nicht erwartet hätte: »Übrigens, ich bin der Manfred.«

In Tirol war man von jeher mit dem Du schnell bei der Hand. Ungewöhnlich war das nicht. Und doch – Schwarzenbacher ging damit etwas vom dienstlichen Charakter dieses Treffens verloren. Aber was blieb ihm schon übrig.

»Paul«, sagte er. »Ich heiße Paul.«

***

Aus irgendeinem Grund ging es Marielle heute schlechter als vor zwei Jahren, als sie die »Wiessner-Rossi« zum letzten Mal geklettert war. Noch am Einstieg hatte sie sich sehr souverän gefühlt, das regelmäßig unter solchen Wänden auftretende Rumoren in Magen und Darm war harmlos und leicht in den Griff zu bekommen gewesen. Sie war hoch konzentriert und in bester Laune in die berühmte Route eingestiegen. Die ersten Meter waren nicht allzu schwierig, aber auch schon sehr steil. Gegen Ende der ersten Seillänge, dort, wo viele Haken steckten und die meisten Begeher der Route diese Haken auch benutzten, um sich daran hochzuziehen, wurde Marielles Kletterei diffizil. Weit spreizend, winzige Felsrippen und Felsleisten als Griffe und Tritte benutzend, schob sie sich höher und überwand diese erste, etwas kniffligere Stelle noch völlig problemlos.

»Genau die richtige Seillänge zum Warmwerden«, rief sie zu Pablo hinunter, der sie vom Standhaken aus beobachtete und sie gewissenhaft sicherte.

Aber das Warmwerden, das Lockerwerden funktionierte diesmal nicht so, wie sie das gewohnt war. Schon in der zweiten Seillänge, eine der schwierigsten in der Route, fühlte sie sich unsicher. Bereits vor dem Erreichen des sehr schwierigen Querganges war sie nervös. Sie begann, an ihren Kräften zu zweifeln, die neben guter Technik natürlich auch unabdingbar waren, wenn man in der Senkrechten bestehen wollte. Und als sie mitten im Quergang war – Schwierigkeitsgrad VI+ und sehr viel Bewegungsgefühl erfordernd –, da ging ihr immer wieder durch den Kopf, wie es sein würde, wenn sie jetzt plötzlich den Halt verlieren würde …

Zittrig und mit viel größerer Kraftanstrengung, als eigentlich nötig gewesen wäre, erreichte sie den Standplatz am Ende dieser Seillänge. Und während Pablo relativ locker nachgeklettert kam, machte Marielle sich Gedanken, woran es lag, dass sie an diesem Tag nicht zur gewohnten Form fand.

Natürlich kannte sie das: Manchmal genügte es, an einer besonders schwierigen Kletterstelle sozusagen mit dem falschen Fuß zu starten, und schon geriet man in einer Seillänge, die für gute Kletterer sonst durchaus genussvoll sein konnte, völlig aus dem Rhythmus. Da war dann plötzlich jede Eleganz dahin, es ging nur noch mit Kampf und Krampf. Von »Natural High« konnte dann auch nicht mehr die Rede sein. Was man fühlte, war Angst, Stress und vielleicht noch Wut auf sich selbst.

Ich muss mich besser konzentrieren, dachte sie. Und dann war auch schon Pablo bei ihr angekommen, gab ihr einen anerkennenden Klaps auf den Helm und sagte: »So was von geil heute, oder?«

Sie gab nicht zu, dass sie es heute nicht so geil fand. Sie war immer noch überzeugt davon, dass es sich in den nächsten Seillängen geben würde. Aber es war ein Irrtum.

Die nächsten beiden Seillängen, eine von zwanzig und eine von acht Metern Länge, beide nicht allzu schwierig, stieg Pablo vor. Dann war Marielle wieder an der Reihe. Genau das Gelände, das sie eigentlich liebte: kompakter, plattiger Fels, senkrecht bis leicht überhängend. Da war ein großes Bewegungsgeschick vonnöten, filigranes Klettern, das bisweilen die Körperbeherrschung einer Balletttänzerin erforderte, kurzum: Wenn alles gut lief, eine traumhafte Seillänge.

Aber da war er wieder, der falsche Fuß. Keine der Kletterstellen löste sich so auf, wie sie das gerne gehabt hätte. Nie begannen ihre Bewegungsabläufe zu fließen. Sie kämpfte. Und wenngleich diese Seillänge mit zahlreichen Haken gut abgesichert war, hatte sie doch einen Mordsgräuel davor, ins Seil zu stürzen.

In den Klettergärten machte ihr das gar nichts aus. Da gehörte es dazu, immer wieder ins Seil zu fallen, wenn man bis an seine äußersten Grenzen ging. Aber hier? Umgeben von einer zerklüfteten Felsszenerie, die schon vom Ellmauer Tor aus gehörig Eindruck auf jeden Betrachter machen musste, und geradezu angesogen von einer ungeheuren Tiefe, in die man dann hineinzustürzen glaubte: das Kar, bestehend aus dem Schutt und Geröll der Jahrmillionen, felsdurchsetzt, von Schneefeldern überdeckt.

Es war eine Sache, im Klettergarten nach einem Sturz gleich wieder auf den Boden herabgelassen zu werden, wo sich die Nerven schnell beruhigen konnten – und es war eine ganz andere Sache, hundert und mehr Meter oberhalb der Wanderregion zu stürzen, sich dabei vielleicht zu verletzen und zugleich zu wissen, dass man noch ein schwieriges Stück Wand vor sich hatte oder eben einen genauso schwierigen und oft heiklen Rückzug, raus aus der Senkrechten, hinunter ins Gehgelände.

Marielle schaffte es, schaffte es irgendwie, meisterte auch den sogenannten Rossi-Überhang, wobei sich aber ihre Finger immer mehr verkrampften und sie das Gefühl bekam, ihre Kraft würde nicht reichen bis zum Ende der Tour.

Als auch Pablo am Standplatz angekommen war, gab sie endlich ihre Schwäche zu. »Irgendwie läuft's heut nicht gut«, sagte sie. »Ich fühle mich nicht richtig wohl in meiner Haut. Vielleicht übernimmst du die schwierigen Seillängen, die noch kommen.«

Pablo nickte. Ihm war nicht entgangen, wie schwer sich Marielle in den hinter ihnen liegenden Klettermetern getan hatte. Was ihn aber nicht weiter verwunderte. Von sich selbst wusste er: Man konnte in Topform sein, schwierigste Sachen geklettert haben, und plötzlich hatte man ein Tief. Da passte dann irgendwas in einem selbst nicht richtig zusammen. Aber das gab sich meist wieder von einem Tag auf den anderen.

»No problemo«, sagte er grinsend. »Lass uns auf dem Band rüberqueren bis zum nächsten Standplatz, wo es dann wieder ernst wird. Und bevor wir weiterklettern, essen wir unsere Riegel und trinken die Dosen leer. Hab sie ja nicht mitgenommen, um sie nur durch die Wand zu schleppen.«

Vom Christaturm hallten die Kommandos einer anderen Seilschaft. Am Ellmauer Tor kam gerade eine ganze Wandergruppe an. Es war kurz nach Mittag, die Sonne stand hoch, und in der Wand war es angenehm warm.

Pablo und Marielle sicherten sich am nächsten Standhaken, stärkten sich mit ihrem Proviant und bewunderten die schöne, die schrecklich-schöne Landschaft. Sie sahen sich an – und beide wussten, ohne Worte darüber verlieren zu müssen, dass es ein Privileg war, an dieser exponierten Stelle sein zu dürfen und die Welt wie aus einem Adlernest heraus betrachten zu können.

Eine zerklüftete Felswildnis, schräg drüben die Spitze des schwierigen Bauernpredigtstuhls, nach der anderen Seite die zahllosen Pfeiler und Risse des Predigtstuhls. Hier, rund ums Ellmauer Tor, war Klettergeschichte geschrieben worden – es gab noch zig Routen, die auf Marielle und Pablo warteten.

Die Seillänge oberhalb des fußwegbreiten Bandes, wo sie gerastet hatten, bot nur vierten Schwierigkeitsgrad. Marielle entschied, hier noch einmal vorzusteigen, bevor noch erneut zwei schwere Längen zu bewältigen waren. Ein Felsgelände, das ihr keine Probleme bereitete. Normalerweise.

Heute war für sie alles anders als sonst.

Sie begann die Vierer-Seillänge achtsam und ruhig. Schon wenige Meter über dem Standplatz stellte sich aber wieder die Unbehaglichkeit von vorhin ein; dass jetzt weniger Haken steckten, spielte ihrer Psyche noch einen weiteren Streich.

Die Schwierigkeiten waren für sie eigentlich nicht der Rede wert. An guten Tagen hätte sie das seilfrei und absolut ungesichert klettern können. Und es wäre ihr nichts passiert.

Doch heute?

Etwa fünfundzwanzig Meter über dem Standplatz – sie spreizte eine kleine Verschneidung aus, drückte sich mit der linken Hand gerade leicht nach oben – streifte ein winziger Stein, der von irgendwo oben heruntergeschossen kam, ihre Schulter. An guten Tagen hätte sie das weggesteckt. An diesem Tag aber war ihr inneres und äußeres Gleichgewicht sehr labil. Sie erschrak so sehr, dass ihr rechter Fuß von einem etwas glatten Tritt rutschte. Sie versuchte noch, sich mit der rechten Hand zu halten, denn die linke war ja in einem Stützgriff und daher nicht in der Lage, einen Sturz abzufangen. Aber auch das misslang. Alles, was jetzt geschah, ereignete sich wohl in drei oder vier Sekunden. Ihr aber kam es länger vor, wie eine Zeitlupensequenz in einem Film – und sie war darin die Hauptdarstellerin.

Sie sah ihren Fuß vom Tritt rutschen, langsam, sah die Finger ihrer rechten Hand, wie sie sich an den Griff, eine kleine Leiste, klammerten ... wie sie sich öffneten, öffneten, öffneten ... und plötzlich nach hinten in die Luft gezogen wurden. Sie sah noch einmal den halben Quadratmeter Fels, den sie unmittelbar vor Augen hatte, sah jedes Detail der Gesteinsstruktur, sah die Farben des Steins, sah die Rauigkeiten, sah – welch ein Wunder in dieser senkrechten Wildnis – in einer winzigen Felsspalte ein weiß blühendes Steingartenpflänzchen, nicht größer als ein Zweieurostück.

Und dann fühlte sie sich stürzen.

Und sie sah sich stürzen – gerade so, als wäre ihre Seele außerhalb ihres Körpers, als könnte sie dieser Marielle zuschauen bei dem, was nun passierte.

***

»Ich hatte die Angelegenheit fast schon vergessen«, sagte Ipflinger. »Und dann rief dieser Kröninger an. Hat sich irgendwie durchgefragt, wer alles mit den Ermittlungen zu tun gehabt hat. Und da ist er auf mich gestoßen.«

Er machte eine Pause in seinen Ausführungen. Schwarzenbacher kam es vor, als würde er jedes Detail, das er preiszugeben gedachte, vorher noch einmal überdenken.

»Ich war ziemlich am Anfang meiner Laufbahn. Du musst das bitte verstehen. Und eigentlich bin ich es ja noch immer. Du hast meine Frau kennengelernt. Es ist heute gar nicht leicht, eine Familie zu ernähren. In unserem Beruf verdient man ja nicht die Welt ... aber das weißt du ja alles. Damals wollten wir bald Kinder haben. Zwei.«

Er zögerte, sprach dann aber weiter.

»Ist dann anders gekommen ... wir können keine haben ... Wie dem auch sei: Da stellt man sich nicht quer, wenn man merkt, dass nichts dabei herauskäme als nur Ärger für einen selbst.«

Als Ipflinger von seiner Frau und vom Kinderwunsch sprach, reagierte Schwarzenbacher innerlich eifersüchtig.

Der soll nicht wegen der Kinder jammern, die er nicht haben kann, dachte er. Hat eine Frau. Tolle Frau.

»Nein, ich verstehe noch gar nichts«, sagte er trocken. »Das musst du mir schon erklären.«

Ipflinger sah ihn lange an, als würde er versuchen, ein Rätsel, das in Schwarzenbachers Gesicht geschrieben stand, zu lösen.

Die blühenden Obstbäume vorm Fenster schienen immer mehr zu leuchten. Am blauen Himmel zogen nur einzelne kleine Wolken.

Schwarzenbachers Verärgerung verflog so schnell, wie sie gekommen war. Er beobachtete die Wolken. Weiß wie Wattebäuschchen, dachte er.

»Als wir den Unfallort inspiziert haben, kam eine Fremdeinwirkung zuerst einmal überhaupt nicht in Frage. Der Weg hinauf zur Pflaum-Hütte zieht in vielen Serpentinen unter den Ostabstürzen vom Predigtstuhl und der Vorderen Goinger Halt durch. Das ist also alles ein Gelände, wo dir schon mal ein Stein auf den Kopf donnern kann. Zugegeben, es passierte zum Glück nicht oft, dass es jemanden derart erwischt. Aber die Chancen, etwas abzubekommen, stehen so schlecht auch wieder nicht.«

Schwarzenbacher kaute auf dem letzten Stück Speck herum, das er sich vom Jausenbrett genommen hatte.

»Dieser Dahmann war kein Einzelgänger. Er kam aus Deutschland, irgendwo aus der Gegend von Magdeburg. Hat mit seiner Familie Urlaub gemacht, in St. Johann, wenn ich mich richtig erinnere. Es muss ein trüber Tag gewesen sein, zeitweilig leichter Regen. Da wollten seine Frau und sein damals dreizehn- oder vierzehnjähriger Sohn lieber in der Ferienwohnung bleiben. Dahmann aber wollte den Tag nutzen. Ist zur Griesener Alm gefahren, hat dort das Auto abgestellt, ist zur Fritz-Pflaum-Hütte gewandert – vom Parkplatz zur Hütte sind es ungefähr zwei Stunden. Nun musst du wissen, dass diese Hütte unbewirtschaftet ist; da gehen in der Regel nur Leute hoch, die zum Klettern wollen oder die einfach die Einsamkeit suchen.«

Als einsam galt auch das Tal, wo Karl Mannhardt 1974 ums Leben gekommen ist, dachte Schwarzenbacher. Wieder eine Parallele: einsames Tal, Bergsteiger allein unterwegs, Tod durch Steinschlag.

»Im Nachhinein bin ich der Meinung«, fuhr Ipflinger fort,

»dass Dahmann noch leben würde, wenn seine Familie mitgegangen wäre. Ich bin mir ziemlich sicher, dass ihn jemand ermordet hat. Und diesen Verdacht hatte ich auch damals schon – es ist jetzt bald acht Jahre her.«

»Warum hast du mit niemandem darüber gesprochen?«

»Habe ich!«, gab Ipflinger zurück. »Habe ich! Und mehr als das. Ich bin in meiner Freizeit noch mehrmals zur Griesener Alm gefahren und hinaufgestiegen bis zum Unglücksort. Diese Geschichte hatte irgendwas in mir entfacht, und sie hat mir einfach keine Ruhe mehr gelassen. Schon zwei Tage nachdem der Tote gefunden und geborgen worden war – niemand hatte Zweifel an der Todesursache –, war ich wieder am Unglücksort. Wenn ich sage, niemand hatte Zweifel, dann stimmt das nicht: Ich hatte Zweifel. Früher bin ich selbst viel geklettert. Da bleibt es nicht aus, dass man Erfahrungen mit Steinschlag macht. In meinem Fall ist das immer glimpflich verlaufen. Zum Glück. Worauf ich aber hinauswill: Ich weiß, wie ein Stein da herunterkommt.«

Ipflinger trank einen Schluck von seinem Bier, ehe er weitersprach.

»Steine fallen auch im Gebirge nicht vom Himmel. Es geschieht wohl sehr selten, dass ein Stein sich hoch droben löst, in freiem Fall runtersaust und jemandem dann den Hinterkopf einschlägt, wie das bei Dahmann der Fall war. Kennst du dich in den Bergen aus? … Pardon …«

Er wurde fast ein bisschen rot, als er seinen Fauxpas bemerkte. Wie hätte sich der Rollstuhlfahrer Paul Schwarzenbacher im Gebirge auskennen sollen?

»Kein bisschen. Was allerdings nicht daran liegt, dass ich im Rollwägelchen rumfahre«, sagte Schwarzenbacher. »Das war ja nicht immer so. Früher hab ich laufen können. Was ich aber nicht allzu gern getan habe. Schon gar nicht bergauf. Da konnte ich mir immer Besseres vorstellen. Aber keine Frage: Wenn ich wieder gehen könnte, ich würde nicht nur eine Wallfahrt von Innsbruck nach Mariastein machen, ich würde, und das wahrscheinlich sogar mit Wonne, auf die Serles steigen oder meinetwegen auf die Hohe Munde.«

Ipflinger nickte. Und schwieg, Schwarzenbacher nahm an, dass er darüber nachdachte, wie er sich fühlen würde, wenn er plötzlich im Rollstuhl säße.

Es kostete ihn offenbar Überwindung, das Gespräch wiederaufzunehmen.

»Jedenfalls«, begann er, »kommen die meisten Steine nicht völlig überraschend runter. Meistens gibt es eine Vorwarnung. Was ja nicht heißt, dass man deshalb noch richtig reagieren kann. Aber wenn sich weit oben ein Stein löst, dann schlägt der meist mehrmals in der Wand auf, ehe er dich treffen kann. Mit etwas Erfahrung – und dieser Dahmann war ein erfahrener Berggeher – weiß man, was es bedeutet, wenn es über dir zu krachen oder zu poltern anfängt.«

»Und was macht man dann?«

»Es gibt verschiedene Varianten«, sagte Ipflinger. »Und alle können richtig oder falsch sein. Wenn du den oder die Steine weit oben hörst, kannst du noch ein Auge riskieren – ich meine das ganz im Ernst. Du kannst noch schauen, von wo Gefahr droht, und dann versuchen, aus der Schusslinie zu kommen. Wenn du den Stein schon nahe glaubst, kannst du auf Verdacht in die eine oder andere Richtung losrennen. Das ist russisches Roulette. Die beste Lösung wäre immer noch, sich zusammenzukauern, eng an den Fels zu drücken und den Rucksack über Nacken und Kopf zu ziehen. Pech ist dann, wenn der Stein ein gewaltiger Brocken ist – dann ist das Genick ab oder der Kopf ist Matsch. Aber wie gesagt: Meist hat man noch eine kleine Chance. Und in dem Gelände, wo Dahmann zu Tode gekommen ist, da muss er den Stein kommen gehört haben. Das geht eigentlich gar nicht anders. Magst noch ein Bier?«

Schwarzenbacher hatte sein Glas ausgetrunken, dankte nun aber kopfschüttelnd. »Kein Bier mehr. Aber vielleicht noch einen Kaffee, wenn es nicht zu viel ausmacht.«

»Gern«, sagte Ipflinger. »Aber wenn du noch ein Viertelstündchen warten könntest. Dann bekämen wir nämlich auch was Süßes dazu. Und derweil kann ich dir erzählen, was du wahrscheinlich vor allem hören willst.«

Schwarzenbacher nickte zustimmend.

»Ich habe gleich beim ersten Mal, als ich allein zu dem Unglücksort gekommen bin, in etwa fünfzehn Metern Abstand zur Fundstelle der Leiche etwas entdeckt, das bis heute ein Rätsel ist. Besser sage ich: ein Rätsel wäre, wenn sich irgendjemand dafür interessieren würde. Zwischen den Steinen, wie jemandem aus der Tasche gefallen, lag da ein iPod – du kennst diese winzigen Geräte von Apple, die man zum Musikdraufladen verwendet? Damals waren sie noch ein bisschen größer und nicht ganz so windschnittig.«

Er lachte. »Jedenfalls laufen heute alle jungen Leute damit herum, so mit Stöpseln im Ohr. Und zunehmend auch ältere. Ich hab mir mittlerweile selbst so ein Teil angeschafft. Ziemlich teuer, aber auch ziemlich praktisch. Es macht schon Spaß, seine Musik dabeizuhaben, wenn man im Zug sitzt oder an einem freien Tag am Walchsee liegt. Allerdings, so viel komme ich nicht weg. Mit diesem Hof hier sind wir schon auch sehr angehängt ...«

Der junge Beamte war Schwarzenbacher eigentlich ja sympathisch. Aber auch wenn er alle Zeit der Welt hatte – es würde schließlich noch Stunden dauern, bis er Marielle und Pablo wiedertraf –, so wurde er doch allmählich ungeduldig. Es interessierte ihn nicht allzu sehr, ob Ipflinger oft an den See kam oder nicht. Was war mit dem iPod?

»Was ist mit diesem iPod? Erzähl! Lass dich nicht so bitten.«

»Entschuldige«, sagte Ipflinger. »Entschuldige. Aber es fällt mir nicht leicht, die alte Geschichte aufzuwärmen. Und dabei fürchten zu müssen, Ärger zu bekommen.«

»Du glaubst, es war ein Mord. Ich glaube, es war ein Mord. Es bleibt dir und mir nichts anderes übrig, als den Finger in diese eitrige Wunde zu legen.«

»Du hast ja recht. Aber du kannst mir glauben, ich hab mir die Finger schon reichlich verbrannt. Ich war jung. Voller Ehrgeiz. Dann finde ich den iPod. Nur das kleine Gerät. Ohne Kopfhörer. Ich habe es gesichert, in eine Plastiktüte verpackt. Bestimmt kaum Fingerabdrücke hinterlassen. Eigentlich wollte ich das Teil gleich aufs Revier bringen. Aber dann ...«

Schwarzenbacher zog fragend eine Augenbraue hoch.

»Ich hab mich eines Vergehens schuldig gemacht.«

Schwarzenbacher sagte nichts. Es war ihm egal, worin das Vergehen bestand – wenn es ihm nur dienlich war bei seinen Untersuchungen.

»Ich hab den iPod mit nach Hause genommen. Bin zum Nachbarn, der hat halbwüchsige Kinder. Na ja, und einer der Söhne ist mit den Ohrhörern zu mir rüber und hat mir gesagt, was ich machen müsste. Er hat natürlich nicht schlecht gestaunt, als er es nicht berühren durfte. Ich hab das Gerät mit der Pinzette und einem kleinen Schraubenzieher bedient. So bin ich an die Liste der gespeicherten Musikstücke gekommen. Der Nachbarjunge kannte das meiste davon.«

»Er kannte das meiste? Willst du damit sagen, es war eine Musik junger Leute?«

»Genau das will ich damit sagen. Ich habe nur ein paar Schritte vom Fundort des Toten entfernt einen iPod gefunden, auf dem jede Menge Musik darauf war, die seinen Besitzer mit größter Wahrscheinlichkeit der Altersgruppe zwischen fünfzehn und fünfundzwanzig zuordnen lässt.«

Schwarzenbacher musste nicht lange rechnen, um zu wissen, dass es sich unter diesen Umständen nicht um denselben Täter handeln konnte wie beim Mord an Karl Mannhardt.

»Mir wäre jetzt doch ganz lieb, wenn ich gleich einen Kaffee bekommen könnte. Irgendwie muss ich deine Information verdauen, einarbeiten in mein noch ziemlich wackeliges Gerüst aus Vermutungen und Interpretationen.«

»Ich lass uns einen Cappuccino durch die Maschine«, sagte Ipflinger, erhob sich und ging hinaus in die Küche. Die Tür ließ er offen, und er erzählte von Zimmer zu Zimmer etwas über den Hof und wie viel Zeit er und seine Frau hier verbrachten.

Aber Schwarzenbacher hörte nicht richtig zu. Er sah durchs Fenster hinaus zu den blühenden Bäumen, sah dahinter den Zahmen Kaiser und sah doch von alldem nichts: Seine Gedanken bildeten ein Spinnennetz, und dieses Netz, bislang vollkommen ohne Struktur, ein loses Gewirr aus zusammenhanglosen Fäden, nahm Gestalt an. Zum ersten Mal zeichnete sich etwas ab, was seinen Vorstellungen von einem kriminalistischen System entsprach. Vage zumindest. Der iPod war noch lange kein Beweis, das wusste er auch. Und doch eine Spur in eine neue Richtung. Wahrscheinlich kam es nicht oft vor, dass jemand im Kaisergebirge seinen teuren iPod verlor – und dann ausgerechnet an der Stelle, wo dieses Unglück geschehen war!

»Magst du Schlagobers oder Milchschaum?«, rief Ipflinger aus der Küche.

Es kam keine Antwort.

»Paul! Obers oder Milchschaum?«

»Was?«

»Obers oder Milchschaum?«

Es war Schwarzenbacher im Moment völlig egal.

10

Die Spur führte direkt zu Hedwig Senkhofer. Die Kripo hatte nicht lange gebraucht, zwei aus Scharnitz stammende Ferdinands sowie eine ganze Reihe in Seefeld auszumachen.

Marianne Grasberger musste ihren Mörder eingelassen und bewirtet haben. Kaffeetassen standen auf dem Tisch, ein leer gegessener Keksteller daneben.

Da das Leben der Frau allgemein als unauffällig galt, sie den Ort nicht allzu oft verließ, lag schnell die Vermutung nahe, dass es sich bei Ferdinand um einen Bekannten aus der Nachbarschaft gehandelt haben könnte.

Der eine Ferdinand war siebenundachtzig und hielt die Polizeibeamten, die kamen, um ihn zu vernehmen, für die Leute vom Sozialdienst, die ihm »Essen auf Rädern« brachten. Er war bitter enttäuscht, als sie nichts zu essen dabeihatten, beschimpfte die Beamten, zichtigte sie des Mundraubs und der Hurerei und warf die Tür vor ihren Nasen zu.

Fehlanzeige.

Vom anderen Ferdinand wussten die Nachbarn der Marianne Grasberger, dass er schon seit Jahrzehnten nicht mehr in Scharnitz lebte. Aber sie wussten auch, dass es eine Schwester gab und dass man die fragen müsse, was aus dem Senkhofer Ferdinand geworden sei.

Als Hosp in Begleitung seines Assistenten Wasle bei Hedwig Senkhofer läutete, war ihm auf Anhieb klar, dass mit dieser Frau etwas nicht stimmen konnte. Sie machte auf ihn einen geradezu entsetzten Eindruck, als er ihr seinen Dienstausweis hinhielt und sie nach ihrem Bruder Ferdinand fragte. Sie bekam keinen ganzen Satz heraus, stammelte wirres Zeug, ihre Augen wirkten verweint, und das Einzige, was unschwer zu verstehen war, war die Aussage, Ferdinand wäre in Australien.

»Das ist aber doch kein Grund, gleich so aufgeregt zu sein«, sagte Hosp. »Wir dürfen doch sicher reinkommen, Frau Senkhofer.« Er schob sie sanft ins Haus. »Wo können wir in Ruhe miteinander sprechen?«

Hedwig Senkhofer öffnete den Mund, es kamen aber keine Worte heraus. Nur Laute, so ähnlich wie bei einem Menschen, dessen Sprachzentrum nach einem Schlaganfall gelähmt war.

Hosp war sich nicht sicher, ob diese Frau eine Vernehmung überstehen würde. Sie machte den Eindruck, als würde sie jeden Moment umkippen. Er verständigte sich mit Wasle durch Blicke. Der wusste genau, was zu tun war. Er ging vors Haus, holte sein Handy heraus und verlangte telefonisch nach Dr. Sinic.

Der Innsbrucker Mediziner arbeitete regelmäßig mit der Kriminalpolizei zusammen; er war nicht nur ein sehr guter Arzt, er hatte auch ein besonderes Gespür für kriminalistische Zusammenhänge. Und, was ganz besonders wichtig war, er war verschwiegen übers ärztliche Schweigegebot hinaus.

Hosp bugsierte die verstörte Frau in ihre Wohnküche und hieß sie, sich hinzusetzen. Er legte seine Jacke ab und setzte sich ihr gegenüber.

Und dann – dann sagte er nichts. Gar nichts. Sah die Frau nur an, sah ihre ungepflegten, zerzausten Haare, ihr übermüdetes Gesicht, die umherirrenden Blicke, sah ihre nervösen Finger und vermutete, dass sie getrunken oder starke Medikamente eingenommen hatte.

Es kann gut sein, dass Sinic mir die Vernehmung vorerst untersagt, dachte er. Wenn es so ist, hat er sicher auch gute Gründe dafür. Aber, dachte er weiter, noch ist er ja nicht da.

Er schaute Hedwig Senkhofer nur an. Versuchte ihren Blick einzufangen und nicht mehr entkommen zu lassen. Sie wand sich, benahm sich wie ein in die Enge getriebenes Wild, nur dass sie da am Tisch saß und nicht zu wissen schien, wie sie dem Beamten entkommen konnte.

»Was wollen Sie von mir?«, fuhr sie ihn plötzlich an. »Können Sie mich nicht in Ruhe lassen? Ich habe Ihnen nichts getan. Niemand habe ich etwas getan! Niemand! Verstehen Sie?«

Hosp schwieg.

»Ob Sie mich verstehen?«

Er schwieg weiter.

Er legte es darauf an, dass Hedwig Senkhofer in den nächsten Minuten völlig die Fassung verlieren würde – und dass ihm dann noch genug Zeit bliebe, ehe der Doktor eintraf.

»Wenn Sie nichts sagen, dann gehen Sie gefälligst wieder. Ja, gehen Sie! Lassen Sie mich in Ruhe! Hören Sie! Sie sollen wieder gehen!«

Schweigend lächelte er sie an.

In ihren Augen sah er, dass sie ihm jetzt nur zu gern eine Pfanne oder ein Stuhlbein auf den Kopf gehauen hätte. Vielleicht auch einen Stein ... In ihren Augen sah er aber auch entsetzliche Angst. Eine Angst, die er sich zunutze machte.

»Nehmen wir einmal an«, sagte er ganz ruhig, mit tiefer Stimme, fast sanft dabei. »Nehmen wir einmal an, Ihr Bruder lebt seit Langem in Australien.«

Er machte eine winzige Pause, in der Hedwig Senkhofer ihn ansah wie ein Reh, das das Klicken einer Jagdflinte gehört hat.

»Wenn Ihr Bruder Ferdinand – er heißt doch Ferdinand, oder? –, wenn Ihr Bruder also auf diesem fernen Kontinent lebt, vierzehn Flugstunden von hier –, was könnte ihn dann bewogen haben, zurückzukommen nach Scharnitz und Frau Marianne Grasberger brutal zu ermorden?«

Hedwig Senkhofer stöhnte auf, als hätte sie eine Embolie erlitten. Sie verdrehte die Augen und wäre vom Stuhl gekippt, wäre Hosp nicht aufgesprungen, um sie gerade noch aufzufangen.

Er schleifte sie auf das verschlissene Sofa, das in der Wohnküche stand, legte sie darauf und holte ein Glas Wasser. Mit den Fingern spritzte er ihr ein paar Tropfen ins Gesicht, den Rest versuchte er ihr in kleinen Schlucken einzuflößen, als sie wieder zu sich gekommen war.

»Ich glaube«, sagte er zu der völlig erschöpften Frau, »dass Sie mir sehr viel zu erzählen haben.«

***

Der Abstieg gestaltete sich für Marielle schwierig und schmerzhaft.

Nach ihrem Sturz in der siebten Seillänge hatte Pablo sie zu sich an den Standplatz heruntergelassen. Der war breit genug, dass sie dort gut sitzen konnte. Sie war fahl im Gesicht. Das kam vom Schock und vom Schrecken, derart unkontrolliert gestürzt zu sein.

Im Klettergarten war ein Sturz immer einkalkuliert. Und wenn es so weit war, ließ man sich ins Seil fallen, hielt dabei den Körper auf Spannung und verlor nie die Beherrschung der eigenen Haltung.

Marielle aber war abgerutscht, war herauskatapultiert worden aus ihrer Kletterstellung, hatte nicht mehr gewusst, wo rechts, links, oben und unten war – und war dann mit dem Oberarm und mit dem seitlichen Rand des Helms gegen den Fels geprallt.

Pablo erkannte sofort, dass sie mit der Entscheidung, auf die Mitnahme von Verbandszeug zu verzichten, grob leichtsinnig gehandelt hatten. Auch hätte er ihr gern erst mal einen Schluck zu trinken gegeben, aber die beiden Dosen waren bereits leer.

Er fixierte Marielle am Standplatz und befragte sie mit ziemlich zittriger Stimme, welche Blessuren sie nach ihrer Einschätzung habe.

Marielle hatte offensichtlich Schmerzen, war aber in der Lage zu antworten.

»Am Kopf fehlt nichts, bin nur ein bisschen benommen. Da war der Aufprall nicht schlimm. Scheiße ist die Verletzung am Arm.«

Ihr dünner Fleecepullover hing am Oberarm, knapp unter der rechten Schulter, in Fetzen. Er war blutgetränkt, und bei der ersten Untersuchung, die Pablo vornehmen konnte, sah er, dass eine tiefe Triangel in ihre Haut gerissen war. Ein dicker Fleischlappen stand in Dreiecksform ab. Nicht sehr groß, aber auch wirklich kein guter Anblick.

Die Wunde blutete, jedoch nicht so stark, dass der Blutverlust zum Problem hätte werden können.

»Wir haben drei Möglichkeiten«, sagte Pablo. »So richtig gut ist keine.«

Marielle sah ihn mit zusammengekniffenen Augen an.

»Die vielleicht beste wäre, einen Notruf abzusetzen und die Bergwacht kommen zu lassen.«

»Nein!«, empörte sich Marielle. »Das muss auch so gehen. Ich schaff das schon.«

Pablo war skeptisch. Aber da er schon von drei Varianten gesprochen hatte, musste er auch die beiden anderen noch ins Feld führen: »Die andere Möglichkeit ist, dass wir uns über die ganze Wand abseilen bis zum Einstieg. Ich bin mir aber nicht ganz sicher …«

»Aber ich bin mir ganz sicher«, unterbrach ihn Marielle, »dass es das Beste ist, wenn wir uns nach oben durchschlagen. Wenn du alles vorsteigst und mir in jeden Haken Schlingen reinhängst, woran ich mich hochziehen kann, dann ist das der logischste Weg. Der Abstieg über die Christaturm-Normalroute ist leicht. Glaub mir, ich krieg das hin.«

Pablo wusste, dass Marielle nur schwer umzustimmen wäre. Und zudem lag sie ja mit ihrer Ansicht ziemlich richtig. Die Frage war nur, ob sie das mit ihrer Verletzung durchstehen konnte. Es waren immer noch zwei sehr schwierige Seillängen zu bewältigen. Doch weil es noch früh am Tag war, wollte er diesen Versuch unternehmen.

Das Halstuch, das er als modisches Accessoire trug, war jetzt für die Erste Hilfe bestens geeignet. Er band es um Marielles Arm, fixierte damit den Fleischlappen, stillte das Blut und nahm so ein wenig den Schmerz. Er überzeugte sich davon, dass sie imstande war, ihn gut zu sichern, drückte ihr einen Kuss auf die Lippen und machte sich daran, den Rest der Tour so sicher und dabei so schnell wie möglich zu bewältigen.

Als er Marielle dann am Gipfel der Fleischbank hatte, war er so wenig wie sie am eigentlich prachtvollen Rundblick in die gewaltige Felsszenerie interessiert.

Marielle wäre jetzt am liebsten hier oben geblieben und hätte geschlafen. Aber das war das Falscheste, was sie hätten tun können. Er nahm sie ans kurze Seil und führte sie auf dem schmalen Steig hinüber zur Christaturm-Scharte.

Als sie sich am sogenannten Herr-Weg zum Abseilen fertigmachten, klingelte in Pablos Wimmerl das Handy.

»Seid ihr schon wieder im Tal?«, fragte Schwarzenbacher.

»Verdammt, nein«, sagte Pablo. »Marielle ist gestürzt. Ich denke, wir brauchen noch drei Stunden bis zur Wochenbrunner Alm, und dann müssen wir ja auch erst wieder nach Kufstein fahren …«

»Was fehlt ihr?«, fragte Schwarzenbacher besorgt. »Doch nichts Schlimmes, oder?«

»Nein, nicht allzu schlimm. Aber wir kommen nur langsam voran.«

»Dann lasst euch Zeit und geht auf Nummer sicher. Ich lasse mich von Ipflinger zum Bahnhof nach Kufstein fahren und nehm den Zug nach Innsbruck.«

Pablo wollte etwas einwenden, aber Schwarzenbacher ließ keinen Widerspruch zu.

»Du weißt, dass es kein Problem ist. Ich brauche zwar immer jemanden, der mir mit dem Rollstuhl hilft. Aber ich nehme mal an, dass eure Probleme größer sind im Moment.«

Es stimmte. Für Marielle war es noch eine große Tortur, wieder hinabzugelangen zum Ellmauer Tor und dann durchs Kübelkar zur Gaudeamushütte. Erst als sie sich dort mit mehr als einem Liter Schwarztee gestärkt und aufgeputscht hatte, erwachten ihre Lebensgeister wieder ein bisschen.

Jetzt dominierten nicht mehr nur Schmerz und Erschöpfung, jetzt kam wirkliche Wut dazu: Wut auf sich selbst, weil ihr das hatte passieren müssen.

»Kann jedem passieren«, sagte Pablo lakonisch. »Lass uns jetzt langsam zum Auto gehen. Dann sind wir in einer Stunde in Innsbruck, da bringe ich dich ins Krankenhaus, damit die dir deine Fetzen wieder annähen.«

»Ich geh nicht ins Krankenhaus«, trotzte Marielle. »Nicht schon wieder ins Krankenhaus!«

»Dann eben nicht«, sagte Pablo. »Wenn es dir lieber ist, dein Lebtag lang da eine hässliche Narbe zu haben. Darfst dich halt zukünftig nicht mehr ganz ausziehen, nur untenrum, musst halt oben was anlassen – wegen der Ästhetik. Das Auge bumst ja mit …«

»Du Arsch«, sagte sie. Und sie meinte es in diesem Augenblick auch absolut ernst.

***

Schwarzenbacher saß im Zug nach Innsbruck, als sich Hosp bei ihm auf dem Handy meldete.

»Wo bist du?«, fragte Hosp.

»Ich bin grad in Kufstein in den Zug gestiegen. Warum?«

»Ich würde dich gerne treffen. Nicht mehr heute, es könnte bei mir eine lange Nacht werden. Aber wenn ich morgen am Spätnachmittag vorbeischauen könnte?«

»Geht's um Jazz oder um Mordfälle?«, fragte Schwarzenbacher.

»Gegen Jazz ist grundsätzlich nichts einzuwenden. Aber es geht um Steinschlag … Übrigens, die Blue-Note-Platte, die du mir geliehen hast, gefällt mir wirklich über weite Strecken ganz außerordentlich.«

»Um Steinschläge?«

»Erzähl ich dir morgen«, sagte Hosp. »Ich bin um vier bei dir. Aber jetzt muss ich …«

Und dann war er auch schon draußen aus der Verbindung.

***

Ferdinand war verschwunden. So als wäre er wirklich in Australien.

Im Dorf sprachen sich Gerüchte noch schneller herum als die Nachrichten aus »Zeit im Bild«. Es gab wohl kaum mehr einen Menschen in Scharnitz, der nicht wusste, dass Ferdinand Senkhofer aus Australien zurückgekehrt sein musste – und dass er Marianne Grasberger ermordet hatte. Aber gesehen hatte ihn niemand. Er war verschwunden, untergetaucht, schien sich in Luft aufgelöst zu haben.

»Weit kann der nicht kommen«, sagte einer, als er beim Sparmarkt an der Kasse anstand und dabei die Schlagzeile des Kurier las: »Frauenmörder von Scharnitz – Täter auf der Flucht«.

»Na, weit kann der nicht kommen«, gab ihm eine Frau recht. »Aber wenn man bedenkt, hier bei uns, auf dem Dorf … Da glaubt man, so was würde nur in der Stadt passieren, und dann direkt in der Nachbarschaft. Ist das nicht fürchterlich?«

Ein Dritter mischte sich ein: »Gewiss ist ja noch gar nichts«, sagte er. »Ob der Senkhofer Ferdinand wirklich der Mörder ist, weiß ja die Polizei auch noch nicht, oder?«

Der junge Mann an der Kasse schüttelte den Kopf: »Aber in der Zeitung steht es schon so. Dass ein gewisser Ferdinand S., der wo aus Scharnitz stammen tut und der wo sich viele Jahre im Ausland aufgehalten haben soll, dringend der Tat verdächtigt wird. Aus die Finger saugen können die sich das ja auch nicht so ohne Weiteres …«

»Irgendwas wird schon dran sein«, sagte der Mann, der als Erster die Sprache auf den Mord gebracht hatte. »Irgendwas ist dran, glaubt es mir.«

Und es war etwas dran. Hedwig Senkhofer war in Begleitung von Dr. Sinic nach Innsbruck gefahren worden. Zunächst kam sie in die gesicherte Station in der Uniklinik. Sie wurde untersucht, und ihr Kreislauf wurde stabilisiert. Der behandelnde Arzt pochte darauf, dass ihr an diesem Tag keine Fragen mehr gestellt werden durften. Was Hosp natürlich gar nicht recht war. Er wandte sich an Sinic, aber auch der schüttelte nur den Kopf.

»Lass sie heute in Ruhe. Morgen kannst du sie für ein oder zwei Stunden aufs Revier bringen lassen. Ich vermute, dass sie dir nicht lange Widerstand leisten kann. Die Frau ist fertig. Und wenn du mich fragst, dann nicht nur wegen dem Mord in Scharnitz. Die zerbricht an einer Last, die alt ist, von der sie schon ewig nach unten gedrückt wird.«

»Wenn sie mir nur noch nicht heute zerbricht«, sagte Hosp. »Ich brauche Aussagen von ihr. Und dafür muss ich mich als Erstes um einen Haftbefehl kümmern. Zwar glaube ich nicht, dass sie unmittelbar an dem Mord beteiligt war, aber das muss ich ja nicht gleich einräumen. Ich lass das unter dem Verdacht der Mittäterschaft laufen, dann komm ich auch bei der Staatsanwaltschaft damit durch.«

»Ich wäre gern bei den Verhören dabei«, sagte Sinic. »Ich kann dir nicht sagen, was es ist, aber ich habe einfach so ein Gefühl, dass diese Frau ein großes Geheimnis verbirgt. Und ich wäre gerne dabei, wenn dieses Geheimnis gelüftet wird. Und überhaupt …«

Er sah Hosp mit ernsten Augen an. »Und überhaupt ist mir daran gelegen, dass sie nicht wirklich zerbricht. Zu hart kannst du sie nicht rannehmen. Sonst haben wir sie in der Psychiatrie. Sie steht meines Erachtens eh schon mit einem Fuß auf der Schwelle …«

Hosp willigte ein. Er hatte nichts dagegen, dass Dr. Sinic dabei wäre. Mehr noch: Es war ihm ganz recht. Er wollte nicht wieder in die Situation kommen, dass die Frau ohnmächtig vom Stuhl sackte.

Als er das Krankenhaus durch den Gang der Notaufnahme verließ, kam ihm ein Paar entgegen. Die junge Frau hielt sich den rechten Oberarm, der junge Mann hatte seinen Arm um sie gelegt. Als sein Blick auf ihren traf, merkte er, dass er sie von irgendwoher kannte. Und auch über ihr Gesicht huschte einen Moment lang ein fragendes Wiedererkennen. Er hätte aber nicht sagen können, wo er ihr schon einmal begegnet war.

Ist ja auch egal, dachte er. Es gibt im Moment wirklich Wichtigeres.

***

Die Begegnung mit Manfred Ipflinger hatte allerhand ausgelöst bei Schwarzenbacher. Zum ersten Mal hatte er jemanden getroffen, der zumindest einen der fünf Fälle für einen Mordfall hielt und der dazu noch ein vielleicht nicht unerhebliches Fundstück, wenn nicht sogar Beweisstück liefern konnte. Das war ein riesiger Schritt nach vorn.

Gleichzeitig ärgerte sich Schwarzenbacher über die Versäumnisse, die es auf Polizeidienststellen leider genauso gab wie überall sonst. Der Vorgesetzte von Ipflinger, der die Ermittlungen geleitet hatte, war am Fund des iPod überhaupt nicht interessiert gewesen. Schien froh gewesen zu sein, dass die ganze Angelegenheit mit dem Segen von Arzt, Bergrettung und Staatsanwaltschaft als Unglücksfall abgetan werden konnte.

So ein Idiot, dachte er. Und schloss ein »Gott hab ihn selig« an – der Beamte war knapp vier Monate nach den Ermittlungen im Kaisergebirge an einem Herzinfarkt gestorben. Er hatte das als aktiver Polizist zweimal erlebt: Vermeintliche Morde hatten sich nach langen Untersuchungen doch als Unfälle herausgestellt. Es war für ihn keine Erlösung gewesen, sondern in beiden Fällen eine Enttäuschung.

Was ihn aber seit dem Gespräch noch mehr umtrieb als zuvor, war zum einen die Befürchtung, dass es sich nicht bei allen fünf

Fällen um Morde gehandelt hatte; sie also unter Umständen dabei waren, in Sackgassen zu geraten. Zum anderen verstörte ihn, dass er immer mehr die Überzeugung hatte gewinnen müssen, dass es bei den Morden keinen inneren Zusammenhang gab, keinen roten Faden, mit dem sich all die traurigen Ereignisse hätten verknüpfen lassen.

Ein Täter ist leichter zu kriegen als drei oder vier verschiedene, dachte er.

Er sah hinaus auf das dicht besiedelte Inntal zwischen Jenbach und Wattens. Die Bahnlinie und die nahe Autobahn durchschnitten ein Gewerbegebiet nach dem anderen.

Nicht mal das schöne Wetter kann die Hässlichkeit einer solchen Besiedelung kaschieren, dachte er. Lauter geschmacklose, schnell hingestellte Zweckbauten, die alle nicht für die Zukunft errichtet sind. Solche Architekten sollte man strafrechtlich verfolgen.

Er ging in Gedanken die Liste der Steinschlagopfer durch; Architekt war keiner von ihnen gewesen. Zwei Handwerker, ein Beamter, ein Student, ein junger Lehrer.

Lauter Männer. Nicht eine Frau unter den Opfern.

Zum Glück. Ihm war ein Gewaltverbrechen an einer Frau immer grauenvoller vorgekommen als eines an einem Mann. Eigentlich ja Unsinn, das wusste er. Doch es war so, und es hatte sich während all seiner Berufsjahre und bis heute nicht geändert.

Er dachte an die Frauen, deren Tode er zu untersuchen gehabt hatte. An die oft unvorstellbare männliche Gewalt und Grausamkeit, auf die er dabei immer wieder gestoßen war. Er erinnerte sich der blutüberströmten Gesichter, aus denen ihn gebrochene Augen angestarrt hatten, und er erinnerte sich der zahlreichen Stichwunden, die einer Frau von einem rasend gewordenen Exfreund zugefügt worden waren: Einstiche im Gesicht, im Bauch, in den Brüsten und zudem noch eine völlig zerschnittene, in Fetzen gerissene Vagina.

Er versuchte, das Gesicht von Karin Ipflinger aus seinen Gedanken zu verdrängen. Sie ging ihn nichts an, durfte ihn nichts angehen, und selbst wenn: Für ihn, den deutlich älteren Mann, der noch dazu im Rollstuhl saß, würde sie nichts übrighaben.

Aber das war nicht der Grund, warum er sie wegscheuchen wollte aus seiner Phantasie. Der wahre Grund war der, dass er sie nicht hineinmischen wollte in dieses Chaos aus Blut und Gewalt, aus Vergewaltigung und Totschlag, von dem selbst ein Polizist nach Jahren im Ruhestand immer noch heimgesucht wurde. Er wollte sie da heraushalten, wollte sie beschützen, wollte sie in Watte hüllen und am liebsten immer in seiner Nähe haben.

Alter Narr, dachte er.

Er zog sein Handy heraus und wählte die Nummer von Pablo.

Als er erfuhr, dass es nur eine Fleischwunde war, nicht mehr als ein Makel an Marielles wahrscheinlich ziemlich schönem Körper, war er beruhigt.

»Damit wirst du leben können«, sagte er zu Pablo. »Sag ihr Grüße und gute Besserung von mir. Ach ja, und noch was: Die Sache nimmt Fahrt auf. Sag ihr, sie soll schnell gesund werden, sie wird gebraucht.«

Dann steckte er das Handy weg, schaute wieder hinaus auf die Gewerbegebietslandschaft, hinter der ab und an der Turm einer alten Kirche aufragte, und versuchte, sich nicht darüber zu ärgern, was die Menschheit aus ihrer Welt machte.

***

Am Samstag um drei viertel sechs sperrte Steffen Gensner seinen Bergsportladen im Münchner Stadtteil Berg am Laim zu. Um vier hatten er und seine Mitarbeiterin Sonja die letzten Kunden verabschiedet, dann war Sonja gegangen; er war noch geblieben, hatte die Tagesabrechnung gemacht und noch ein Telefonat mit einem Kletterkumpel geführt.

Gensner war erst einundzwanzig, aber schon Inhaber dieses kleinen, jedoch sehr gefragten Ladens für Ausrüstung zum Wandern, Klettern, Bergsteigen. Er war schon immer ein Glückskind gewesen, hineingeboren in ein goldenes Nest: Sein Vater hatte an der Börse ein kleines Vermögen verdient. Von klein auf hatte es Steffen Gensner an nichts gefehlt, zumindest an nichts, was man sich mit Geld kaufen konnte.

Aufgewachsen war er in Waldtrudering, einem Stadtteil ganz

im Osten Münchens, wo die teuren Grundstücke an den Wald grenzten – besonderer Luxus im urbanen Raum. Als er in der Schule Schwierigkeiten bekam, war er auf ein Privatgymnasium gewechselt. Finanziell aus besten Verhältnissen kommend, dazu gesegnet mit einem blendenden Aussehen – er hatte etwas von Brad Pitt, nur dass er größer und ein bisschen schlaksiger war –, hatte er schon früh Aufmerksamkeit bei den Mädchen erregt. Bald hatte er den Spitznamen Gustav Gans weggehabt – irgendwer von den jungen Leuten musste wohl noch die längst aus der Mode gekommenen »Donald Duck«-Hefte gelesen haben, und zudem war Gans eine freche Parodie auf Gensner. Doch Parodie hin oder her: Er war vom Glück verfolgt! Während viele gleichaltrige Jungs wie zu lang und zu dünn geraten daherkamen, die Gesichter voller pusteliger Akne, hatte er schon mit fünfzehn einfach umwerfend ausgesehen. Die Mädchen, und davon die attraktivsten, hatte er im Handumdrehen erobern können, während sich seine Schulkollegen an den zahnspangigen Zehntklasszicken abmühten.

Gustav Gans.

Sein Vater war eigentlich wohlhabend genug, dass Gensner auch ohne Arbeit hätte auskommen können. Doch irgendwann war er auf die Idee mit der Bergsportausrüstung gekommen, hatte in Berg am Laim den ersten Laden angemietet, bald darauf einen zweiten im Münchner Westend, dann einen in Augsburg – und jetzt war er dabei, nach Ostdeutschland zu expandieren. Es machte ihm Spaß, mit Dingen, die ihn interessierten, und an Leuten, die er oftmals auch interessant fand, Geld zu verdienen.

Gensner hatte alles: zwei Autos, einen Cayenne und einen BMW Z4 Roadster, ein Loft in Haidhausen, beruflichen Erfolg. Mit seiner vier Jahre älteren Lebensgefährtin Mona Regnier hatte er zudem auch die Frau, die gut zu ihm passte – sie war eine aparte Schönheit, arbeitete zehn Stunden am Tag in einer gut gehenden Werbeagentur und war dank elitärem Elternhaus und ausgeprägter Ignoranz gegenüber den Missständen des Lebens bestens dafür geeignet, ihre freien Abende und manchen freien Tag mit Gensner zu verbringen.

Gustav Gans sah es als ganz selbstverständlich an, eine derart attraktive Begleiterin zu haben. Er war es nie anders gewohnt gewesen. Viele beneideten ihn um sie – was ihn jedoch nicht davon abhielt, an besonders beschwingten Tagen die knapp zwanzigjährige Verkäuferin Sonja mittags im Lager des Berg am Laimer Ladens auf die Schlafsäcke zu ziehen.

Gensner war mit viel Eitelkeit, Oberflächlichkeit und mit wenig echten Gefühlen in das Leben hineingeschickt worden – eine ideale Mischung, um erfolgreich zu sein. Er hätte also ein rundum zufriedenes, beinahe sorgloses Leben führen können. Aber in vielen Nächten schlief er unruhig, wälzte sich hin und her, sprach im Schlaf unverständliches Zeug und schrie bisweilen laut auf. Wenn er dann erwachte, war er schweißnass, und seine Lebensgefährtin Mona machte sich ernsthafte Sorgen, ob sie bei Steffen vielleicht an einen Verrückten geraten war.

Dass er nie stillhalten konnte, nie die Ruhe suchte, sondern immer eine Betätigung, meistens irgendetwas Sportives, war ihr schon länger aufgefallen. Dass er nicht einfach nur faulenzen wollte, konnte sie ja noch verstehen. Er war jung, voller Elan, voller Tatendrang. Aber dass er nicht einmal ein Buch schaffte, nicht einmal einen Krimi, war ihr schon suspekt. Wenn es gar nichts für ihn zu tun gab, schaltete er den riesigen Flachbildfernseher an, Bilddiagonale hundertneunzehn Zentimeter, und ließ sich von allem möglichen Zeug beduseln.

Manchmal kam er ihr wirklich komisch vor.

Direkt vom Laden fuhr Steffen Gensner nach Thalkirchen in die Kletterhalle. Er traf sich mit einem etwa gleichaltrigen Mann, den er hier vor einiger Zeit kennengelernt hatte. Regelmäßig powerten sie sich gemeinsam in der Halle aus, kletterten Route um Route, bis ihnen die Arme lang wurden, die Kräfte schwanden. Erst dann war Gensner zufrieden.

»Was machst eigentlich morgen?«, fragte ihn sein Kletterpartner. »Morgen ist Sonntag, da hätte ich Zeit. Könnten ja was am Buchstein machen.«

»Geht nicht«, sagte Gensner. »Bin zum Berglauftraining verabredet. Mit zwei Kumpels von Wallgau auf den Wank. Neunhundert Höhenmeter und ziemlich viel Strecke.«

»Das wär nichts für mich.«

»Ich brauch das«, sagte Gensner. »Es ist das beste Gefühl, sich so zu verausgaben, dass man fast kotzen muss. Und dass einem der Kopf vorkommt, als wäre innen alles herausgeschält. Keine Gedanken mehr, keine Erinnerungen, nichts. Verstehst du?«

»Nicht so ganz. Aber ich kann eh dem Laufen nicht allzu viel abgewinnen. Mir langt das Bergsteigen und das Klettern. Aber …«, fügte er an, »wir könnten ja nächste Woche mal telefonieren und schauen, ob irgendwann in nächster Zeit etwas geht. Irgendwas in den Bayerischen Voralpen oder im Oberreintal oder vielleicht im Kaiser.«

»Den Kaiser mag ich nicht«, sagte Gensner. »Ich melde mich.«

Er gab seinem Kletterpartner noch einen Klaps auf die Schulter, sagte Ciao und war auch schon weg.

***

Für Schwarzenbacher war es ein Abend zwischen Aufgekratztheit und Depression. Dass die Verletzung von Marielle letztlich nur geringfügig war, stimmte ihn froh. Er mochte das Mädchen ganz einfach. Er mochte sie so, wie ein großer Bruder es vielleicht tun würde. Diese Empfindungen waren ganz anders als die für Ipflingers Frau. Die mochte er als Mann, fürsorglich und begehrlich zugleich.

Er überlegte, wie lange er schon allein lebte. Ungefähr zweieinhalb Jahre.

Genau genommen zwei Jahre und sieben Monate, dachte er. Damals hatte ihn Helene, mit der er zwölf Jahre zusammen gewesen war, verlassen. Sie hatte es nicht mehr ausgehalten, nicht nur mit ihm, sondern auch mit seiner Krankheit liiert zu sein.

Er hatte Verständnis für ihren Entschluss. Einerseits. Denn die Krankheit und sein Leben im Rollstuhl hatten ihn mehr und mehr zermürbt, depressiv und aggressiv gemacht, und in der einen oder anderen zurückgezogenen Stunde war ihm klar gewesen, wie unerquicklich ein Zusammenleben mit ihm sein musste.

Andererseits hatte das Verlassenwerden seine Verzweiflung und seine Wut noch gesteigert. Durch die Erkrankung hatte er sich nicht nur behindert, sondern geradezu entmannt gefühlt. Dass er dann allein zurückblieb, setzte ein weiteres Ausrufezeichen ans Ende des Satzes, der sich in seinem Kopf, seiner Seele und seinen Genitalien tief eingebrannt hatte: »Ich bin kein Mann mehr!«

Schwarzenbacher hörte eine CD von Trovesi und Coscia. Sie war der ideale Soundtrack zu seiner Stimmungslage: schwermütig, aber auch schön. Wunderschön. Und bisweilen auch voller verspielter Sinnlichkeit. Und er überlegte, was er tun müsste, um wieder in einer Zweierbeziehung leben zu können. Was er tun müsste, um für eine Frau attraktiv zu sein. Die Musik gab keine Antwort darauf. Oder doch?

Schwarzenbacher beschloss, Anfang der nächsten Woche einen Termin beim Friseur zu machen. Und außerdem vielleicht mal einen Abstecher in einen Bekleidungsladen. Vielleicht würde Pablo mitgehen und ihm behilflich sein. Ein paar neue Jeans, ein oder zwei Pullis, ein paar Hemden und vielleicht ein Sakko – ich könnte das schon gebrauchen, dachte er.

Und die Wohnung muss ich mal wieder aufräumen, dachte er weiter. Er wusste, dass eine solche Tätigkeit für ihn alles andere als einfach war. Aber er schreckte, zumindest im Augenblick, nicht davor zurück.

Die Begegnung mit Karin Ipflinger und der Bericht ihres Mannes hatten ihm ja nicht nur Selbstzweifel verschafft, sondern auch einen Elan, wie er ihn lange nicht mehr verspürt hatte. Und er war sich nicht einmal ganz sicher, was ihm mehr Auftrieb gab: die Ausstrahlung der Frau oder der Fortschritt bei den Untersuchungen der Steinschlag-Morde.

Es gab viel zu tun, weit mehr, als sich nur um Herrenbekleidung zu kümmern. Marielle und Pablo sollten so bald als möglich ins Kaisergebirge geschickt werden und sich den Tatort genau ansehen, alles fotografieren und aus ihrer extrembergsteigerischen Sicht heraus einen hieb- und stichfesten Bericht schreiben. Am besten, dachte er, berufen wir die ganze Runde ein. Bei Reuss im Besprechungszimmer. Und Hosp sollte auch dabei sein. Der Fall ist viel zu frisch, als dass wir ihn an der Behörde vorbeijonglieren könnten. Und dann möchte ich, dass Hosp einen Text herausgibt, der in den Alpenvereinszeitschriften und auf deren Homepages veröffentlicht wird.

Können wir nicht machen, dachte er. Da könnte ja jeder kommen und irgendwelche abstrusen Suchaktionen starten. Wenn das aber die Kripo Innsbruck macht, wird sich keine Redaktion verweigern. Er lächelte still vor sich hin.

Und dann ist da ja noch dieser Mord in Scharnitz. Hosp will in dieser Sache ein Gespräch mit mir. Auch ein Steinschlag-Mord? Was man aus den Medien so erfährt, passt die Tatwaffe genau in unser Schema. Nur alles andere passt nicht: Die Tat hat sich nicht unter freiem Himmel abgespielt, nicht in den Bergen, und das Opfer ist diesmal eine Frau.

Er wählte Hosps Handynummer. Aber Hosp nahm das Gespräch nicht an. Schwarzenbacher schaute auf die Uhr: halb zehn. Er probierte es noch einmal. Wieder erfolglos.

Zu gerne hätte er gewusst, wie bei Hosps Ermittlungen der Stand der Dinge war und warum genau er ihn sprechen wollte. Aber er musste sich gedulden.

Er schaltete den CD-Player aus und den Fernseher an. Zappte durch alle Kanäle. Doch was er sah, gefiel ihm nicht. Schlimmer noch: Es frustrierte ihn regelrecht. Schon spürte er wieder diese Wut in sich und auch die darunter verborgene Verzweiflung. Aber an diesem Abend wollte er sich nicht gefangen nehmen lassen von einer Depression, wie sie ihn schon so oft heimgesucht hatte. Er nahm sich eine Jacke und verließ seine Parterrewohnung in der Egerdachstraße im Stadtteil Pradl.

Der Abend war lau, und Schwarzenbacher rollte der Altstadt entgegen. Kein sehr kurzer Weg, wenn man auf den Rollstuhl angewiesen war. Andererseits hatte die Fortbewegungsart Schwarzenbachers Armmuskulatur sehr stark ausgebildet – noch war nur seine untere Körperpartie vom Schwund der Muskeln beeinträchtigt; die Arme taten ihre Dienste sehr gut. Besonders an diesem Abend, wo er vom Motivationsschub getrieben und zugleich vor einer drohenden Depression auf der Flucht war.

Er wollte in die Stadt, dorthin, wo die Schaufenster erleuchtet waren, und er wollte sehen, was die Bekleidungsgeschäfte so alles in den Auslagen hatten.

***

An einem Sonntagmorgen war Olaf Klar in Wilhelmshaven losgefahren, ziellos. Er war, unbeabsichtigt, in der Kleinstadt Esens angekommen, war durch die stillen Straßen gegangen und war plötzlich vor der imposanten Kirche St. Magnus gestanden. Der Gottesdienst war im Gange und das Orgelspiel drang bruchstückhaft zu ihm auf den Vorplatz.

Er war in den Gottesdienst gegangen, hatte sich auf einen der vielen leeren Plätze gesetzt, hatte still gebetet und dann mit zunehmender Aufmerksamkeit die Predigt des Pastors verfolgt. Die Stimme, die Worte, die Art, wie der Mann sprach, all das hatte ihn gefangen genommen und tief beeindruckt.

Als dann die Orgel wieder einsetzte, klärte sich einiges für Olaf Klar: Sein bisheriges Leben glitt gleichsam im Zeitraffer an ihm vorbei.

Er stammte aus Wilhelmshaven, war dort geboren und aufgewachsen, ehe es ihn als zwölfjährigen Schüler nach Bayern verschlagen hatte, wo sein Vater, Professor Jörg-Henry Klar, einer Berufung an die Ludwig-Maximilians-Universität gefolgt war.

Mittlerweile war Klar dorthin zurückgekehrt, wo er seine Wurzeln wusste. Diese Rückkehr war aber nicht nur seiner Heimatverbundenheit geschuldet, sondern auch dem innigen Wunsch, den Bergen so fern zu sein wie nur irgend möglich.

Die Berge hasste er, hasste sie beinahe so sehr wie sich selbst.

Doch jetzt, das spürte er ganz deutlich, konnte sein Hass ein Ende finden.

Dieser Pastor, das konnte er in Erfahrung bringen, war Superintendent Oltmanns. Ihn hatte er sich zum Beichtvater erkoren – auch wenn es das bei den Protestanten gar nicht gab.

***

Nachts hatte Marielle große Schmerzen. Die Wunde war gereinigt und geklammert worden, jetzt tobte der ganze rechte Oberarm, und sie konnte keinen Schlaf finden, trotz zweier Ibuprofen-Tabletten, die sie eingenommen hatte. Pablo, der sich fürsorglich um sie gekümmert hatte, schlief hingegen wie ein Murmeltier im Winter.

Sie hockte sich auf ein Kissen vor das Bett, schaltete ihren Laptop an und surfte durch das Netz.

Sie fand auf Facebook nichts Interessantes, in ihrem E-Mail-Account gab es außer einigen Werbemails nur Smalltalk von Mitstudentinnen und Mitstudenten. Sie schaute sich die News auf der Startseite des Österreichischen Alpenvereins an und scrollte durch den Blog des Filmfests St. Anton. Das tat sie in schöner Regelmäßigkeit; sie mochte die Filmausschnitte aus den vergangenen Veranstaltungen: Bouldern, Klettern, Ski und Snowboard extrem.

Heuer will ich wieder mal hin, dachte sie. Die ganze Zeit beim Filmfest sein. Tagsüber klettern oder mountainbiken, abends ins Kino.

Aber wahrscheinlich kommt doch wieder etwas dazwischen.

Sie gab bei Google das Stichwort »Steinschlag« ein. Auf den ersten Seiten ging es fast nur um Steinschlagschäden beziehungsweise Reparaturen am Auto und um steinschlaggefährdete Straßen.

Dann aber stieß sie auf einen Artikel des Kurier:

»Frauenmörder von Scharnitz ... Tatwaffe Flussstein ... Marianne G. wurde mit einem Stein erschlagen ... Täter ist flüchtig ... bis jetzt fehlt jede Spur ...«

Auf der Flucht, dachte sie. Er ist auf der Flucht. Einer, der mit Steinen zuschlägt. Der ist sehr verbunden mit der Natur, dachte sie. So einer versteckt sich nicht in einer Stadt. So einer verkriecht sich in der Natur, in der Wildnis. Irgendwo in den Bergen, in einem Gelände, wo nie jemand hinkommt.

In einer Höhle vielleicht. Oder in einem aus Zweigen und Reisig und Laub selbst gebauten Verschlag.

Obwohl es Nacht war, konnte sie vom Nordfenster der Wohnung aus das Gebirge erkennen, die Silhouette der Karwendelkette, die über Innsbruck aufragte. Die Umrisse und die Lichter der Seilbahnstationen Karwendelgrube und Hafelekar. Sie wusste, dass dies nur die südlichsten Ausläufer des riesigen Gebirges waren, das sich, zergliedert von mehreren tief eingeschnittenen Bergtälern, viele Kilometer nach Westen wie nach Osten erstreckte. Das Karwendel war beliebt bei Wanderern und Bergsteigern. Und dennoch war der größte Teil von diesem Gebirge so wild, so ursprünglich geblieben, dass sich einer, der sich verstecken wollte, dort unsichtbar machen konnte.

Da draußen ist er. Irgendwo da draußen im Gebirge.

Vielleicht glaubt er sogar, unsichtbar zu sein.

Ich glaube es nicht, dachte sie.

Unsichtbar ist er nicht.

11

»Du bleibst hinter der Scheibe«, sagte Hosp, »und rührst dich bitte nicht von der Stelle. Niemand erfährt, dass du heute hier bist – versprichst du mir das?«

Schwarzenbacher nickte. »Versprech ich dir. Und jetzt lass mich nicht länger warten. Du hast mir die Zähne ja schon verdammt lang gemacht.«

»Eins noch«, sagte Hosp, »eventuell kommt noch ein gewisser Dr. Sinic zu dir in die Kabine. Ich hatte ihn gebeten, dabei zu sein, doch er wusste noch nicht, ob es bei ihm zeitlich klappen würde.«

Schon war er draußen aus der kleinen Beobachtungskabine. Und wenige Augenblicke später sah Schwarzenbacher ihn den Vernehmungsraum betreten.

Hosp legte sich Papier und Kugelschreiber auf dem Tisch in der Mitte des Raumes zurecht, setzte sich auf einen der Stühle, checkte das Aufnahmemikro, nahm das Haustelefon und ließ Hedwig Senkhofer zu sich bringen.

Schwarzenbacher, der hinter dem verspiegelten Fenster saß, sah eine Frau um die fünfzig hereinkommen. Der Beamte, der sie brachte, verließ den Raum sofort wieder und zog die Tür hinter sich zu.

Die Frau trug ein geblümtes Kleid, das ihr bis über die Knie reichte und in der Taille ein wenig zu eng wurde. Darüber trug sie eine grau-beige Weste, die sie nicht zugeknöpft hatte.

Was Schwarzenbacher an Hedwig Senkhofer sofort auffiel, war ihre fahle Ungeschminktheit. Sie hatte das Haar straff nach hinten gesteckt, kein Lidschatten, keine Wimperntusche zierte ihre Augen, kein Lippenstift rötete ihren Mund. Sie wirkte wie eine Frau, die nach acht Jahren Haft dem Richter vorgeführt wird, auf dass dieser prüfe, ob sie vorzeitig entlassen werden könne oder ob sie auch die restlichen Jahre noch abzusitzen habe.

Eine verhärmte, gebrochene Frau, dachte Schwarzenbacher.

Hosp bat sie, sich auf den freien Stuhl zu setzen. Er machte sie darauf aufmerksam, dass er das Gespräch auf Tonband mitschneiden würde. Sie nickte nur.

Nachdem er ihren Namen, ihre Adresse, das Datum, die Uhrzeit und seinen Namen auf Band gesprochen hatte, wies er sie – nochmals – darauf hin, dass sie Anrecht auf einen Anwalt hätte, und fragte, ob sie davon Gebrauch machen wollte. Doch Hedwig Senkhofer schüttelte erst nur den Kopf, besann sich aber darauf, dass ein Tonband keine Filmkamera war, und sagte laut und deutlich: »Nein.«

Und dann fügte sie hinzu: »Keinen Anwalt. Ich will nur mit Ihnen sprechen.«

Ihre Stimme war fest. Hosp merkte das gleich. Die Frau war heute in einer ganz anderen Verfassung als bei der ersten Begegnung in Scharnitz. Sie schien sich innerlich gesammelt zu haben. Nun gab es zwei Möglichkeiten: dass sie sich Ausflüchte zurechtgelegt hatte bis ins kleinste Detail – oder dass sie sich durchgerungen hatte, reinen Tisch zu machen. Hosp hatte das in seiner langen Laufbahn als Kripobeamter immer wieder erlebt: Schon der Entschluss, sich zu offenbaren, ließ oft ein scheinbar erdrückendes Gewicht von den Schultern eines Befragten rutschen.

»Fangen wir mit dem Tag an, an dem Marianne Grasberger ermordet worden ist. Ich möchte wissen, ob Ihr Bruder, Ferdinand Senkhofer, an diesem Tag bei Ihnen im Haus war.«

»Das ist nicht wichtig«, sagte Hedwig Senkhofer.

Hosp sah sie verdattert an.

»Das ist nicht wichtig?«, fragte er.

»Nein«, sagte sie. »Die Geschichte hat einen Anfang. Und der war vor langer Zeit.«

»Dann fangen Sie eben mit diesem Anfang an. Mich interessiert alles, was Sie zu erzählen haben.«

Die Senkhofer sah Hosp lange schweigend an. Dann begann sie mit ihrer Geschichte. Und sie schien sich dabei zu bemühen, gut verständlich schriftdeutsch zu sprechen.

»Ferdinand ist mein jüngerer Bruder. Zwei Jahre jünger. Er ist geistig zurückgeblieben. War nie in der Lage, einem Schulunterricht zu folgen. Die ersten Jahre hat man ihn an der Schule so durchgeschleift. Aber dann, ab der vierten Klasse, war er denen wohl nur mehr ein Klotz am Bein. Sie haben meiner Mutter empfohlen – mein Vater war ja bereits gestorben, und sie lebte auch nur noch ein paar Jahre –, ihn in ein Heim zu tun. Aber das wollte sie nicht, das wollten wir alle nicht. Ferdinand störte ja nicht in unserem Frauenhaushalt und der kleinen Landwirtschaft. Im Gegenteil. Er machte sich überall ein bisschen nützlich, einfache Arbeiten konnte man ihm gut übertragen. Und er war immer pflegeleicht. Ein freundlicher Mensch, nicht aggressiv, nicht gewalttätig …«

»Da möchte ich aber doch Zweifel anmelden«, unterbrach sie Hosp sarkastisch.

Die Senkhofer sah ihn mit finsterem Blick an. »Sie haben keine Ahnung. Überhaupt keine«, sagte sie. »Ferdinand ist ein sensibler Mensch. Zu sensibel. Ich glaube, er weiß sehr genau, dass er anders ist als die anderen. Und deshalb ist er sich immer sehr allein vorgekommen auf der Welt. Er hat sich an unsere Mutter und mich geklammert. Später nur noch an mich. Ich war alles für ihn. Ich bin es bis heute.«

Sie holte ein Papiertaschentusch aus einer ihrer Westentaschen, schnäuzte sich, sprach dann weiter:

»Er hat ein Verhältnis völliger Abhängigkeit zu mir entwickelt. Heute weiß ich, dass es auch meine Schuld ist. Ich hätte etwas tun müssen, dass er zumindest im Rahmen seiner Möglichkeiten eine eigenständige Person wird. Aber ich war jung. Wir waren jung. Ich musste ja für ihn da sein. Was hätte ich machen sollen? Ich war alles, was er hatte. Erst später habe ich begriffen, dass er in gleichem Maß für mich da war. Er hat immer auf mich aufgepasst. Lange war mir das nicht bewusst. Aber dann geschah etwas, was unser Leben zerstört hat. Meines genauso wie seines. Ich war jung …«

»Das haben Sie schon gesagt«, hätte Hosp am liebsten eingeworfen. Es kostete ihn Mühe, seine Ungeduld im Zaum zu halten. Aber er wusste nur zu gut, wie leicht die Bereitschaft, alles zu erzählen, ins Stocken geraten konnte – und wie schwierig es dann war, den Monolog wieder in Gang zu bringen.

»Ich hab mir in all den Jahren viele Gedanken gemacht, warum

Ferdinand so fürchterlich grausam reagiert hat. Ob es Eifersucht war oder ob er glaubte, dass ich bedroht gewesen bin? Ich glaube, es war eine Mischung aus beidem, was ihn veranlasst hat, Karl zu töten. Dabei hat Karl ihm nichts und mir nichts getan. Gar nichts. Aber das hat Ferdinand nicht verstanden ...«

Es war auch für Hosp nicht zu verstehen. Aber es dauerte nicht mehr lange, bis die Sache klar und offensichtlich war.

»1973 habe ich Karl zum ersten Mal getroffen. Es war Zufall. Er war als Bergsteiger im Karwendelgebirge unterwegs. Und ich bin von unserer kleinen Alm nach Scharnitz rausgegangen, um einige Besorgungen zu machen. Da sind wir uns wirklich über den Weg gelaufen. Und wir sind dann eine Stunde miteinander gegangen. Er war aus München, hat er mir erzählt, und er war gern in den Bergen. Karl hieß er, Karl Mannhardt ...«

Als Schwarzenbacher das hörte, hätte er am liebsten gegen die Scheibe geklopft.

Das war sein Fall!

Und er hatte so viele Fragen an diese Frau!

Aber ich bin ja nicht da, dachte er. Darf ja nicht da sein. Hoffentlich macht Hosp bald eine Pause, damit ich mit ihm reden kann. Aber er wird doch auch so wissen, von welcher Brisanz diese Geschichte für mich ist.

»Er war freundlich, bescheiden. Ich hab ihn auf Anhieb gemocht. Nun müssen Sie aber wissen, dass ich keinen Mann vor ihm gehabt habe. Nie. Und nachher auch nicht mehr.«

Sie sagte das mit so großer Selbstverständlichkeit, dass Schwarzenbacher heraushören konnte, dass sie sich für nichts schämte. Eine andere Frau hätte das schwerlich zugegeben.

»Als wir uns dort verabschiedeten, wo die ersten Scharnitzer Häuser stehen – er musste zum Bahnhof und ich nach Hause –, hat er gleich gefragt, ob er mich wiedersehen könnte. Ich habe ihm gesagt ...«

»Ich muss hier kurz einhaken, Frau Senkhofer«, sagte Hosp. »Wenn Sie diese sehr persönlichen Dinge lieber mit einer Beamtin statt mit mir besprechen wollen ...«

Sie sah ihn verdutzt an. »Das würde die Sache nicht besser machen«, sagte sie nur. »Es ist mir egal, ob Sie ein Mann sind oder eine Frau. Für mich war das nie wichtig, ist es nicht wichtig. – Ich habe Karl wiedergetroffen, nach ein paar Tagen schon. Ich hatte ihm gesagt, dass ich drei oder vier Tage in Scharnitz sei, bevor ich wieder auf die Alm hinaufmüsse. Er hat gesagt, er könnte mich auf der Alm besuchen. Aber das wollte ich nicht. Ferdinand war droben, und ich habe von Anfang an gespürt, dass es nicht gut gehen würde: mein Bruder und der Karl. Ich hab das verheimlichen wollen, solange es nur ging. Der Ferdinand hat erst mal nichts mitbekommen.«

Sie machte auf Schwarzenbacher einen gefassten, sehr entschiedenen Eindruck. Er kannte diese Art von Menschen im Verhör: Sie hatten ihren inneren Widerstand aufgegeben und waren nun bereit, alles oder zumindest fast alles preiszugeben.

»Ich glaube, im Dorf selbst hat auch nie jemand was mitbekommen«, fuhr sie fort, »auf alle Fälle ist mir nie ein Gerede zu Ohren gekommen. Ich war den Sommer über auf der Alm, bin aber unter allerlei Vorwänden viel öfter ins Tal als sonst. Da hab ich dann den Karl zu mir heimgeholt. Ich hab ihn gerngehabt, von Anfang an. Doch genau genommen war das Reizvollste daran die sexuelle Erfahrung. Ich habe ja wie gesagt nie einen Mann vorher gehabt. Und Karl war gut zu mir. Das muss ich sagen. Er hat mich zur Frau gemacht. Er hat mir die Tür zu etwas aufgestoßen – Ferdinand hat sie dann aber zugestoßen und abgesperrt und verrammelt und verriegelt. Für immer. Es hat keine andere Tür gegeben. Keinen Notausgang. Für mich nicht. Irgendwann, es war im frühen Herbst und ich bin wieder einmal runter nach Scharnitz, um mit Karl das Wochenende zu verbringen, stand plötzlich Ferdinand in der Tür. Zwei Ziegen waren krank geworden, zwei gottverdammte Ziegen. Und wegen dieser beiden Ziegen ist er ins Tal abgestiegen – um mich zu holen. Und wegen dieser beiden verdammten Ziegen ist in diesem Moment meine Welt zerbrochen. Und seine auch.«

Sie sah auf, sah durch Hosp gleichsam hindurch, schien an den kahlen Wänden des Vernehmungszimmers ihre Erinnerungen zu sortieren und in die richtige Reihenfolge zu bringen. Stockend fuhr sie fort:

»Ferdinand fand uns in einer sehr verfänglichen Situation. Aber dass das gut für mich war, hat er nicht verstanden, damals nicht und später auch nicht. Er ist hereingestürmt, hat Karl weggerissen von mir, hat ihn vom Bett gezerrt und auf den Boden gestoßen.

Ich habe geschrien. Habe geschrien: ›Hör auf! Hör auf! Hör auf!‹, und währenddessen hat sich mein nackter Liebhaber zu wehren versucht oder wenigstens zu entkommen. Aber Ferdinand war wie rasend, hat gebrüllt: ›Der darf dir nichts tun! Ich bring ihn um! Der darf dir nichts tun!‹

Ich hab meine ganze Kraft aufbieten müssen, ihn zu halten, ihn zu beruhigen. Aber das ist mir nie wirklich gelungen. Ferdinand hat geglaubt, dass Karl mir Gewalt angetan hätte. Er hat nicht verstanden und nicht einsehen können, dass ich es genauso gewollt habe wie Karl. Er hat einfach nicht realisiert, dass ich mehr war als nur seine Schwester. Dass ich auch noch ein eigenes Leben hatte, haben wollte. Aber da ist ja nichts draus geworden.«

Sie sah zu dem Spiegel im Raum und lächelte.

»Hinter dem Spiegel«, sagte sie, »da hockt doch bestimmt wer und schaut uns zu, oder?«

Hosp sah zum Spiegel, schaute wieder zu Hedwig Senkhofer und sagte nur: »Erzählen Sie bitte weiter.«

***

Nachdem Klar mehrmals um den Backsteinbau der Kirche herumgeschlichen war und nachdem er mehrmals vor dem Schaukasten mit den Veranstaltungshinweisen gestanden hatte, ohne dass er die Aushänge und die lutherischen Bibelzitate wirklich gelesen hätte, betrat er das an die Kirche grenzende Gemeindehaus, suchte das Sekretariat und fragte, ob Herr Oltmanns zu sprechen sei.

»Um was geht es denn?«, fragte die Sekretärin freundlich.

Ihre Freundlichkeit erstaunte ihn, er hatte nicht damit gerechnet. Er hatte mit gar nichts gerechnet, so gefangen war er in seinen Qualen.

»Das kann ich ihm nur selbst sagen.«

»Ist es eilig?«

»Sehr.«

»Dann ist es am besten, Sie warten hier.« Die Sekretärin bot ihm einen Stuhl an. »Er müsste in einem Viertelstündchen zurück sein.«

Klar setzte sich. Aber er hätte jetzt alles lieber getan, als dazusitzen. Seine Hände und Füße bewegten sich unruhig und ohne Unterlass. Es dauerte nur fünf Minuten, ehe er aufsprang und sagte:

»Dann erledige ich in der Zwischenzeit noch was ...«

»Aber ...«

»Ich bin gleich wieder da. Vielen Dank.«

Und schon war er draußen aus der Tür.

Die Sekretärin hatte ein komisches Gefühl, was diesen Mann betraf. Aber sie verdrängte es, vergaß ihn, hatte viel zu tun.

***

»Ich habe ihn angeschrien, habe ruhig mit ihm gesprochen, habe ihn angefleht. Doch er hat es einfach nicht verstanden«, sagte Hedwig Senkhofer. »Hat nicht verstanden, dass Karl fortan zu mir gehören sollte. Er hat ihn als Feind betrachtet, als einen Menschen, der mir nur schaden wollte. Und wenn nicht mir, dann unserem Verhältnis.«

»Ich möchte hier eine winzige Unterbrechung machen, Frau Senkhofer«, sagte Hosp. »Ich hätte jetzt gern einen Kaffee, und wenn Sie wollen, bringe ich Ihnen auch einen. Oder auch irgendwas anderes: eine Cola, einen Almdudler oder ein Pago-Saftl.«

Die Senkhofer nickte. »Einen Kaffee«, sagte sie. »Bitte.«

Schwarzenbacher hatte nun Gelegenheit, Hedwig Senkhofer zu beobachten, wie sie allein in diesem ungastlichen Vernehmungsraum saß. Sie wirkte wie ... ja, wie wirkte sie?

Sie wirkt irgendwie wie ein Vogel, der nicht mehr fliegen kann, dachte er.

Sie wirkt wie ein Wesen, das sein Leben nie leben konnte, weil es mit gebrochenen Flügeln nie vom Boden wegkam.

Die Tür öffnete sich, und Hosp kam herein.

»Was sagst du?«

»Ich kann mich nur bedanken«, sagte Schwarzenbacher.

»Bedanken?«

»Dafür, dass du mich dazugeholt hast. Du erlebst mich beinahe sprachlos. Und du weißt ja, oft kommt das nicht vor.«

»Treffer?«, fragte Hosp. Aber er wusste die Antwort natürlich schon.

»Volltreffer«, sagte Schwarzenbacher. »Du kennst das ja selbst. Wenn eine Vermutung zur Gewissheit wird, dann stellt sich ein unbeschreibliches Gefühl ein ...«

»Eine Mischung aus Euphorie und Erschöpfung.«

Schwarzenbacher nickte. »Ich bin im Moment völlig fertig. Und zugleich schlägt mein Puls bestimmt deutlich schneller als sonst. Ich steh unter Strom. Komm mir vor wie ein Boxer, der einen Kampf gewonnen hat, aber selbst auch gehörig einstecken musste.«

Hosp lächelte und nickte. »Kenn ich gut.«

Schwarzenbacher sah ihn an. »Reuss wird Augen machen«, sagte er. Und dann fügte er hinzu: »Mach schnell weiter. Ich bin so gespannt, was du noch zutage förderst.«

»Keinen Kaffee? Ich lass grad einen bringen für die Senkhofer und mich.«

Schwarzenbacher schüttelte nur den Kopf.

Hosp blieb noch einen Moment lang in der Tür stehen. »Glaubst du, dass sie Mittäterin ist?«

Schwarzenbacher überlegte nur ein paar Sekunden. »Ich glaube, dass sie schwere Schuld auf sich geladen hat. Aber ob man sie juristisch belangen kann, ist eine andere Frage.«

Als Hosp wieder im Vernehmungsraum war und vor Hedwig Senkhofer und vor sich je eine Tasse Kaffee gestellt hatte, war seine erste Frage:

»Warum hat Ihr Bruder Karl Mannhardt umgebracht?«

Die kurze, prägnante Frage kam so knallhart, ohne Vorwarnung, dass Hedwig Senkhofer zusammenzuckte.

Nach einer Weile, während der sie mit ihren Blicken einen Ausweg aus diesem Raum zu suchen schien, sagte sie mit gepresster Stimme, dass sie so nicht mit ihm sprechen könne. Dass sie es nicht zulasse, Ferdinand in eine Ecke gedrängt zu sehen, ihn als Mörder abgestempelt zu wissen.

»Sein Antrieb war nie einfach nur Hass, müssen Sie wissen. Sein Antrieb war immer die Liebe. Er liebt mich so sehr, dass ich ihm nicht einmal wirklich böse sein kann für das, was er getan hat. Er hat alles nur getan, um mich zu schützen, um Schlimmes von mir abzuhalten.«

Hosp war anzusehen, dass ihm diese Ausflüchte in die Geschwisterliebe ungeheuer auf die Nerven gingen. Zugleich war er erfahren genug, dass er jetzt nicht opponierte, sondern die Frau einfach weiterreden ließ.

»Wir haben irgendwie dann ja zu dritt zusammengelebt«, berichtete sie. »Karl ist an den Wochenenden auf die Alm gekommen und später, im Winter, zu mir nach Scharnitz. Er war viel in den Bergen unterwegs. Immer beim Wandern und Bergsteigen oder beim Skitourengehen. Aber an den Abenden war er da, hat mit uns gegessen, hat bei mir geschlafen. Er hat immer Geld gegeben – fürs Essen, meine ich! – oder Lebensmittel mitgebracht. Aber Ferdinand hat ihn gehasst, das war zu sehen und zu spüren. Einmal, als Karl wieder in den Bergen war, hat er gesagt: ›Ich hör dich schreien in der Nacht. Der ist nicht gut zu dir, der Karl. Wenn er dir wehtut, mach ich ihn tot.‹ Damals hab ich das nicht ernst genommen. Hab meinen Bruder bedauert, dass er keine Ahnung hatte von dem, was zwischen einem Mann und einer Frau im Bett alles Schönes geschehen konnte, so schön, dass es zum Schreien ist. Habe ihm nur die Wangen getätschelt und gesagt, dass er sich zu viele Sorgen mache, dass die ganz nutzlos seien, mir gehe es schon gut, und dass der Karl ein lieber Mensch sei.«

Sie sah Hosp an. »Glauben Sie mir, ich will mich nicht freisprechen von meiner Schuld – ganz im Gegenteil: Sie verfolgt mich seit dreieinhalb Jahrzehnten jeden Tag, an dem ich lebe –, aber ich muss Ihnen sagen, dass ich damals nicht geahnt habe, wie tief, ja, wie abgrundtief Ferdinand gehasst hat, wie verzweifelt er gewesen sein muss.«

Sie schnäuzte sich wieder und trank einen Schluck vom Kaffee.

»Sie haben ihn geliebt, oder?«, fragte Hosp.

»Wen?«, sagte die Senkhofer.

»Mannhardt.«

»Ich weiß es nicht«, sagte sie zuerst. »Vielleicht schon. Ich habe ja von der Liebe nicht viel verstanden. Aber ich hab es nicht nur wegen dem Haushaltsgeld mit ihm gemacht, wenn es das ist, was Sie meinen. Und ich habe Ferdinand geliebt, anders. Und ich lasse uns nicht auseinanderdividieren, egal, was geschehen ist.«

»Mannhardt ist im Juli 1974 ums Leben gekommen. Was hat sich zuvor ereignet? Was war der berühmte Tropfen, der bei Ferdinand das Fass zum Überlaufen gebracht hat?«

Leise wurde die Tür zur Beobachtungskammer geöffnet. Den Mann, der eintrat, kannte Schwarzenbacher flüchtig. Es war Dr. Sinic.

»Wie läuft es?«, sagte er flüsternd. Er wusste zwar, dass Hosp und die Frau ihn auch bei normaler Lautstärke nicht hätten hören können, doch er hatte diesem Umstand nie getraut.

Schwarzenbacher nickte. »Sie packt aus«, sagte er. »Ihr Bruder hat die Frau in Scharnitz umgebracht. Und noch einen anderen Menschen – vor über fünfunddreißig Jahren …«

»Dann komme ich wohl gerade richtig?«

Schwarzenbacher und der Arzt drückten sich die Hände.

»Kann man so sagen«, sagte Schwarzenbacher. »Das Wichtigste kommt erst noch.«

***

Der Superintendent war nicht überrascht, als ihn jemand spätnachmittags an der Tür seines Privathauses unvorangemeldet um ein Gespräch ersuchte. So etwas kam häufiger vor. Allerdings kannte er den jungen Mann nicht, der sich als Olaf Klar vorstellte und überaus aufgeregt zu sein schien.

Superintendent Oltmanns bat ihn herein und führte ihn in sein Arbeitszimmer.

Frau Oltmanns sah den jungen Mann im Flur – eigentlich hatte sie fragen wollen, ob sie mit dem Tee warten sollte, aber sie erkannte an der Mimik ihres Mannes und an der Nervosität des Gastes, dass hier etwas von Wichtigkeit geschah und dass sie sich jetzt am besten zurückzog, nichts fragte, nicht störte.

Sie sollte allzu sehr recht behalten mit ihrer Einschätzung. Für Oltmanns war es das außergewöhnlichste Gespräch, zu dem er in seiner langjährigen geistlichen Tätigkeit ins Vertrauen gezogen worden war. Es war das Erschütterndste und Fürchterlichste, was er je persönlich zu hören bekommen hatte. Und trotzdem – oder gerade deshalb – hätte er dieses Treffen durch nichts und niemanden stören lassen wollen.

Olaf Klar, ein junger Mann, der nichts Gewalttätiges oder Brutales an sich hatte, gestand ihm, an zwei grauenvollen Tötungsdelikten beteiligt gewesen zu sein. »Ich habe immer wieder daran gedacht, mich umzubringen. Und ich halte es immer noch für das Beste. Aber ich kann es nicht tun, bevor ich mich nicht jemandem offenbart habe …«

Mit zwei Freunden, Mitschülern an einem Münchner Internat, war er in den Sommerferien in den Bergen unterwegs gewesen. Beim ersten Mal hatten die Eltern nur schweren Herzens ihre Einwilligungen gegeben. Aber dann … es war ja alles gut gegangen beim ersten Mal … und im übernächsten Jahr waren die Jungs zwei Jahre älter …

»Wir haben es getan, weil uns langweilig war«, sagte Klar. »Wir haben diesen Mann erschlagen, weil uns langweilig war und weil wir uns daran berauscht haben, die Macht zu haben über sein Leben und seinen Tod.«

»Wann war das?«, fragte Oltmanns, der um Fassung rang.

»Das war 2002«, sagte Klar. »Im Rofangebirge. Das ist so ein Gebirge in Tirol, nicht weit von der Grenze zu Bayern. Der Achensee ist ganz in der Nähe.«

»Warum? Warum nur? Warum gerade diesen Mann?«

»Es war einfach Zufall. Es hätte auch jeder andere sein können, der des Wegs gekommen wäre. Allein musste er sein, und weit und breit durfte niemand in der Nähe sein. Aber es gibt im Rofan ganz einsame Gebiete …«

»Sie haben ein zweites Mal gemordet?«

Klar legte sein Gesicht wie ein Büßer in die Hände und begann zu schluchzen. Er schluchzte so sehr, dass er kein Wort mehr herausbrachte.

Oltmanns, der sich hinter seinem wuchtigen Schreibtisch geradezu verschanzt hatte, um die Wogen des Horrors nicht ganz an sich heranzulassen, erlebte sich selbst hilflos.

Sein Beruf verlangte, Trost zu geben. Seine christliche Haltung forderte Verständnis, und wenn schon nicht Verständnis, dann wenigstens Verstehen. Doch er konnte nicht verstehen, und er wollte nicht trösten. Er war voller Wut und voller Verzweiflung, und am liebsten hätte er diesen Olaf Klar am Kragen gepackt und vor die Tür gesetzt. Er hörte jedoch auch die Geschichte des zweiten Mordes noch an, als Klar wieder zu sprechen in der Lage war, und dabei wuchsen Wut und Verzweiflung in ihm wie ein Geschwür.

Das Einzige, was ihn für Klar einnahm, war die Tatsache, dass er ein Gewissen haben musste. Es schien ihn jetzt so sehr zu quälen, dass er nicht mehr ein und aus wusste. Oltmanns glaubte zu wissen, was Klar von ihm wollte: ihm die Last der Geschichten aufbürden, sie los sein, vielleicht sogar Trost erhalten und so etwas Ähnliches wie Absolution.

»Sagen Sie mir ... sagen Sie mir bitte, was ich machen kann ... ich kann so nicht mehr leben ... was kann ich nur tun?«, stammelte Klar am Ende seine Beichte. »Ich kann und will so nicht mehr leben. Ich kann einfach nicht mehr.«

Oltmanns schwieg. Er sah sich den jungen Mann an, der wirklich sympathisch gewirkt hätte, wären da nicht diese grauenvollen Bluttaten gewesen – grundlos, zufällig, ohne Motiv, ohne Ziel, nur so aus Langeweile. Und um Menschen beim Sterben zuzusehen.

»Ziemlich viele Ichs«, sagte er dann, und seine Stimme klang nachdenklich und forsch zugleich. »Sie reden nur davon, dass *Sie* das alles nicht mehr aushalten können. Haben Sie auch mal darüber nachgedacht, wie es den Angehörigen Ihrer Opfer ergangen ist? Was die an Leid zu tragen hatten und sicher immer noch an Leid tragen? Ich nehme an, das haben Sie nicht. Zumindest nicht in dem Ausmaß, wie Sie sich selbst bedauern. Und nun kommen Sie zu mir und wollen geistlichen Beistand. Aber dafür, das sage ich Ihnen ganz offen, ist es noch viel zu früh. Was Sie zu tun haben ...«

Klar schaute ihn mit verweinten Augen und offenem Mund an.

Er ist immer noch ein Schuljunge und kein erwachsener Mann, dachte der Superintendent. Ein mörderischer Schuljunge …

»Was Sie zu tun haben«, fuhr er dann fort, »ist, zur Polizei zu gehen und ein umfassendes Geständnis abzulegen. Sagen Sie aus! Verschweigen Sie nichts, nicht das kleinste Detail. Und zögern Sie nicht, Ihre Mittäter zu nennen – wie heißen sie gleich wieder?«

»Siegloch und Gensner«, schluchzte Klar. »Aber Siegloch ist tot, ist bei einem Autounfall ums Leben gekommen … der Glückliche.«

»Der Glückliche? Sie glauben also, dass dieser Siegloch Glück hatte, weil er umgekommen ist und nun mit dieser schweren Schuld vor Gott hintreten muss? Und Sie möchten am liebsten auch hin sein, tot, nicht mehr belastet von Ihrem Verbrechen? Das würde Ihnen so passen.«

Oltmanns wischte sich mit einem sorgfältig zusammengelegten Taschentuch Schweißperlen von der Stirn.

»Gehen Sie zur Polizei! Ich beschwöre Sie: Stellen Sie sich – und machen Sie für sich und die Welt reinen Tisch in diesen schrecklichen Angelegenheiten.«

»Ich habe Angst davor«, sagte Klar. »Ich habe Angst davor, die nächsten Jahre eingesperrt zu sein.«

»Sie hatten keine Angst davor, Ihren Opfern das Gehirn aus dem Kopf quillen zu sehen! Kommen Sie mir jetzt nicht mit Angst! Und was das Eingesperrtsein betrifft: Sie sind eingesperrt. Auch jetzt. Und wenn Sie sich nicht stellen, dann werden Sie keinen freien Atemzug mehr nehmen, solange Sie leben. Sie müssen nicht nach Tirol fahren – hier in der Bahnhofstraße Nummer 15 ist ein Polizeikommissariat. Sträuben Sie sich nicht länger – gehen Sie dorthin. Ja, gehen Sie. Ich kann nichts für Sie tun, nicht im Moment. Aber wenn Sie sich stellen, wenn Sie die Verantwortung übernehmen, dann werde ich auch versuchen, Ihnen geistlichen Beistand zu leisten.«

Olaf Klar erhob sich wortlos. Die Schultern so gesenkt, als hätte er sich die beiden Toten ganz real aufgeladen, ging er zur Tür. Erst da sagte er ein fast tonloses »Danke schön«, ging leise hinaus und verschwand.

Superintendent Oltmanns hörte die Eingangstür ins Schloss fallen.

Olaf Klar sah er nie wieder.

***

»In den Monaten, die auf unseren gemeinsamen Winter folgten, ist Ferdinand immer seltsamer geworden. Schon bevor wir auf die Alm hinauf sind, ist er immer häufiger in den Bergen herumgestreunt. Ich war der Meinung, er brauche das Alleinsein, um mit sich ins Reine zu kommen. Und irgendwie stimmte das ja auch. Ferdinand rang mit sich selbst, da bin ich mir ganz sicher. Er suchte die Einsamkeit, um die richtige Entscheidung zu finden. Und als er dann hörte, Karl wolle unter der Woche in die Leutasch und zur Meilerhütte, da ist er auch dorthin und hat auf ihn gewartet ...«

»Haben Sie davon gewusst?«

»Ich hab keine Ahnung gehabt, was in Ferdinand vorging.«

»Ob Sie davon gewusst haben, will ich hören!« Hosp konnte seine Ungehaltenheit nur schwer beherrschen.

Hedwig Senkhofer zögerte eine Weile. Dann sagte sie entschieden: »Nein.«

»Was geschah dann?«, fragte Hosp.

Wieder zögerte sie.

»Können wir nicht eine Pause machen?«, bat sie schließlich.

»Können wir«, sagte Hosp. »Bald. Doch davor hätte ich gerne noch erfahren, was geschah, als Ferdinand nach der Tat zu Ihnen zurückgekehrt ist.«

Sie schwieg. Schwieg beharrlich. Sah Hosp lange an. Und sah ihn lange nicht an. Sie schien sich sammeln zu müssen und dabei abzuwägen, was sie sagen wollte und was sie besser verschwieg.

»Er kam auf die Alm, hatte Blut an den Hosenbeinen und an seinem durchgeschwitzten Hemd und sagte zu mir: ›Ich hab den Karl totgemacht.‹ Sie können es glauben oder nicht: Als ich verstanden hatte, was wirklich geschehen war, hab ich eine Axt genommen und bin ihm nach. Er ist weggerannt, immer um die Hütte herum, herum und herum, und ich hätte ihm den Schädel gespalten, wenn ich ihn erwischt hätte. Doch irgendwann hatte ich keine Kraft mehr, bekam keine Luft mehr, bin einfach hingefallen und habe nur noch geheult. Und Ferdinand hockte zehn oder fünfzehn Meter weit weg von mir, hat geschnauft wie eine Dampflok, er hat mich belauert und ich ihn. Dann sind wir tagelang um uns herumgeschlichen, sind uns zwar aus dem Weg gegangen, soweit das nur möglich ist da oben, geredet haben wir gar nichts miteinander. Tagelang, eine Woche, vielleicht sogar zwei.«

Sie schaute zu Hosp. Ihre Augen schienen etwas zu fragen. Ihm kam es vor, als würde sie sich wenigstens ein bisschen Verständnis erhoffen. Aber er gab ihr keines. Er war froh, dass sie sich davon nicht beirren ließ, sondern weitererzählte.

»Aber dann ... wir sind wieder aufeinander zu ... sind zueinander zurückgekehrt ... so wie ein altes Ehepaar halt ... es wär ja auch nicht gegangen, nur aneinander vorbeizuleben ... und außerdem ist mir immer klarer geworden, dass Ferdinand das auch mir zuliebe getan hat. Nicht etwa, dass ich es gutgeheißen hätte! Aber wenn ich mich in seine Lage versetzt habe, ist mir bewusst geworden, dass es so ist.«

»Dann war er nie im Ausland, sondern immer auf dieser Alm versteckt?«, fragte Hosp.

Hedwig Senkhofer nickte.

»Es ist doch gar nicht aufgefallen. Ob Ferdinand auf unserer Alm war oder in Australien – er hat vorher niemanden interessiert und nachher genauso wenig. Er hätte bis ans Ende seiner Tage in Frieden leben können, und niemand hätte noch nach ihm gefragt. Aber er musste ja unbedingt ins Tal kommen, hat es nicht mehr ausgehalten ganz allein ... und dann hat ihn die Grasberger wiedererkannt. Was hätte er denn tun sollen? Sagen Sie's mir: Was hätte er tun sollen?«

»Ist er jetzt wieder auf der Alm?«, fragte Hosp.

Sie zuckte mit den Schultern. »Könnte sein, könnte nicht sein. Er hat es heruntergeschafft, hat unzählige gefährliche Lawinenstriche gequert und ist heil davongekommen. Aber ob das auch ein zweites Mal möglich war? Ich weiß es nicht. Auf jeden Fall kann ich Ihnen sagen, dass ich ihn nicht mehr gesehen habe seit dem Morgen, an dem die Grasberger getötet worden ist.«

Hosp warf einen flüchtigen Blick zur Spiegelscheibe, hinter der Schwarzenbacher saß. Dass Dr. Sinic mittlerweile eingetroffen war, konnte er nicht wissen.

Hedwig Senkhofer folgte seinem Blick. Dann sah sie ihn wieder an. Über ihr Gesicht glitt ein sarkastisches Lächeln.

»Ich habe es gewusst«, sagte sie und zeigte mit einem Nicken auf die Scheibe. »Ich habe es von Anfang an gewusst, dass irgendwer dahinterhockt.«

Hosp sagte nichts dazu.

Ihm ging nur durch den Kopf, was nun getan werden musste, um diesen Ferdinand zu finden. Für den Augenblick hatte er genug von der Frau. Er wollte mit seinem Assistenten sprechen. Und mit Paul Schwarzenbacher. Ferdinand Senkhofer musste gefasst werden, so schnell es nur ging. Es war nicht auszuschließen, dass noch mehr Unheil geschah.

»Wir machen eine kleine Pause«, sagte er. »Danach macht mein Kollege weiter.«

***

Superintendent Oltmanns verbrachte zwei unruhige Stunden in seinem Arbeitszimmer. Er überlegte, fasste Entschlüsse – und verwarf sie wieder. Nervös ging er auf und ab, schenkte sich aus einem Krug Leitungswasser in sein Glas, trank dann aber nicht davon, sondern vergaß es völlig. Immer wieder dachte er alle Alternativen durch, die sich ihm anboten.

Die Polizei anrufen und berichten, was dieser junge Mann ihm gebeichtet hatte.

Oder darauf hoffen, dass seine Worte gefruchtet hatten und Klar sich selbst stellen würde.

Oder selbst aktiv werden: herausfinden, wo Klar lebte, wo sein Komplize Gensner lebte – ein bisschen etwas hatte er ja bereits in Erfahrung bringen können.

Oder einfach gar nichts tun, die Sache in Gottes Hand legen und warten, dass seine Gerechtigkeit alles regeln würde.

Ich bin zwar ein Pastor, dachte er, bin gottesfürchtig und fromm, seit ich diesen Weg vor vierzig Jahren eingeschlagen haben. Aber –

er dachte dies ganz leise, damit ja niemand etwas davon mitbekommen konnte – so sicher bin ich mir mit Gottes Gerechtigkeit nun auch wieder nicht, als dass ich das einfach aussitzen könnte.

Selbst zu ermitteln, das hielt er für eine Schnapsidee. Bin ja nicht Pater Brown, dachte er. Es war das einzige Mal, dass er während dieser zwei Stunden schmunzelte.

Und die Polizei zu verständigen – das verstieß gegen das Berufsethos des Geistlichen. Aber bei Mord? Oltmanns wünschte sich, dass Klar nie zu ihm gekommen wäre. Nicht mehr lange bis zum Ruhestand, dachte er, und dann so etwas ... Aber die Polizei anrufen? Konnte er es mit seinem Gewissen vereinbaren, dass solche Gewalttäter länger frei herumliefen? Konnte er mit sich selbst ins Reine kommen, wenn er in zwei Wochen erführe, Klar hätte ein weiteres Mal gemordet? Doch Klar hatte nicht den Eindruck gemacht, als würde er noch jemanden ermorden können – allenfalls sich selbst. Nein, die Polizei kam nicht in Frage. Noch nicht.

Ich muss wenigstens einmal über diese Angelegenheit geschlafen haben, dachte er.

Dann aber nahm er den Telefonhörer ab und wählte die Nummer der Polizei in Esens.

Den Diensthabenden erkannte er gleich. Einer, der gelegentlich zur Kirche kam. Gewiss ein ganz rechtschaffener Mensch, allerdings ohne religiösen Ehrgeiz. Vielleicht einer, dem in seinem Beruf auch der Glaube an Gottes Gerechtigkeit abhandengekommen war. Nur allzu menschlich, dachte Oltmanns.

»Hallo, Herr Pfarrer. Was verschafft uns die Ehre?« Die Stimme des Beamten klang freundlich und gelassen. Klang nicht so, als hätte sich vor einer halben Stunde ein Mörder auf dem Kommissariat eingefunden.

»Der Grund meines Anrufs ...«, begann Oltmanns umständlich. »Also der Grund meines Anrufes ist der, dass ich nachfragen will, ob die Polizei Esens und Landkreis Wittmund dieses Jahr wieder einen Gottesdienst haben möchte ... ich meine, so wie alle Jahre im September, nach der Sommersaison.«

Der Beamte war sich sicher, dass es wieder gewünscht wäre, konnte aber nichts Genaueres dazu sagen. »Da muss ich mal mit den Wittmundern telefonieren. Bestimmt wollen die. Ich mach mich schlau und geb Ihnen Bescheid.«

»Und wie geht's sonst so?«, fragte Oltmanns. »Viel zu tun?«

»Bei uns doch nicht. Vorsaison! Vor allem junge Familien und Rentner, die jetzt da sind. Kein Problem. Mal 'ne Schlägerei in einem Gasthaus, letzte Woche ein Autodiebstahl – aber wer sich heute einen Audi A6 kauft, muss damit rechnen, dass dieses Teil bald in der Ukraine herumkutschiert wird. Na ja, und sonst das Übliche: Autounfälle, gewaltsame Ehestreitigkeiten, Ladendiebstahl und leider viel zu viele Jugendschutzthemen: Komasaufen, Drogen, diese ganze Scheiße ... oh, Pardon, Herr Pfarrer!«

»Ist schon gut«, sagte Oltmanns. »Es gibt Dinge, die man beim richtigen Namen nennen muss ... Dann wünsche ich Ihnen weiterhin einen ruhigen Tag und Abend ... Und Sie lassen von sich hören, ja? Vielen Dank.«

Olaf Klar war nicht zur Polizei gegangen. Zumindest bis jetzt nicht.

Vielleicht hängt er bereits an irgendeinem Baum, dachte Oltmanns – und ertappte sich dabei, dass ihm dieser Gedanke keinen schmerzhaften Stich versetzte.

Was ihn schmerzte, war der Umstand, dass die Entscheidung weiterhin bei ihm lag.

Er traf die falsche.

12

Marielle ließ sich nicht viel Zeit mit ihrer Genesung. Sie war so wütend darüber, in dieser gar nicht allzu schwierigen Seillänge an der Fleischbank gestürzt zu sein, dass sie noch mit Fäden in der Wunde und Verband um den Arm ein verschärftes Training aufnahm. Gymnastik, Aerobic, Klettern in der Halle. Und fast tägliches Lauftraining – am liebsten bergauf.

»Übertreib's nicht«, sagte Pablo.

»Ich will, dass mir so was nie wieder passiert«, gab sie trotzig zurück.

»Das hätte jedem passieren können«, sagte Pablo. »Manchmal hat man eben Pech. Wobei – richtiges Pech hast du ja gar nicht gehabt. Hättest dir genauso das Becken brechen können oder die Schulter, und das wär dann richtig scheiße gewesen.«

»Du verstehst das nicht«, sagte sie.

»Dann erklär es mir.«

Sie warf ihm einen düsteren Blick zu. Und spürte im selben Moment ihre eigene Ungerechtigkeit. Ihn traf nun wirklich keine Schuld an ihrer Misere.

Sie setzte sich zu ihm auf die Couch, schlug die Beine im Schneidersitz unter, legte einen Arm um seine Schultern und drückte ihre Stirn an seine Schläfe.

»Sei mir nicht böse«, sagte sie. »Ich bin einfach ein bisschen von der Rolle. Ich hab geglaubt, alles schon weggesteckt zu haben. Aber das stimmt nicht. Ich bin noch nicht wieder richtig bei Kräften. Sowohl physisch als auch mental fehlt wohl noch ganz schön viel.«

»Wenn du eine Zeit lang weniger schwer kletterst, dir weniger abverlangst, dann kehren bei dir Fitness und Selbstvertrauen ganz von selbst zurück. So wie du jetzt angreifst, setzt du dich viel zu sehr unter Druck.«

Aber sich selbst unter Druck zu setzen, das war nun einmal Marielles Art, mit schwierigen Situationen klarzukommen.

***

Für Gensner war es ein Schock. Die Lektüre der einschlägigen alpinen Fachzeitschriften gehörte zu seinem Pflichtprogramm. Als Geschäftsmann musste er wissen, was es in der Szene Neues gab, welche Trends sich abzeichneten, kurzum: was alles so los war in den Bergen der Welt. Doch beim Durchblättern der neuen Ausgabe des DAV-Panorama, der Zeitschrift des Deutschen Alpenvereins, wurde er blass.

Er saß am Frühstückstisch in seinem Loft in Haidhausen, trank einen Café Latte, kaute noch auf einem Stück Semmel mit Bitterorangenmarmelade herum, als er auf die Meldung stieß, die ihm den Appetit völlig verdarb.

»Was ist mit dir?«, fragte Mona, die ihm in ihrem weißen Bademantel gegenübersaß und rauchte.

»Was soll mit mir sein«, gab Gensner barsch zur Antwort. »Nichts! Nichts ist mit mir!«

»Aber du hast doch was. Du bist plötzlich so fahl im Gesicht. Ist dir nicht gut?«

»Mir ist gut«, sagte Gensner. »Mir fehlt nichts. Ich muss nur ... ich muss aufs Klo ... mein Magen ist ein bisschen durcheinander.«

Und er stand auf und verzog sich mit der Zeitschrift auf die Toilette. Auf dem Klodeckel sitzend, las er wieder und wieder, was ihm einen derartigen Schrecken versetzt hatte:

»Nachuntersuchung bei Steinschlagunfällen – Kriminalpolizei Innsbruck bittet um Mithilfe«.

Er brauchte gar nicht alles zu lesen, er hatte es auf den ersten Blick gesehen: Da standen genau jene Daten, die ihn betrafen.

Rofan 2002. Kaisergebirge 2003. Kriminalpolizei. Nachuntersuchung. Oft hatte er schlecht geträumt in den letzten Jahren. Dann hatte er wieder die Verzweiflung in den Augen der Männer gesehen, die schiere Verzweiflung. Und ihr Erkennen, dass sie dem Tod nicht mehr entkommen konnten. Er hörte wieder die Knochen, die unter dem Aufschlag der Steine zerbrachen, und das eigenartig matschige Geräusch, das zustande kam, wenn der Schlag ins Weiche – Fleisch, Blut, Gehirnmasse – traf. Er sah wieder die toten Augen.

Unangenehme Träume. Aber das waren nicht die schlimmsten für ihn.

Die schlimmsten, die am realistischsten auf ihn einwirkenden, waren jene, in denen er sich verfolgt träumte, auf der Flucht vor der Polizei, auf der Flucht vor den Angehörigen der Opfer, wo er überall Steckbriefe sah und spürte, dass er sich nicht mehr im Tageslicht zeigen konnte, sein ganzes Leben lang nicht mehr, keine Minute mehr, immer auf der Flucht, immer verfolgt, immer spürend, dass sie ihn gleich haben würden.

Schreiend wachte er dann jedes Mal auf, und er hörte dabei im Erwachen und Hochschrecken den Nachhall seines Schreies, wusste, dass er geschrien hatte, er selbst, und brauchte dann noch einige Sekunden, um sich zu vergegenwärtigen, dass die Frau neben ihm keine Polizistin war, sondern seine Lebensgefährtin Mona, die ihn bestürzt ansah. Die Tage nach derartigen Traumnächten waren immer zutiefst deprimierend für ihn. Sie verloren nichts von der Bedrohlichkeit, die in seinen Alpträumen geherrscht hatte. An solchen Tagen konnte er das Gefühl der Ausweglosigkeit durch nichts bannen. Ständig sah er sich in der Falle, eingekreist, umstellt. Und es hätte nicht viel gefehlt und er wäre zum Flughafen gefahren, um irgendwohin zu fliegen, ganz ohne Gepäck, nur weit, weit weg. Die Zukunft war ihm egal – wenn nur die Vergangenheit hinter ihm blieb …

Und jetzt war sie wieder da, seine Vergangenheit. War ihm näher gerückt, näher noch als in seinen grauenvollen Träumen. Da stand sie, gedruckt in blauen Lettern – seine Vergangenheit.

»Nachuntersuchung bei Steinschlagunfällen – Kriminalpolizei Innsbruck bittet um Mithilfe«.

Er hielt die Zeitschrift mit zittrigen Händen. Und er las die ganze Nachricht, las sie wieder und wieder.

»Die Innsbrucker Kriminalpolizei bittet bei Nachrecherchen verschiedener Bergunfälle in den Tiroler Alpen um die Mithilfe der Mitglieder des DAV. Es handelt sich um Steinschlag-Unfälle mit jeweils tödlichem Ausgang. Geschehen am 10. Juli 1974 im Berglental (Aufstieg von Leutasch zur Meilerhütte, Wettersteingebirge), in der zweiten Augusthälfte 1984 in der Südflanke der Lamsenspitze (Karwendel), am 23. September 1997 im Bereich des Normalanstieges von Kühtai zum Pirchkogel (Stubaier Alpen), Ende Juni, Anfang Juli 2002 nahe dem Ampmoosboden (Rofan) und am 25. oder 26. August 2003 am Aufstieg zur Fritz-Pflaum-Hütte im Wilden Kaiser.

Wer zu den genannten Unglücksfällen sachdienliche Hinweise machen kann – gefragt sind auch Berichte von Augenzeugen, die die jeweiligen Geschehnisse unter Umständen aus größerer Entfernung verfolgt haben –, wende sich bitte direkt an die Kriminalpolizei Innsbruck.«

»Ende Juni, Anfang Juli 2002 nahe dem Ampmoosboden (Rofan) und am 25. oder 26. August 2003 am Aufstieg zur Fritz-Pflaum-Hütte im Wilden Kaiser«.

Fassungslos las Gensner diese Zeilen. Ihm war schlecht, ihm war zum Kotzen.

Hört das nicht auf?, dachte er. Hört das nicht auf? Nie? Nie?! *Nie?!* In seinen Gedanken schrie er die Worte aus sich hinaus.

Ich sitze in der Falle, dachte er. Seit damals sitze ich in der Falle und habe es bloß nicht gewusst. Geträumt habe ich es, aber nicht wirklich realisiert. Und jetzt kommen sie und holen mich und zerstören mein Leben.

Er drückte die Spülung, damit Mona glauben konnte, er hätte eine längere Notdurft zu verrichten gehabt, ließ kurz das Wasser am Waschbecken laufen, dann eilte er in den großzügigen Wohnraum und sagte zu ihr:

»Ich muss ins Geschäft. Ich habe etwas vergessen, was unbedingt erledigt werden muss.«

»Jetzt? So eilig? Soll ich mitkommen?«

»Nein«, sagte er. »Ich muss nur rasch etwas erledigen. Bin bald zurück.«

»Wann kommst du wieder?«, fragte sie. Er sah Zweifel und Misstrauen in ihrem Blick, aber es war ihm egal. Er war schon in die Schuhe geschlüpft, nahm sich eine Jacke und stürmte aus der Wohnung.

Ich habe keine Zeit, mit dir jetzt Smalltalk zu machen, dachte er. Ich muss wissen, was Olaf macht, wenn er das liest. Vielleicht liest er es ja gar nicht. Vielleicht bekommt er nichts davon mit. Aber wenn doch … der scheißt sich in die Hose, dachte Gensner. Der scheißt sich wirklich in die Hose, und dann geht er zur Polizei und stellt sich am Schluss noch selbst. Und wenn sie ihn haben, dann kriegen sie mich. Ja, verdammt noch mal, dann kriegen sie mich!

Ich rufe ihn an. Ich muss mit ihm reden. Ich muss wissen, was er tut. Und wenn es nicht das Richtige ist, muss ich schauen, wie ich da noch rauskomme.

***

In Reuss' Besprechungszimmer herrschte überaus gute Stimmung. Der Staranwalt strahlte übers ganze Gesicht.

»Ist doch famos, dass wir mit diesen Steinschlag-Morden den richtigen Riecher gehabt haben«, sagte er. Vor Stunden schon hatte er eine Flasche burgundischen Grand Cru öffnen und dekantieren lassen, damit der edle Wein beim Treffen mit Schwarzenbacher, mit Kommissar Hosp und den jungen Leuten jenes Bouquet entfalten konnte, für das er so berühmt und weswegen er auch so teuer war.

»Wir wissen jetzt, dass die Schwester von Karl Mannhardt mit ihren Vermutungen richtiglag. Gut, dass wir darauf angesprungen sind. Und wir wissen jetzt, wer der Mörder ist. Es ist bestimmt nur noch eine Frage der Zeit, bis ihr ihn habt.« Er nickte Hosp zu. »Ein guter Anlass, um anzustoßen.«

Er hob das Glas und sagte zu allen ein lachendes »Zum Wohl«.

Die Gläser klangen hell. Marielle und Pablo ließen sich Zeit damit, aus ihren zu trinken. Sie wollten nichts falsch machen bei diesem Wein, dessen Etikett bei Schwarzenbacher ein Zungenschnalzen ausgelöst hatte. Sie achteten auf Reuss, beobachteten, wie er den Wein im Glas kreisen ließ, wie er daran roch, das Glas zum Mund führte und dann auf dem Schluck, den er genommen hatte, richtiggehend zu kauen schien.

Hosp stieß mit allen an. Auch er schien zufrieden, aber doch weniger euphorisch als Reuss.

»Allen Respekt, kann ich nur sagen. Ich hatte meine Zweifel, als ihr mit den angeblichen Steinschlag-Morden gekommen seid. Ernsthafte Zweifel. Aber …«

Er hatte das Glas wieder auf den Tisch gestellt und zog nun sein Gesicht in Falten. »Aber dass wir diesen Ferdinand Senkhofer bald haben werden, da bin ich mir noch nicht so ganz sicher. Wenn er ins Gebirge verschwunden ist ... das Karwendelgebirge ist riesig. Einer, der sich dort gut auskennt – und unser Mann tut das ganz offensichtlich –, der kann sich lange verborgen halten. Und wie es scheint, ist Senkhofer auch noch in der Lage, wie ein Tier zu hausen und zu leben. Wie ein wildes Tier, muss ich wohl dazu sagen ... Was meint ihr?«

Er sah zu Pablo und zu Marielle. Als sie ihm beim heutigen Zusammentreffen von Reuss vorgestellt worden war, da fiel ihm wie Schuppen von den Augen, dass Marielle die Hauptperson des Dramas an der Schattenwand gewesen war – und dass er sie erst vor wenigen Tagen gesehen hatte. Wo war es doch gleich? Richtig: in der Innsbrucker Uniklinik. Aber da war sie ihm nur bekannt vorgekommen, und er hatte nicht realisiert, wer sie eigentlich war.

»Was meint ihr? Ihr kennt euch doch in den Bergen dieser Gegend bestens aus.«

»Wir haben erst gestern darüber gesprochen«, sagte Pablo. »Marielle und ich. Dass es im Karwendel unendlich viel Einsamkeit gibt. Berge, auf die das ganze Jahr niemand steigt. Bergflanken, wo niemand unterwegs ist außer einem Gämsenrudel. Ich glaube nicht, dass man da leicht jemand finden kann. Man kann sich da gut verborgen halten, wirklich.«

Er schaute Marielle an, und sein Blick war dabei so, als würde er ihr einen Ball zuwerfen.

»Wenn ein Krieg käme, würden wir uns dort verstecken«, sagte Marielle.

Auf den Gesichtern von Reuss, Hosp und Schwarzenbacher entstanden Fragezeichen.

»Ein blödes Spiel«, sagte sie. »Aber wir haben darüber gesprochen, wo man sich verbergen könnte, wenn so etwas Schlimmes passieren würde. Wenn ein Krieg käme und die Städte und Dörfer beschossen würden. So wie das in Jugoslawien war. Wir waren ja noch Kinder damals, aber die Fernsehbilder haben sich eingeprägt. Vielleicht ist das der Grund, weshalb wir über so ein Thema nachgedacht haben. Und von unseren Touren im Karwendel, vor allem mit dem Mountainbike, wissen wir halt, dass es da oberhalb der

Karwendeltäler jede Menge Felshöhlen gibt. Manche wäre leicht zu erreichen, zu anderen muss man hinklettern. Aber wir sind uns sicher, dass man sich da verstecken könnte.«

»Es wäre ein sehr spartanisches Leben«, ergänzte Pablo. »Und man würde es nicht ewig aushalten. Nachts, wenn keine Gefahr wäre, müsste man absteigen und Wasser holen. Man könnte sicher sogar ein kleines Feuer machen innerhalb der Höhle und sich was kochen; in der Dunkelheit, wenn der Rauch nicht zu sehen wäre. Das Problem wäre die Versorgung mit Lebensmitteln. Woher nehmen? Und wie genug davon in die Höhle bekommen?«

Jetzt erhellten sich die fragenden Gesichter wieder. Hosp nickte. Schwarzenbacher auch.

»Ihr seid also auch der Meinung, dass sich einer wie Senkhofer gut im Karwendel verborgen halten kann. Und dass wir ihn so schnell nicht finden.«

»Die Polizei hat doch bestimmt schon mit Hubschraubern gesucht, oder?«, sagte Marielle.

Wieder nickte Hosp. »Ich bin auch schon selbst mitgeflogen«, sagte der Kommissar. »Interessehalber. Es ist beeindruckend, die Wildheit des Gebirges von oben zu sehen. Und zugleich ist es erschütternd zu erfahren, wie schwierig die Suche nach einem einzelnen Menschen ist. Wenn man einen Verunglückten sucht, der sich an der Ödkarspitze verstiegen hat, dann hat man einen ziemlich klar umrissenen geografischen Rahmen, innerhalb dessen man suchen muss. Und schon das kann sich als unglaublich schwierig herausstellen. Das Gebirge ist kein Tablett, auf dem die Sachen schön geordnet liegen. Das Gebirge ist Chaos. Ein wundervolles Chaos. Und das Karwendel ist dazu noch riesengroß. Ich hab mal auf der Karte nachgesehen: Das sind etwa vierzig Kilometer in West-Ost-Richtung, ungefähr fünfundzwanzig in Nord-Süd-Richtung.«

Hosp drehte das Glas am Tisch, während er überlegte. Dann sagte er: »Nein, ich glaube nicht, dass es leicht wird, Ferdinand Senkhofer zu erwischen.«

***

Gensner fuhr die achthundertfünfundsiebzig Kilometer an die Nordsee mit nicht mehr als drei Pausen. Zwei davon dauerten kaum mehr als fünf Minuten – er hielt auf Rastplätzen, um zu pinkeln und den Rücken zu strecken. Nur eine Unterbrechung war länger: Er trank in einer Raststätte einen Cappuccino und aß ein Croissant. Und während er das tat, telefonierte er.

»Hi, Olaf. Lange nichts gehört ... Du, ich bin zufällig in deiner Gegend ... ja, nicht allzu weit von Wilhelmshaven ... Wenn du mir deine Adresse gibst ... Was, keine Zeit? Das ist aber schade ... Ich würde vorbeikommen ... Dauert ja nicht lange ... Ach, hör doch auf, so viel Zeit wirst du doch haben.«

Gensner zerbröselte sein trockenes Croissant in der Hand, ohne sich dessen bewusst zu sein.

»Verdammt noch mal! Nimm dir die Zeit! Sag mir, wo wir uns treffen können! Ich bin in zwei Stunden da!«

Es dauerte, bis Klar eine Antwort gab. Gensner sah, dass die Leute an den anderen Tischen in der Cafeteria ihn verstohlen beobachteten.

»Okay«, sagte er dann. »Ich weiß, dass du alles vergessen möchtest. Das würde ich auch am liebsten.« Er sprach leise jetzt, und seine Worte gingen unter im allgemeinen Gemurmel und Geraune in der Raststätte. »Aber das geht nicht. Schau mal auf www.alpenverein.de. Dann weißt du auch, warum es nicht geht. In zwei Stunden bin ich in Wilhelmshaven. Und wehe, du bist nicht da.«

Er schlürfte den letzten Rest Milchschaum aus seiner Tasse und ging zum Wagen.

Klar war mir nie geheuer. Hab ihn immer für ein Weichei gehalten, dachte er. Und jetzt muss ich aufpassen, dass er nicht einknickt. Sonst bin ich fällig. Ich werde ihm auf den Zahn fühlen. Muss schauen, wie es um ihn steht.

Bevor er losfuhr, sah er noch einmal ins Handschuhfach. Dort lag, neben dem Benutzerhandbuch und allerlei Krimskrams, eine dünne Reepschnur, drei Millimeter stark, grün-gelb gesprenkelt. Beim Klettern fand diese Stärke nur Verwendung, um Material zu fixieren oder zur Verspannung der Zeltwände. Im Laden hatte er einen Meter zwanzig von der Rolle geschnitten. Die

Schnur war so stabil, dass man fast ein Auto damit abschleppen könnte.

Gensner nahm sie aus dem Handschuhfach, wickelte sie auf und schob sie in die Innentasche seiner braunen Lederjacke.

Wenn ich sie brauche, dachte er, wenn ich sie brauche, ist sie da.

***

Marielle fuhr wieder einmal hinaus aus der Stadt. Sie stellte das Auto auf einem Wanderparkplatz ab, von dem aus Forstwege ins Gebirge führten. Sie machte ein paar Dehn- und Aufwärmübungen und sog die Luft durch die Nase tief in die Lunge. Es roch so sauber, nach Natur, nach Walderde und nach Fels, bisweilen nach altem Schnee. Dieser Duft war wie eine Verheißung, und er versprach eine besondere Nähe zur Natur, tiefe Eindrücke, Bilder von großer Landschaft und kleinen Details. Bilder, von denen sie zehren würde, zumindest so lange, bis sie wieder rauskam aus der Stadt, bis sie wieder in die Berge kam.

Und dann lief sie los. Ganz langsam, denn es ging von Anfang an leicht bergauf. Und es würde noch lange bergauf gehen. Eine Stunde lang würde sie ununterbrochen bergauf laufen. Das erforderte ein genaues Einteilen der Kraft, und es war eine Kunst, den richtigen Rhythmus zu finden, der Atmung und Beinarbeit aufeinander abstimmte.

In Gießenbach, dem Weiler zwischen Seefeld und Scharnitz, hatte sie geparkt. Zwischen brüchigen Felstürmen führte eine Forststraße talein. Der Tag war trocken, und er würde heiß werden. Noch aber kühlte die Luft ein wenig, und das war Marielle sehr angenehm. Nichtsdestotrotz lief ihr schon nach dem ersten knappen Kilometer der Schweiß von der Stirn, und nach einem weiteren Kilometer war ihr Trikot klitschnass. Sie hatte den Rhythmus gefunden. Sie lief kraftvoll und stieß jeden Atemzug laut pustend aus. Sie wusste, dass in der Lunge nichts zurückbleiben durfte vom verbrauchten Sauerstoff. Anderenfalls wäre sie mit ihren Kräften schnell am Ende. Sie wollte aber laufen – nicht zu Fuß durchs Tal wieder heraushatschen …

Sie lief am liebsten ganz allein. Pablo machte sich nichts aus dieser Berglauf-Plackerei. Und eine ihrer Freundinnen, mit der sie ab und zu in der Halle beim Klettern war, fand nie die richtige Einstellung dazu. Sie hatten es miteinander versucht, aber die Freundin hatte sich dabei derart plagen müssen, dass sie von der Schönheit der Natur nichts gesehen, gehört und gerochen hatte. Das macht keinen Sinn, hatte Marielle gedacht und war fortan immer allein gelaufen. Allein mit sich und ihren Gedanken und Gefühlen. Allein mit der Natur. Und sie war froh, dass sie noch während einer harten Steigung den Kopf frei genug hatte, um sich an einer Bergblume zu erfreuen oder an den bizarren Formen einer Krüppelkiefer oder am Spiel der Wolken über dem nächsten Bergrücken.

Zunächst führte der Weg immer am Gießenbach entlang, der bisweilen knapp neben ihr dahinfloss, dann wieder tief eingeschnitten in den Fels weit unter ihr toste. Immer wieder überholte sie Bergwanderer und hörte dann, wenn sie schon an ihnen vorbei war, Bemerkungen des Erstaunens oder des Respekts. Einen hörte sie sagen: »Die muss gut beinand sein!« Aber ein andermal hörte sie auch nur, dass es sich bei ihr um eine »Gschpinnerte« handeln müsse, weil man schließlich verrückt sein musste, um so etwas zu tun.

Sie kümmerte sich nicht darum. Sie lief und lief. Und je weiter sie lief, desto lockerer wurde sie. Sie spürte die Anstrengung in den Beinen, in der Atmung, im ganzen Körper. Doch sie spürte zugleich, dass sie über enorme Kraft verfügte – und dass dieses Zusammenwirken von Belastung und Kraft ihr eine geradezu rauschhafte Freude bereitete.

Oft sah sie nach oben, hinauf zu den zerklüfteten, wilden, unstrukturierten Bergflanken. Sie sahen aus, als hätte vor langer Zeit ein Riese ganze Berggipfel mit brachialer Gewalt zertrümmert und dann einfach alles so liegen lassen. Ein Chaos, wie Hosp gesagt hatte! Und doch so schön.

Auf der von der Sonne beschienenen Talseite war das Gestein weiß, knochenweiß. Aus dem schrofigen Gestein wuchsen Bäume heraus, Fichten, Lärchen und vor allem Kiefern, die keine großen Ansprüche an ihren Lebensraum stellten.

Zwischen dem licht stehenden Wald blühten Alpenrosen und

allerlei Trockengewächse. Marielle ärgerte sich, dass sie nie gelernt hatte, die Pflanzen zu bestimmen. Und wenn ihr einmal jemand sagte, das da ist ein Steinbrech, das hier eine Gletschernelke und das da ein Alpen-Hahnenfuß, dann war sie immer begeistert und nahm sich ganz fest vor, es nur ja nicht wieder zu vergessen – aber sie vergaß es, noch bevor sie von der Tour zurück war. Natürlich kannte sie Edelweiß, Enzian und Almenrausch. Aber darüber hinaus ...

Ich muss mir so ein Pflanzenbuch besorgen, dachte sie. Wo alle Alpenpflanzen drin sind. Ist ja eine Schande. Ich kann gut Ski fahren, kann gut klettern, kenn mich in den Bergen aus, aber die Blumen kenne ich nicht. Und wenn ich jemals Bergführerin werden will, muss ich das ja wohl auch wissen.

Doch heute waren es nicht die Blumen, auch nicht die üppig blühenden Alpenrosen, die ihre Aufmerksamkeit besonders auf sich zogen. Sie nahm alles wahr und freute sich daran. Aber wonach sie während des Laufens vor allem Ausschau hielt, waren, auch wenn sie es sich selbst nicht eingestehen wollte, die Höhlen, die ein gutes Stück weiter oben, dort, wo der Fels sich aufsteilte, als schwarze Löcher zu sehen waren.

In so einem schwarzen Loch kann man sich verstecken, dachte sie. Wenn es tief genug ist, kann man eine Zeit lang darin hausen. Und wenn es wirklich tief genug ist, kann man drinnen nachts ein Feuer machen, das keiner sieht, und der Rauch zieht einfach durch die Öffnung ab. Angenehm ist es sicher nicht. Aber wahrscheinlich besser als im Gefängnis oder in der Klapsmühle. Mir wär es auf alle Fälle lieber, mich da zu verstecken, als irgendwo in einer kleinen Zelle und hinter Gittern hocken zu müssen.

Er sitzt in so einer Höhle, dachte sie. In irgendeinem Loch in diesem Gebirge.

Wo der Weg sich gabelte, hielt sie sich links. Ein paar Serpentinen verlangten ihr enorme Willens- und Kraftanstrengung ab. Bald aber wurde der Weg wieder etwas flacher, und sie tat sich leichter, ihren Rhythmus zu halten.

Das Karwendel ist so verdammt groß, dachte sie. Und es ist von so vielen Tälern durchzogen, da ist es unmöglich, ihn systematisch zu finden. Da bräuchte es schon einen Zufall. Aber Zufall ist halt nicht viel, wenn es darum geht, einen Mörder zu schnappen.

Als sie nach etwa fünfhundert Höhenmetern und nicht mehr weit entfernt von der Oberbrunner Alm beschloss, wieder umzukehren, stand für sie längst fest, dass sie in den nächsten Tagen nur noch in den Karwendeltälern laufen würde. Die Lawinengefahr war wohl weitgehend vorbei; es sprach nichts dagegen, ins Karwendeltal, ins Hinterautal und ins Gleirschtal hineinzulaufen.

Ich werde ihn nicht finden, dachte Marielle. Wie auch. Aber wenigstens halte ich mich viel dort auf, wo er sich versteckt halten könnte. Und dann fiel ihr ein, dass sie noch gar nicht wusste, wie Ferdinand Senkhofer eigentlich aussah.

***

Superintendent Oltmanns hatte unruhige Tage hinter sich. Nicht nur wegen der »Beichte« von Olaf Klar, aber deswegen schon ganz besonders. Die Sache hatte ihn nicht mehr losgelassen. Und es war keine Stunde vergangen, in der er nicht an die in den Bergen geschehenen Morde gedacht hätte. Er dachte so oft und so intensiv daran, dass er schon Bilder vor seinem inneren Auge sah: die jungen Männer, die völlig überraschten Opfer, die brutalen Schläge, das Blut überall. Es war ihm, als würde er sich eines schrecklichen Fernsehfilms wieder und wieder erinnern.

Er beobachte sich selbst, sah sich das Telefon umschleichen, sah sich die Hand danach ausstrecken – um sie doch im letzten Augenblick zurückzuziehen, so als wäre das Telefon eine glühende Herdplatte.

Er konnte sich nicht dazu durchringen, sein Schweigegelübde zu brechen und die Polizei darüber zu informieren, was ihm dieser Klar berichtet hatte. Ein Traum brachte die Wende.

Oltmanns war spät zu Bett gegangen. Er hatte lange ferngesehen, war danach noch einmal ins Arbeitszimmer, um eine Broschüre zu suchen, für die er dann aber, schon im Bett liegend, nicht mehr die nötige Konzentration aufbrachte. Er fühlte sich müde und etwas niedergeschlagen, fand aber, nachdem er das Licht abgeschaltet hatte, lange keinen Schlaf. Und als er schließlich schlief, wurde er von diesem schrecklichen Traum heimgesucht, einem Traum wie ein trashiger Horrorfilm ...

Es war ein wundervoller Tag im Herbst. Der Bergwald färbte die Hänge der Bayerischen Voralpen in Farben, die Oltmanns und seine Frau nur aus Bildbänden und Merian-Heften kannten: Indian Summer im Osten der USA. Welch ein Zauber von diesem Farbenspiel ausging, vor allem wenn am späten Nachmittag die Sonne tief stand und ihr Licht die Bergketten zum Glühen brachte: Rost, orange, rot, rehbraun und dazwischen dunkelgrün die Nadelbäume – die Natur schien noch einmal all ihre Pracht entfalten zu wollen, ehe sie für den Winter erstarb.

Oltmanns und seine Frau waren in Kochel am See. Hatten ein Zimmer genommen überm »Bauerncafé Giggerer«. Er hatte sich neue Wanderschuhe gekauft. Die wollte er jetzt ausprobieren. Die Wirtin empfahl ihnen eine einsame Tour: durch den Ort Richtung Jochberg, dann auf ganz schmalen, aber unschwierigen Pfaden zur Sonnenspitze.

Sie folgten dem Rat. Dort, wo der Wald heranreichte an die letzten Häuser von Kochel, hörten sie den Lainbach in einer tief eingeschnittenen Felsklamm rauschen. Laut toste der Bach. So laut, dass Oltmanns nicht verstehen konnte, was seine Frau sagte. Er sah nur, wie sich ihre Lippen bewegten. Und er sah in ihren Augen Angst.

»Du brauchst keine Angst zu haben«, sagte er. »Überhaupt keine Angst. Der Weg soll nicht schwierig sein. Nirgends Stellen, wo man in die Tiefe stürzen könnte. Absolut gefahrlos, meine Liebe!«

Zunächst hatten sie etwas Mühe, den Pfad zu finden, der von einer breiten Forststraße abzweigte und dann in Serpentinen steil durch den Wald führte. Hier leuchteten die Farben nicht mehr; die Bäume gaben ihren Rot- und Gelbtönen selbst den Schatten. Es war immer noch zauberhaft im Wald, insbesondere an jenen Stellen, wo das Sonnenlicht in hellen Strahlen zwischen Stämmen, Laub- und Nadelkronen hindurchbrach und dadurch alles anmutete wie auf den alten katholischen Heiligenbildern, die er, der evangelische Geistliche, zu Hause in einer kleinen, stabilen Pappschachtel sammelte.

Je höher sie stiegen, desto schwieriger wurde die Wegsuche. Der Pfad war bedeckt vom bunten Laub, das schon von den Bäumen gefallen war, und immer mehr erschien ihm alles gleich: der Wald und der Berg und der Weg und der Boden, alles vielfarbig und kaum voneinander zu unterscheiden.

Seine Frau, die zuvor noch ein wenig ängstlich gewesen war, bewegte sich nun ganz traumwandlerisch im herbstlichen Bunt. Sie nahm irgendwo einen abgebrochenen Ast auf und stocherte damit im Laub herum, ließ es aufwirbeln und versuchte, ein einzelnes weinrotes Eichenblatt in der Luft zu halten wie ein Jongleur einen kreisenden Teller. Was freilich misslang. Ihr aber gar nichts ausmachte. Sie kicherte. War fröhlich wie ein Kind. Schon wollte Oltmanns sie tadeln. Wollte sagen, sie solle nicht gar so kindisch sein, solle zügig weitergehen, bestimmt war es noch weit bis zum Gipfel.

Aber dann sah er das Zucken.

Ein Zucken unterm Laub. Als würde der Boden an einer Stelle einen eigenen Herzschlag haben. Eine pumpende, dabei beinahe rhythmisch pulsierende Bewegung. Sie erschraken beide. Doch dieses Erschrecken währte nur kurz und wich dann einer geradezu kindlichen Neugier. Auch er griff sich nun einen Stecken, und nun stocherten sie, vorsichtig zunächst, dann immer entschiedener, in dieser verlaubten und zuckenden Stelle herum. Leicht gebückt standen sie da und rührten mit ihren Stöcken im Laub, bis es sein Geheimnis freigab. Was da zuckte und wieder erstarb, zuckte und erstarb, was zuckte wie ein sterbender Fisch, war ein menschliches Bein. Das Bein eines Bergwanderers, ganz offensichtlich. Der zuckende Fuß steckte in einem Wanderschuh, dessen Sohle lehm- und erdverkrustet war. Das Hosenbein sah nach wüstenbeiger Outdoorbekleidung aus. Sie stocherten weiter, während das Bein zuckte. Sie legten den Unterkörper frei, dann den Bauch, einen Arm. Nichts zuckte außer dem Bein. Aber der Oberkörper und der Arm, bekleidet mit einer Softshell-Jacke, zeigten Blutspuren. Viele Spritzer am Arm und einen noch nass erscheinenden großen Flecken im oberen Brustbereich.

Sie hatten keine Angst. Oltmanns war die Ruhe selbst, da war kein Erschrecken, war keine Panik. Und auch in den Augen seiner

Frau sah er nichts, was darauf hingedeutet hätte, dass sie sich fürchtete. Ganz im Gegenteil: Ihren Mund schien ein kleines, bitteres Lächeln zu umspielen, ein Lächeln, das er an ihr gar nicht kannte und das ihn einen Moment lang mehr befremdete als der Bergwanderer im Laub und dessen zuckendes Bein. Er war verwundert.

Noch mehr allerdings, als seine Frau mit dem Ast auch noch den Kopf freilegte oder besser: das, was davon übrig war. Der Mann, der nun völlig aus dem Laub gegraben war, musste erschlagen worden sein. Vielleicht mit einem Holzknüppel oder mit einem Stein. Jedenfalls war die Hälfte des Schädels zertrümmert. Auch ein medizinischer Laie konnte unschwer erkennen, dass der Schädelknochen geborsten und gegeneinander verschoben war. Alles war dick blutverkrustet, wobei das geronnene Blut fast schwarz war. Nur die Gehirnmasse war weiß und von unzähligen winzigen Äderchen, rot und bläulich, durchzogen. Und ein Auge. Das Auge, das noch zu erkennen war. Die Lider waren offen, doch der Augapfel war so verdreht, dass nur das Weiße zu sehen war.

Es war ein schrecklicher und zugleich interessanter Anblick. Beide, Oltmanns und seine Frau, beugten sich hinab, um diese erstaunliche Absonderlichkeit eingehender zu studieren. Die Frage, warum der Mann noch zuckte, ob er vielleicht gar nicht richtig tot war, stellte sich ihnen nicht. Auch nicht, wer verantwortlich war für diesen Tod. Und ob der Mörder noch in der Nähe sein könnte.

Die einzige Frage, die gestellt wurde, kam von ihm:

»Siehst du die Ameisen, die in seinem Gehirn herumkrabbeln?«

Von den Ameisen erwachte Oltmanns. Seine Frau und er pflegten in getrennten Zimmern zu schlafen. Er hätte sie jetzt gern neben sich liegen gehabt, sie in den Arm genommen, sich an sie gedrückt. Als er sich auf die Bettkante setzte, merkte er, dass seine Beine schwach waren und seine Hände zitterten. Der Traum hatte ihn schockiert, und die geträumten Szenen hatten sich über all seine Gedanken und Gefühle gelegt.

Mühsam erhob er sich, wacklig ging er ins Badezimmer, wo er am Waschbecken den Kopf unters kalte Wasser hielt. Auf dem Beckenrand der Badewanne sitzend überlegte er sich, was zu tun war. Er brauchte nicht lange für seine Entscheidung.

Er wollte seine Frau nicht wecken. Er würde sich in der Küche einen Kaffee machen, eine Scheibe Brot essen – vielleicht half das gegen das Gefühl der Übelkeit, das diese Nacht mit sich gebracht hatte –, er würde sich ankleiden und, ohne noch einmal Zweifel zuzulassen, zur Polizei gehen. Es war jetzt sieben.

Um acht gehe ich hin, dachte der Superintendent.

Der Druck auf seiner Seele und auf seinem Gewissen war zu groß, war einfach nicht mehr auszuhalten.

13

Es herrschte eine besondere Stimmung im Besprechungszimmer der Kanzlei. Zu sechst saßen sie am großen Tisch, Reuss, Schwarzenbacher, Marielle und Pablo und außerdem noch Hosp und Frau Gehrig-Mannhardt.

Der Fall Mannhardt war keine alte Geschichte mehr. Trotz der langen Zeit, die vergangen war, war die Leiche, wie Schwarzenbacher im kleinen Kreis zu sagen pflegte, noch warm.

Jetzt war die Kripo am Zug – und es war nun die Aufgabe von Hosp und seinen Leuten, Ferdinand Senkhofer zu fassen. Dass es alles andere als leicht sein würde, das wussten alle nur zu gut. Auch die Schwester des ermordeten Karl Mannhardt.

»Ich möchte Ihnen danken, Herr Dr. Reuss«, sagte sie. »Und Ihnen auch.« Sie sah Schwarzenbacher an. »Dr. Reuss hat mir erzählt, dass Sie sich sehr stark engagiert haben.«

Schwarzenbacher machte eine Schnute.

Er riecht nach Rasierwasser, dachte Marielle. Ganz neue Angewohnheiten. Was ist los mit ihm – bessere Kleidung, Eau de Cologne, rasiert … Nur der Haarschnitt bräuchte noch mehr als nur eine Nachbesserung.

»Zu viel der Ehre«, sagte Schwarzenbacher. »Ich hatte lediglich von allen am meisten Zeit und konnte mich deshalb am intensivsten in die Nachforschungen stürzen. Und es hat nicht lange gedauert, bis Ihre These vom Mord an Ihrem Bruder in mir einen Verfechter gefunden hatte. Und ich habe ebenfalls schnell daran zu glauben begonnen, dass er nicht der Einzige ist, dessen Tod in den Bergen fälschlicherweise als Unfall deklariert worden ist.«

Die Frau, die nach fünfunddreißig Jahren die Aufklärung des Todes ihres Bruders in die Wege geleitet hatte, nickte. Ihre Augen leuchteten. Sie schien wirklich froh darüber zu sein, bei diesem etwas ungewöhnlichen Team Gehör gefunden zu haben.

»Wird man dieses Schwein erwischen?«, sagte sie und sah in die Runde. »Sie werden verstehen, dass für mich diese Sache nie abgeschlossen sein wird. Aber vielleicht kann ich Frieden finden, wenn ich weiß, dass dieser Kerl hinter Schloss und Riegel sitzt.«

Reuss schaute zu Schwarzenbacher, aber der sah nur mit Pokerface zurück. Es blieb dem Anwalt nichts anderes übrig, als selbst die Sachlage darzulegen. »Ich verstehe Sie«, begann er. »Ich kann Sie wirklich gut verstehen.« Reuss setzte mit einer winzigen Sprechpause einen imaginären Doppelpunkt: »Was ich sagen möchte: Es braucht nicht unseren Hass, um sich klar zu sein, dass dieser Mensch aus dem Verkehr gezogen werden muss. Ich in meiner Funktion als Jurist sollte es ohnehin tunlichst vermeiden, Hass oder andere ähnlich starke Emotionen in einem Fall zu entwickeln. Ich muss mich, genauso wie Paul Schwarzenbacher oder die jungen Leute in unserem Team, an die Fakten halten. Zugegeben, vom Gefühl her wäre es uns lieber, es mit einem kalt kalkulierenden Mörder zu tun zu haben – dem könnten wir mit ungebrochener Abneigung begegnen. Aber, liebe Frau Gehrig-Mannhardt, die Welt ist nie nur schwarz und weiß. Ich bin schon oft Schwerstverbrechern begegnet, die auch gute Charakterzüge aufgewiesen haben. Und ich kenne Politiker, Professoren, Pastoren, allesamt juristisch nicht belastbar, die aber doch ... Aber lassen wir das. Nur so viel noch: Wir haben es bei dem Mörder Ihres Bruders mit einem Menschen zu tun, der geistig zurück geblieben ist. Aller Wahrscheinlichkeit nach ist er kein ›böser Mensch‹. Er hat nur nie gelernt oder nie verstanden, adäquat auf seine Umwelt zu reagieren.«

Es war nicht zu erkennen, was sie von diesen Ausführungen hielt. Sie ging mit keinem Wort darauf ein. Stattdessen wandte sie sich direkt an Hosp.

»Sie haben gesagt, Sie vermuten den Mann hier im Gebirge. Können Sie das nicht durchkämmen lassen? Alles von Ihren Leuten so lange durchforsten lassen, bis man ihn hat? Das muss doch möglich sein.«

Als Reuss Frau Gehrig-Mannhardt zur Tür gebracht hatte, wo das herbeigerufene Taxi auf sie wartete, kam er mit Anzeichen von Mattigkeit zurück. Schwer ließ er sich in einen der Stühle fallen. »Ihr habt nichts dagegen, wenn wir einen Schlumberger aufmachen?«

Er wartete die Antworten nicht ab, sondern bat übers Telefon eine der Kanzleiassistentinnen, eine Flasche aus der Wiener Sektkellerei zu öffnen. »Ich hoffe, das bringt die Ganglien wieder in Schwung. Nichts laugt mich mehr aus als die Treffen mit den Angehörigen von Mordopfern. Dabei müsste ich doch schon von Berufs wegen ein dickes Fell haben. Ist aber nicht so.«

Reuss zuckte mit den Schultern.

»Also, gehen wir's an«, fuhr er fort. »Was kann getan werden?«

»Gute Frage«, sagte Schwarzenbacher.

Marielle und Pablo saßen interessiert dabei, doch sie kamen sich beide irgendwie überflüssig vor.

»Von den Alpenvereinen gibt es noch nichts Neues«, sagte Hosp. »Ich hab mit München telefoniert, mit den Innsbruckern und mit Bozen. Nichts. Es ist allerdings auch noch nicht lange her, dass die es auf ihre Homepages gestellt haben. Sie machen das ja immer, wenn jemand vermisst wird, oder eben auch, wenn es um besondere Ermittlungen geht. Ja, und was die Zeitschriften der Alpenvereine betrifft, so haben bislang nur die Deutschen veröffentlichen können. Die anderen tun in ihren nächsten Ausgaben was rein. Aber was ist mit dem Kaisergebirge? Mit der Geschichte, an der du dran warst, Paul?«

»Ich bin mir ziemlich sicher, dass es auch dort ein Mord war. Aber Ferdinand Senkhofer würde ich als Täter ausschließen. Ich habe das Gefühl, dass seine Schwester alles erzählt hat. Demnach hat er seine heimische Region, Scharnitz, das Karwendel und das Wettersteingebirge, nie verlassen. Die Menschen dort kann ich nur schwer verstehen: Die haben anscheinend fraglos geglaubt, dieser minderbemittelte Mann wäre nach Australien ausgewandert. Was die Sache im Kaiser angeht – da brauchen wir noch mehr als das, was wir bis jetzt haben. Die Geschichte mit dem iPod ist ja ganz nett, aber sie reicht nicht.«

»Wir haben ihn im Labor untersuchen lassen«, ergänzte Hosp. »Natürlich Fingerabdrücke. Verschiedene, die sich überlagerten. Aber nichts, was bereits bei uns oder bei den deutschen Kollegen erfasst gewesen ist. Schwierig, da jetzt den Faden neu aufzunehmen. Wenngleich mir mein Gefühl ebenfalls sagt, dass es kein Unfall war. Im Moment aber stehen wir noch vor einem Rätsel.«

Es herrschte Schweigen im Raum. Alle hingen ihren Gedanken nach und fragten sich, wie der nächste Schritt aussehen konnte. Nur warten – das war für niemanden zufriedenstellend. Warten, dass Ferdinand Senkhofer entdeckt wurde. Warten, dass aus dem Bereich der Alpenvereine Hinweise kamen auf die Geschehnisse im Kaisergebirge, im Karwendel, im Rofan und am Pirchkogel. Warten auf Zufälle.

»Nur rumsitzen ist ein bisschen wenig«, sagte Marielle. »Vielleicht tritt ja nie so ein Zufall ein. Und dann? Bleibt dann ein möglicher Mord ungesühnt?« Sie wandte sich an Paul. »Du hast gesagt, es wäre gut, wenn Pablo und ich uns die Stellen im Kaisergebirge und im Rofan einmal genauer anschauen würden. Fotografieren und uns ein persönliches Bild von diesem Tatort machen. Ich schlage vor, dass wir das als Nächstes tun.«

Schwarzenbacher nickte. Hosp nickte ebenfalls, hatte aber etwas anzumerken.

»Ich bin zwar gewiss nicht mehr so flott unterwegs in den Bergen wie ihr«, sagte er. »Aber ich würde gerne mitkommen und mir aus kriminalistischer Perspektive ein Bild vom Tatort machen. Ihn da …«, er deutete mit einem kurzen Vorschieben des Kinns auf Schwarzenbacher, »ihn da werdet ihr ja wohl nicht mit hinnehmen können. Also, gestattet, dass ich mich euch anschließe.«

Jetzt nickten Marielle und Pablo.

Und Marielle war froh, dass so wenigstens ein bisschen gegen das enervierende Warten getan werden konnte: ein Ausflug in den Rofan, ein Ausflug ins Kaisergebirge. Wenn sie daran dachte, was ihr im Kaisergebirge kürzlich passiert war, tat ihr immer noch der Arm weh. Und doch fühlte sie sich stärker jetzt. Und sie hatte die Überzeugung, dass sie jetzt nicht mehr stürzen würde in dieser Kletterstelle, ja, nicht einmal in den schwierigeren Passagen der Tour.

Sie verspürte eine ungeheure Unruhe in sich.

Wenn ich da schon mitmache, dachte sie, dann auch richtig. Ich will nicht nur dabeisitzen und zuhören, wie Reuss und Schwarzenbacher und dieser Hosp kriminalistisch fachsimpeln.

Und dann dachte sie noch, dass man eigentlich ins Karwendelgebirge aufbrechen sollte, um zu sehen, ob nicht doch eine Spur von Senkhofer zu finden wäre.

Stecknadel im Heuhaufen, dachte sie. Aber auch da kann man sich mitten reinsetzen.

***

Gensner und Klar trafen sich nicht in Wilhelmshaven. Klar wollte sich eigentlich gar nicht mit seinem früheren Gefährten treffen. Schon gar nicht in seiner eigenen Wohnung. Und nicht in dem Viertel, wo er wohnte, wo man ihn kannte. Sosehr er dazu neigte, sich der Polizei zu stellen und seinem Herzen Luft zu machen, so sehr ließ er doch auch noch immer seine Instinkte walten: Instinkte eines Menschen, der sich verfolgt, in die Enge getrieben wähnt.

Sie trafen sich an der ostfriesischen Nordsee unweit von Minsen. Der Tag war trüb und kühl, und das Wattenmeer lag trostlos vor dem Deich.

Draußen, über dem bleifarbenen Horizont, bauten sich dunkle Wolkenbänke auf. Über dem düsteren, schlickig stinkenden Watt kreisten schreiend riesige Möwen.

»Die Sache ist ernst«, sagte Gensner. »Ich war mir sicher, dass es keine Zweifel gibt. Unglücksfälle und fertig. Liegt ja alles Jahre zurück. Und in all der Zeit hat sich niemand gemeldet, der etwas anderes zu berichten gehabt hätte. Und plötzlich fangen die verdammten Bullen damit an, die Geschichten aufzuwärmen. Ich versteh das nicht. Verstehst du das?«

Olaf Klar schwieg. Er sah auf das Meer hinaus, das wie eine Spiegelung, wie eine Imagination in der Ferne lag – wer nicht von hier war, wer die Launen des Ozeans nicht kannte, der hätte nicht sagen können, ob es wirklich das Wasser war oder nur eine Einbildung.

»Ob du das verstehst?«, hakte Gensner lauter und fordernder nach. »In der Alpenvereinszeitung steht was, im DAV-Newsletter ebenfalls und auf der Homepage sowieso. Das heißt, dass wir verdammt aufpassen müssen, wirklich verdammt aufpassen müssen. Irgendwer hegt einen Verdacht. Und bestimmt legt dieser Irgendwer seine Schlingen aus. Wir müssen uns hüten, da reinzusteigen.«

Immer noch schwieg Klar. Dann aber sagte er etwas, allerdings mitten hinein in eine Windbö, sodass Gensner nichts verstand.

»Was?«, schrie er. »Red, dass ich was höre!«

Klar blieb stehen, sah Gensner kurz in die Augen und sagte dann: »Ich weiß nicht, ob ich das noch länger aushalte.«

Diesmal sprach er laut genug. Und Gensner spürte, wie ihm die Knie weich wurden.

»Ich überlege schon lange, ob ich mich nicht stellen soll und dann meine Strafe verbüße.«

Gensners Rechte schnellte nach vorn. Er packte Klar am Hals und drückte zu. Klar wehrte sich nicht. Er sah Gensner nur an. Sah ihm in die Augen. Und sah dann an Gensners Gesicht vorbei, den Deich entlang, wo zahllose Schafe grasten und weit hinten Leute schlenderten, die wahrscheinlich gar nicht mitbekamen, was vor sich ging.

»Du blödes Arschloch!«, schrie Gensner. »Du verdammtes, blödes Arschloch wirst nicht zur Polizei gehen, wirst dich nicht stellen, alles gestehen und mich verpfeifen. Dazu kommst du nicht! Glaub mir, zuvor bring ich dich um!«

Dann ließ er ihn los. Eine Möwe mit enormer Spannweite flog knapp an ihnen vorüber.

Klar fiel der Kopf auf die Brust. Hustend und prustend versuchte er, wieder Luft zu bekommen. Er beugte den Oberkörper vor, stützte sich mit den Händen auf den Oberschenkeln auf und spuckte Speichel und Schleim auf den asphaltierten Deichweg. Er fühlte sich elend. Doch er hatte keine Angst. Jetzt hatte er keine Angst mehr. Lange Zeit hatte er in ständiger Angst gelebt: Angst, erwischt zu werden, und Angst vor den Gespenstern, die ihn nicht nur in nächtlichen Träumen heimsuchten. Doch seit er bei dem Pfarrer gewesen war, seitdem er diesem Oltmanns als erstem Menschen überhaupt erzählt hatte, was damals geschehen war, seitdem war die Angst gewichen. Sie hatte der Gewissheit Platz gemacht, dass er nicht so weiterleben würde wie bisher. Er würde seine Schuld verbüßen. Oder er würde sich das Leben nehmen. Wie sollte er da noch Angst haben davor, von Gensner erdrosselt zu werden?

Als er wieder etwas Luft bekam, sagte er mit gepresster Stimme: »Du kannst mich erwürgen. Tu es, wenn du glaubst, dass du noch einen Mord schultern kannst. Wenn du es allerdings nicht tust, stelle ich mich der Polizei. Ich werde ein umfassendes Geständnis ablegen.«

Er spuckte noch einmal auf den Boden, richtete sich dann wieder ganz auf und sagte: »Wenn ich du wäre, würde ich zur Polizei gehen. Oder schauen, dass ich im Ausland untertauche. Und jetzt verpiss dich, verdammt noch mal. Verpiss dich!«

Gensner war ratlos. Er war soeben mit der Gewissheit konfrontiert worden, dass seine Zukunft aufgehört hatte. Dass er in Gefahr schwebte, war ihm die ganze Anreise von München an die Nordsee bewusst gewesen; doch jetzt, da sich die Schlinge um ihn zuzog, war es ein Schock, vielleicht der größte seines bisherigen Lebens. Er konnte Klar laufen lassen – dann würde der zur Polizei gehen. Die Alternative war, ihn umzubringen, gleich oder später.

»Wir haben zwei Männer getötet, die uns nichts getan haben«, sagte Klar keuchend. »Es war deine Idee. Zumindest beim ersten Mal. Und du hast als Erster zugeschlagen. Ich hab nur zugesehen, beim ersten Mal. Aber ich habe fasziniert zugesehen. Ja, fasziniert. Es war ein unglaubliches Erlebnis, diesen Mann zu Boden sinken zu sehen. Ein Gefühl von ungeheurer Stärke hat mich da berauscht. Ein Gefühl von Macht über Leben und Tod. Aber das hat sich alles ins Gegenteil verkehrt …«

Die Spaziergänger am Deich kamen immer näher. Ein älteres Paar mit einem kleinen Hund. Der Hund interessierte sich nicht für die beiden Männer, die sich in sonderbaren Körperhaltungen gegenüberstanden. Das Paar hingegen warf ihnen neugierige Blicke zu, als es an ihnen vorbeiging. Die Hundebesitzer schienen von Weitem gesehen oder geahnt zu haben, dass hier etwas von großer Tragweite vor sich ging. Noch in hundert Metern Entfernung wandten sie sich zwei-, dreimal um und schauten verstohlen zu Gensner und Klar.

»Es war nicht meine Idee«, fauchte Gensner. »Nicht meine Idee allein! Es war ein Spiel, eine Art Mutprobe. Und die ist an mir hängen geblieben, weil ihr damals nicht die Nerven dazu hattet. Ich hab es damals gewusst und sehe es heute bestätigt: Du bist eine verdammte Memme …«

»Dann bin ich eben eine Memme«, sagte Klar. »Eine Memme

und ein Mörder. Du wirst ja nicht vergessen haben, dass ich beim zweiten Mal auch zugeschlagen habe. Da lag der Mann schon am Boden. Du hast geschrien und uns angefeuert. Wir waren wie im Rausch. Es war, als wollten wir noch einmal ganz genau sehen, wie es ist, wenn einer stirbt.«

Klar wischte sich mit dem Ärmel seiner Jacke Tränen aus den Augen.

»Und wir haben es erlebt. Wir haben gesehen, wie der Mann zuckend verendet ist. Ich hab es so genau gesehen, dass ich die Bilder wie eine perverse Diashow in meinem Kopf habe. Und diese Diashow läuft ununterbrochen, hört nie auf. Da willst du mir Angst machen? Du Arschloch kannst mir keine Angst mehr machen.«

Gensner sah hinaus aufs Watt, sah hinter Klar den Deich entlang, drehte sich um und sah hinter sich nichts als Einsamkeit.

Das Paar mit dem Hund war weit weg, aber es reichte ihm noch nicht.

»Du musst nichts tun, außer dein Maul zu halten.« Gensner schien um Fassung zu ringen. Dabei konnte er seine Wut, seine tödliche Wut, nur schwer verbergen. »Dein Maul halten und dich in deine Vorhaut zurückziehen. Du musst dich unsichtbar machen, unauffällig sein. Oder nach Patagonien verschwinden. Wenn du dich daran hältst, dann geschieht uns nichts. Wenn nicht …«

Er sah die Spaziergänger in weiter Ferne den Deich verlassen.

»Wenn nicht«, sagte er durch seine zusammengepressten Zähne hindurch, »dann bleibt mir gar nichts anderes übrig.«

Er nahm die dünne Reepschnur aus der Innentasche seiner Jacke und wand sich die Enden um beide Hände.

»Ich geh nicht in den Knast«, sagte er, beinahe flüsternd jetzt. »Ich geh niemals in den Knast. Und schon gar nicht wegen dir.«

Klar sah ihn an und schüttelte den Kopf. Ganz langsam nur, dann entschiedener. Und dann sagte er etwas, was Gensner wieder nicht erwartet hätte.

»Nicht hier«, sagte er. »Wenn du mich töten willst, dann nicht hier. Das ist meine einzige Bitte.«

»Warum? Was soll das?«

»Ich weiß es nicht. Aber ich will einfach nicht, dass ich hier liege. Hinter dem Deich … dort ja, zwischen Büschen und Bäumen … nicht hier.«

Gensners Gesicht spiegelte viele Emotionen und alle auf einmal: Erstaunen, Wut, Sarkasmus – und fassungslose Amüsiertheit. Diese Amüsiertheit manifestierte sich nach einigen Sekunden als breites Grinsen in seinem Gesicht.

»Du bist nicht nur ein Arschloch«, sagte er zu Klar, »du bist ein Idiot. Du bist gleich tot. Was spielt es da für eine Rolle, ob du hier am Deich liegst oder fünfzig Meter weiter unter irgendeinem Strauch?«

In tiefstem Ernst sagte Klar: »Ich will nicht, dass mir die Möwen die Augen aushacken, bevor mich jemand findet.«

Ziemlich genau zur selben Zeit fuhren zwei Streifenwagen und ein Zivilfahrzeug in der Wohnanlage vor, wo Olaf Klar seit mehreren Jahren ein Apartment gemietet hatte. Die Beamten waren schnell umringt von Neugierigen aus der Nachbarschaft, alten Leuten, Kindern, Hausfrauen, Halbwüchsigen; den Mann, den sie festnehmen wollten, trafen sie freilich nicht an.

Der stand fünfundzwanzig Kilometer westlich auf dem Deich, hatte sein Todesurteil gehört und angenommen. Olaf Klar und Steffen Gensner waren im Begriff, den Deich über eine Treppe landeinwärts zu verlassen. Da blieb Klar stehen und sagte: »Lass mich das Meer noch einmal sehen. Ein letztes Mal.«

Sie blieben stehen, wandten sich um.

»Das ist nur ein Sumpf, kein Meer«, sagte Gensner. Er versuchte einen Moment lang, in der Ferne das Wasser zu erkennen. Es war nur ein Moment. Doch der kostete ihn das Leben.

***

Beim Laufen dachte Marielle an alles Mögliche. Das Laufen war ihr nicht nur Training, sondern auch eine Art Meditation. Sie ließ die Gedanken kommen, hielt sie aber nicht fest, sondern ließ sie weiterziehen. Den schönen Gedanken lächelte sie zu und lächelte ihnen nach. Den schlechten Gedanken gab sie einen kleinen

Schubs, damit sie sich schneller wieder davonmachten – was allerdings nicht immer gelang.

Sie dachte an ihren Unfall im Kaisergebirge – und scheuchte den Gedanken davon. Sie dachte an die Stunden vor dem gestrigen Einschlafen und was Pablo mit ihr gemacht hatte und sie mit ihm – und sie lächelte und war glücklich und lächelte der Erinnerung nach. Sie dachte an den Mörder Ferdinand, der sich wahrscheinlich im Gebirge versteckt hielt und der bislang einfach nicht zu finden war – und ihre Miene verfinsterte sich, und sie war froh, als sie diese Überlegungen wieder fortschicken konnte. Sie dachte an ihren Vater und war ein wenig unglücklich, dass sie ihn so selten traf. Sie dachte an ihre Mutter, die so früh gestorben war – und gab dem Bild, das sie von ihr gerade hatte, einen Schubs, damit sie nicht stehen bleiben und zu heulen anfangen musste. Sie dachte an ihren Bruder und überlegte kurz, ob sie traurig sein musste, weil sie so gar keinen Kontakt hatten, oder ob es ihr nicht eigentlich egal sein sollte. Und dann dachte sie – und das war schön – an die Reise nach Südfrankreich, die sie und Pablo im Winter unternommen hatten. Sie sah den strahlend weißen Fels, sie roch den Rosmarin und spürte den milden Wind in ihrem Gesicht. Sie hörte das Meer, und sie sah seine Farbe: türkis und durchsichtig bis auf den Grund. Und sie dachte: Da möchte ich bald wieder hin. So schön ist das Meer.

***

Gensner suchte das Meer. Wieder flog eine riesige Möwe nah an ihm und Klar vorbei. Und Gensner dachte, dass es verdammt trostlos war und dass er sich nicht erklären konnte, was die ganzen Touris an der Nordsee so toll fanden.

Dann sah er aus den Augenwinkeln eine rasche Bewegung von Klar, meinte erst, der würde davonlaufen wollen, aber es waren nicht die Beine, die sich bewegten, es war ein Arm, eine Hand, und alles ging so schnell, dass er sich erst über das Geschehnis klar wurde, als er einen ungeheuren Schmerz im Oberschenkel verspürte.

Er wollte einen Ausfallschritt tun, sich auf Klar zubewegen, aber sein rechtes Bein gab nach. Der Schmerz schoss ihm in den Unterleib, fuhr dann wie ein Stromschlag die Wirbelsäule empor Richtung Gehirn; er hatte das furchtbare Gefühl, seine Hoden würden dabei in seinen Körper hineingerissen und hochgezogen bis irgendwo in den Brustraum, und er glaubte, sich schreien zu hören.

Was er noch sah, war die zurückschnellende Hand von Klar. Und ein gar nicht großes Taschenmesser, von dessen Klinge Blut troff. Sein Blut.

Als der erste Schmerz verebbte, ließ sich Gensner auf die Knie sinken. Er sah, dass Klar davonlief, aber das war jetzt nicht mehr sein Problem. Er musste den Oberkörper ein wenig drehen, um die Einstichstelle sehen zu können. Sie lag knapp unter dem Gesäß.

Der Schock war größer noch als der Schmerz. Gensner sah, wie durch den schmalen Schnitt in seiner Jeans das Blut in pumpenden Schwallen austrat. Er wusste sofort, dass eine Hauptschlagader getroffen worden sein musste. Er riss die Reepschnur wieder aus der Tasche, ließ sich zur Seite fallen, damit er sein Bein freibekam.

Abbinden, dachte er. Schnell abbinden.

Aber das ging nicht. Die Wunde lag genau im Übergang von Schenkel zu Gesäß – da gab es nichts, was abgebunden werden konnte. Und mit jeder Sekunde, die verstrich, wurde die Situation lebensbedrohlicher.

Das Erste, was er tat, war, um Hilfe zu schreien.

Doch wer sollte ihn hören: Weit und breit war niemand.

Es muss doch wer kommen, dachte er. Es müssen doch noch andere Leute unterwegs sein. Jogger vielleicht. Jogger sind immer und überall. Oder Hundebesitzer. Hunde müssen dauernd raus zum Scheißen. Es muss doch wer …

Er drückte mit drei Fingern der rechten Hand auf die Wunde, so fest es nur ging. Das bremste den Austritt des Blutes, wirklich stoppen aber konnte es ihn nicht.

Gensner war in Panik. Und ihm war übel. Er schrie nicht mehr um Hilfe. Er nestelte sein Handy aus der Jackentasche und versuchte verzweifelt, es in Gang zu setzen: Mit zittrigen Fingern die Tastensperre aufheben – es ging nicht. Das Handy fiel ihm aus der

Hand, er holte es wieder zu sich heran, versuchte es erneut. Die Blutlache neben seinem Bein wurde größer und größer. Er zitterte am ganzen Körper. Und er fror fürchterlich.

Warum kommt denn niemand?, dachte er. Warum kommt denn niemand?

Er spürte nicht mehr, dass ihm Tränen über die Wangen liefen. Er spürte nur noch eine unsägliche Erschöpfung. Er konnte die Augen kaum mehr offen halten. Auch sein Oberkörper sank nun zurück. Dann lag Gensner flach auf dem Boden, seine Finger rutschten von der Wunde, und der letzte Rest Leben floss ungehindert aus ihm heraus.

***

Noch war Superintendent Oltmann mit sich im Reinen. Er hatte Zweifel gehabt, das ja. Aber nachdem er bei der Polizei seine Aussage gemacht hatte, waren die Zweifel zunehmend einer besonderen Zufriedenheit gewichen: Er hatte dem Recht zu seinem Recht verholfen – und sich selbst von einer schier unerträglichen Last befreit.

Alles, was ihm Klar gebeichtet und was er sich dann nachträglich notiert hatte, war jetzt von seiner Seele gewichen. Er hatte auf dem Kommissariat von Klar berichtet, von den eingestandenen Morden, die Jahre zurücklagen und die in weiter Ferne, irgendwo in den Bergen, begangen worden waren. Er hatte berichtet von den Mittätern, wie Klar sie geschildert hatte, und dass einer davon schon gestorben war.

Er hatte sein Gewissen erleichtert. Und wenn auch noch immer Restzweifel in ihm keimten, ob dieses Vorgehen vereinbar war mit seiner Schweigeverpflichtung, so wartete er doch jetzt eigentlich nur noch darauf, dass die Polizei die Sache zu einem Ende brächte, hier im Norden diesen Olaf Klar festnähme und im Süden, in München, den anderen jungen Mann.

»Sie geben mir doch Bescheid, sobald sich das aufgeklärt hat«, hatte er noch zu dem Beamten im Kommissariat gesagt.

Als er dann aber erfuhr, was geschehen war, brach er fast zusammen. Er gab sich die Schuld am Tod des Mannes auf dem Deich.

Und selbst noch, als bekannt wurde, dass es sich dabei um den mutmaßlichen Komplizen bei den Morden im Gebirge handelte, fand er nicht mehr zurück zu innerem Gleichgewicht. Tagelang lag er mit beharrlicher Migräne, so quälend, wie er sie seit mindestens fünfzehn Jahren nicht mehr zu erleiden gehabt hatte. Er lag im verdunkelten Zimmer, geschützt vor Lärm und Aufregung, und hätte nichts dagegen gehabt, aus seinen oft nur halbe Stunden dauernden Schlafphasen nicht mehr, gar nicht mehr aufzuwachen. Dass Olaf Klar verhaftet wurde, das bekam er gar nicht mit. Dass die lokalen Zeitungen ihn, den Superintendenten, als Helden feierten – irgendwie war durchgesickert, dass von ihm der Hinweis auf Klar gekommen war –, drang nicht durch in seine Welt aus Schmerz und Übelkeit.

Als ein Beamter der Kripo anrief, nahm Oltmanns Frau entgegen, und sie enthielt ihrem Mann die Information noch lange vor, dass Klar bei den Vernehmungen all das gestanden hatte, was er schon dem Superintendenten über die beiden Tötungsdelikte berichtet hatte.

»Wir sind Ihrem Mann zu großem Dank verpflichtet.«

»Ich werde es ihm sagen«, gab sie zur Antwort. Aber sie sagte ihm nichts.

***

Marielle fuhr nicht mit in den Rofan. Sie ließ Pablo und Schwarzenbacher allein fahren. Schwarzenbacher sagte, er wolle dann auch noch den Beamten besuchen, der ihm die Informationen zum »Kaisermord« gegeben hatte. Pablo brachte wenig Verständnis dafür auf, dass sie keine Lust hatte mitzukommen.

»Was ist los mit dir?«, sagte er. »Du bist die ganze Zeit schon so reserviert. So unnahbar.«

»Quatsch«, sagte sie. Aber sie sagte es nur so. Insgeheim wusste sie, dass er recht hatte. Sie ärgerte sich über sich selbst: Seit den traumatischen Vorfällen an der Schattenwand litt sie unter Stimmungsschwankungen. Sie redete sich immer ein, dass die Zeit auch das verbessern würde. Aber sie ahnte bisweilen auch, dass sie sich selbst belog.

Und noch etwas gärte in ihr: Sie fühlte sich bei den Ermittlungen an den Rand gedrängt. Schwarzenbacher bezog Pablo weit mehr in seine Aktivitäten ein als sie. Unnötig kam sie sich vor, überflüssig. Sie war wütend, weil sie das Gefühl hatte, sie kämen gut ohne sie zurecht. Richtig wütend. Sie gestand es sich nur nicht ein.

Sie konnte sehr gut allein etwas unternehmen!

Dazu brauchte sie kein Auto. Brauchte nur am Innsbrucker Hauptbahnhof in den Zug Richtung Mittenwald steigen. Das Karwendelgebirge war nicht weit.

Sie sah aus dem Fenster, sah hinunter zu den zusammenwachsenden Ortschaften im Inntal, während die Bahn sich über Viadukte bergauf mühte. Nach fünfzig Minuten kam sie in Scharnitz an. Sie trug Laufschuhe, auch eine Fleecejacke und einen kleinen Rucksack. Darin war ein wenig Proviant, eine Plastikflasche Orangensaft, ein Fernglas. Und ein Pfefferspray.

»Wenn du immer allein durch die Gegend rennst«, hatte Schwarzenbacher gesagt, »dann solltest du so was dabeihaben. Bist ein hübsches Ding. Gibt viele, die dich haben wollen, aber normalerweise nicht kriegen können ... Du verstehst, was ich meine?«

Natürlich verstand sie. Dachte, ich habe sogar diesen Krupp überlebt, an der Schattenwand. Was sollte mir noch geschehen können? Aber sie wusste, dass es Unsinn war. Normalerweise hätte sie gegen einen ausgewachsenen Mann keine Chance. Nicht ohne Waffe.

In Scharnitz aus der Bahn zu steigen, kam einem Kulturschock gleich. Provinz war das eine, Grenzort zu sein war etwas anderes. Zwar war der Grenzübergang nach Deutschland längst aufgelöst, dennoch haftete dem Ort, zumindest entlang der Durchgangsstraße, immer noch etwas Überwachtes, polizeilich Sondiertes an. In den Jahrzehnten als Grenzort, zudem eingekeilt zwischen steilen Bergflanken, schien das Dorf keine Gelegenheit bekommen zu haben, eine eigene Note zu entwickeln.

Aber vom Unterwegssein im Gebirge wusste sie auch, dass diese oberflächlichen Eindrücke oft täuschten. Dass man länger an einem Ort sein musste, um hinter die Kulissen zu schauen und das eigene Flair herauszuspüren. So verhielt es sich mit Scharnitz sicherlich auch.

Aber nun, am Vorplatz des Bahnhofs stehend, der völlig verlassen dalag, fühlte sie sich in einen Kokon aus Tristesse eingehüllt.

Liegt wohl vor allem auch daran, dachte sie, dass hier erst vor Kurzem ein Mord geschehen ist. Und daran, dass der Himmel heute so traurig grau ist.

Die Berge waren frei, nicht von Wolken verhüllt. Aber der Himmel darüber zeigte ein durchgängiges Grau, von dem man nicht sagen konnte, ob es in einer Stunde regnen würde oder erst am Abend oder vielleicht auch gar nicht. Dazu war es schwülwarm, irgendwie unangenehm.

Sie war nicht gekommen, um einen Berglauf zu machen. Obwohl hier die Voraussetzungen geradezu ideal waren: Nur ein kleines Stück außerhalb von Scharnitz trafen drei große Gebirgstäler zusammen, das Karwendeltal, das Hinterautal, das Gleirschtal. Bei allen dreien führten Forstwege direkt neben Bachläufen viele Kilometer weit hinein ins Herz des Karwendels. Aber das war an diesem Tag nicht Marielles Ziel.

Was ist eigentlich mein Ziel?, fragte sie sich. Die Brunnsteinhütte? Oder einer der Gipfel?

Sie schlenderte durch den Ort. Besah sich die Häuser, die Geschäfte. Bei der Raiffeisenbank holte sie mit ihrer Karte einen Fünfziger aus dem Geldautomaten.

Sie hatte bei den Treffen mit Reuss, Schwarzenbacher und Kommissar Hosp viel erfahren, was sie sich zu Hause dann notiert hatte. Sie wusste, wo das Haus war, in dem Marianne Grasberger gelebt hatte und in dem sie ermordet worden war. Sie wusste, aus welchem Haus Hedwig und Ferdinand Senkhofer stammten. Dort ging sie hin.

Als sie davorstand, kam ihr das Haus nicht nur verlassen, sondern irgendwie tot vor. Um das zu spüren, wären die offensichtlichen Hinweise darauf gar nicht mehr nötig gewesen: Der Briefkasten quoll über, lauter Werbesendungen. Die Fenster waren alle geschlossen; nicht eines war zum Lüften gekippt. Die Erde im Garten war trocken, die Pflanzen erschienen durstig und krank.

Sie widerstand dem Impuls, zu klingeln. Was soll ich sagen, wenn doch jemand aufmacht?, dachte sie.

Marielle ging weiter. Der Sportplatz war verwaist.

Nicht einmal Kinder sind da, dachte sie. Aber dann fiel ihr ein, dass es erst später Vormittag war und dass Kinder, die vielleicht gern mit dem Fußball herumbolzten, jetzt noch in der Schule waren.

Gleich hinter dem Fußballplatz begann sich das Gelände aufzusteilen, gebirgig zu werden. Hinter lichtem Bergwald stellten sich senkrechte Felsplatten auf. Die sogenannten Sonnenplatten. Hier war sie schon gewesen. Ein beliebter Klettergarten. Doch sogar hier war jetzt nichts los. Sie beschloss, bis zu den Felsen hinaufzugehen.

Marielle ging schnell. Es war nicht weit. Doch es war nicht ungefährlich. In diesem Klettergarten empfahl es sich, mit Helm zu klettern. Oft kamen Steine von oben. Über den Kletterplatten war das Gelände schrofig und das Gestein brüchig. Da brauchte nur eine Gämse zu queren, und schon kamen kinderfaustgroße Brocken nach unten geschossen. Und da musste man schon beim Zustieg zu den Kletterfelsen aufpassen, dass man sich kein Loch im Schädel holte. Marielle hastete zu einer senkrechten Wandstelle im äußersten rechten Teil des Klettergartens. Sie nahm den Rucksack ab und setzte sich auf den Boden. Ein wunderbarer Platz: Hoch über ihrem Kopf war ein kleiner Überhang im Fels, der schützte sie vor Steinschlag. Und der Fels, gegen den sie sich lehnte, war warm, obwohl die Sonne nicht schien.

Sie fühlte sich fast ein wenig an die Calanques erinnert: heller, griffiger Fels, licht stehende Kiefern, der Duft von Kräutern. Nur dass dort der Himmel blau gewesen war. Und natürlich: Hier fehlte das Meer. Und noch etwas fehlte …

Sie trank einen Schluck vom Orangensaft. Aß die Hälfte ihrer dünn mit Fleischkäse belegten Semmel. Sie genoss es, allein zu sein. Sie genoss es, ohne Pablo sein zu können. In letzter Zeit ging er ihr oft auf die Nerven. Sie wusste, dass sie dann ungerecht war. Er war wirklich in Ordnung. Aber es gab dieses und jenes, was sie immer öfter störte. Und wenn sie ehrlich war, musste sie zugeben, dass sie ihm oft regelrecht aus dem Weg ging.

War’s das schon?, dachte sie.

Nein. Ich will nicht, dass es vorbeigeht.

Aber ich bin auch nicht hierhergekommen, um über meine Beziehung nachzudenken.

Sie saß ein Stück oberhalb des Ortes, der sich nach Norden hin erstreckte. Gegenüber erhoben sich die westlichsten Karwendelberge. Sie sah die mächtige Pleisenspitze, links davon die dicht waldigen Flanken der Brunnsteinspitze, und sie überlegte, wohin sie geflohen wäre, wenn sie an Ferdinand Senkhofers Stelle hätte verschwinden müssen.

Ich weiß nicht, wie er aussieht, dachte sie. Schon sonderbar, dass es Menschen gibt, von denen kein einziges Foto existiert. Zumindest soll das seine Schwester gesagt haben. Es gibt nichts als eine vage Beschreibung. Sehr vage. Das Haar braun mit vielen grauen Strähnen. Bei seiner Flucht muss es lang gewesen sein, und er würde es nicht abschneiden, das hat seine Schwester gesagt.

Daran müsste er doch eigentlich zu erkennen sein. Es gab ja gewiss nicht allzu viele Männer jenseits des fünfzigsten Lebensjahres, die mit schulterlangen Haaren durchs Karwendel zogen.

Marielle betrachtete die Landschaft, die ihr eigentlich vertraut war, die sie jedoch noch nie so genau wahrgenommen hatte wie an diesem Tag. Wohin würde sie fliehen?

Seit der Bluttat in Scharnitz waren Wochen vergangen. Damals war noch gefährlich viel Schnee im höheren Gebirge gelegen. Die Taleinschnitte im Karwendel waren bis spät in den Mai von gewaltigen Lawinen bedroht gewesen. Zwar war dieser Ferdinand wohlbehalten aus einem Talwinkel nach Scharnitz gekommen, aber es musste so ähnlich wie russisches Roulette gewesen sein. Es war entdeckt worden, dass er unterwegs eine Hütte aufgebrochen hatte. Nein, dachte sie, er ist nicht auf demselben Weg zurück. Er nicht, dachte sie.

Die Polizei war ja schon mit dem Hubschrauber bei dieser Almhütte gewesen. Und sie hatte keine frischen Spuren entdeckt. Wo ist er hin?

Alle sagen, dass Senkhofer nicht viel im Kopf hat, dachte sie. Sein Zuhause scheint die Hütte gewesen zu sein. Sogar im Winter. Das muss man sich mal vorstellen. Monatelang völlig abgeschieden von der Welt. Ganz allein. Das muss doch grauenvoll sein.

Der ist ins Gebirge geflüchtet, dachte sie. Nirgendwohin sonst! Ins Gebirge! Nie und nimmer in die Stadt. Nicht nach Innsbruck. Das alles ist diesem Mann doch völlig fremd.

Komisch nur, dass ihn niemand gesehen hat. War doch alles in den Zeitungen gestanden. Der ORF hatte darüber berichtet. Wenn Senkhofer irgendwo ein längeres Stück auf einem Wanderweg gegangen wäre, dann hätte er doch irgendwem auffallen müssen. Er sah bestimmt nicht aus wie ein ganz normaler Bergwanderer. Und gewiss war er auch nicht so gekleidet und ausgerüstet.

Was weiß ich über ihn?, fragte sich Marielle.

Wir wissen, dass er zwei Morde begangen hat. Wissen genau um seine Identität. Aber sonst?

Wie schwer sind die Verletzungen, die er sich im Haus der Grasberger zugezogen hat? Es wurde schließlich Blut gefunden, das nicht von ihr stammte, sondern wahrscheinlich von ihm.

Und wie ist er bekleidet?

Lauter Fragezeichen.

Scheiße, dachte sie. Verdammte Scheiße.

Sie packte das Fernglas aus. Ein altmodisches, großes, schweres. Die Hinterlassenschaft von einem Onkel, der gern zur Jagd gegangen war. Sie mochte es trotzdem, auch wenn es heutzutage von Zeiss oder Swarovski Feldstecher gab, die nur halb so groß und nur halb so schwer waren, dafür aber doppelt so leistungsstark. Sie nahm die Verschlusskappen von den Linsen und stellte das Glas auf ihre Augen ein. Langsam schwenkte sie den Blick von rechts nach links, von der Gießenbacher Region hinüber zum gebirgigen Gelände zwischen Scharnitz und Mittenwald.

Sie besah sich die waldigen Abschnitte und die Felszonen wie eine Zeitlupeneinstellung im Fernsehen. Sie sah von Stürmen umgerissene Bäume, sah Geröllhalden, die wie lange Zungen in die Wälder hineinreichten, sah, bei langsamen Schwenks nach oben, die Grate, wo Berge und Himmel sich berührten. Einmal sah sie sogar eine Bewegung, und ihr Puls ging schlagartig schneller.

Aber es war nichts … falsch … es war nur ein Reh oder eine Gämse, was sich da im Bereich der Baumgrenze bewegte.

Was hast du denn erwartet, dumme Gans, dachte sie.

Und doch machte sich die Suche mit dem Fernglas bezahlt. Was ihr nämlich auffiel, war ein bewaldeter Bergrücken, der sich direkt vom Scharnitzer Ortsrand in Richtung Brunnsteinspitze hinaufzog.

Sie holte eine Karte aus dem Rucksack. »Alpenwelt Karwendel«. Eine allgemeingültige Wanderkarte; leider nur im Maßstab 1:100.000. Kein Weg war entlang dem Bergrücken eingezeichnet. Und doch kam ihr das Gelände vor, als könnte man dort in ausgesprochen eleganter Linienführung hinaufsteigen zur Brunnsteinspitze. Auch ohne Weg.

Je länger sie an den Sonnenplatten saß, desto mehr fühlte sie sich angezogen von dieser Möglichkeit.

Wenn ich ganz rasch aus Scharnitz verschwinden müsste und wenn mir dabei nur ja keine Leute mehr begegnen sollten – ich könnte mir gut vorstellen, da raufzugehen. Muss ja nicht bis zum Gipfel sein. Schon nach einem Viertel der Höhe kann man ins Gebirge hineinqueren oder Richtung Mittenwald. Aber vielleicht gibt es auch gute Verstecke dort oben.

Vielleicht, dachte sie, hockt der Kerl nur einen Katzensprung vom Ort entfernt in seinem Versteck.

14

Kurz bevor Pablo und Schwarzenbacher in Kufstein ankamen, piepste Schwarzenbachers Handy.

Eine Weile hörte er schweigend zu. Dann sagte er zu Pablo: »Halt mal an.«

»Geht nicht«, maulte der. »Wir sind hier auf der Autobahn. Kann ja nicht einfach so auf dem Standstreifen stehen bleiben, nur weil du in Ruhe telefonieren willst. Was ist eigentlich los?«

Schwarzenbacher warf ihm einen finsteren Blick zu. »Reuss ist dran.«

»Warum schaust du dann so böse?«, sagte Pablo.

Schwarzenbacher gab keine Antwort. Er telefonierte zu Ende und sagte dann erst: »Wir können umkehren. Reuss sagt, Kaiser und Rofan sind geklärt. Der oder die Täter scheinen gefasst zu sein.« Er zog ein Papiertaschentuch aus der Jacke und schnäuzte sich umständlich.

»Das ist doch super, oder?«, sagte Pablo.

»Fahr einfach bei der nächsten Ausfahrt raus. Oder wenn eine Raststätte kommt. Damit wir überlegen können, was wir jetzt machen.«

»Jetzt ist es doch auch schon egal«, gab Pablo zurück. »In ein paar Minuten sind wir eh in Kufstein. Der Polizist, den du letztes Mal besucht hast, wird dich wahrscheinlich schon erwarten. Und wenn das nun mal schon so ist, dann sollten wir ihn treffen und ihn persönlich informieren, oder? Wenn ich dich recht verstanden habe, haben wir ihm ja auch was zu verdanken.«

Eigentlich hätten sich beide freuen müssen, dass zwei weitere Steinschlag-Fälle geklärt waren, dass Schwarzenbacher richtiggelegen hatte mit seiner Vermutung, es handle sich im Rofan und Kaiser nicht um Unfälle, sondern um kaltblütige Morde. Eigentlich.

Aber die Stimmung blieb auf der weiteren Fahrt eher gedrückt. Was daran lag, dass Schwarzenbacher enttäuscht war, Ipflingers Frau nicht wiederzusehen. Sie würden höchstens eine Stunde bei

McDonald's sitzen und nicht zu dem jungen Beamten nach Hause fahren. Pablo hingegen war enttäuscht, nicht in die Berge zu kommen, nicht hineinwandern zu können ins atemberaubend wilde und schöne Kaisergebirge, wo die Felspfeiler wie mächtige Orgelpfeifen in den Himmel ragten.

Dazu kam, wohl bei beiden, dass sie mit dem Ausgang der Dinge nicht wirklich zufrieden waren. Schwarzenbacher hatte den richtigen Riecher gehabt – und dann schnappte ihnen ein anderer die Beute weg …

Das Spiel schien vorüber.

Aber da war ja noch Ferdinand Senkhofer. Jetzt galt es, ihn zu erwischen, ihn aus dem Gebirge, wo er sich höchstwahrscheinlich verborgen hielt, herauszuholen, ihn endlich dingfest zu machen. Es musste sich doch irgendeine Spur finden lassen.

***

Er sah sie. Sie fiel ihm auf, weil nie jemand da unten an der Straße zu Fuß ging. Es gab Wanderer, die von Scharnitz in Richtung Mittenwald unterwegs waren oder auch in der Gegenrichtung. Aber die nahmen immer den Ziehweg, der am Bahngleis entlangführte. Auf der Straße fuhren Autos. Und Omnibusse. Und Motorräder. Und Traktoren. Und Lastwagen. Und Wohnwagen. Und manchmal auch Fahrräder. Fußgänger gingen da nie.

Sie kam vom Grenzübergang, der keiner mehr war. Zumindest standen keine Zollbeamten mehr da und kontrollierten Ausweise und Kofferräume. Die Autos konnten ungehindert von Österreich nach Deutschland fahren und von Deutschland nach Österreich.

Sie ging an der Tankstelle vorbei, ging dicht am Fahrbahnrand, manchmal schaute sie herüber, in seine Richtung, aber sie konnte ihn nicht sehen. Nein, sie konnte ihn nicht sehen. Doch er sah sie. Sah jede ihrer Bewegungen, sah jeden Schritt, den sie machte, sie war jung und sie war schön und sie passte nicht ins Bild …

Sie ging zum Parkplatz neben dem Fluss. Sie schaute sich um, besah sich die drei Autos, die da standen, stieg dann auf einem Pfad die paar Schritte zum Wasser hinunter. Da glaubte er fast, sich getäuscht zu haben. Glaubte, dass diese junge Frau nur gekommen war, um sich am Wasser zu erfrischen oder um sich irgendwo in die Sonne zu legen. Vielleicht auf der Sandbank drüben, zwischen den niedrigen Büschen, vielleicht ohne was obenrum. So was sah er gern, und er hatte es einige Male gesehen. Aber heute? Heute schien die Sonne gar nicht. Zwar war es warm, aber die Sonne kam nicht hervor hinter den grauen Wolken. Da würde sich die junge Frau wohl nicht ausziehen und hinlegen und nur so daliegen, als ob sie darauf warten würde, dass ein Mann, irgendein Mann käme und Sachen machte mit ihr.

Zuerst bedauerte er das. Doch dann wurde ihm wieder bewusst, dass sie nicht hierherpasste. Sie gehörte nicht hierher, hatte hier nichts verloren. Was tat sie da, wenn sie nicht zum Sonnenbaden kam? Was wollte sie an diesem Parkplatz, gleich neben der Straße, direkt unter seinem Versteck?

Jetzt sah sie wieder herauf zu ihm. Nicht zu ihm; sie sah in seine Richtung. Schaute sich den Berg an wie ein Tourist, der zu einer Wanderung aufbricht und vorher das Gelände studiert. Ja, genau so. Oder wie eine Polizistin, die in diesem Gelände ein Versteck vermutet und die nicht zögern würde, zu ihm heraufzusteigen.

Er lächelte. Geduckt hockte er hinter dem Stamm einer Buche und dem Stamm einer Lärche, die eng aneinandergewachsen waren, und lächelte. Er hatte sie ja im Blick, hatte sie im Visier, sie würde ihm nichts anhaben können. Nicht diese zierliche Person.

Sie legte ihren Rucksack ab, bückte sich zum Wasser, wusch sich das Gesicht. Dann setzte sie sich ans Ufer und schaute wie beiläufig zu ihm herauf.

Er hatte keinerlei Furcht. Überall lagen Steine. Große, kleine. Die meisten eckig und scharfkantig, runde gab es hier nicht. Aber handlich waren gewiss genug davon.

Sollte sie nur kommen.

Ferdinand Senkhofer sah keinen Grund zur Sorge. Überhaupt keinen.

***

Schwarzenbacher versuchte die Freude zu verbergen, die sich auf seinem Gesicht ganz einfach abzeichnen musste. Im Kufsteiner McDonald's saß nicht nur der junge Polizeibeamte Manfred Ipflinger, neben ihm saß seine Frau Karin. Sie hatten jeder eine große Tasse Cappuccino vor sich stehen, er dazu einen Blaubeermuffin.

»Man kann über McDonald's sagen, was man will«, sagte Ipflinger lächelnd zur Begrüßung, »aber sie machen den besten Cappuccino weit und breit. Wenn ihr wollt – ich hol euch auch einen. Was Süßes dazu?«

Schwarzenbacher war mit allem einverstanden. Pablo hingegen entschied sich für eine Cola und einen Cheeseburger. Und dann saßen sie mit ihren Getränken und ihren Fast-Food-Happen um den Tisch. Ipflinger war überglücklich, dass sich seine Vermutung nun als richtig herausstellte.

»Ich habe von Anfang an nicht an ein Unglück geglaubt«, sagte er. Seine Frau streichelte ihm anerkennend die Schulter. Und Paul Schwarzenbacher war von dieser kleinen Geste irritiert. Er ärgerte sich. Nicht so sehr darüber, dass sie zärtlich war zu ihrem Mann.

Vielmehr darüber, dass er nicht so ein Mann war. Ein Mann ohne Behinderung. Ein Mann, der eine so attraktive und dabei natürlich-schöne Frau für sich gewinnen konnte.

Karin Ipflinger saß ihm lächelnd gegenüber. Ihre Wangen waren von zarten Sommersprossen geziert. Das leicht gelockte dunkelblonde Haar hatte sie ohne viel Aufhebens zu einem Pferdeschwanz zusammengebunden. Ihre Augen waren blau oder grau oder grün, so genau hätte er das nicht sagen können. Schließlich zwang er sich ja, sie nicht ständig anzustarren.

»Ich weiß das alles auch erst seit ein paar Minuten«, sagte Schwarzenbacher. »Aber ich denke, wir erfahren in den nächsten Tagen mehr. Hosp und ich haben die Vermutung, dass unsere Aufrufe bei den Alpenvereinen da etwas ins Rollen gebracht haben. Aber wie auch immer, ich muss dir da schon noch mal Respekt zollen: Deine Wachsamkeit hat ja erst dazu geführt, dass wir hellhörig geworden sind.«

»Du kannst dir gar nicht vorstellen, wie froh ich bin«, sagte

Ipflinger. »Es ist ein blödes Gefühl, den eigenen Vorgesetzten im Verdacht haben zu müssen, dass er schlampig gearbeitet hat. Ich habe immer wieder Zweifel gehabt an meinen Vermutungen. Aber jetzt, wo sich alles als fundiert herauszustellen scheint, da fällt mir wirklich ein Stein vom Herzen.«

»Lass die Steine liegen, wo sie sind«, sagte Schwarzenbacher grinsend. »Die Steine haben auch so schon genug Unheil angerichtet. Muss nicht sein, dass dir einer vom Herzen direkt auf die Füße fällt … Sonst sitzt du am Schluss noch im Rollstuhl und kannst mit mir Wettrennen fahren …«

Sie lachten. Die Anspannung löste sich.

»Wenn alles aufgeklärt ist, würde ich gerne ein Essen für alle machen. Dann kommt ihr zu uns, ich meine, zum Hof meiner Eltern, und dann koche ich etwas Typisches aus unsrer Region«, sagte Karin.

Schwarzenbacher merkte, dass es nicht nur so dahingesagt war. Sie meinte es ganz ernst, und es kam von Herzen. Auch das, was sie dann noch zu ihm sagte:

»Ich finde es stark, wie Sie mit Ihrer Krankheit umgehen. Wirklich. Manfred hat mir davon erzählt. Und dann denkt man, man hat es mit einem verbitterten Menschen zu tun. Verbittert über sein Schicksal. Und derweil …«

Sie sah ihn an, sah ihm in die Augen. »Und derweil können Sie sogar darüber lachen.«

Wenn du wüsstest, dachte er. Verdammt noch mal, wenn du nur wüsstest.

Doch statt etwas zu erwidern, lächelte er. Es war ein bittersüßes Lächeln. Und dann sagte er nur: »Ich heiße Paul. Das mit dem Sie können wir getrost lassen. Mit deinem Mann bin ich ja schon aus alter kollegialer Verbundenheit heraus per Du. Und das ist Pablo. Er ist … ja, was ist er? In jedem Fall ein Superbergsteiger, bisweilen mein Chauffeur und außerdem einer in unserem Team, den keiner missen möchte.«

»Paul und Pablo«, sagte sie, machte eine Schnute und nickte. »Ist ja fast schon ein Filmtitel: ›Paul und Pablo‹. Ihr würdet kein schlechtes Ermittlerpaar abgeben, ihr beiden.« Sie nickte, wie um sich selbst zuzustimmen.

Schwarzenbacher sagte lachend: »Noch besser wäre: ›Paul und Pablo und die wilde Marielle‹ …«

***

Der Parkplatz war ihm vertraut. Den Großteil des Tages verbrachte er dort, wo er ihn im Blick haben konnte: gerade einmal dreißig oder vierzig Höhenmeter über dem Wanderweg, dem Bahngleis, der Straße. Und keine zwei Minuten entfernt von diesem Parkplatz, wo er alles bekam, was er fürs Überleben brauchte.

Sein Versteck lag nicht so nahe an der Straße. Viel weiter oben, wo der Fels kompakter wurde, hatte Ferdinand eine Höhle gefunden, die geradezu ideal war, sich einige Tage, vielleicht sogar Wochen verborgen zu halten.

Nachdem er Marianne Grasbergers Wohnung verlassen hatte, war er noch einmal kurz nach Hause gegangen. Er hatte nichts sagen müssen – Hedwig hatte schon alles gewusst, hatte ihm das Totmachen von den Augen abgelesen.

Er hatte eine Decke zusammengerollt und in eine Einkaufstasche ein paar Vorräte gepackt: einen halben Laib Brot, ein Stück Speck, ein Stück Käse, ein paar Äpfel, eine angebrochene Tafel Schokolade, zwei Flaschen Bier. Außerdem zwei halb abgebrannte Stumpenkerzen und Streichhölzer.

»Wo willst du hin?«, hatte Hedwig gefragt.

»Mich verstecken«, war seine Antwort gewesen.

»Wo?«, hatte sie geschrien. »Verdammter Kerl, ich will wissen, wo!« Ihre Stimme war schrill gewesen. Aber darum hatte er sich nicht gekümmert.

»Irgendwo verstecken. Nicht auf der Alm. Da geh ich nicht hin. Das spür ich, dass sie mich da finden.«

Dann war er weggegangen, war den bewaldeten Bergrücken hinaufgestiegen. Seine Rippen hatten ihn dabei fürchterlich geschmerzt. Und auch sein Knie, wo ihn das Messer getroffen hatte. Doch er hatte die Zähne zusammengebissen und war immer weitergegangen, bis dorthin, wo der Baumbestand dünn wurde.

Hier hatte er eine mehr als ungemütliche Nacht im Freien verbracht. Nur in die Decke gehüllt war er auf dem harten, unebenen Untergrund gelegen. Um vier Uhr morgens hatte er vor Kälte zu schlottern begonnen.

Bald nach Einsetzen der Morgendämmerung hatte er sich mit dem Instinkt eines Wildtieres nach einem Unterschlupf umgesehen. Er fand ihn in Form einer Höhle, deren Einlass klein war, ein Spalt im Fels von nicht mehr als siebzig Zentimetern Höhe und fünfzig Zentimetern Breite.

Es war wiederum sein Instinkt gewesen, der Instinkt eines Mannes, der mehr als dreißig Winter in der Einsamkeit verbracht hatte und die Launen der Natur besser kannte als jeder andere, der ihn erahnen ließ, dass dieser Spalt im Fels der Eingang zu einer Höhle war – und damit zu einer möglichen Behausung. Er hatte sein weniges Zeug abgestellt und war hineingekrabbelt. Sein Knie reagierte heftig auf die Krabbelei. Und auch seine Rippen empfanden das Ganze als Tortur. Doch es musste sein.

Zunächst kroch er in einem engen Gang. Die Finsternis war fast vollkommen. Doch nach einer Minute hatten sich seine Augen auf die Dunkelheit eingestellt. Er konnte erkennen, dass der Gang sich weitete, zu einer wirklichen Höhle wurde. Er stand langsam auf, vorsichtig die Wände rechts und links und über sich befühlend. Ja, er konnte aufrecht stehen. Und allem Anschein nach war die Höhle groß genug, dass er ausgestreckt darin liegen konnte. Er kroch zurück und holte seine Sachen. Als er dann eine der Kerzen angezündet hatte, konnte er sehen, dass er ein optimales Versteck gefunden hatte. Hier würde ihn niemand finden.

Aber damit, dass niemand ihn fände, war es nicht getan. Das wusste er. Er benötigte Lebensmittel, und er brauchte einen Schlafsack oder zusätzliche Decken, um sich einigermaßen erträglich einrichten zu können. Er würde wieder hinuntermüssen ins Tal.

Von da an war Ferdinand an jedem Morgen in der Dämmerung hinuntergestiegen, was beinahe eine Stunde erforderte. Aber er hatte ja Zeit im Überfluss. Dort, von wo aus er jetzt die junge Frau beobachtete, hatte er sich einen Platz gesucht, an dem er sich verbergen und von dem aus er zugleich alles im Blick haben konnte.

Hier hatte er von Anfang an seine Tage verbracht, bis auf die, an denen es allzu heftig regnete. Von seiner leicht erhöhten Warte aus hätte er sehen können, wenn sich jemand nach ihm auf die Suche machte. Wenn jemand auf die Idee gekommen wäre, im weglosen Gelände hinaufzusteigen in Richtung seines Verstecks. Aber es kam niemand.

Die Polizei ist dumm, hatte er einmal gedacht, wie er so auf der Lauer saß. Sucht bestimmt überall, aber hier nicht. Und er war ein wenig stolz darauf, bei seinem Verschwinden aus Scharnitz alles richtig gemacht zu haben: Er war durchs eiskalte Wasser der Isar gewatet, sodass nicht einmal mehr ein Polizeiköter seine Spur hätte finden können. Er hatte sich von allen Wegen, Pfaden, Hütten entfernt und war verschwunden in einem Nichts-und-niemand-Land. Das Gebirge bestand zu neunzig Prozent aus solchem Nichts-und-niemand-Land – wie sollten sie ihn finden?

Und doch war er vorsichtig geblieben. Von früh bis abends war er dort gehockt, die Straße und das Gelände zwischen ihm und dem Asphalt im Auge behaltend. Manche Stunde dabei verdösend, manche Stunde stumme Spiele spielend. Er konnte nicht gut zählen, aber es machte ihm Spaß, für jedes rote Auto, das von Österreich kommend in Richtung Mittenwald fuhr, ein kleines Kiefernzäpfchen in eine Reihe zu legen. Am nächsten Tag machte er das mit blauen Autos, aber da kamen nicht so viele Kiefernzäpfchen zusammen. Bei den silbernen Fahrzeugen jedoch, da gingen ihm die Zäpfchen aus. Ferdinand wunderte sich darüber, dass es so viele silberne Autos gab – so viele mehr als rote, blaue, schwarze. An anderen Tagen verglich er schätzend die Menge der von links, also Österreich, kommenden Fahrzeuge mit den von rechts kommenden. So schlug er die Zeit tot.

Doch vor allem verlor er nie den Parkplatz aus den Augen. Er beobachtete genau, was dort vor sich ging.

Denn dieser Parkplatz wurde alles für ihn: Basislager, Lebensmitteldepot, Lebensader. Tagelang beobachtete er, was sich dort unten alles ereignete. Beobachtete, wie Lastwagenfahrer ihre Führerhäuser verließen und wippend ins Gebüsch pissten. Er sah Mountainbiker, die ihre Räder vom Dach montierten, ihre kleinen Rucksäcke schulterten und sich auf den Weg machten. An heißen Tagen war der Parkplatz voller als sonst. Da kamen Familien samt

Badespielzeug und manchmal sogar samt Grill und campierten auf den Uferstreifen oder den Sandbänken der glitzernd dahinspringenden Isar.

Das alles war jedoch nebensächlich. Wichtig war für Ferdinand nur, an Lebensmittel und sonstige Dinge zu kommen, die er dringend benötigte.

Er hatte zunächst daran gedacht, abgestellte Fahrzeuge aufzubrechen. Das wäre ja leicht gewesen. Einen Stein vom Ufer ... die Scheibe eingeschlagen ... dann alles Brauchbare raus ...

Doch wenn ein Fahrer das dann angezeigt hätte, bei der Polizei in Mittenwald oder in Scharnitz, und wenn er erzählt hätte, dass eine dicke Jacke gestohlen worden war oder zwei Flaschen Orangensaft, dann wäre vielleicht aufgefallen, dass hier kein berufsmäßiger Autoknacker am Werk war, sondern Ferdinand Senkhofer, der sich das für ihn Überlebensnotwendige nahm. Nein, so ging das nicht, das wusste Ferdinand sehr wohl. Deshalb wartete er geduldig, bis genau die richtige Situation eintrat.

Sie kam in Gestalt eines Wohnmobils mit holländischem Kennzeichen.

Er sah den Fahrer aussteigen, einen Mann von vielleicht fünfzig Jahren. Und eine Frau, deutlich jünger. Sie stiegen aus und zündeten sich Zigaretten an und lehnten am Auto, an dessen Heck zwei Fahrräder montiert waren. Rauchend sahen sie auf den Fluss, von dem sie wahrscheinlich nicht einmal den Namen wussten, und zu den Bergflanken, die sich drüben in Richtung Arnspitze erhoben. Unspektakulär, waldig, ohne die raue Schönheit und Erhabenheit der Felsregionen. Doch für jemanden, der keine Berge kannte, war das vielleicht schon spektakulär genug.

Als die Frau zu Ende geraucht hatte, ging sie hinunter ans Wasser. Sie zog ihre Sandalen aus und stülpte ihre Hosenbeine hoch. Sie tapste im seichten Wasser umher und forderte ihren Begleiter auf, es ihr gleichzutun. Sie alberten herum wie Kinder und entfernten sich mehr und mehr vom Parkplatz. Nicht wirklich weit, aber weit genug, dass Ferdinand den Hang hinunterrennen konnte. Das Wohnmobil stand offen. Vom Fluss aus konnten die beiden nicht sehen, dass er hinten einstieg und sich in wenigen Augenblicken all das griff, was ihm wichtig erschien: eine gute Decke, zwei kleine Kissen, eine Flasche Schnaps, eine kiloschwere Salami, zwei Messer und einen Ranken Brot. Die Tür des Wohnmobils lehnte er an.

Als die beiden zurückkamen, küssten sie sich, ehe sie ihre Fahrt fortsetzten. Ferdinand saß da längst wieder in seinem Ausguck und freute sich diebisch. Sie würden bestimmt weit gefahren sein, ehe sie den Diebstahl bemerkten. Vielleicht würden sie richtig vermuten, dass es am Parkplatz bei Scharnitz geschehen war. Aber dann noch zur Polizei gehen, wegen der paar Sachen, die fehlten? Nein, nein, nein, auf so blöde Ideen kämen die nicht …

So hatte sich Ferdinand in den letzten Wochen eingerichtet. Mit kleinen Diebstählen, viel raffinierter ausgeführt, als es von ihm zu erwarten gewesen wäre, und er hinterließ keine Spur dabei, keine Spur, die zu ihm führte.

Marielle, die jetzt da unten am Parkplatz stand und hinaufsah in die Richtung, wo er sich verbarg und wo, viel weiter oben, sein eigentliches Versteck lag, war auch keiner Spur gefolgt.

Sie hatte sich lediglich von einer Intuition leiten lassen. Und als sie nun schon zum wiederholten Mal an dieser Bergflanke hinaufschaute, tat sie das noch immer nicht mit der Gewissheit, dass ihr eigentliches Interesse dem flüchtigen Doppelmörder galt. Noch redete sie sich ein, dass auch ein rein bergsteigerisches Motiv mitschwang: Neuland entdecken, sich einen Weg suchen, wo es keinen gab, zunächst mit dem Auge noch, aber dann …

Als sie die Straße überquerte und, nach links und nach rechts spähend, über das Bahngleis stieg, da spürte sie etwas in ihrer Brust und in ihrem Magen – nur so ein Gefühl, aber dieses Gefühl war leicht bedrohlich wie ein noch fernes Gewitter –, und ihr wurde noch einmal und noch deutlicher bewusst, dass sie an Ferdinand Senkhofers Stelle vielleicht genau dort hinaufgeflohen wäre. Als sie dieses Gefühl verspürte, wusste sie, was zu tun war. Pablo und Paul verständigen und gemeinsam planen, wie vorzugehen wäre. Wahrscheinlich würden sie Hosp einschalten. Und dann könnte ja die Polizei …

Sie holte das Handy aus der Tasche und tippte im Telefonbuch auf Pablos Nummer. Es verging eine geraume Zeit. Dann meldete sich eine Automatenstimme, die ihr erzählte, dass der Anschluss momentan leider nicht erreichbar sei. Sie probierte es bei Schwarzenbacher. Ebenso Fehlanzeige. Sie schob das Handy wieder in die Tasche und schaute hinauf. Ließ ihren Blick wie eine Bergdohle über den Wald fliegen, höher und höher, zu den Felsen und höher, bis es nichts mehr gab als nur mehr den blaugrauen Himmel.

Sie verleugnete das Gefühl, das ihr den Magen zum Rumoren brachte, schalt sich eine dumme Gans, die schon Gespenster sah, und verließ den Weg, der am Bahngleis entlangführte, verließ ihn und ging hinein in den Wald.

Ferdinands Wald.

Er sah sie.

***

»Wir könnten den gewonnenen Nachmittag für etwas anderes nutzen«, sagte Schwarzenbacher, als sie auf der Inntal-Autobahn wieder nach Innsbruck fuhren. »Wir könnten«, sagte er und schaute Pablo dabei von der Seite an, um ihm vom Gesicht die Meinung ablesen zu können, »noch rauffahren zu dem alten Staatsanwalt Kröninger. Wir haben ihm was zu verdanken.«

Pablo schien nicht gleich zu verstehen, sah einen Moment lang fragend zu Schwarzenbacher herüber.

»Ich an seiner Stelle hätte mich angepisst gefühlt, wenn da ein Bulle im Rollstuhl gekommen wäre und mir unterstellt hätte, dass nicht allen Spuren nachgegangen worden ist. Angepisst gefühlt hat er sich auch. Aber …«

Schwarzenbacher musste niesen, und er tat es laut, und es klang nass.

Mit einem zusammengeknüllten Stofftaschentuch, das er aus der Jacke zog, wischte er sich die Nase und die Hände trocken.

»Aber das muss ich ihm schon lassen: Er hat Charakter gezeigt. Hat sich ans Telefon geklemmt und ist diesen alten Geschichten nachgegangen. So ist Ipflinger überhaupt erst ins Spiel gekommen. Ich finde, wir sollten bei ihm vorbeischauen. Und falls wir unterwegs an einem Spar oder einem M-Preis vorbeikommen, könnten wir ihm ja auch noch eine Flasche Roten mitbringen. Irgendwas Gutes, muss nicht das Billigste sein.«

Als sie eine Dreiviertelstunde später vor dem Privathaus von Staatsanwalt a. D. Dr. Magnus Kröninger ankamen, hatte Schwarzenbacher eine Flasche Barbera d'Asti auf dem Schoß. Pablo musste dreimal läuten, ehe Frau Kröninger öffnete. Sie blieb auf dem Treppenabsatz stehen. Ihre strenge Miene, ihre unnahbare Art waren Schwarzenbacher noch vom ersten Besuch her in unangenehmer Erinnerung.

»Sie müssen entschuldigen, dass wir Sie einfach so überfallen«, begann er. »Aber wir waren gerade in der Nähe und dachten uns, wir könnten Ihren Herrn Gemahl, den Herrn Staatsanwalt ...«

»Mein Mann ist nicht da«, sagte sie knapp.

»Dann würden wir, wenn es Ihnen recht ist, auch nur was abgeben für ihn.«

Sie war zum schmiedeeisernen Gartentor gekommen und hatte es geöffnet.

War mal eine attraktive Frau, dachte Schwarzenbacher. Sogar die heruntergezogenen Mundwinkel stehen ihr noch gut. Aber heute wirkte sie noch abweisender als bei seinem ersten Besuch. Und sie erschien ihm blass, und die Schminke, die sie aufgelegt hatte, kam ihm falsch vor. Mit dem Instinkt des Kriminalers merkte er, dass etwas nicht stimmte. Sekunden später wusste er auch, was das Problem war.

»Ihren Wein braucht mein Mann nicht«, sagte sie kühl. Doch in ihren Augen lagen Angst und Traurigkeit und Einsamkeit.

Schwarzenbacher wollte etwas erwidern, aber sie kam ihm zuvor.

»Er hat sich schlecht gefühlt nach Ihrem Besuch. Tut mir leid, Ihnen das so unverblümt sagen zu müssen. Elend gefühlt hat er sich.«

Sie sah Schwarzenbacher mit einem kalten Blick an.

»Er hat meines Wissens für Sie recherchiert. Hat alte Sachen ausgegraben, die wohl besser hätten ruhen sollen. Und er muss dabei fündig geworden sein. Dabei hat er sich immer schlecht gefühlt. Und dann ist er zusammengebrochen. Ist nachts aufgestanden – wenn Sie es genau wissen wollen –, hat das Fenster geöffnet, als wenn er zu wenig Luft bekommen hätte, und ist dann in sich zusammengesunken. Ich werde das nie vergessen … Er liegt in Innsbruck, in der Uniklinik. Sie verstehen, dass er Ihren Wein nicht braucht. Und ich möchte ebenfalls nur zu gerne darauf verzichten.«

Schwarzenbacher spürte zwar, dass sie von ihm keine Antwort und keine Entschuldigung hören wollte. Doch er konnte nicht anders, als wenigstens nach dem genaueren Befinden des Staatsanwalts zu fragen.

»Es war ein Schlaganfall«, sagte sie. »Seither ist er halbseitig gelähmt. Er kann nicht sprechen. Und wenn er mich ansieht, dann weiß ich nicht, ob er auch nur die geringste Ahnung hat, wer ich bin.«

Sie sah Schwarzenbacher mit einem harten und verzweifelten, wütenden und zugleich unendlich traurigen Blick an. »Es ist nicht das, was Sie hören wollen. Ich weiß.«

Frau Kröninger kamen die Tränen, sie versuchte dagegen anzukämpfen, wandte sich ab und ging auf die offene Haustür zu.

»Durch Ihren Mann konnten Mörder überführt werden«, sagte Schwarzenbacher.

Sie drehte sich noch einmal um und sagte: »Wenn Sie nur nie zu uns gekommen wären …«

Dann trat sie ins Haus und schloss sehr langsam und sehr leise die Tür.

***

Es war eine Sache, auf einem Bergsteig zu gehen, achtsam, weil auch da das Gelände nicht eben war und man mit jedem Schritt stolpern und stürzen konnte. Und es war eine andere Sache, die gebahnten Wege zu verlassen, einfach hineinzugehen in die Natur und selbst jeden nächsten Schritt zu erkunden und zu entdecken.

Dort die viel sicherere Variante – immer dem Steig folgen, der musste schließlich irgendwo hinführen, sogar Hinweisschilder gab es: »Brunnsteinhütte 2½ h«, und immer wieder rote Farbkleckse auf Felsbrocken oder an Baumständen, und solange man diese roten Markierungen sah, konnte man sich gewiss sein, die Zivilisation noch nicht gänzlich hinter sich gelassen zu haben.

Hier aber, abseits der von den Alpenvereinen angelegten, ausgewiesenen und in Schuss gehaltenen Wege, war jeder Schritt ein Schritt ins Ungewisse. Wohin sollte er führen? Würde sich die Natur dem menschlichen Willen beugen – ihm gleichsam einen Weg bescheren, wo es bislang keinen gab? Oder würde man nach einiger Zeit auf unüberwindliche Hindernisse stoßen, auf tiefe Schluchten oder steile und gefährliche Felspassagen? Ja, dichtes Unterholz allein konnte schon genügen, jedwedes Vorwärtskommen unmöglich zu machen.

Doch genau in dieser Ungewissheit lag die besondere Faszination. Und das nicht nur, wenn man als guter Kletterer eine neue Route eröffnete, wenn man in eine Felswand einstieg, um sich in der Senkrechten einen ganz eigenen Weg zu erschließen. Erstbegehung nannte man das. Dort, in den Felswänden, war das Abenteuer natürlich viel größer. Und Marielle träumte schon einige Zeit davon, selbst einmal so eine Erstbegehung durchzuführen. Sie hatte nur keine Idee, wo so etwas noch möglich und sinnvoll wäre. Aber auch im Gehgelände konnte sich diese Faszination einstellen. Weil da ein Gefühl aufkam, ein ganz besonderes Gefühl, und es redete einem ein, der allererste Mensch zu sein, der seinen Fuß an diese Stelle setzte.

Marielle mochte das.

Marielle fühlte bei so etwas eine ganz eigene Erregung. Aber es schwangen noch andere Gefühle mit, eine besondere Gespanntheit und Aufgeregtheit und dazu eine außergewöhnliche Wachheit der Sinne.

Sie stieg den Hang hinauf, wo es keinen Weg gab. Vielleicht waren schon einmal Waldarbeiter hier gewesen. Oder auch Jäger. Vielleicht auch noch nie jemand. Oder aber er war hier gewesen, Ferdinand Senkhofer, der Steinschlagmörder.

Marielle beschloss, gleich wieder umzukehren. Was sie da tat, ganz allein, war zu riskant.

Doch sie kehrte nicht um. Sie verspürte Angst, durchaus. Aber ihr Willen und ihre Sturheit waren noch ein bisschen größer.

Ferdinand duckte sich hinter den breiten, tief unten gegabelten Stamm und sah sie in etwa hundert Metern Entfernung höher steigen. Und wie er sie so sah, wurde er sich eines entscheidenden Fehlers bewusst: Von seinem Platz aus, den er nun schon viele Tage eingenommen hatte, war immer alles im Blick zu halten gewesen. Doch er hatte nicht bedacht, was wäre, wenn jemand heraufsteigen würde. Wie sollte er jetzt zu seiner Höhle kommen, ohne bemerkt zu werden?

Sein Herz begann heftig zu klopfen. So heftig, dass er glaubte, die junge Frau müsste das selbst in hundert Metern Entfernung hören können. Er duckte sich noch tiefer, verbarg sich hinter dem Stamm, versuchte, so leise zu atmen, dass er es selbst nicht mehr hörte – aber er hörte alles: seinen Atem, sein Herz und die Schritte der Frau auf dem steinigen Boden.

Wenn sie näher kommt, dachte er, wenn sie ganz nah herkommt, kann ich aufspringen und sie totmachen.

Vorsichtig griff er nach einem nicht allzu großen Gesteinsbrocken, der im Schatten des Baumstammes lag.

Ist nicht groß, dachte er. Aber dafür ist die Kante spitz und scharf. Wenn sie hier rüberkommt, hau ich ihr den Stein in die Stirn.

Er sah, dass seine Hände zitterten.

Er war aufgeregt. Viel aufgeregter als an dem Tag, an dem er Marianne erschlagen musste. Er spürte, dass die Gefahr heute viel bedrohlicher für ihn war. Die Gefahr, die von dieser jungen Frau ausging, die nicht einmal besonders groß war oder besonders kräftig aussah.

Wenn sie zu mir herüberkommt, dachte er, mach ich sie tot.

Und irgendwie hoffte er, dass sie in seine Richtung ging, dass sie ihn entdeckte. Er wollte wieder in seine Höhle zurück.

Was will diese Frau hier?, dachte er. Was will sie von mir?

Er musste gar nicht schauen, wo sie war, er hörte jeden Schritt von ihr. Das Knacken von am Boden liegenden Ästen. Das Geräusch, wenn winzige Steinchen unter ihren Schuhsohlen knirschten. Das Rutschen ihrer Schuhe auf abschüssigem Gelände. Das Brechen dürrer Zweige, wenn sie sich einen Durchschlupf durchs Unterholz bahnte.

Komm näher, dachte Ferdinand. Komm näher!

Er umklammerte den spitzen Stein.

Komm hierher, dachte er. Komm!

15

»Marielle hat angerufen«, sagte Schwarzenbacher. »Das Handy zeigt ihre Nummer an.«

Pablo holte sein Telefon aus der Jackentasche und stellte die Tastensperre ab.

»Bei mir auch«, sagte er. Und er spürte im selben Moment, dass es sich um etwas Wichtiges handeln musste, sonst hätte sie es nicht bei ihnen beiden probiert.

Er drückte die Kurzwahltaste 1 und wartete. Es dauerte, bis er das Tuten in der Leitung hörte. Zweimal, dreimal, viermal, fünfmal. Dann schaltete sich die elektronische Stimme ein, die bedauerte, dass der Teilnehmer im Moment nicht erreichbar sei.

»Wird sich schon wieder melden«, sagte Schwarzenbacher.

Auch ihm musste klar sein, dass es einen wichtigen Grund gegeben haben musste, wenn sie versucht hatte, ihn und Pablo zur selben Zeit zu erreichen.

»Wo ist sie eigentlich heute?«, fragte er Pablo.

»Weiß nicht so genau. Vormittags an der SOWI, denke ich. Und danach bestimmt wieder bei einem ihrer Bergläufe.«

»Berglaufen?« Schwarzenbacher sah ihn fragend an. »Ich will ja nicht indiskret sein, aber da muss dein Mädel doch mittlerweile Oberschenkel wie Litfaßsäulen haben …«

»Arsch!«, sagte Pablo. Ihm war nicht nach Scherzen zumute. Erst dieser deprimierende Besuch bei der Frau des Staatsanwaltes, jetzt die Sorgen um Marielle.

»Ich rede nicht von ihrem Arsch, sondern von ihren Oberschenkeln.«

Pablo warf ihm einen bitterbösen Blick zu.

»Ich bin beunruhigt«, sagte er dann. »Verstehst du das denn nicht?«

Schwarzenbacher nickte. »Verstehe ich schon. Aber was soll sein? Wenn sie sich in den Bergen den Knöchel gebrochen hat, dann wird sie genauso gut wie uns auch die Polizei anrufen können. Und die hat dann längst die Bergrettung geschickt. Aber wahrscheinlich ist überhaupt nichts passiert, und wir machen uns ganz unnötig Sorgen.«

Pablo probierte es wieder. Wieder tutete es einige Male. Doch diesmal kam keine elektronische Stimme. Es war ihm vielmehr, als hätte Marielle die rote Abschalttaste gedrückt.

»Mach dich nicht verrückt«, sagte Schwarzenbacher. »Lass uns in die Stadt fahren. Von mir aus zu Hosp. Mit ihm können wir beraten, was zu tun ist. Aber ich wette, bis wir bei der Kripo eintreffen, hat sich Marielle längst gemeldet.«

Pablo blieb skeptisch. Aber er wusste so gut wie Schwarzenbacher, dass sie jetzt wirklich nicht viel mehr tun konnten, als auf der alten Brennerstraße nach Innsbruck hinunterzufahren und erst einmal abzuwarten. Es war ja erst drei viertel vier. Noch war der Tag lang.

***

Als Marielle ihr Handy zum ersten Mal summen hörte und die Vibration an der Seite spürte, erschrak sie.

Ich hab vergessen, das Handy auszuschalten, dachte sie.

Es hatte diesen einen entscheidenden Moment gegeben, wo ihre innere Stimme zur Umkehr geraten hatte, sie aber nicht umgekehrt war. Im selben Moment hatte sie sich eingestanden, nicht wegen der Natur, nicht wegen der Berge und des Bergsteigens hier zu sein – sondern einzig und allein, weil sie wissen wollte, ob Ferdinand Senkhofer hier, im unwegsamen Gelände, ein Versteck gefunden haben könnte.

Das Signal des Handys war nicht laut, aber sie musste annehmen, dass es hier, ein gutes Stück oberhalb der Straße, schon weithin zu hören war. Und sie wollte nicht, dass es jemand hörte.

Ihr Gefühl sagte ihr, dass jemand in der Nähe war. Es gab nicht das geringste Anzeichen dafür, und doch war sie von der Richtigkeit ihrer Annahme überzeugt.

Als sie beschlossen hatte, nicht umzukehren, nicht hinunterzulaufen ins Tal, zur Straße, zur Tankstelle nahe dem Grenzübergang, hatte sie sich lautlos vorgesagt: »Ich bin nicht auf der Jagd.«

Und ich spiel auch nicht Polizei, hatte sie gedacht. Ich hätte nur zu gern ein kleines Indiz, dass dieser Mann hier gewesen sein könnte, es vielleicht immer noch ist.

Sie hatte Ausschau gehalten nach Zigarettenkippen und nach menschlichem Kot. Und dabei war sie langsam immer höher gestiegen.

Und mit einem Mal war ihr bewusst geworden, dass jemand in ihrer Nähe war. Dass jemand sie hörte, jemand sie sah, jede ihrer Bewegungen ganz genau verfolgte.

Sie kannte das aus der Straßenbahn oder dem Zug. Es war ihr ein paarmal passiert, dass sie vertieft in ein Buch oder in ihre Studienunterlagen plötzlich das Gefühl bekommen hatte, jemand würde sie anstarren. Ihre Haut war unangenehm heiß geworden, und sie hätte wetten können, dass sie sich auch rötete. Doch nach Wetten war ihr in solchen Situationen nie zumute gewesen. Sie hatte ganz langsam den Kopf gehoben. Immer hatte sie Männer gesehen, den Blick auf sie gerichtet. Alle hatten weggesehen, als sie merkten, dass Marielle ihre Schamlosigkeit aufgefallen war. Alle bis auf einen. Der war ihr im Zugabteil gegenübergesessen. Es waren noch andere Leute im Abteil gewesen. Gestört hatte ihn das nicht. Er hatte ihr unverwandt auf die Brüste gestarrt. Sie hatte nur ein T-Shirt angehabt, kein Top drunter. Als sie die Augen senkte, bemerkte sie, dass sich sein Glied in der Hose bei ihrem Anblick versteift haben musste. Leicht gekrümmt zeichnete es sich unter dem Stoff ab.

Sie hatte ihn mit einem Blick angesehen, der unmissverständlich ausdrücken sollte, dass sie ihm seinen Schwanz abreißen und einen Knoten reinmachen würde, wenn er sie noch länger anstarrte.

Jetzt wurde sie wieder angestarrt.

Sie hatte es bemerkt, ohne zu erkennen, woher der Blick kam.

Aber auch wenn sie gesehen wurde, wollte sie nicht, dass nun noch das Handy zu hören war.

Sie war jetzt fast ohne Angst.

Kaltblütig analysierte sie die Situation.

Ich muss herausfinden, von wo aus ich beobachtet werde, dachte sie. Und ich muss es so herausfinden, dass dieser Mensch nicht merkt, dass ich weiß, wo er ist.

Es konnten ja einfach Scharnitzer Kinder sein, die hier, fünfzig Höhenmeter überm Tal, ein Spiel mit ihr trieben.

Es konnte ein Mann sein, der hier herumstreunte und der sich im Schritt befummelte, während er jede ihrer Bewegungen beobachtete. Doch das kam ihr unwahrscheinlich vor – warum hätte jemand hier warten sollen auf das Wunschbild einer Frau, wenn eigentlich nie jemand hierherkam?

Es konnte Ferdinand Senkhofer sein.

Denn diese Vermutung deckte sich genau mit ihren Überlegungen, wohin sie an seiner Stelle geflüchtet wäre.

Sie blieb ohne Angst. Auch jetzt.

Es sind keine Kinder, dachte sie. Sie trat an einen Baum heran und hob ganz langsam den Kopf, so als würde sie sich diesen Baum genau ansehen wollen. Sie sah den Stamm entlang empor, blickte in die Krone, hellgrünes Lärchengezweig vor einem immer noch diesigen Himmel. Sie tat, als würde sie einen Vogel beobachten, ein winziges gelbes Goldhähnchen, das in den höchsten Ästen des Baumes umherhüpfte. Und dabei versuchte sie aus den Augenwinkeln heraus ihre Umgebung zu erkunden.

Irgendwo musste jemand sein. Sie spürte es so intensiv, wie sie ein Gewitter ahnen konnte, noch bevor Wolken den Himmel verfinsterten.

Hinter einem dieser Bäume.

Sie hatte Pfefferspray im Rucksack.

Sehr praktisch, dachte sie. Ich stell also meinen Rucksack ab, pack in aller Ruhe den Spray aus und stell mich dann hin und schrei: »Komm raus, du Sau!« – und dabei halte ich die Spraydose wie die Ermittler bei »CSI New York« ihre großkalibrigen Pistolen. Lächerlich …

Sie tastete nach dem Schweizer Taschenmesser, das sie in der linken Hosentasche mit sich trug. Eigentlich war es nicht als Waffe gedacht, sondern lediglich, um einen Apfel zu schälen oder mit dem gekrümmten Metallstück eine Dose zu öffnen.

Es war ein gutes Gefühl, das Messer dabeizuhaben. Aber es war unmöglich, es mit nur einer Hand, noch dazu in der Hosentasche, zu öffnen.

Die Erfinder dieses Messers müssen doch totale Idioten gewesen sein, dachte sie. Militär. Das Schweizer Militär hat sich das ausgedacht. Klar. Das Militär ist ja auch die größtmögliche Ansammlung von Vollidioten. Bei dem Messer bricht man sich ja schon unter normalen Umständen die Nägel ab, wenn man es aufmachen will …

Doch sie wusste auch, wenn jetzt einer hinter einem Baumstamm hervorkäme, dann würde sie das Schweizer Messer aus der Tasche holen, und sie würde die Klinge aufbringen. Egal ob ihr dabei die Nägel abreißen würden und das Nagelbett zu bluten begänne.

Nimm dich in acht, Drecksau, dachte sie.

Nimm dich in acht.

Ferdinand bewegte sich nicht. Er hatte sie gesehen, und einen Moment lang war es ihm so gewesen, als hätte sie ihn auch gesehen.

Aber er schien sich geirrt zu haben.

Jetzt sah er sie nicht, denn er hatte sich vollständig hinter dem Baumstamm verborgen, aber er hörte es an ihren Schritten – sie blieben unverändert. Die Frau ging so gleichmäßig weiter wie bisher, und die Kraft ihrer Schritte wurde weder stärker noch schwächer.

Er hätte nicht sagen können, wie viele Meter genau sie von ihm entfernt war. Aber er hatte ein gutes Einschätzungsvermögen: Er hätte sie mit dem Stein, den er in der Faust hielt, treffen können und hätte sich beim Werfen nicht einmal übermäßig anstrengen müssen.

Doch das wäre riskant gewesen. Wenn er sie nicht auf Anhieb traf, würde sie wahrscheinlich losrennen, den Berg hinunter. Und auch wenn er sich in diesem wilden Gelände wie eine Gämse bewegen konnte – die Frau war jung, sehr jung, und vielleicht war sie schnell genug, ihm zu entkommen. Zudem machten ihm seine Verletzungen immer noch zu schaffen.

Ich muss warten, dachte er.

Er dachte an Hedwig und was die hin und wieder mit ihm machte, wenn er badete. Es war ein schönes, warmes Gefühl. Und er stellte sich vor, wie schön es wäre, wenn die Frau, die durch den Wald streifte, das Gleiche mit ihm machen würde.

Ich darf sie nicht totmachen, dachte er.

Nicht gleich totmachen.

Wieder surrte Marielles Telefon. Sie umfasste es mit der ganzen Hand und dämpfte den Ton. Dann nahm sie es aus der Tasche und schaltete es ab. Ihr Verstand sagte ihr, dass es ein großer Fehler war. Ihr Instinkt aber flüsterte, dass sie genau richtig gehandelt hatte.

Sie hatte Pablos Kennung am Display gesehen.

Ich hätte den Anruf entgegennehmen sollen, sagte ihr die Vernunft. Entgegennehmen und ihm klarmachen, wo ich bin und was ich vermute und dass ich ihn brauche. Ihn, Hosp, Schwarzenbacher – auch wenn der in seinem verdammten Rollstuhl nur unten am Parkplatz stehen und heraufschauen könnte. Es wäre ihr schon verflucht lieb gewesen, ihn jetzt in nicht zu großer Ferne zu wissen …

Sie hatte aber auf die intuitiven Warnungen gehört, und es würde sich zeigen müssen, ob ihre Entscheidung gut gewesen war: Geh nicht ans Telefon! Stell keinen Kontakt zur Außenwelt her! Die Situation ist auch so gefährlich genug! Wenn du auch nur den Anschein machst, als würdest du Hilfe herbeiholen wollen, dann kann alles eskalieren.

Sie stieg langsam, ganz langsam weiter bergauf. Setzte dabei jeden Schritt so vorsichtig und atmete so leise, dass ihr möglichst kein Geräusch in ihrer Umgebung entging. Sie machte einige Schritte, blieb abrupt stehen und wandte sich um.

War jemand hinter ihr? Im Gelände unterhalb ihres Standortes?

Nichts. Keine Spur. Kein Geräusch.

Und doch wurde sie das Gefühl nicht los, dass irgendjemand da sein musste. Vielleicht hundert Meter von ihr entfernt, vielleicht auch nur fünfzig. Oder noch weniger …

Ich habe mich getäuscht, dachte sie. Ich muss mich getäuscht haben.

Doch sie schenkte sich selbst keinen Glauben.

Red dir nichts ein, dachte sie. Du hast etwas gesehen, etwas gespürt, und sie dachte das nicht nur, sie sagte es ganz leise zu sich selbst.

»Irgendwer ist da, und dieser Irgendwer meint es nicht gut mit dir, Marielle« – sie sagte ganz leise: »Marie-le«, verwendete die

Verniedlichungsform, mit der sie als Schülerin oft gehänselt worden war.

»Wenn er es gut meinen würde«, murmelte sie vor sich hin, »dann müsste er sich nicht verstecken. Dann könnte er aus der Deckung kommen und ›Hallo‹ sagen. Macht er aber nicht.«

Sie drehte sich um, sondierte das Gelände über ihr: immer lichter werdender Bergwald und darüber Felsen. Zwischen den Stämmen der Bäume hindurch konnte sie sehen, dass es weiter oben immer felsiger wurde.

Sie wandte sich wieder dem Tal zu. Alles war unverändert.

In ihrer Nähe lag ein umgestürzter Baum; da setzte sie sich hin. Sie nahm den Rucksack ab und blieb im Sitzen sprungbereit.

Den Rucksack stellte sie zwischen ihre Füße, öffnete ihn und holte, ohne dass ein Beobachter das hätte erkennen können, ihren Pfefferspray nach oben. Dann nahm sie den Apfel heraus und zog ihr Schweizer Messer aus der Tasche. Beim Öffnen taten ihr die Finger weh, aber jetzt hatte sie zwei Waffen: Pfefferspray und Taschenmesser. Keine davon war besonders viel wert. Aber eine jede war besser als nichts.

Marielle schnitt den Apfel in vier Stücke und entfernte aus jedem Schnitz das Kerngehäuse.

Was für eine bizarre Situation, dachte sie.

Wenn mich wirklich einer beobachtet – und ich habe keine ernsthaften Zweifel daran –, dann muss er mich für verrückt halten. Unter allen Umständen! Denn wenn er annimmt, ich wüsste von seiner Anwesenheit, dann ist es doch wohl ziemlich absurd, sich hinzuhocken und in aller Seelenruhe einen Apfel zu essen. Und wenn er davon ausgeht, dass ich nichts von seiner Existenz weiß, dann ist das genauso verrückt. Was macht eine Frau allein hier in diesem weglosen Gelände? Steigt sie hier herauf, um dann einen Apfel zu essen?

Unablässig beobachtete sie den lichten Wald, der sich zur Straße hinunter erstreckte. Sie konnte die Autos vorbeirauschen hören. Sie wäre jetzt gerne dort unten gewesen – aber es war ein weites, einsames, gottverlassenes Stück karger Landschaft bis dorthin.

Marielle versuchte, die Situation analytisch anzugehen: Über ihr wurde das Gelände steiler, alpiner, felsiger. Dort oben war zumindest mit leichter Kletterei zu rechnen. Und wenn sie immer weitersteigen und weiterklettern würde, müsste sie irgendwann oben auf der Brunnsteinspitze oder der benachbarten Rotwandlspitze ankommen.

Das war eine Möglichkeit. Sie würde wohl mehrere Stunden aufsteigen müssen, sie würde in die Nacht kommen und sie unter Umständen im Freien verbringen müssen. Sie hatte keine Zweifel, den Beobachter, wenn er ihr denn folgte, im steileren Gelände abschütteln zu können.

Sie wusste um ihre außerordentlichen bergsteigerischen Qualitäten, und durch ihre vielen Bergläufe hatte sie sich eine phantastische Kondition zugelegt.

Es würde ein Katz-und-Maus-Spiel sein – und im schwierigen Gelände könnte sie die Katze sein.

Auch zweifelte sie nicht daran, eine Nacht auf zweitausend Metern zu überstehen – mit schlechter Ausrüstung, ohne Schlafsack, ohne Mütze, ohne alles.

Das wird eine beschissene Nacht, dachte sie. Aber ich hab schon beschissenere erlebt.

Sie suchte nach Alternativen.

Die schlechteste von allen war die, hierzubleiben und zu warten, bis der Abend zu dämmern begann. Allein der Gedanke daran ließ sie beinahe in Panik geraten.

Ich werde nicht hierbleiben! Keinen Augenblick länger als unbedingt nötig!

Sie entschied sich für eine dritte Möglichkeit.

Sie wusste, dass es vielleicht die gefährlichste war. Aber es war ihrer Ansicht nach zugleich die erfolgversprechendste.

***

Am späten Nachmittag wurden die Altstadthäuser von Innsbruck in ein geradezu goldenes Licht getaucht. Den ganzen Tag über war das Inntal von einer grauen Dunstschicht bedeckt gewesen, jetzt, um kurz nach fünf, brach die tief stehende Sonne durch die Wolken und bescherte den Menschen in der Stadt und im Umland einen überraschend schönen Ausklang des Tages.

Pablo, Schwarzenbacher und Hosp hatten keine Augen für dieses Schauspiel, in dem die Stadt glänzende Hauben aufgesetzt bekam und wo die Natur eine Viertel- oder halbe Stunde lang ihre Überlegenheit zeigte. Hier, zwischen den hohen Bergzügen, tat sie das in schöner Unregelmäßigkeit und in den verschiedensten Erscheinungsformen. Als Gewitter, das zuckend und hallend durchs Inntal zog. Als Wintersturm, der das Tal und seine Bergflanken binnen Stunden in eine weiße Landschaft verwandelte, in welcher der Verkehr zum Erliegen kam. Oder durch den Föhn, der gegen Ende eines regenreichen Tages die schweren Wolken davonblies, den Himmel polierte und weiße Wölkchen wie Wattebäusche drapierte. Oder eben durch die flüchtigen und sich rasch verflüchtigenden Pinselstriche, mit denen die Stadt an diesem frühen Abend verzaubert wurde.

»Wir sollten etwas unternehmen«, sagte Schwarzenbacher, der zwischen den beiden anderen durch die Kaiserjägerstraße rollte.

»Du weißt, dass es noch zu früh ist«, sagte Hosp. »Es gibt noch keine Rechtfertigung, den ganzen Apparat in Gang zu setzen: Handy-Ortung, Suchmannschaft und so weiter. Wir haben bisher nicht den geringsten Anhaltspunkt, wo sich Marielle herumtreiben könnte.«

Schwarzenbacher sah zu Pablo hoch. »Überleg noch einmal«, sagte er drängend. »Denk noch einmal nach, wo sie sein könnte.«

»Hab ich doch schon. Wieder und wieder. Hab rumtelefoniert. Vormittags war sie in der Uni. Ihre Freundinnen, zumindest die, von denen ich die Nummern habe, wissen auch nichts. In der Kletterhalle ist sie nicht, nicht im Tivoli und nicht im Pulverturm. Sie ist garantiert wieder zu einem ihrer Bergläufe aufgebrochen. Aber das habe ich euch ja alles schon erzählt.«

»Die Frage ist, warum sie nicht anruft«, sagt Hosp. »Wenn sie sich wehgetan hätte, wäre es logisch, dass sie bei Pablo anruft. Wenn sie sich aus irgendeinem Grund verspätet, würde sie anrufen. Würde sie doch, oder?«

Pablo nickte.

»Ich lasse einen Kollegen die Krankenhäuser abtelefonieren«, sagte Hosp. »Hier im Inntal und im Umkreis von fünfzig Kilometern. Man weiß ja nie.«

Er blieb zurück und telefonierte mit dem Kommissariat. Kurz darauf kam er mit großen Schritten auf sie zu.

»Ich muss noch mal ins Büro. Ihr werdet die Pizzas ohne mich essen müssen. Aber wir telefonieren später. Okay?« Und schon war er weg.

»Na gut«, sagte Schwarzenbacher. »Essen wir ohne den Herrn Kommissar.«

Als sie den engen Durchgang zwischen der SOWI und dem angrenzenden Geschäfts- und Bürohaus passiert hatten, sagte Schwarzenbacher:

»Ich mache mir auch Sorgen. Nur – wo sollen wir ansetzen? Ich will dir nicht zu nahe treten, Pablo, aber genauso gut, wie sie sich den Knöchel gebrochen haben kann, kann sie sich auch mit irgendeinem Typen rumtreiben. Brauchst gar nicht so bös zu schauen. Frauen sind so, das ist zumindest meine Erfahrung.«

Doch dann bemerkte Schwarzenbacher eine ganz besondere Nachdenklichkeit in Pablos Gesicht. Es schien, als hätte er irgendwann nicht mehr zugehört, als wären seine Gedanken weit abgeschweift.

»Was ist mit dir? Kommt dir grad eine Erleuchtung?«

Pablo sah ihn an, aber sein Blick schien durch alles hindurchzugehen. Es dauerte einige Sekunden, bis er sich wieder aufs Hier und Jetzt fokussierte und Schwarzenbacher den Eindruck bekam, er sei wieder voll zurechnungsfähig.

»Was?«, sagte Pablo.

»Ob du grad eine Erleuchtung hattest?«

»Eine Erleuchtung?« Pablos Gesicht war ernst. Fast ernster noch als zuvor. »Eine Erleuchtung würde ich es nicht gerade nennen. Aber in meinem Kopf verknüpfen sich gerade ein paar Details. Ich glaube zu wissen, wo Marielle ist. Zumindest so ungefähr.«

Schwarzenbacher rutschte unruhig in seinem Rollstuhl hin und her. »Spann mich nicht auf die Folter«, sagte er. »Red schon.«

Und Pablo schilderte ihm seine Vermutungen: dass Marielle in letzter Zeit ihre Bergläufe des Öfteren außerhalb des Inntals unternommen habe. Dass er sich nichts dabei gedacht hatte. War ja auch monoton, immer die gleichen Strecken zu laufen. Dass ihm jetzt aber bewusst geworden sei, dass sich diese Ausflüge – er nannte es Ausflüge – alle in derselben Region abspielten. Dass sie mehrfach über den Seefelder Sattel gefahren war, um bei Gießenbach oder in der Umgebung von Scharnitz ihrer neuen Leidenschaft zu frönen.

»Warum hat sie uns nie etwas gesagt davon?«, fiel ihm Schwarzenbacher ins Wort. »So wie du das schilderst, läuft sie dort oben in der Hoffnung, eine Spur von unserem allseits geschätzten Ferdinand zu entdecken. Und wenn das stimmt, dann könnte ihr Verschwinden mehr bedeuten als einen verstauchten Knöchel.«

***

Marielle stieg langsam bergab. Sie prüfte ganz genau, wo sie hintreten wollte, Schritt für Schritt. Sie hatte keine Angst, was die Situation betraf, in der sie sich befand. Sie fühlte sich stark, kraftvoll und aggressiv genug, um das alles auszuhalten. Aber sie fürchtete sich davor zu stolpern, sich vielleicht zu verletzen, und sei es nur eine Bänderzerrung am Fußknöchel, und dadurch hilflos zu werden.

Ihre sämtlichen Sinne waren in Alarmbereitschaft versetzt. Sie hörte alles, sah alles, nahm jeden Geruch intensiver wahr als sonst.

Sie hatte sich dafür entschieden, zurückzukehren zur Straße. Es war ihr klar, dass sie dabei an dem Menschen vorbeimusste, der sie beobachtet hatte, wahrscheinlich immer noch beobachtete. Hinter irgendeinem dieser Bäume hockte jemand und belauerte sie.

Sie ging nicht entlang ihrer Aufstiegslinie, sondern hielt sich schräg nordwärts, ein wenig in Richtung Mittenwald. Schritt für Schritt für Schritt. Der Pfefferspray steckte jetzt griffbereit in der Jackentasche, das offene Schweizer Messer hielt sie, die Klinge unterm Ärmel ihres Pullis, in der Rechten versteckt.

Ihr Plan war einfach: absteigen bis zum Wanderweg neben dem Bahngleis, dann Gleis und Straße überqueren und im Laufschritt zur Tankstelle oder gleich noch die zweihundert Meter zur früheren Grenzstation von Scharnitz. Hier würde sie Pablo verständigen. Und sie würde nicht mehr weggehen, bevor er mit dem Auto direkt vor ihr hielt.

Sollte sie dabei hier im Bergwald irgendjemandem begegnen, so würde sie sofort losrennen, in großen Sprüngen das steile Gelände hinab. Sie spürte die Entschlossenheit in ihrem Herzen und die Kraft in ihren Beinen. Sie war Herrin der Situation.

Doch was, dachte sie, wenn er mich überrascht?

Sie umschloss den Griff ihres Taschenmessers noch fester. Ihre Hände schwitzten. Sie bekam Zweifel, ob sie mit einer schweißnassen Hand das Messer mit genug Druck würde einsetzen können. Die Klinge war ohnehin nicht lang. Sie überlegte kurz, wo sie hinstechen sollte. Nicht in die Brust, dachte sie, da kommen gleich Rippen. Das nützt nichts. In den Bauch, dachte sie. In den Bauch wäre gut.

Sie dachte an die Rasierklinge, die sie sich damals auf der Laaserhütte unter das Wristband geschoben hatte. Sie war in die Gewalt eines fast noch jugendlichen Mörders geraten, in den Bergen – dort, wo ihr immer alles so friedlich vorgekommen war.

Sie war unbemerkt an die Rasierklinge gekommen. Und dann war sie viele Stunden lang mit Konrad Krupp im tief verschneiten Gebirge unterwegs gewesen. Ein Gang auf Leben und Tod. Und in diesen Stunden hatte sie immer auf eine Situation gewartet, ihm mit dem Messer an die Gurgel gehen zu können.

Es war das erste Mal in ihrem Leben gewesen, dass sie sich solcher Gefahr ausgesetzt gesehen hatte. Und sie war dabei beinahe über sich selbst erschrocken: Sie hatte zuvor nicht die leiseste Ahnung gehabt, zu welcher Brutalität sie fähig sein würde.

Und jetzt war es wieder so weit.

Sie musste sich darauf einstellen zu kämpfen. Sie musste bereit sein, jemanden zu töten. Denn daran bestand kein Zweifel für sie: Wenn es dieser Ferdinand war, der Mann, der vor vielen Jahren einen Bergsteiger und vor Kurzem eine Frau getötet hatte, dann würde er nicht zögern, auch sie ins Nirwana zu schicken.

Was sie als Nächstes tat, versetzte ihr selbst einen Schrecken. Denn sie hatte es nicht geplant. Es geschah einfach so. Sie blieb stehen zwischen den Lärchen und Buchen, deren frisches Nadelgeäst und junges Blattwerk im Licht der niedrig stehenden Sonne besonders intensiv leuchtete.

Sie blieb stehen, sah nach oben, nach rechts, nach links. Sah, dass es noch ein gutes Stück Weg war, ehe sie die Talsohle erreichen würde, vermutete Ferdinand Senkhofer noch immer im Gelände unter sich und schrie plötzlich mit aller Kraft: »Komm raus, du verdammter Dreckskerl! Komm raus aus deinem Versteck! Ich weiß, dass du da bist. Und ich hab dich längst gesehen! Los, trau dich, du blödes Schwein!«

Marielle spürte die Anspannung im ganzen Körper. Spürte, wie sich ihre Schultermuskulatur verkrampfte und wie Angst in ihr aufstieg. Sie zwang sich, langsam und ganz tief zu atmen. Und mit diesem tiefen Atmen und ihrer Konzentration auf das, was unvermeidlich bevorstand, ihr Adrenalin hochzupumpen. Sie wusste vom Klettern, wie das ging.

Aber jetzt war alles anders. Jetzt hielt sie niemand am Seil. Jetzt war sie ganz auf sich gestellt. Sie war allein. Ganz allein.

Aber das stimmte nicht: Da war noch jemand.

Sie hatte es gewusst und nie daran gezweifelt.

Da war noch jemand – und jetzt konnte sie ihn sehen.

16

Der Mann trat einfach hinter einem Baum hervor. Als wäre es das Normalste von der Welt, dass er sich die ganze Zeit verborgen gehalten hatte und sich jetzt zeigte. Er tat es ruhig, gelassen, keine Bewegung war schnell oder gar fahrig.

Marielle schätzte den Abstand zu ihm auf etwa zwanzig Meter, vielleicht sogar etwas weniger.

Der Mann stand da mit ausgebreiteten Armen. Es erschien ihr wie eine Einladung. Nur dass er in der Rechten einen Stein hielt, nicht sehr groß, aber spitz. Selbst auf die Entfernung hin konnte sie sehen, dass dieser Stein ihr den Schädel zertrümmern könnte.

Die Gedanken rasten durch Marielles Kopf. Ihre Überlegungen kreuzten sich, rammten sich, führten in Sackgassen. Da stand dieser Ferdinand Senkhofer, nicht sehr groß, nicht sehr breit, eher ein zierlicher Mann. Aber was spielten Größe und Körperkraft noch für eine Rolle, wenn jemand entschlossen war zu töten?

Sie machte ein paar Seitschritte nach rechts. Ihre Augen ließ sie nicht von Ferdinand. Der gab ihr zwei, drei Sekunden Vorsprung. Dann setzte er sich parallel zu ihr in Bewegung. Die Arme hielt er nach wie vor locker ausgestreckt.

Wie diese Jesusfiguren, dachte sie. Ihr Kinderlein kommet, kommet alle zu mir. Aber ich komm nicht. Wenn du mich willst, dann musst du mich schon holen.

Sie machte ein paar Seitschritte zurück. Ferdinand tat es ihr gleich. Sie erhöhte das Tempo. Er auch.

Hätte jemand zugesehen, er wäre zur Überzeugung gekommen, dass es sich um eine eigenwillige Choreographie handeln müsse, um modernes Ballett inmitten rauer Natur, um Ausdruckstanz ohne Musik und ohne Worte. Es war ein unablässiges Hin und Her, schneller werdend wie bei einem Bolero. Dabei gab hier die Frau den Schritt vor, sie rannte los, blieb abrupt stehen, täuschte eine Richtungsänderung an, führte sie aber nicht aus, sondern machte weitere Schritte in die vorherige Richtung, einen, zwei, drei, um dann doch noch und urplötzlich den Rückweg einzuschlagen.

Und der Mann?

Er schien jede ihrer Bewegungen zu studieren und gleichsam in sich aufzunehmen und dann widerzuspiegeln. Sie kamen sich nicht näher dabei, führten ihren sonderbaren Tanz im immergleichen Abstand voneinander auf, er machte keinen Schritt bergan und sie keinen bergab. Eines aber war klar: Sie würde nicht so ohne Weiteres an ihm vorbeikommen. Er würde versuchen, ihr den Weg abzuschneiden, und seine Chancen dafür standen nicht schlecht.

Wieder und wieder versuchte sie, ihn ein paar Schritte weit in die falsche Richtung zu locken, um dann in großen Sprüngen ins Tal rennen zu können. In zwei oder drei Minuten würde sie unten sein – aber Ferdinand fiel auf keinen ihrer Bluffs herein.

Marielle erinnerte sich gut an das, was Schwarzenbacher nach der Vernehmung von Ferdinands Schwester berichtet hatte: dass dieser Mann Jahrzehnte fast wie ein Tier gelebt hatte – kein Wunder, dass er mittlerweile die Instinkte eines Fuchses besaß. Eines Fuchses oder, schlimmer noch, eines Wolfes.

Marielle brauchte eine Strategie. Eine Überlebensstrategie.

Sie sah nach oben. Hier, im Wald, würde es nicht mehr lange dauern, bis das Licht des späten Nachmittags einer fahlen Dämmerung weichen musste. Weiter oben aber leuchteten die Felsen weiß und gelblich. Sie hatte keine Ahnung, wie schwierig das Gelände dort sein würde. Soweit sie informiert war, gab es dort keine Kletterrouten; sie hatte noch nie gehört, dass es dort oben für Kletterer interessant sein könnte. Vielleicht auch nur, weil der Zustieg im Verhältnis zur eigentlichen Kletterei zu lang wäre. Von ihrer Warte aus war überhaupt nicht abzuschätzen, wie schwierig oder vielleicht weniger schwierig das Felsgelände sein würde. Ob es Schrofenkletterei wäre, gut griffig im zweiten und dritten Schwierigkeitsgrad, oder ob sich der Fels zu einer kompakteren Flucht schloss, nur in ausgesetzter Kletterei zu überwinden.

Sie schaute hinunter zu Ferdinand. Er war wohl zu weit weg, um den Stein nach ihr werfen zu können. Außerdem stand sie höher als er. Bergaufwerfen, das ging nicht. Bergabwerfen, das war leicht.

Sie bückte sich, hob ein paar Steinbrocken auf, kaum größer als

Walnüsse, und schleuderte sie in die Richtung, in der Ferdinand stand.

Ich hab noch nie gut schmeißen können, dachte sie. Treffen tu ich den nie.

Aber das war ihr auch nicht das Wichtigste. Denn ihr war klar, dass sie ihn mit diesen Steinchen nicht ernsthaft verletzen, ihn nie und nimmer außer Gefecht setzen würde. Es ging ihr vor allem darum, ihn zu reizen, den Rhythmus der Vorgänge zu unterbrechen, ihn nach Möglichkeit zu verstören und ihn dann zu überraschen.

Der Kerl hat einen Hau, dachte sie. Ich weiß es, es ist erwiesen. Und wenn er einen Hau hat, muss es einen Weg geben, ihn aus der Fassung zu bringen. Er ist ein Idiot.

Die letzten Worte hatte sie wieder halblaut vor sich hin gesprochen. Ihre eigene Stimme zu hören gab ihr Kraft und Selbstvertrauen.

»Hey! Idiot! Ich schmeiß dir mit den Steinen deinen behämmerten Schädel ein.«

Ferdinand ließ die Arme sinken, die er die ganze Zeit über vom Körper abgespreizt gehalten hatte. Er schien einen Moment lang zu stutzen. Aber nur diesen einen Moment. Dann setzte er sich in Bewegung. Begann in viel größeren Schritten bergan zu steigen, als Marielle das für möglich gehalten hätte. Er schien die Bergflanke geradezu hinaufzurennen, die starke Steigung bot ihm allem Anschein nach kaum Widerstand, und Marielle durfte keinen Moment länger als die unvermeidliche Schrecksekunde zögern. Sie drehte sich um und lief los, so schnell es nur ging.

Sie wusste, was auf dem Spiel stand.

Und sie hatte ein Ziel: den Wald hinter sich zu lassen, die Schrofen zu erreichen und über sie hinweg in steileren Fels zu gelangen.

Wie in einem Slalom bewegte sie sich zwischen den Bäumen hindurch. Sie stapfte mehr, als dass sie lief – fürs Laufen, fürs richtige Laufen war es zu steil und auch zu wild. Umgefallene Bäume, schiefwüchsige Kiefern, Steinbrocken, all das stellte und legte sich ihr wie ihrem Verfolger in den Weg und musste überwunden oder hakenschlagend umgangen werden. Marielle keuchte vor Anstrengung, die Lungen brannten ihr, und sie merkte, dass ihre Oberschenkelmuskulatur hart wurde von der immensen Belastung. Immer wieder blickte sie sich um, sah ihren Verfolger näher kommen und wieder zurückfallen und war dabei erstaunt, über welch enorme Kondition dieser Mann, der um Jahrzehnte älter war als sie, noch verfügte. Und was war mit seiner Verletzung, mit dem Blut, das man am Tatort gefunden hatte?

Ein Wolf, dachte sie. Er ist ein Wolf.

***

Es war noch hell, als die Bergrettungen von Scharnitz und Seefeld in Österreich sowie die Bergwacht Mittenwald in Deutschland mit Geländefahrzeugen ausrückten, um die Täler des Karwendel- und des Wettersteingebirges nach Marielle Czerny abzusuchen.

»Es gibt nur zwei Möglichkeiten«, hatte Pablo zu Hosp gesagt. »Wenn sie da oben ist, muss sie entweder den Zug genommen haben oder bei jemandem mitgefahren sein.«

Hosp hatte die Handy-Ortung veranlasst und gleichzeitig in Scharnitz und Seefeld Bescheid gegeben. Die Polizeidienststelle in Seefeld hatte sodann die deutschen Kollegen um Amtshilfe gebeten. Da aber alle Stationen mit nicht gerade vielen Beamten besetzt gewesen waren, lag der Entschluss nahe, zuallererst die Bergrettung einzuschalten.

Kurz darauf starteten allerdings auch zwei Polizeihubschrauber, einer auf bayerischer, einer auf Tiroler Seite. Das deutsche Pilotenteam flog rund um die Soiernspitzen, querte hinüber nach Klais, umrundete den Kranzberg samt Ferchensee und Lautersee, bog dann über der Leutaschklamm wieder Richtung Isartal ein und flog, vom bayerisch-tirolerischen Grenzbereich bis nach Wallgau, tief über der Isar dahin. Keiner der Beamten wusste, was genau zu suchen war. Es gab eine vage Personenbeschreibung von Marielle Czerny – wobei Pablo nicht einmal zweifelsfrei hatte sagen können, welche Bekleidung sie trug. Aber auch wenn die Beamten nicht wussten, worauf sie sich einstellen mussten, so waren sie sich aufgrund ihrer Erfahrung dennoch sicher, den Ernstfall schon zu erkennen, wenn er sich ihnen zufällig zeigte.

Den österreichischen Kollegen erging es wenig anders. Sie hielten Ausschau nach einer jungen Frau. Allein unterwegs. Oder, in sonderbarer Begleitungssituation, mit einem wesentlich älteren Mann. Die junge Frau konnte verletzt sein oder tot. Falls sie noch lebte, würde sie sich höchstwahrscheinlich zu erkennen geben: würde wild gestikulieren, fordernd winken oder, besser noch, das alpinistische Notsignal anzeigen, ein aus nach oben gestreckten und leicht gespreizten Armen mit der Körperlinie gebildetes Y.

Sie flogen ins Karwendeltal, ins Hinterautal, ins Gleirschtal. Dann über Giessenbach hinweg und dem Talverlauf folgend Richtung Eppzirler Alm. Sie sondierten das ganze Gebiet, das laut Anweisung von Kommissar Hosp in Frage kommen konnte.

»Da könnte man genauso eine Nadel im Heuhaufen suchen, oder«, sagte der Co-Pilot, der die Angewohnheit hatte, an fast jeden Satz ein »oder« dranzuhängen – auch wenn es sich nicht um eine Frage handelte.

»Da hast du schon recht«, sagte der Pilot. »Aber du weißt ja selbst, wie oft wir auch schon Glück gehabt haben. Oder siebter Sinn, was weiß ich. Nenn es, wie du willst.«

»Auf jeden Fall muss was passiert sein, oder. Die Innsbrucker gehen von einem Gewaltdelikt aus. Muss keins sein. Hier im Gebirg kannst du dir auch so das Genick brechen, oder.«

Sie nahmen ihren Auftrag sehr genau. Suchten noch mit dem Scheinwerfer, als sich die Dämmerung schon schwer auf die Täler legte. Sie suchten überall. Nur nicht dort, wo Marielle um ihr Leben lief.

***

Ferdinand hörte den Hubschrauber knattern, und einen Moment lang dachte er, es würde ihm gelten. Er blieb stehen, drängte sich an eine der wenigen Lärchen, die in dieser Höhe noch standen, aber der Hubschrauber flog vorbei, hatte eines der Karwendeltäler zum Ziel, und offensichtlich nahm niemand Notiz von ihm und dem, was da in der Ostflanke der Brunnsteinspitze vor sich ging.

Ein Stück über ihm war die junge Frau. Ferdinand staunte über ihre Zähigkeit, ihre Kraft. In gleichmäßig hohem Tempo stieg sie auf, und er hatte bisher alle Mühe gehabt, nicht den Anschluss zu verlieren.

Ferdinand lächelte. Er war froh, sein Versteck so geschickt gewählt zu haben, an einem Ort, wo sie ihn nicht vermuteten und wo sie ihn nicht finden würden. Genauso gut könnten sie droben an den Arnspitzen suchen oder im Wettersteingebirge oder oberhalb von Seefeld. Er fühlte sich wie eine einzelne winzige Tannennadel in einem endlos weiten Wald. Das machte ihn sicher, nicht entdeckt werden zu können. Und auch die Frau würde hier keiner finden.

In der Nähe seiner Höhle – die jetzt gar nicht mehr weit entfernt lag – hatte er eine weitere entdeckt, weniger groß und weniger praktisch, aber groß genug, um dort die Frau zu verbergen, wenn er sie totgemacht hatte.

Er merkte, dass er immer noch den spitzen Stein in der Hand hielt.

Und da lächelte er.

Bin dumm, dachte er. Muss den Stein nicht mitschleppen da rauf. Da gibt es genug. Genug Steine, um ihr damit den Schädel einzuschlagen …

Doch dann besann er sich. Er würde sie erst nur mit einem stumpfen Brocken auf die Schläfe schlagen, sodass sie bewusstlos oder zumindest nicht ganz tot wäre. Und dann …

Er lächelte so innig wie ein Kind in der Vorfreude auf die weihnachtliche Bescherung, die kurz bevorstand.

Und dann stapfte er wieder los, nahm sein Tempo von vorhin wieder auf und war jetzt noch fester entschlossen, sie einzuholen, sie niederzuschlagen, sie zu töten – zuvor aber noch Sachen mit ihr zu machen.

Marielle hatte das freie Schrofengelände erreicht. Sie sah, dass Ferdinand ein Stück unterhalb ihrer Position stehen blieb und dem Hubschrauber nachblickte, der um den Berg bog.

Sie hatte den Helikopter natürlich auch gehört, und sie hatte schnell erkannt, dass er viel zu tief flog, um sie ausfindig machen zu können. Einen Moment lang hatte sie in Erwägung gezogen, sich dennoch hinzustellen und wild gestikulierend zu versuchen, auf sich aufmerksam zu machen. Doch sie hatte um die Nähe ihres Verfolgers gewusst, und ohne lange darüber nachzudenken, entschied sie sich fürs Weiterlaufen. Nur keine Sekunden verlieren.

Es war ihr klar, dass ihr vom Hubschrauber aus nicht sofort geholfen werden konnte. Landen war hier nirgends möglich. Vielleicht ließ sich Ferdinand abhalten, sie im Licht der Heli-Scheinwerfer weiterzuverfolgen. Aber gewiss war das nicht.

Sie musste diese Sache hier selbst austragen und durfte nicht auf Hilfe von außen hoffen, die vielleicht nicht mehr zur rechten Zeit eintreffen würde.

Sie sprang über brüchiges Gestein, Brocken kullerten unter ihren Füßen weg. Was das Gelände anging, war es hier nicht allzu gefährlich: Wäre sie gestolpert, dann wäre sie nicht abgestürzt. Es gab keine Abgründe links und rechts ihres Fluchtweges. Sie wäre schlimmstenfalls hingefallen und hätte sich die Knie aufgeschlagen oder den Fuß verstaucht. Allerdings hätte auch das tödliche Folgen gehabt. Sie schätzte ihren Vorsprung auf Ferdinand auf etwa fünfzehn bis zwanzig Sekunden.

»Du darfst nicht stürzen, Mädchen«, sagte sie sich. Und sie hörte ihre Stimme zwischen den keuchenden Atemzügen.

Nur noch ein Stück, dann hast du es geschafft. Ferdinand mochte sich im steilen Gelände flink bewegen können, aber sie konnte sich gewiss sein, dass er nicht über die Gabe verfügte, senkrechten Fels zu durchklettern. Es gab Naturtalente, keine Frage. Doch Talent allein reichte nie: Man musste sehr viel klettern, um mit dem Fels vertraut zu werden.

Sie hastete über eine kompaktere Felsrippe, zog sich an Latschenbüschen Striemen an Armen und Beinen zu, doch sie spürte davon nichts. Ihre ganze Konzentration galt dem nächsten Schritt. Und ihr Ziel war eine Aufsteilung im Fels, eine Wand von vielleicht achtzig Metern Höhe, steil, sehr steil, dabei aber gegliedert, durchzogen von Felsrippen, Rissen und Kaminen.

Kletterbar, dachte Marielle. Da kommt man rauf, dachte sie.

Sie konnte aus der Entfernung noch nicht einschätzen, wie groß die Kletterschwierigkeiten sein würden. Sie musste spekulieren. Vierter Schwierigkeitsgrad? Fünfter?

Fünfter wäre schon eine verdammt heikle Sache. Bei Wandkletterei schaffe ich es auch seilfrei. Nur wenn so ein verdammter Riss ...

Sie wollte gar nicht darüber nachdenken.

Hoffentlich nicht schwerer als vier oder fünf. Ich muss ihn da hineinlocken. Muss ihn sich in das steile Gelände hineinverirren lassen, bis er sich in die Hosen scheißt.

***

Der goldene Glanz auf den Dächern der Stadt war gewichen. Die Bergspitzen der Karwendel-Nordkette hoch über Innsbruck leuchteten zwar noch, aber unten im Tal breitete sich die Nacht schon wie eine schwere Decke aus.

Hosp war stinksauer. Er stand in seinem Büro, sein Assistent Wasle war da, Schwarzenbacher hockte in seinem Rollstuhl neben dem Schreibtisch.

»Verdammt noch mal!«, brüllte Hosp, der eher selten zu Wutausbrüchen neigte, ins Telefon. »Ich habe Handy-Ortung angeordnet! Vor eineinhalb Stunden! Was ist da eigentlich los?«

Schwarzenbacher und Wasle sahen ihn gespannt an. Selbst Wasle, der seit sieben Jahren eng mit dem Kommissar zusammenarbeitete, hatte ihn selten so aufgebracht erlebt.

»Also: dann bis in zehn Minuten«, polterte er in den Apparat. »Und zwar mit hieb- und stichfesten Angaben. Falls ihr das nicht hinbekommt, werde ich euch die Ärsche aufreißen, dass ihr wünscht, ihr wärt mir nie über den Weg gelaufen.«

Sechs Minuten später kam der Bescheid. Marielles Handy war abgeschaltet, konnte aber zweifelsfrei geortet werden. Es befand sich in einer selbst in den genauesten Karten nicht näher benannten Bergflanke direkt über Scharnitz. Nicht in der Gipfelregion, aber auch nicht im Tal. Irgendwo in einem vermutlich ziemlich unwegsamen Gelände.

»Pablo hat recht gehabt«, sagte Hosp zu den anderen in seinem Büro. »Marielle ist dorthin, wo sie Senkhofer vermutet haben muss. Das Telefon ist festgestellt worden. Ob sie selbst aber auch noch dort ist, ist fraglich. Ob sie noch lebt oder tot ist, ebenso.«

»Großeinsatz?«, sagte Schwarzenbacher. Es war keine Frage.

»Großeinsatz«, sagte Hosp und tippte eine Nummer ins Telefon ein.

»Ich bin optimistisch, dass sie noch lebt«, sagte Schwarzenbacher.

»Hmm.« Hosps Reaktion war nicht gerade eine Zustimmung.

»Doch. Ich bin optimistisch. Sie ist ein teuflisch zähes Ding. Und sie ist mit allen Wassern gewaschen. Glaub mir, die sammeln wir irgendwo auf – lebend.«

»Hmm«, machte Hosp noch einmal, ohne dass dabei mehr Überzeugtheit mitschwang.

»Du bist ein Schwarzseher«, sagte Schwarzenbacher. »Ein verknöcherter Schwarzseher. Ist es nicht so?«

Hosp rang sich ein müdes Lächeln ab.

»Weißt du«, sagte er dann. »Ich hab irgendwann ein Interview mit dem Schriftsteller Dürrenmatt gelesen. Der hat so hochliterarische Krimis geschrieben. Und Theaterstücke …«

»Komm schon zur Sache.«

»In diesem Interview also hat er gesagt, dass es bei ihm nicht leicht ein Happy End gibt. Dass seine Romane vielmehr immer die schlimmstmögliche Wendung nehmen würden.«

Schwarzenbacher schwieg. Er sah Hosp an und schwieg. Er versuchte, die schlimmstmöglichen Wendungen in diesem Fall gar nicht erst an sich heranzulassen.

Doch das war alles andere als leicht.

***

Marielle hastete über Felsen und Steinschutt der sich aufsteilenden Felswand entgegen. Sie musste sich nicht umwenden, um ihren Verfolger dicht auf den Fersen zu wissen.

Wo nimmt diese Sau die Kraft her?, dachte sie. Und sagte es sich dann keuchend wieder leise vor: »Wo nimmt er nur die Kraft her?«

Sie wusste, sie würde nach dem Erreichen der Wand keine Zeit haben, sie nach der besten Durchsteigbarkeit abzusuchen. Das musste ihr während des Bergaufhastens gelingen. Sie musste blitzschnell herausfinden, wo sie klettern konnte, ohne abzustürzen. Wo sie die Wand überwinden konnte und Ferdinand hoffentlich nicht.

Wie dem auch sei, über der Wand begann der Gipfelbereich der Brunnsteinspitze. Während der Kletterei würde sie einen deutlichen Vorsprung gewinnen. So gut wie sie würde er nicht klettern können. Und selbst wenn es ihm gelang, diese Wand zu durchsteigen, so rechnete sie doch damit, sich dann längst auf dem Serpentinenweg zu befinden, der hinunterführte zur Brunnsteinhütte. Dort wäre sie in Sicherheit.

Sie hechelte weiter den Berg hinauf. Zweimal stolperte sie und wäre beinahe hingefallen. Einmal konnte sie sich abfangen, beim anderen Mal landete sie auf der linken Hand und zog sich schmerzhafte Schürfwunden zu.

Verdammt, dachte sie, wenn ich auf die andere Hand gefallen wäre, hätte ich mir mit dem Taschenmesser wahrscheinlich selbst die Pulsader aufgeschlitzt. Sie zog das Messer aus dem Ärmel, klappte es zu und steckte es in die Jackentasche. Es war eine Sache von Sekunden, und doch überfiel sie die Angst, dass sie zu viel Zeit damit verloren hatte. Die braungraue Dunkelheit begann mit tödlicher Konsequenz aus dem Tal heraufzusteigen.

Sie hastete weiter, noch fünfzig Meter, noch vierzig, noch dreißig. Sie erschrak beinahe über die Steilheit der Wand, die jetzt aus der Nähe zu erkennen war. Rechter Hand erschien diese wuchtige Felsstufe fast senkrecht, und die Farbe des Gesteins mutete gelblich und orange an – soweit sich dies im letzten Licht des Tages überhaupt noch sagen ließ. Dieser Wandabschnitt verhieß nichts Gutes.

Im zentralen Wandteil zog sich ein Spalt in die Höhe, ein Risskamin, der immer wieder knickte. Der Kamin war eine Möglichkeit …

So schlecht bin ich nun auch wieder nicht beim Kaminklettern, dachte sie. Doch sie hatte Angst, dass aus dem Kamin irgendwo weiter oben ein Schulterriss werden könnte, und das war wirklich das Letzte, was sie brauchen konnte. Sie war kein Ass im Schulterrissklettern. Ganz zu schweigen davon, dass ein Schulterriss ihr immer fürchterlich viel Krafteinsatz abverlangte. Und allzu viel

Kraft hatte sie nach diesem Ansturm auf den Berg wirklich nicht mehr.

Links, ich muss nach links.

Und in der Tat: Etwas weiter links sah der Wandabbruch ein wenig besser aus. Eine Felsrippe zog von rechts nach links schräg hinein in die Wand, bestimmt nicht schlimmer als dritter Schwierigkeitsgrad. Dort freilich, wo sich die Rippe im Steileren verlor, da würde es noch einmal besonders spannend werden: Irgendwie würde sie von dort weitermüssen, egal wie das Gelände aussah.

Sie hastete auf die Wand zu, querte im ständig unter den Füßen nachgebenden Geröll nach links, erreichte die Felsrippe.

Leicht, dachte sie, das ist viel zu leicht, als dass mir dieses Arschloch nicht folgen könnte.

Aber es half nichts. Es gab nur diese eine Möglichkeit.

Die hätten mich doch sehen müssen vom Hubschrauber aus, dachte sie. Auch ohne dass ich wie blöd winke. Ich verstehe das nicht.

Doch sie wusste, dass Lamentieren jetzt nicht half. Sie musste sich ihres Verfolgers erwehren.

Ihre Beinmuskeln brannten, ihre Achillessehnen schmerzten. Sie fühlte sich völlig ausgelaugt und bekam Zweifel, schwierigere Kletterstellen noch überwinden zu können. Aber dann sah sie sich um, und sie sah Ferdinand. Weit entfernt war er nicht. Sein Gesicht war blass und vor Anstrengung verzerrt. Doch locker ließ er nicht, rannte weiter, taumelte weiter …

Wenn ihn nur der Schlag treffen würde, flehte Marielle.

Und sie tat dann wieder etwas, was sie weder geplant hatte noch sich selbst erklären konnte.

»Wenn dich der Herzschlag trifft, dann klatsch ich Beifall!«, rief sie ihm zu. »Drecksau, verfluchte.« Und sie klatschte zweimal, dreimal in die Hände. Und der Fels warf ihr Klatschen als unheimliches Echo zurück.

Er wollte nicht, dass sie herumplärrte. Und mit dem Klatschen sollte sie auch aufhören, sofort.

Er beschleunigte seine Schritte noch mehr.

Er sah, dass sie die Wand erreicht hatte und damit begann hinaufzuklettern. Ein schräges Felsband führte von rechts nach links mitten hinein in die steilen Felsen.

Ferdinand ärgerte sich darüber, dass sie ihm schon so lange entkommen konnte. Er verfluchte den weiten Weg zurück zu seinem Versteck. Doch zugleich war er sich bewusst, dass dies alles nun nicht mehr lange dauern konnte. Bald würde er sie zu fassen kriegen. Sie kam ihm nicht mehr aus. Denn weiter oben waren die Felsen so steil, dass sie nicht hinaufklettern könnte. Nie!

Kaum eine Minute nach ihr erreichte er die Felsrippe und kletterte los. Er hatte keine Angst vorm Klettern. Nicht vor der Tiefe und nicht davor, unter Umständen abzustürzen.

Sein Klettern war anders als ihres. Er stieg wie ein Anfänger, unbeholfen, unrhythmisch, mit falschen Bewegungen, aber – im Gegensatz zu einem bergsteigerischen Neuling – ganz ohne Angst. Er kletterte nicht, indem er sich auf den Fußspitzen aufrichtete, mit den Händen das Gleichgewicht hielt und durch geschickte Gewichtsverlagerung an Höhe gewann. Er »rampfte« den Berg hinauf, zog sich ständig mit den Armen hoch und krabbelte, wo immer das ging, mit den Knien über den Fels. Dass er mittlerweile zwanzig, dreißig Meter in die senkrechte Wand hineingeklettert war und ein Fehltritt tödliche Folgen haben konnte, irritierte ihn überhaupt nicht.

Was ihn hingegen irritierte, war, dass er sich urplötzlich der Frau gegenübersah. Er stieg einen Schritt hoch, hielt sich an einer Felsschuppe fest, stieg mit dem anderen Fuß kratzend höher, schaute hoch, um den nächsten Halt für die Hand zu suchen – und sah da die Füße der Frau: die Trekkingschuhe, die Socken, die dünne Berghose. Sie stand genau über ihm.

Keinen Meter von ihm entfernt stand die Frau auf einem schmalen Felsabsatz.

Sie stand über ihm und sah zu ihm herab.

Und da erkannte er, dass jetzt er der Gejagte war.

17

In Scharnitz trafen alle zusammen: Hosp mit seinen Kriminalern, die Gendarmerie aus der Region, die Bergrettung Scharnitz und Seefeld, Pablo und Schwarzenbacher. Der Hubschrauber war auf einer Wiese am Ortsrand gelandet, das gezüchtete Damwild in seinem nahen Gehege hatte geradezu panisch reagiert. Und auch die zahlreichen Huskys in ihrer Zuchtstation drüben bei den Sonnenplatten schienen nicht nur vom Lärm des Helikopters aufgeschreckt worden zu sein – sie schienen die Spannung, die in der Luft lag, förmlich zu spüren.

»Die bayerischen Kollegen sind zur Brunnsteinhütte unterwegs«, berichtete der Einsatzleiter der Bergrettung Hosp und Schwarzenbacher. »Soweit ich weiß, auch Beamte von der bayerischen Polizei.«

»Sehr gut«, sagte Hosp.

Schwarzenbacher fragte nach: »Wie lange braucht man da rauf?«

Der Bergrettungsmann antwortete, ohne zu zögern: »Vom Parkplatz neben der Bundesstraße braucht man normalerweise so etwa eineinhalb Stunden. Aber die fahren mit den Geländewagen näher ran. In maximal einer Stunde sind die dann bei der Hütte.«

»Sind die Wirtsleute verständigt?«

»Die wissen schon die ganze Zeit Bescheid.«

»Sehr gut«, sagte Hosp noch einmal. Und an Schwarzenbacher gewandt: »Ich schicke einen Scharfschützen mit dem Hubschrauber hoch. Der Pilot sagt, er kann auch in der Dunkelheit fliegen. Der Himmel ist klar, und er kennt die Gegend sehr genau. Mir ist dennoch nicht ganz wohl dabei.«

Schwarzenbacher schaute zu Hosp hoch, doch seine Miene verriet nicht, was er dachte. Was hätte er dem Kommissar auch sagen können? Dass er froh war, nicht mehr selbst die Verantwortung tragen zu müssen?

»Kann ich mitfliegen?«, fragte Pablo.

Hosp schüttelte den Kopf. »Du kannst ihr nicht helfen. Nicht im Augenblick. Sei für sie da, wenn wir sie da oben abgeholt haben. Das ist vielleicht das Allerwichtigste, was du tun kannst.«

Einige Minuten später erhob sich der Helikopter in die Luft. Mit seinem grellen Suchscheinwerfer tastete er den Bergwald ab, der sich hinter dem Bahngleis und dem Wanderweg über die steile Flanke in Richtung Brunnsteinspitze hinaufrankte.

***

Marielle trat zu.

Sie stand am Ende der Felsrippe, über der sich die Wand noch mehr aufsteilte und zunehmend schwieriger werden würde, und trat mit der grob profilierten Sohle ihres Trekkingschuhes zu. Voll auf die Hand von Ferdinand Senkhofer. Auf die Hand, mit der er sich in diesem extrem exponierten Gelände, wo jeder Fehler tödlich sein konnte, am Fels hielt.

Ferdinand schrie wie ein Schwein, das man zum Metzger schleifte. Aber er ließ den Griff nicht aus.

Marielle trat noch einmal zu. Sie glaubte, die Fingerknochen brechen zu hören. Ein knackendes Geräusch. Im Ton gedämpft durch Muskeln, Fleisch und Haut, aber doch deutlich genug, dass es ihr durch Mark und Bein ging.

Ferdinand schrie nicht mehr. Sie hörte nur ein Würgen, das so ähnlich klang, als würde er sich die letzten Tropfen Gallenflüssigkeit aus dem Leib kotzen. Aber noch immer ließ er den Griff nicht los.

Marielle hielt sich mit einer Hand an einem Felshenkel fest, beugte den Oberkörper leicht nach vorn und wollte sehen, was sich da knapp unter ihren Füßen zutrug. Der Kerl musste ja irgendwo festklemmen, sonst wäre er längst abgestürzt.

Ganz vorsichtig schob sie den Kopf nach vorn. Schon sah sie eines seiner Beine panisch nach einem Halt im Fels tasten. Die Bewegungen waren so fahrig und verzweifelt, dass ihre Vermutung bestätigt wurde: Es konnte nur noch Sekunden dauern, und er würde sich mit seiner zertrümmerten Hand nicht mehr halten können und von der Felsrippe kippen und in die Tiefe stürzen. Zwanzig Meter, dreißig, vielleicht sogar mehr. Auf alle Fälle tief genug, dass sie sich nicht mehr vor ihm fürchten musste.

Sie hatte es geschafft. Sie hatte ihn in ein Gelände gelockt, dem er nicht gewachsen war. Und das wurde ihm zum Verhängnis.

Sie richtete sich auf, noch immer kampfbereit, aber doch schon viel entspannter, und atmete tief durch.

Einen winzigen Augenblick lang hatte sie Mitleid mit dem Mann, dem sie die Hand zu Brei getreten hatte und der in den Tod stürzen würde. Aber nur einen winzigen Augenblick lang.

Dann wurde ihr schlagartig bewusst, dass es noch nicht vorbei war.

Ferdinand war wie von Sinnen vor Schmerzen. Seine geschundene Hand verkrampfte sich am Fels. Mehrmals meinte er, das Bewusstsein zu verlieren. Aber er wollte nicht sterben. Und wenn er schon sterben müsste, dann sollte dieses Weib, dieses verdammte, verhurte, dreckige Weib, mit ihm sterben.

Er hörte irgendwo in der Ferne das Knattern von Hubschrauberrotoren. Er hatte die Vorstellung verloren, ob das gut war oder schlecht. Es war ihm egal. Was ihn noch antrieb, war der Gedanke, die Frau zu erwischen und sie genauso zu erschlagen, wie er Karl Mannhardt erschlagen hatte, der seine Schwester nicht in Ruhe gelassen hatte, und wie er Marianne Grasberger erschlagen hatte, die sich für so schlau hielt.

Er wusste, dass er sich beeilen musste. Wenn sie noch einmal zuträte, würde er sich nicht mehr halten können. Er nahm alle noch in seinem Körper verbliebenen Kräfte zusammen und konzentrierte sich darauf, mit einer einzigen großen, gewaltigen Bewegung aus seinem offenen Grab zu springen.

Du wirst schauen, kleine Frau, dachte er. Du wirst schauen, was jetzt passiert.

Es ging so schnell, dass Marielle keine Zeit hatte, noch irgendwie zu reagieren. Als sie die Hand, Ferdinands rechte, unverletzte Hand, auf sich zuschießen sah, erschien ihr das so unwirklich wie die Szene eines tumben Actionfilms.

Sie sah die Hand, sah auch einen Augenblick lang das Gesicht des Mannes, das sich über die Felskante zu ihren Füßen streckte, dann war es schon wieder verschwunden. Die Hand aber hatte sie um den linken Fußknöchel gepackt, so grauenhaft hart und brutal, dass sie sofort in Panik geriet.

Marielle schrie. Sie klammerte sich an den Griff, vier Finger hatten bisher guten Halt daran gefunden. Aber jetzt wurden ihr die Finger gleichsam länger. Ferdinand zog sie aus ihrem Stand, ihr Arm wurde gedehnt, ihren Fingern ging die Kraft aus, lang konnte sie sich nicht mehr halten. Sie versuchte, mit ihrem freien Fuß die klammernde Hand wegzutreten – aber es half nichts.

Ferdinands Finger umfassten ihren Knöchel wie eine Handschelle, unnachgiebig und wie aus Eisen.

Marielle schrie wieder und wieder. Doch während sie schrie, löste sich die Panik. Es kam ihr vor, als würde sie dem fürchterlichen Ringen von außen zusehen. Sie sah sich, und sie sah den Mann, der sie in den Tod reißen wollte. Sie sah, dass ihr Widerstand zu erschlaffen drohte, und sie sah, dass der Mann gar nicht von dem Wunsch, zu überleben, getrieben wurde, sondern allein von dem wahnsinnigen Drang, sie zu töten.

Sie stand irgendwie außerhalb von sich selbst, und damit verbunden war, dass sie keine Angst mehr verspürte und auch keinen Schmerz.

Sie sah sich auf einem Felsabsatz am Ende der Rippe um ihr Leben kämpfen, sah den Abbruch der Wand nach unten hin, sah viel tiefer den Bergwald in der Nacht verloren gehen, und sie sah, weit unten in der meeresschwarzen Nacht, die Positionslichter eines Hubschraubers, und sie hörte sein Motorengeräusch.

Es war, als würde das Näherkommen des Helis noch einmal Energien in ihr freisetzen. Sie war jetzt wieder ganz bei sich, schaute nicht mehr nur zu, sondern handelte mit der letzten Kraft und dem letzten Rest an Willen. Sie riss sich in einem Ruck nach hinten. Das brachte nur ein paar Zentimeter, doch die waren genug, um den Griff wieder fester zu packen. Und dann tastete sie nach der Westentasche. Der Reißverschluss war halb zu.

Verflucht, verflucht, verflucht, dachte sie. Und sie keuchte und fluchte und weinte. Doch dann brachte sie den Verschluss auf. Sie atmete einmal tief ein, zog dann ihr umklammertes Bein mit aller

Kraft zu sich heran. Für einen Moment kam Ferdinands Gesicht wieder zum Vorschein: eine schmerzverzerrte Fratze. Mit der einen Hand krallte sie sich ein, beugte dabei aber den Oberkörper so weit nach vorn, wie es nur ging, und streckte Ferdinand Senkhofer die andere Hand entgegen.

Zweimal drückte sie auf den Auslöser des Pfeffersprays.

Hier oben war es noch nicht dunkel. Die Nacht kam vom Tal her. Hier oben konnte sie seine Augen noch deutlich sehen. Seine Augen und das Entsetzen darin.

Marielle spürte, wie sich sein Griff an ihrem Knöchel löste. Sie sah noch einmal seine Augen, sah, wie die Lider sich krampfartig schlossen, hörte ein Kratzen und Scharren auf dem Fels, dann war er weg.

Ohne einen Laut von sich zu geben, rutschte Ferdinand Senkhofer von der Felsrippe und stürzte seitwärts in die Tiefe.

»Heilige Maria von Waldrast. Hast du das gesehen?«

Der Pilot nickte. Sie waren mit dem Heli im Suchtempo die Bergflanke hochgeflogen, hatten mit zusammengekniffenen Augen nach jeder möglichen Bewegung gesucht, die im Licht des grellen Suchscheinwerfers zu sehen wäre, waren über die Baumgrenze hinausgekommen, hatten das flachere Schrofengelände überflogen, und plötzlich, als der Pilot wieder zum Steigflug ansetzte, war ein Mensch in den Lichtschein gestürzt.

Sie hatten nicht sehen können, woher er kam, wo er abgestürzt war. Sie sahen ihn fallen und aufschlagen, sahen, wie er noch einmal durch die Wucht des Aufpralls hochkatapultiert wurde und dann in den brüchigen Schrofen mit verdrehten Gliedmaßen liegen blieb.

»Meinst du, das war er?«, fragte der Scharfschütze.

Der Pilot nickte. »Ich bin mir ziemlich sicher. Die Frage ist jetzt nur, was tun. Das Mädchen suchen? Oder sich zuerst um ihn kümmern?«

»Um ihn? So wie der geflogen ist, braucht der nur noch den schwarzen Leichensack. Um den müssen wir uns nicht mehr viel kümmern …«

Im nächsten Augenblick bekamen sie die Wand ins Blickfeld.

Glatt und kompakt im rechten Teil, strukturierter und von einigen Rissen durchzogen im linken Teil. Und dort sahen sie jemanden klettern.

»Sie muss über dieses schräge Band rauf sein, diese komische Felsrippe da«, sagte der Scharfschütze. »Und jetzt will sie grade hoch.«

»Spinnt die? Warum klettert sie da rauf? Warum wartet sie nicht, bis wir sie rausholen?«

Marielle kletterte wie in Trance. Sie hörte den Hubschrauber ganz nahe, doch sie kümmerte sich nicht darum. Das Gelände wies den oberen vierten Schwierigkeitsgrad auf. Viel Wandkletterei, dazu eine Verschneidung, die weit auszuspreizen war. Der Fels war überwiegend fest und griffig, doch wie überall im ganzen Karwendel musste immer damit gerechnet werden, dass einem Griffe oder Tritte ausbrachen. Keine guten Voraussetzungen für einen Alleingang, ganz ohne Sicherung.

Aber Marielle kletterte, als wäre sie in den sonnenbeschienenen Calanques. Leicht und flüssig bewegte sie sich im steilen bis senkrechten Fels, ihre Bewegungen waren nicht abgehackt, nicht zögerlich. Jedes Kletterproblem, das sich vor ihr auftat, jede noch so schwierige Stelle löste sich auf: Da war ein versteckter Griff, hier konnte sie eine Faust einklemmen, und so gab es nichts, was sie aufhalten konnte.

Sie wusste nicht, ob das Wirklichkeit war oder alles nur ein Traum. Selten hatte sie sich so souverän klettern erlebt. Ihr war, als wäre ihr jeder Klettermeter hier bestens vertraut. Sie spürte keinen Zweifel, keine Erschöpfung – und auch keine Angst.

Sie kletterte einfach nur. Einfach immer höher. Irgendwann musste ja alles vorbei sein. Irgendwann würde sie den Gipfel erreichen oder einen der Grate, die zu ihm hinführten. Und dann konnte sie zu Fuß ins Tal gehen. Auf einem bequemen Wanderweg.

Sie wunderte sich, dass ihre Panik verflogen war. Und sie wunderte sich, dass sie immer noch so gut sah, obwohl sich mittlerweile auch der Himmel nachtschwarz eingefärbt hatte.

Sie wunderte sich, suchte aber nicht nach Antworten.

Sie kletterte einfach nur weiter. Gerade so, als wäre alles nicht sonderlich schwierig.

Gerade so, als hätte es sich nicht um lebensgefährliches Terrain gehandelt.

»Wir müssen doch irgendwas tun«, sagte der Scharfschütze im Helikopter. »Wir müssen sie da rausholen!«

»Geht nicht«, gab der Pilot zur Antwort. »Wenn wir jetzt näher ranfliegen, ist die Gefahr groß, dass wir sie verunsichern. Dass sie sich ablenken lässt ... So wie die klettert, steht sie unter Schock, aber sie klettert auch verdammt gut. Ich kann das beurteilen.«

»Und? Was schlägst du dann vor?«

»Ich bin mir sicher, dass sie da hochkommt. Wir geben jetzt durch, dass wir sie gefunden haben. Die sollen dann einen zweiten Heli mit einem Doktor hochschicken. Wir fliegen auch rauf. Soweit ich weiß, kann man drüben hinterm Grat gar nicht weit unterm Gipfel ganz gut landen.«

Der Scharfschütze, der noch immer sein Präzisionsgewehr in den Händen hielt, pustete Luft durch die Backen. »Wohl ist mir dabei nicht«, sagte er. »Wenn uns die da runterfällt ...«

»Die fällt nicht runter«, sagte der Pilot. »Glaub mir, die fällt nicht runter.«

Marielle erreichte das obere Ende der steilen Wand. Sie stieg im schwachen Licht des irgendwo hinter den Bergen noch versteckten Mondes über Steinschutt weiter auf, hatte am Schluss noch ein paar Meter in leichter Kletterei zu bewältigen und erreichte schließlich, nur wenige Meter vom Gipfelkreuz entfernt, die 2.180 Meter hohe Brunnsteinspitze.

Jetzt sah sie den Mond. Er warf ein diffuses Licht; durch die hohe Bewölkung hindurch hatte er eine weite Aura. Marielle ließ sich zu Boden sacken, streckte die Beine aus, keuchte sich die Anstrengung aus den Lungen.

Sie sah die Bergketten des Karwendels hintereinandergereiht, sah schroffe Felsspitzen, noch immer verschneite Bänder und Schluchten. Unter anderen Umständen wäre sie wahrscheinlich nicht aus dem Schwärmen herausgekommen über die Außergewöhnlichkeit des Augenblicks – allein auf diesem Gipfel. Gegenüber die drei markanten Zacken der Arnspitzen, dahinter, schon weniger klar zu erkennen, die Täler, die von der Leutasch aus ins Wetterstein hineinzogen, und darüber die Berge: Musterstein, Öfelekopf, und ganz weit hinten könnte man vielleicht die Dreitorspitzen ...

Aber das alles war ihr egal. Sie sah es, ohne davon emotional berührt zu werden. Die Lichter von Scharnitz leuchteten warm herauf. Auch die bedeuteten ihr nichts. Da war nichts außer dem Gedanken, dass es dort unten etwas zu trinken gäbe. Sie hatte fürchterlichen Durst.

Durst, dachte sie. Grapefruitsaft, dachte sie.

Sie trank höchst selten Grapefruitsaft und hätte sich nicht erklären können, warum sie gerade darauf jetzt so begierig war. Sie versuchte es auch gar nicht.

Sie dachte darüber nach, wie lange der Abstieg zur Hütte dauern würde. Und wurde sich zugleich ihrer völligen Erschöpfung bewusst. Ihr wurde klar, dass sie es nicht mehr schaffen würde.

»Lassen wir sie noch ein paar Augenblicke mit sich allein«, sagte der Bergwachtarzt Dr. Beck aus Mittenwald. Der deutsche Polizeihubschrauber war kurz vor Marielles Ankunft am Gipfel nicht allzu weit entfernt gelandet.

»Sie braucht das jetzt: mit sich allein sein. Nur ein paar Augenblicke. Glaubt mir, das wird ihr guttun.«

Marielle hatte den Hubschrauber nicht wahrgenommen. Sie schien sich ganz allein auf dieser Welt zu fühlen.

Als der Arzt und zwei Bergwachtmänner mit Decken und einer Thermoskanne Schwarztee mit Traubenzucker an sie herantraten, saß sie schluchzend, zusammengekauert und zitternd da. Sie ließ sich die Decken umlegen und trank aus dem Becher, den ihr Beck zum Mund führte.

Die Männer fragten nichts. Der Arzt hatte vorher mit ihnen vereinbart, keine Fragen zu stellen. Er redete ihr nur gut zu, sagte etwas Ähnliches wie »Alles wird wieder gut« und »Wir bringen dich schon runter« und »Mach dir keine Sorgen«. Doch die Worte schienen an ihr abzutropfen.

Sie sagte: »Pablo. Wo ist Pablo?«

Beck winkte Richtung Hubschrauber. Pablo rannte die fünfzig Meter herbei, kniete sich neben Marielle, drückte sie an sich, wärmte sie, ließ sie gar nicht mehr los.

Beck sah, dass ihm Tränen übers Gesicht liefen.

»Was machst du nur für Sachen«, sagte Pablo. »Du dummes, verrücktes Mädchen.«

Erst sah sie ihn nur verständnislos an. Aber dann huschte die winzige Andeutung eines Lächelns über ihr Gesicht. Kaum wahrnehmbar. Und außer Pablo konnte es auch keiner bemerkt haben.

18

Das Treffen im Restaurant »Wolke 7« begann als reine Männerrunde. Schwarzenbacher und Pablo kamen mit der Hungerburgbahn, Dr. Reuss kam mit dem Wagen und brachte Hosp mit.

Sie trafen sich vor der sagenhaften Station, von Zaha Hadid entworfen, und schauten über die Dächer der Stadt und zu den gegenüberliegenden Bergen. Es war früher Abend, kurz vor sieben, und unten in der Stadt begannen gerade die ersten Dächer golden zu glänzen.

»Ich weiß gar nicht, warum es in Innsbruck nur das eine weltberühmte Goldene Dachl gibt«, sagte Schwarzenbacher grinsend. »Halb Innsbruck hat goldene Dachln.«

»Was ist mit Marielle?«, fragte Reuss und sah zu Pablo.

»Sie hat keine Lust«, sagte er. »Die ganze Geschichte steckt ihr noch zu sehr in den Knochen. Ich glaube nicht, dass sie weiterhin Interesse hat, Verbrechen aufzuklären. Es ist jetzt das zweite Mal, dass sie von einem Hubschrauber aus den Bergen geholt werden musste.«

Reuss nickte.

»Das verstehe ich«, sagte er. »Das verstehe ich gut – auch wenn sie diesmal nicht unschuldig war an der Zuspitzung der Situation. Mir stellen sich heute noch die Haare auf, wenn ich daran denke, wie sie da auf eigene Faust und ganz alleine ... Aber lassen wir das. Wir sollten was essen gehen.«

Er hatte den Ecktisch ganz hinten rechts im Lokal reserviert.

»Hier in ›Wolke 7‹ waren wir auch, nachdem Marielle die schlimme Geschichte an der Schattenwand überstanden hatte, wisst ihr noch? Und ich glaube, es ist gut, dass wir uns auch jetzt wieder zusammensetzen. Das Thema ›Steinschlag‹ ist durch. Wir haben viel getan und viel erreicht. Drei Morde aufgeklärt ... oder besser gesagt: erst entdeckt, dass es sich um drei Morde und nicht um Bergunfälle gehandelt hat. Ich glaube, unser Herr Kommissar kann ganz schön stolz auf uns sein ...«

Hosp lächelte. Und wahrscheinlich hätte er gleich etwas dazu gesagt, aber da kam schon der Ober und nahm die Bestellung auf. Und als er wieder ging, ergriff als Erster Pablo das Wort.

»Dann sind die beiden anderen Unfälle, am Pirchkogel und an der Lamsenspitze, keine Morde gewesen. Verstehe ich das richtig?«

»Stimmt«, sagte Reuss. »Die Alpenvereinsaktion hat sich als erfolgreich erwiesen. Aber da weiß unser Kripomann natürlich mehr dazu.«

Hosp schilderte kurz, dass sich auf die Aufrufe im Österreichischen, Deutschen und Südtiroler Alpenverein mehrere Bergsteiger gemeldet hatten, die damals aus der Ferne Unglücksfälle beobachtet hatten. Sie seien zwar jeweils zu weit weg gewesen, um schnell zu Hilfe kommen zu können, hätten auch gesehen, dass bald jemand kam, und seien selbst nicht zur Polizei, weil es sich zwar um tragische Ereignisse gehandelt habe, aber doch ganz zweifelsfrei um Bergunfälle, wie sie jede Woche in den Alpen geschehen würden. Erst jetzt seien sie durch die Hinweise in den Vereinsmagazinen und auf den Homepages darauf aufmerksam geworden, dass Zweifel an den Unglücksfällen bestünden. Darauf hätten sie sich sofort gemeldet.

In der Südflanke an der Lamsenspitze hatten zwei Gämsen den Steinschlag ausgelöst; zwei Bergsteiger, die sich zufällig auf einem Gipfel in der Nähe begegnet waren, hatten das tragische Ereignis mitverfolgen können.

»Aus gewisser Ferne«, sagte Hosp. »Aber doch glaubwürdig genug, dass keinerlei Zweifel mehr bestehen.«

»Und am Pirchkogel?«, sagte Pablo. »Ich war ja mit Marielle dort und hab mir das Gelände angesehen.«

»Unfall«, sagte Hosp. »Kein Steinschlag. Offenbar nur gestolpert und blöd gestürzt.«

Alle schwiegen ein paar Minuten lang. Allen außer Schwarzenbacher schien durch den Kopf zu gehen, wie nahe im Gebirge Faszinosum und Tragödie beieinanderliegen konnten. Schwarzenbacher brauchte für diese Erkenntnis kein Gebirge. Wenngleich …

»Du siehst irgendwie gut aus«, sagte Reuss zu ihm. »Frisch frisiert. Neue Ausstattung. Hab fast den Eindruck, da ist eine Frau im Spiel.«

Schwarzenbacher lächelte nichtssagend und vielsagend zugleich.

Als zunächst Wasser und Wein gebracht wurden – eine gute Flasche Barolo aus dem Piemont, was Reuss' bevorzugte Weingegend war –, ergriff Hosp das Wort.

»Ich möchte euch allen danken«, sagte er. »Ihr habt Licht in Geschichten gebracht, die vonseiten der Polizei und der Justiz längst abgehakt waren. Ihnen, Dr. Reuss, und dir, Paul, gebührt wirklich Anerkennung. Ihr habt diese Fälle ausgegraben und habt nicht nur daran geglaubt, dass es sich um Verbrechen handelt, ihr habt bei deren Aufklärung gleich auch noch eine Dynamik an den Tag gelegt, dass man nur sagen kann: Hut ab. Wirklich allen Respekt.«

Reuss hob sein Glas und sagte: »Lasst uns darauf anstoßen! Auf die gelösten Fälle. Und auf unsere Marielle, die heute leider nicht dabei ist.«

Sie hoben alle die Gläser und brachten sie zum Klingen.

Marielle saß zur selben Zeit mit einer Bekannten im »Treibhaus«. Tesi kam aus München. Sie studierte in Bozen, und in schöner Unregelmäßigkeit nutzte sie das Umsteigen am Innsbrucker Bahnhof zu einem Zwischenstopp. Sie hatten sich vor zwei Jahren beim Klettern in der Ehnbachklamm kennengelernt, zufällig. Und sie hatten sich auf Anhieb sympathisch gefunden. So war eine leise Freundschaft daraus erwachsen, ohne dass sie sich allzu oft sahen. Sie hielten Kontakt über Facebook, telefonierten gelegentlich miteinander. Und dann war da ja noch die Zeit zwischen zwei Zügen.

»Da hast du echt einiges durchgemacht«, sagte Tesi. »Und das jetzt schon zum zweiten Mal. Wenn du mich fragst: Du solltest in Zukunft die Finger von solchen Jobs lassen.«

»War ja eigentlich kein Job. War meine eigene Dummheit. Die anderen haben recherchiert und ermittelt und eine ganze Menge herausgefunden. Da bin ich mir irgendwo so unsinnig vorgekommen. Ich hab mir das nicht eingestanden …«

Tesi sah sie fragend an.

»Ohne es mir bewusst zu machen, habe ich immer intensiver versucht, meinen Teil zu dieser Jagd beizutragen. Ich war sogar schon eifersüchtig auf Pablo, der, wie ich geglaubt habe, viel mehr involviert war in die Ermittlungen als ich. Und vor lauter Ehrgeiz hab ich mich dann völlig in diese Geschichte verrannt.«

Tesi ließ sich erzählen, was sich ereignet hatte. Gebannt hörte sie Marielles immer wieder stockender Schilderung zu. Als sie zu Ende erzählt hatte, sagte sie: »Du musst wirklich auf dich aufpassen. Das ist jetzt ja schon das zweite Mal, dass du so wo hineingerätst.«

Sie sah ihr in die Augen. »Und du weißt ja, es gibt Leute, die ziehen Kalamitäten geradezu an. Bis jetzt hast du Glück gehabt. Aber …«

Marielle nickte. Ihr Gesicht zeigte ein ganz kleines Lächeln.

Als sie eine halbe Stunde später gemeinsam am Innsbrucker Bahnhof den Zug Richtung Süden erwarteten, sagte Tesi zum Abschied: »Komm doch einfach ein paar Tage zu mir nach Bozen. In unsrer WG ist Platz. Wir können an den Abenden was unternehmen. Und am Wochenende fahren wir zum Bouldern rauf in die Città dei Sassi. Ist wunderschön dort oben. Und ich glaube, es täte dir gut, auf andere Gedanken zu kommen.«

Marielle bedankte sich, versprach, das Angebot zu überdenken, und winkte Tesi noch nach, als der Zug aus dem Bahnhof fuhr.

Wie in einem alten Film, dachte sie. Da stehen die Leute auch immer am Bahnsteig und winken den Abfahrenden nach. Macht man heute ja kaum mehr. Abfahren ist irgendwie etwas ganz Alltägliches geworden.

***

»Das Mädchen macht mir Sorgen«, sagte Hosp. Er legte sein Besteck in den Teller, tupfte sich mit der Serviette die Lippen ab und trank einen Schluck vom Barolo. Sie hatten sich mittlerweile eine zweite Flasche bringen lassen. »Macht mir wirklich Sorgen. Ich habe den Eindruck, dass sie das Unglück geradezu anzieht …«

»Ich würde eher sagen, dass sie vom Glück verwöhnt ist«, sagte Reuss. Und Schwarzenbacher pflichtete ihm bei: »Das Glück von fünf Schutzengeln.«

»Ihr wisst, was ich meine. Natürlich hat sie Glück gehabt. Verdammtes Glück. Und das zwei Mal. Aber es war jedes Mal verflucht knapp. Es hätte an der Schattenwand und jetzt in Scharnitz nicht viel gefehlt, und wir hätten die schwarzen Krawatten aus dem Schrank holen können. An der Schattenwand ist sie noch ganz zufällig in die Bredouille geraten. Aber jetzt, hier …«

Pablo schüttelte entschieden den Kopf. Er wollte nicht, dass Marielle kritisiert wurde. Er wollte, dass sie wenigstens ein bisschen gefeiert wurde für das, was sie geschafft hatte. »Wenn Marielle nicht gewesen wäre«, sagte er trotzig, »würde dieser Mann vielleicht immer noch frei rumlaufen. Und vielleicht würde er dann wieder jemanden töten.«

Sie sahen ihn alle an: Hosp, Schwarzenbacher, Dr. Reuss.

Der Anwalt brach das kurze Schweigen.

»Du hast natürlich recht, sagte er. »Marielle war zum zweiten Mal in ungeheurer Gefahr. Aber sie war es auch, die nun schon zum zweiten Mal für die Aufklärung gesorgt hat. Trotzdem …« Er nickte Hosp zu. »Trotzdem schließe ich mich seiner Argumentation ein Stück weit an. Mir graut vor dem Gedanken, dass sich Marielle noch einmal in Lebensgefahr bringt. Ich habe euch junge Leute dazugeholt. Ich sehe mich schon auch in der Verantwortung. Und deshalb glaube ich, dass es das Beste wäre, Marielle nicht mehr in unsere Obsession …« – jetzt lächelte er Schwarzenbacher an – »… unsere Obsession für alpine Unfälle einzubeziehen.«

Pablo schüttelte ununterbrochen den Kopf. Er war überhaupt nicht einverstanden mit der Wendung, die das Gespräch zu nehmen begann. Und er wäre jetzt viel lieber bei Marielle gewesen als in dieser seltsamen Männerrunde.

»Ich will nicht, dass wir über Marielle reden, ohne dass sie dabei ist«, presste er ärgerlich zwischen den Zähnen hindurch. »Ich will das einfach nicht. Das ist nicht fair. Überhaupt nicht fair.«

Er nahm die Serviette vom Schoß, knüllte sie zusammen und legte sie neben seinen bis auf die Soßenreste leeren Teller. Am liebsten wäre er aufgestanden und gegangen. Er war sauer. Stinksauer. Und vielleicht hätte er es ja auch getan: wäre aufgestanden und davon.

Doch dann geschah etwas ganz und gar Unerwartetes. Eine Frau kam an den Tisch, sehr groß, sehr schlank, mit zielsicheren Schritten.

Das Gespräch verstummte, alle sahen ihr entgegen. Sie trat an Schwarzenbacher heran, der in seinem Rollstuhl an der Stirnseite des Tisches saß, beugte sich zu ihm hinunter, legte den Arm um seine Schultern, küsste ihn auf die Wange und sagte: »Servus, Paulchen.«

Pablo war irritiert. Das war ein Bild, das er bislang nicht mit Schwarzenbacher in Zusammenhang gebracht hatte.

Schwarzenbacher sagte zu der Frau: »Du entschuldigst, dass ich sitzen bleibe.« Und er setzte ein breites Grinsen dazu auf.

Zu Reuss, Hosp und Pablo sagte er: »Ich möchte euch Ellen vorstellen. Wir haben uns vor Kurzem kennengelernt.«

Er sah fragende Augen. »Vor ein paar Tagen erst«, sagte er. »Wenn es euch nichts ausmacht …«

Natürlich machte es niemandem etwas aus, dass sich diese Ellen, die sonst keiner kannte, dazugesellte. Und dass die beiden erzählten, wo sie sich begegnet waren.

Pablo tat sich weiterhin schwer, die beiden in seiner Vorstellung zusammenzubringen: der behinderte Schwarzenbacher, bärbeißig, oft zynisch, nicht übermäßig attraktiv, und diese Frau, die nicht mehr jung war, wahrscheinlich schon in den hohen Vierzigern, aber irgendwie gar nicht alt, nicht altmodisch. Er glaubte sogar, dass sie attraktiv war. Aber darin war er sich nicht ganz sicher. Als gut Zwanzigjähriger hatte er sich eigentlich noch nie Gedanken über die Attraktivität von Frauen gemacht, die um mindestens zwei Jahrzehnte älter waren als er.

***

Marielle überquerte vor dem Bahnhof den Südtiroler Platz, nahm die Passage zum Raiffeisenplatz, bog in die Adamstraße und dann in die Salurner Straße ein. Sie sah hinüber zum Casino und verspürte einen Moment lang unbändige Lust, an den Slot Machines ein paar Euro zu riskieren. Sie ließ es sein, bog in die Wilhelm-Greil-Straße ein, blieb vor den Auslagen des Sportgeschäfts Gramshammer stehen und besah sich die Bergsteigerbekleidung – Anoraks, Berghosen – an den Schaufensterpuppen. Ein paar Meter weiter stand sie lange vor »Freytag & Berndt«. Das Fenster der Fachbuchhandlung war voll mit Reise- und Alpinführern, mit Fachbüchern und mit Bergsteigerschilderungen. Sie spielte das stille Spiel, wie sie es bisweilen tat, wenn sie allein vor einem Schaufenster stand. Sie fragte sich, welchen Artikel sie sich aussuchen würde, wenn sie einen einzigen von den vielen gezeigten geschenkt bekäme. Ein Reisehandbuch über Marokko? Wäre eine Möglichkeit. Da möchte ich einmal hin, dachte sie. Ins Atlasgebirge, in die Wüste und in die Medina von Marrakesch.

Eigentlich fand sie alles ziemlich interessant, bis auf zwei Bücher von Messner und Ratgeber beziehungsweise Tourenbeschreibungen für den Jakobsweg.

Ich würde die Biographie von Ines Papert nehmen, dachte sie. Diese Ausnahme-Bergsteigerin bewunderte sie sehr. Oder auch das Buch über Reinhard Karl, jenen vor langer Zeit tödlich verunglückten Bergsteiger, Kletterer und Fotografen, der in der Alpinszene bis heute Kultstatus besaß.

Nach nochmaligem Abwägen entschied sie sich für Papert. Dann ging sie weiter. Das Spiel war vorüber.

***

»Paul hat mir schon von diesen Steinschlag-Morden erzählt«, sagte Ellen, die sich als Lehrerin vorstellte, die im Frühjahr nach Innsbruck versetzt worden war. »Und manches kann ich nachvollziehen. Nicht nachvollziehbar sind für mich aber diese Morde, wo ein paar junge Männer zwei Wanderer einfach so erschlagen haben. Woher rührt diese Gewalt? Können Sie mir das sagen? Es interessiert mich nicht nur aus Neugier, sondern auch, weil ich mich manchmal frage, ob in den Reihen meiner Schüler auch solche gewaltbereiten jungen Menschen sind. Vielleicht ganz unauffällige Burschen, die dann plötzlich zu Monstern werden.«

Die Männer sahen sich an. Wer sollte antworten? Schwarzenbacher hatte bestimmt schon längst mit seiner Freundin oder Bekannten oder wie immer man es nennen sollte, gesprochen, wahrscheinlich ohne dabei zufriedenstellend Auskunft gegeben zu haben. Reuss? Hosp? Wer hatte überhaupt Antworten darauf?

»Es sind keine Monster«, sagte dann Reuss. »Es sind Kinder. Kinder unserer Zeit. Und unsere Zeit nimmt es nicht mehr sehr genau mit ihnen. Verstehen Sie mich nicht falsch, Ellen, ich will keinen dieser Mörder in Schutz nehmen. Aber ich will auch nicht einfach so glauben, dass sie als Unmenschen, als Mörder, auf die Welt kommen.«

Er zeichnete mit der Kuchengabel Muster in die Vanillesauce, die von seiner Nachspeise noch übrig war.

»Schauen Sie auf die Nachrichten aus den Städten«, fuhr er fort. »Wieder und wieder schlagen Jugendliche jemanden zusammen. Treten auf am Boden Liegende ein. Schlagen und treten, als wäre der Tod etwas, was man ohne Weiteres in Kauf nehmen könnte. Warum? Warum nur?«

»Genau«, sagte sie. »Darüber habe ich mich mit Paul mehrfach unterhalten, und es ist uns ein Rätsel geblieben. Man ist einfach fassungslos, wenn man so was hört oder darüber liest.«

Der Ober kam an den Tisch, fragte, ob er noch etwas bringen dürfe. Vor den Fenstern senkte sich die Nacht übers Tal und auf die Stadt.

Und auf manche Frage gab es einfach keine endgültige Antwort.

***

Beim Tiroler Landesmuseum bog Marielle nach links in die Museumstraße. Einen Moment lang überlegte sie, doch noch zur Hungerburgbahn zu gehen und hinaufzufahren zur »Wolke 7«.

Doch sie verwarf diesen Gedanken gleich wieder.

Pablo hätte mich ja mal anrufen können, dachte sie.

Die Straßenbahnlinie 3 fuhr an ihr vorüber. Marielle sah die Fahrgäste, sie saßen und standen, es war noch ziemlich viel los in der Stadt.

Sie sah die Menschen, doch sie nahm sie nicht wirklich wahr. In Gedanken war sie in Bozen, bei Tesi. Wäre wirklich eine gute Sache, dachte sie. Bisschen bouldern, abschalten und Abstand gewinnen.

Vor der Wagner'schen Buchhandlung blieb sie noch einmal stehen. Die Schaufenster waren hell erleuchtet. Kochbücher. Esoterisches. Tiroler Heimatbücher. Und Krimis.

Welchen würde ich nehmen, geschenkt?

Da lagen Taschenbuchausgaben von Mankells Wallander-Fällen, von Stephen King das neueste Hardcover und jede Menge Paperbacks des boomenden Genres.

Marielle wollte sich gerade spielerisch eines der Bücher aussuchen, da fiel ihr Blick auf eine Reihe von Taschenbüchern, die allesamt alpine oder pseudoalpine Titelblätter aufwiesen. Und alle waren als Alpenkrimis gekennzeichnet.

Was soll denn der Scheiß?, dachte Marielle.

Alpenkrimi. Als wenn diese Schreiberlinge auch nur die geringste Ahnung hätten.

Sie wandte sich ab, dachte noch einmal: So ein Käse, und machte sich auf den Nachhauseweg.

Von Alpenkrimis aller Art hatte sie die Nase gestrichen voll.

STEFAN KÖNIG
Schattenwand
ALPEN KRIMI
emons: